U0097345

古典詩歌研究彙刊

第十二輯

龔鵬程 主編

第7冊

溫庭筠詠史詩研究

張惠雯 著

國家圖書館出版品預行編目資料

溫庭筠詠史詩研究／張惠雯 著 — 初版 — 新北市：花木蘭文
化出版社，2012〔民 101〕
目 4+266 面：17×24 公分
（古典詩歌研究彙刊 第十二輯；第 7 冊）
ISBN 978-986-254-903-2（精裝）
1.（唐）溫庭筠 2.詠史詩 3.詩評
820.91 101014406

ISBN-978-986-254-903-2

9 789862 549032

古典詩歌研究彙刊
第十二輯 第七冊 ISBN：978-986-254-903-2

溫庭筠詠史詩研究

作 者	張惠雯
主 編	龔鵬程
總 編 輯	杜潔祥
出 版	花木蘭文化出版社
發 行 所	花木蘭文化出版社
發 行 人	高小娟
聯 絡 地 址	新北市永和區中正路五九五號七樓
	電話：02-2923-1455／傳真：02-2923-1452
網 址	http://www.huamulan.tw 信箱 sut81518@gmail.com
印 刷	普羅文化出版廣告事業
初 版	2012 年 9 月
定 價	第十二輯 24 冊（精裝）新台幣 33,600 元

溫庭筠詠史詩研究

張惠雯 著

作者簡介

張惠雯，一九七四年生，台灣省彰化縣人。國立台灣師範大學國文系學士，國立彰化師範大學國文研究所國語文教學碩士，現任彰化縣立和美國中教師。

提　　要

　　溫庭筠的詩歌有濃豔綺麗的一面，也有感時傷世之作，尤其是他的詠史詩中所蘊含的諷諭精神，表露出詩人對時政的熱切關注，活生生揭露了晚唐時代的社會生活，更表現出文人們生不逢時的感傷與懷才不遇的憤懣，筆者認為有其研究的價值。

　　在章節的安排上：首章「緒論」論述研究動機與目的、研究範圍與方法及回顧前人的研究成果。第二章談「詠史詩之形成與發展」，分別探討詠史詩的定義、淵源與發展。首先比較分析各家對詠史詩所下的定義，並明確劃定詠史詩的範疇。接著探討詠史詩的淵源與「詠史」一詞之出現，最後論述詠史詩從曹魏直到晚唐的轉變與特質，藉此了解詠史詩的發展內涵。第三章論「晚唐詠史詩之時代背景」，從政治、社會、文學等三大環境著手，認識晚唐詠史詩產生的時代背景。第四章論「溫庭筠的生平事跡與人格特質」，考察其生平概況及其性情懷抱，並透過其詠史詩的意旨詮釋，來呈現詩人之人格特質。第五章論「溫庭筠詠史詩的主題內涵」，主要題材分歷史人物、歷史事件、歷史古跡三種，內容意涵則有諷諭、議論、懷古、詠懷等四種類型。第六章論「溫庭筠詠史詩的藝術表現」，承續前章而來，分析其詠史詩在形式特色、修辭技巧、意象塑造之藝術表現。第七章「結論」，肯定溫庭筠詠史詩的成就，並確立其詠史詩存在的價值及其在文學史上的地位。

目

次

第一章　緒　論

第一節　研究的動機與目的

　　毛詩序說：「情動於中，而形於言；言之不足，故嗟歎之；嗟歎之不足，故永歌之；永歌之不足，不知手之舞之，足之蹈之也。」詩歌是人們感情表達形之於文字的結果。中國在儒家道統的影響之下，對中國古典文學作品的要求，總要能「言志載道」才好。《禮記・樂記》記載：

　　　　詩言其志也，歌詠其聲也，舞動其容也；三者本于心，然
　　　　後樂器爲之。〔註1〕

詩是詩人內心志意的表達，具有一定社會政治內容的規範。詩人在寫作詩歌的同時，身上背負著不少社會的壓力與責任。唐代的作家人才輩出，詩歌題材廣泛，內容包羅萬象，風格千姿百態，是我國古典詩歌的精華，也是中國文學藝術的巔峰。然而，後代的評論家常以「政治盛衰」的標準來衡量詩歌作品的優劣，倡言詩運如國運，歷史分期等同詩歌發展的階級，如此言論實在偏頗失當。劉勰曾言：「時運交移，質文代變」、「文變染乎世情，興廢繫乎時序」〔註2〕，說明了時

〔註1〕 葉衡注：《禮記選注・樂記》（台北：台灣商務印書館，1968 年），頁 83。
〔註2〕 〔梁〕劉勰撰、王利器校箋：《文心雕龍校證・時序》（台北：明文

代對文學創作的關係密切、影響深遠。然而,政治經濟與詩歌發展未必成正比,歷史分期又怎能決定詩歌發展的階級呢?因此,盛世作品未必優秀,衰世篇章亦可傑出。近人蘇雪林指出:

> 由晚唐至於唐末,詩人尚復輩出,各極其才力之所至,卓然成家,絕不致有盜襲剿竊,拾人餘唾之弊。〔註3〕

蘇女士的這段話肯定了晚唐詩人的成就與其詩作的風格特色。晚唐也有好詩佳作,較之於盛唐未必全為糟糠,視之中唐亦有醍醐貫頂之作。無怪乎清沈德潛說:

> 有唐一代詩,凡流傳至今者,自大家、名家而外,即旁蹊曲徑,亦各有精神面目流行其間,不得謂正變盛衰不同,而變者衰者可盡廢也。〔註4〕

見解真是十分精確。歷史的條件、文化的因素和時代的精神呈現出一個時代的文學特色。李澤厚在《美的歷程》一書中曾提及晚唐五代的時代精神:

> 不在馬上,而在閨房;不在世間,而在心境。不是對人世的征服進取,而是心靈的安適享受佔據首位。〔註5〕

晚唐國勢不振、民生凋蔽,處在兵馬倥傯、政無寧日時代的文人們,只好轉向精神領域尋求心靈的安頓和慰藉,逃避現實的心態,讓士大夫的精神日趨薄弱,慶賞遊宴、競好聲妓、沉湎酒色,字裡行間充溢著柔美婉約、香豔綺靡的風格,除此之外,還有瀰漫心中的危機意識和不安全感,也造就出一批不同流俗的詩人,他們憂國憂時、批判現實、抒發快壘之作,為晚唐詩歌生輝增色,溫庭筠就是其中的一員,然而他在歷史上的評價卻兩極化,元好問曾言:「風雲若恨張華少,溫李新聲奈爾何?」〔註6〕批評溫庭筠詩歌華豔不雅,兒女情多,風

書局,1982年4月),卷9,頁271、273~274。
〔註3〕蘇雪林:《唐詩概論》(台北:台灣商務印書館,1988年五版),頁1。
〔註4〕〔清〕沈德潛:《唐詩別裁・序》(台北:台灣商務印書館,1978年1月),頁1。
〔註5〕李澤厚:《美的歷程》(台北:谷鳳出版社,1987年),頁143。
〔註6〕金・元好問著:《元遺山詩集・七言絕句・論詩三十首》(台北:清

雲氣少，認為溫庭筠詩歌似無可取之處。隨著時代的遞嬗，文學觀點的轉變，清代《彰化縣志・學校志・書院》書中卻提及：「五古要讀漢、魏、六朝，七古要讀杜甫、溫庭筠，五、七律要讀初唐，五、七排律莫盛大於本朝制作明備之時，亦多士之幸也，其勉之。」〔註7〕白沙書院學規明訂學子們讀詩一定要讀杜甫、溫庭筠之七古，顯見溫庭筠之七古成就不亞於杜甫。另外清末台灣儒者洪棄生《寄鶴齋詩話》有言：「溫飛卿詩全體清新俊麗，英警絕俗，洵唐賢有數之才，前人動以『溫李體』為病，真老儒迂論。溫李齊名，予意欲以長吉易義山，蓋以飛卿超逸之麗，匹長吉奇闢之麗，並出群才也。」〔註8〕由上面這段讚語不難發現，溫庭筠之詩歌在清末備受肯定與取法。綜觀溫庭筠的詩歌有濃艷綺麗的一面，也有感時傷世之作，尤其是他的詠史詩中所蘊含的諷喻精神，表露出詩人對時政的熱切關注，活生生揭露了晚唐時代的社會生活，更表現出文人們生不逢時的感傷與懷才不遇的憤懣，筆者認為有其研究的價值。《舊唐書》本傳中記載溫庭筠「能逐弦吹之音，為側艷之詞」〔註9〕，與當時李商隱齊名，時號溫李。《北夢瑣言》說他「才思艷麗，工於小賦，每入試，押官韻作賦，凡八叉手而八韻成」〔註10〕，所以時人稱之為「溫八叉」，又因作賦都不必打草稿，一韻只要一吟，亦有「溫八吟」的雅號。遍尋中國歷史人物，文思敏捷者，有數步成詩之說，而像溫庭筠這樣八叉手而成八韻者，應無第二人。這樣有才華的人，卻數舉進士不中第。令人不禁懷疑是時代的因素？抑或是個性的使然？是怎樣時代因素促使溫庭筠詠史

流出版社，1976年），下冊，卷11，頁4。

〔註7〕〔清〕周璽著：《彰化縣志・學校志・書院》（台北：中華書局，1962年11月），卷4，頁144～145。

〔註8〕洪棄生：《寄鶴齋詩話》（南投：臺灣省文獻委員會，1993年5月），卷4，頁92～93。

〔註9〕〔後晉〕劉昫等撰：《舊唐書・文苑傳》（台北：鼎文書局，1979年2月），卷190下，頁5079。

〔註10〕〔宋〕孫光憲：《北夢瑣言・溫李齊名》，收於《四庫筆記小說叢書》（上海：上海古籍出版社，1991年12月1版），卷4，頁26。

詩大量創作？而其詠史詩中所表現的主題內涵是什麼？又蘊含著多少詩歌藝術之美呢？本論文希望從這些角度著手，深入認識溫庭筠詠史詩的世界。

因此，筆者以溫庭筠詠史詩為研究的對象，期望經由本論文的研究撰述達到以下目的：

（一）了解詠史詩的起源、成立與發展等流變過程。

（二）認識晚唐詠史詩產生的時代背景因素。

（三）體察溫庭筠的人生際遇及其性情懷抱。

（四）透過溫庭筠詠史詩的意旨詮釋，來呈現詩人的人格特質。

（五）給予溫庭筠正面的評價，並肯定其詠史詩的成就。

（六）明瞭溫庭筠詠史詩的主題內涵及藝術表現之特色。

（七）確立溫庭筠詠史詩存在的價值及其在文學史上的地位。

最後，期望藉此研究，充實學識、增進涵養，提升古典詩歌的鑑賞能力，並建立積極正向的人生觀。

第二節　研究的範圍與方法

一、研究的範圍與材料

有關溫庭筠的研究論著，大約可分為傳記、詩歌、詞作、小說等四大方面，筆者僅就與本論文有直接相關者——傳記和詩歌——加以整理論述。

（一）史傳資料

現今所見關於溫庭筠傳記，有宋劉昫等撰《舊唐書》〔註11〕卷一百九十下、宋歐陽脩、宋祁等撰《新唐書》〔註12〕卷九十一、唐無名

〔註11〕〔後晉〕劉昫等撰：《舊唐書・文苑傳》（台北：鼎文書局，1979 年 2 月），卷 190 下。

〔註12〕〔宋〕歐陽脩、宋祁撰：《新唐書・溫大雅傳》（台北：鼎文書局，1979 年 2 月），卷 91。

氏撰《玉泉子》〔註13〕、五代王定保《唐摭言》〔註14〕、宋計有功《唐詩紀事》〔註15〕卷五十四、宋孫光憲《北夢瑣言》〔註16〕卷二、卷四、宋錢易著《南部新書》〔註17〕（庚）、宋尤袤《全唐詩話》〔註18〕卷四、元辛文房《唐才子傳》〔註19〕卷八等等，各版本所記載有關溫庭筠的傳記資料，經後人研究考察的結果，相互乖違、顛倒之處頗多，因此，本論文以正史《舊唐書》、《新唐書》為主，而《玉泉子》、《唐摭言》、《唐詩紀事》、《北夢瑣言》、《南部新書》、《全唐詩話》、《唐才子傳》以及近人專書著作為輔〔註20〕，並配合閱讀晚唐歷史、文化史、思想史、文學史等等，期望藉由傳記資料的整理研究，熟悉溫庭筠寫作的時代背景，呈現其生平概況，亦有助於明瞭其人格特質與性情懷抱，進而掌握溫庭筠詠史詩的內容題旨與其藝術特色。

（二）詩集文本

關於溫庭筠的詩集文本，據北宋歐陽脩《新唐書‧藝文志四‧別集類》載有：「溫庭筠《握蘭集》三卷，又《金荃集》十卷，《詩集》

〔註13〕〔唐〕佚名撰：《玉泉子》，收於〔清〕紀昀等總纂《景印文淵閣四庫全書》（台北：台灣商務印書館，1985年），冊1035。

〔註14〕〔五代〕王定保：《唐摭言》，收於〔清〕紀昀等總纂《景印文淵閣四庫全書》（台北：台灣商務印書館，1985年），冊1035。

〔註15〕〔宋〕計有功：《唐詩紀事》（台北：木鐸出版社，1982年）。

〔註16〕〔宋〕孫光憲：《北夢瑣言》，收於《四庫筆記小說叢書》（上海：上海古籍出版社，1991年12月1版）。

〔註17〕〔宋〕錢易著：《南部新書》，收於《叢書集成初編》（北京：中華書局，1985年）。

〔註18〕〔宋〕尤袤：《全唐詩話》，收於《叢書集成初編》（北京：中華書局，1985年）。

〔註19〕傅璇琮主編：《唐才子傳校箋》（北京：中華書局，1990年5月）。

〔註20〕夏瞿禪撰：《溫飛卿繫年》（台北：世界書局再版，1970年）。
　　　朱傳譽：《溫庭筠傳記資料》（台北：天一書局，1982年）。
　　　黃坤堯著：《溫庭筠》（台北：國家出版社，1984年2月）。
　　　張淑瓊主編：《溫庭筠》（台北：地球出版社，1988年4月）。
　　　萬文武：《溫庭筠辨析》（西安：陝西人民出版社，1992年）。
　　　上海師大圖書館：《溫庭筠傳記資料》（上海：上海師大圖書館，1994年）。

五卷，《漢南眞稿》十卷，又有《漢上題襟集》十卷，段成式、溫庭筠、余知古。」〔註21〕只可惜這些著述後來大多散佚，今日所見的刊本已無宋版本傳世。

目前現存的本子約有四種：一是汲古閣本，見於明毛晉編輯《五唐人集》內，題《金荃集》七卷、《別集》一卷，依宋本《金荃集》七卷、《別集》一卷刻印。二是明末馮彥淵家鈔本，題《溫庭筠詩集》七卷、《別集》一卷，跋文有言此是照宋刻本繕寫，點畫無二，取較時本，迥不相同。大陸最新的校注本劉學鍇《溫庭筠全集校注》〔註22〕即以此爲底本，全書共分上、中、下三冊，算是目前最完備的箋注本。三是四部叢刊本，據江南圖書館藏述古堂鈔本影印，題《溫庭筠詩集》七卷、《別集》一卷，而述古堂鈔本又影印錢遵王精鈔宋本《溫庭筠詩集》七卷、《別集》一卷。台灣最新的校注本王國良《溫庭筠詩集校注》〔註23〕即以此爲底本。四是秀野草堂本，明末會稽曾益將宋刻本溫庭筠《金荃集》七卷、《別集》一卷，合爲四卷，名曰《八叉集》。清初顧予咸爲之補輯箋注，未畢而歿，其子顧嗣立續予重訂補正，因其所見宋刻本只有《金荃集》七卷、《別集》一卷、《金荃詞》一卷，並無《八叉》之目，故更名爲《溫飛卿詩集》。之後官修的四庫全書皆採用此本子，《景印文淵閣四庫全書》提要批評「曾注謬僞頗多」而讚「嗣立悉爲是正考據頗爲詳核」〔註24〕，例如〈漢皇迎春詞〉乃詠漢成帝之時事，然曾益卻將漢皇註解爲高祖。又如〈邯鄲郭公詞〉是北齊樂府舊題，「郭公」一詞乃傀儡戲名，然曾益卻解爲「郭子儀祠」，將詞訛爲祠。清人顧嗣立重訂之，全爲之校正，考據頗爲詳盡，但其續注多引白居易、李賀、李商隱詩爲之注，可謂是

〔註21〕〔宋〕歐陽脩、宋祁撰：《新唐書・藝文志四・別集類》（台北：鼎文書局，1979 年 2 月），卷 60，頁 1624。

〔註22〕劉學鍇：《溫庭筠全集校注》（北京：中華書局，2007 年 7 月）。

〔註23〕王國良：《溫飛卿詩集校注》（台北：黎明文化公司，1999 年 4 月）。

〔註24〕〔清〕紀昀等總纂：《景印文淵閣四庫全書》（台北：台灣商務印書館，1985 年），冊 1082，頁 447。

美中不足之處。

　　爲顧及本論文之嚴謹，筆者以劉學鍇《溫庭筠全集校注》爲藍本，參考王國良《溫庭筠詩集校注》與《溫飛卿詩集箋注》〔註25〕爲輔本，凡是詩歌內容以歷史人物、歷史事件與歷史古蹟爲主要題材，加以歌詠、讚頌、敘述、評論，以寄託詩人情志理想，或論斷歷史人事之是非以表現個人見解者，本人都將之歸類爲詠史詩，共得詩四十六首，此作爲本論文研究與討論的範圍材料。依照劉學鍇《溫庭筠全集校注》之篇目茲述如下：〈雞鳴埭曲〉（卷一）、〈張靜婉採蓮歌〉（卷一）、〈太液池歌〉（卷一）、〈雉場歌〉（卷一）、〈雍臺歌〉（卷一）、〈湖陰詞〉（卷一）、〈漢皇迎春詞〉（卷一）、〈故城曲〉（卷二）、〈昆明治水戰詞〉（卷二）、〈謝公墅歌〉（卷二）、〈臺城曉朝曲〉（卷二）、〈走馬樓三更曲〉（卷二）、〈達摩支曲〉（卷二）、〈蘇小小歌〉（卷二）、〈春江花月夜詞〉（卷二）、〈金虎臺〉（卷三）、〈邯鄲郭公詞〉（卷三）、〈齊宮〉（卷三）、〈陳宮詞〉（卷三）、〈開聖寺〉（卷四）、〈法雲雙檜〉（卷四）、〈馬嵬驛〉（卷四）、〈奉天西佛寺〉（卷四）、〈題望苑驛〉（卷四）、〈過陳琳墓〉（卷四）、〈老君廟〉（卷四）、〈過五丈原〉（卷四）、〈秘書省有賀監知章草題詩筆力遒健風尚高遠拂塵尋玩因有此作〉（卷四）、〈蔡中郎墳〉（卷五）、〈題端正樹〉（卷五）、〈渭上題〉三首（卷五）、〈四皓〉（卷五）、〈題翠微寺二十二韻〉（卷六）、〈過孔北海墓二十韻〉（卷六）、〈過華清宮二十二韻〉（卷六）、〈洞戶二十二韻〉（卷六）、〈過新豐〉（卷八）、〈蘇武廟〉（卷八）、〈題賀知章故居疊韻作〉（卷八）、〈馬嵬佛寺〉（卷九）、〈鴻臚寺有開元中錫宴堂樓臺池沼雅爲勝絕荒涼遺址僅有存者偶成四十韻〉（卷九）、〈過吳景帝陵〉（卷九）、〈龍尾驛婦人圖〉（卷九）、〈簡同志〉（卷九）。爲了方便起見，論文中所引溫庭筠詩之後，將直接以數字標明其在《溫庭筠全集校注》之卷數與頁碼，

〔註25〕　〔唐〕溫庭筠撰；明曾益注；〔清〕顧予咸補注；〔清〕顧嗣立重訂：《溫飛卿詩集箋注》，收於〔清〕紀昀等總纂《景印文淵閣四庫全書》（台北：台灣商務印書館，1985 年），冊 1082，頁 447～554。

不再另注書名及出處。

二、研究的方法與步驟

　　時代精神、風俗習慣、社會歷史等眾多因素，孕育了詩歌文學之美。因此，詩歌可謂是社會、歷史、政治、經濟等各方面所反映的文化產物。晚唐由於政治黑暗、干戈擾攘；徭役無度、民亂四起；科舉敗壞、寒士困頓；世衰俗奢、文人浮薄成風，多流連於青樓樂妓，縱遊耽樂，再加上李商隱、溫庭筠、段成式的三十六體被人廣為推崇，於是開啓了綺靡的文風，詩歌多以纖巧幽深、險僻冷艷的特色著稱。〔註26〕而且晚唐詩多以史入詩、以事入詩，所以研究時，亦當以史、事為經緯，作歷史性、歷時性的考察。清人章學誠說得好：

> 不知古人之世，不可妄論古人文辭也；知其世矣，不知古
> 人之身處，亦不可以遽論其文也。〔註27〕

溫庭筠秉持著社會正義、道德良知，面對百病叢生的社會亂象、苦不堪言的人民，急切地表達出他的關懷與不滿，他的抗爭與憤懣形之於文字，創作了大量的詠史詩。筆者以晚唐溫庭筠詠史詩為研究對象，站在前人研究的基礎之上，在「史（史料文本）、事（時代背景）」的大原則下，首先從「外緣」的因素作溫庭筠詠史詩「貫時性」的探討，藉此了解詠史詩之定義、淵源與發展，以及溫庭筠的生平事蹟與人格特質。其次從「內因」的途徑作「並時性」的研究，分析其詠史詩題材內容與藝術表現，其中，在溫庭筠方面，採「知人論世」的方式，探討詩人及其和時代的關係，勾勒出詩人生平的原貌。在詠史詩方面，採「分析歸納」的方法，賞析詩篇，明其藝術手法，同時佐以詩人的時代背景，藉此充分瞭解詩歌產生的內因外緣，發掘詩人創作的

〔註26〕王忠林、邱燮友、左松超、黃錦鋐、皮述民、傅錫壬、金榮華、應
　　　裕康合著：《增訂中國文學史初稿》（台北：福記文化圖書有限公司，
　　　1995年），頁539。
〔註27〕〔清〕章學誠：《章氏遺書》（台北：漢聲出版社，1973年），上冊，
　　　卷2，頁38。

思想淵源，進而掌握溫庭筠詠史詩的風格特色，並肯定其在文學上、社會上及歷史上的價值。

　　在章節的安排上：首章「緒論」論述研究動機與目的、研究範圍與方法及回顧前人的研究成果。第二章談「詠史詩之形成與發展」，分別探討詠史詩的定義、淵源與發展。首先比較分析各家對詠史詩所下的定義，並明確劃定詠史詩的範疇。接著探討詠史詩的淵源與「詠史」一詞之出現，最後論述詠史詩從曹魏直到晚唐的轉變與特質，藉此了解詠史詩的發展內涵。第三章論「晚唐詠史詩之時代背景」，從政治、社會、文學等三大環境著手，認識晚唐詠史詩產生的時代背景。第四章論「溫庭筠的生平事蹟與人格特質」，考察其生平概況及其性情懷抱，並透過其詠史詩的意旨詮釋，來呈現詩人之人格特質。第五章論「溫庭筠詠史詩的主題內涵」，主要題材分歷史人物、歷史事件、歷史古跡三種，內容意涵則有諷喻、議論、懷古、詠懷等四種類型。第六章論「溫庭筠詠史詩的藝術表現」，承續前章而來，分析其詠史詩在形式特色、修辭技巧、意象塑造之藝術表現。第七章「結論」，肯定溫庭筠詠史詩的成就，並確立其詠史詩存在的價值及其在文學史上的地位。

第三節　前人研究成果回顧

　　溫庭筠是晚唐著名的詩人，與晚唐文學關係密切，因此一些研究晚唐文化或晚唐文學的專著、期刊論文、學位論文，均是必備的參考資料，數十年來在眾多學者專家的努力之下，有關溫庭筠的研究論著，已由零星散亂轉而為宏觀系統的局面，歸納整理前人的研究成果，大約可分為傳記、詩歌、詞作、小說等四大方面，由於卷帙繁多，故無法一一列舉，筆者僅就與本論文有直接相關者加以論述。

一、台灣學者之研究

　　關於溫庭筠其人與其詩歌方面的研究著作頗為豐富，有的是介紹溫庭筠生平事蹟、人格特質，也有的是對其仕途窮蹇、懷才不遇寄予

同情，抑或是探討其詩歌風格、藝術特色等，從古至今都不曾間斷過。
此處將目前的研究成果分爲溫庭筠論文與詠史詩論文二部分來陳述。

（一）溫庭筠論文

有關溫庭筠研究的期刊論文，詩歌明顯較詞作少。有簡介其生平
事蹟與詩作者，如：白水〈溫庭筠的詩和人〉〔註28〕、杜若〈浪漫詩
人溫飛卿〉〔註29〕；兼論詩詞風格特色，如：盛成〈溫庭筠〉〔註30〕、
杜若〈溫庭筠詩和詞〉〔註31〕、羅宗濤〈溫庭筠詩詞比較研究〉〔註32〕；
亦有探討溫庭筠詩歌意象表現方面，如：方瑜〈溫庭筠歌詩的意象與
表現〉〔註33〕；還有談其詩歌之思想情感，乃宅基於忠孝，拓宇於友
愛，如：李曰剛〈論晚唐典綺派溫庭筠詩之特殊風格〉〔註34〕；或者
讚其一人兼具三絕——「是有唐詩人的後殿巨柱，五代北宋詞家的先
驅鼻祖，晚唐駢體文的巨星翹楚」，文筆造詣極高，如：劉中龢〈唐末
文壇巨柱溫庭筠〉〔註35〕；又或探討其詩學淵源，如：阮廷瑜〈李白
詩對溫庭筠五律的影響〉〔註36〕；甚至對其不幸的遭遇，歸諸個性與

〔註28〕白水：〈溫庭筠的詩和人〉（《文壇》，1971 年 10 月），期 319，頁 191
～193。

〔註29〕杜若：〈浪漫詩人溫飛卿〉（《臺肥月刊》，1976 年 7 月），卷 17，期 7，
頁 39～44。

〔註30〕盛成：〈溫庭筠〉（《新夏月刊》，1973 年 3 月），卷 33，頁 42～43。
又（《新夏月刊》，1973 年 6 月），卷 34，頁 47～48。

〔註31〕杜若：〈溫庭筠詩和詞〉（《自由談》，1981 年 6 月），卷 32，期 6，頁
61～64。

〔註32〕羅宗濤：〈溫庭筠詩詞比較研究〉（《古典文學》，1985 年 8 月），卷 7
上，頁 487～529。

〔註33〕方瑜：〈溫庭筠歌詩的意象與表現〉（《幼獅月刊》，1974 年 10 月），
卷 40，期 4，頁 38～55。

〔註34〕李曰剛：〈論晚唐典綺派溫庭筠詩之特殊風格〉（《文藝復興》，1974
年 11 月），期 57，頁 30～37。

〔註35〕劉中龢：〈唐末文壇巨柱溫庭筠〉（《文藝月刊》，1975 年 1 月），卷
67，頁 3～18。

〔註36〕阮廷瑜：〈李白詩對溫庭筠五律的影響〉（《大陸雜誌》，1992 年 8 月），
卷 85，期 2，頁 1～4。

環境使然，如：林柏燕〈溫庭筠的悲劇〉〔註 37〕，以及考察其生年之謎，如：張以仁〈從若干事證檢驗溫庭筠的生年之說〉〔註 38〕。可謂是成果豐碩，值得參考。

　　至於學位論文方面，台灣歷年來研究溫庭筠詩歌的博、碩士論文不是很多，筆者歸納整理的結果，共得論文五篇，茲述如下：

　1、楊玖：《溫庭筠詩研究》，東海大學中文所碩士論文，1973 年。

　　　作者先從政治社會、進士科的風氣與文學環境三點切入探討晚唐的時代背景，其次介紹溫庭筠身世與學行、詩集著錄與流傳，並以內容思想、風格境界與修辭技巧三方面論其詩歌，文末探討溫庭筠詩體與詞體的嬗變以及其對後世的影響。晚唐溫庭筠以詩家巨擘而兼詞家大匠，為求變風氣中成就最高之一人，其詩歌以樂府詩居多，反映晚唐士人消極的一面和上層社會之畸型繁華，以綺麗著稱，一則表現晚唐之時代精神，一則表現唐詩三百年演變的結果，其為晚唐最後大家，上結束唐詩時代，下開啓宋詞之新機運。其人其詩，實處於關鍵性地位，具有極高的成就。

　2、張翠寶：《溫庭筠詩集研注》，台灣師大國文所碩士論文，1975 年。

　　　論文分前後編，前編是「研究篇」，第一、二章為溫庭筠傳略與年譜，作者有感於後世論溫詩頗多誣言，悲憫溫庭筠之遭遇，因此整理舊集，考察其生平事蹟。第三章為溫庭筠詩研究，首先探討時代背景，其次論述唐詩沿革與晚唐詩壇環境，最後分析其詩歌之詩旨大意、內容風格與技巧特色。後編為「箋注篇」，只對舊注作了一些訂正，未有更新的突破。綜觀溫詩以綺豔者多，乃為齊梁樂府之遺風，然亦能意內言外，時有豪放雄渾，懷古傷時之作；時有清逸飄灑翛然出世之作，尤其是五言古律，清微淡遠，作者讚其詩近於王孟韋柳。

〔註37〕林柏燕：〈溫庭筠的悲劇〉（《中華文藝》，1976 年 1 月），卷 10，期 5，頁 139～144。

〔註38〕張以仁：〈從若干事證檢驗溫庭筠的生年之說〉（《中央研究院歷史語言研究所集刊》，2003 年 9 月），卷 74，期 3，頁 507～525。

3、李恩禧：《溫庭筠詩詞中感覺之表現》，政治大學中文所碩士論
文，1992年。

前人研究溫庭筠的作品，多半著眼於其藝術特色，然而作者卻突
破傳統以唯美主義的感官特色來觀看溫庭筠詩歌的藝術成果，論文以
曾益等箋注《溫飛卿詩集箋注》（1981年，里仁書局發行），及趙崇
祚《花間集》（商務印書館四部叢刊本）爲藍本，透過詩詞的整理與
分類，來探討溫庭筠詩詞中之感覺的表現。首章闡述研究動機與方
法、篇章之架構及範圍的界定，並整理前人的研究成果。第二章從歷
史及文學背景的角度切入，探討溫庭筠詩詞中感覺表現產生之內因外
緣。第三章以美學、心理學爲基礎，並分析、討論溫庭筠詩中活用感
覺方面的綜合運用。第四章論述溫庭筠詩詞中運用感覺之異同。第五
章及第六章總論溫庭筠詩詞之評價與貢獻，以及感覺表現的特色。溫
庭筠的文學作品充滿唯美色彩，且著重感官經驗的表達，他在創作過
程中，常把個人的情感融入人類的共同感覺之中，舉凡色、聲、香、
味、觸皆有細膩具體之表現，可以說將官能感受和情感捕捉突出發展
爲高超之印象技法。

4、許瑞玲：《溫庭筠詩之語言風格研究──從顏色字的使用及其詩
句結構分析》，成功大學中文所碩士論文，1993年。

首章爲緒論，作者藉由溫庭筠詩中常用顏色字數的統計與比例，
分析其詩之語言風格的意義、方法，與動機。第二章以題材分類，透過
顏色字出現在詩句的不同位置（句首、句末、第三字、第五字、第二字、
第四字、第六字），歸納出顏色字多出現在「詩眼」處，呈現溫庭筠在
詩句節奏上對顏色字的強調與運用。第三章依顏色字在詩句中的性質分
類，深入探討其文法功能，也比較詩句表面結構與基底結構（語意結構）
的變換，更指出因特別強調顏色字而將詩句走樣的現象。第四章擴大顏
色字的探討範圍，只要和視覺接收有關的顏色字（如：光線、色澤等），
皆作語法功能的分析與分類。第五章以現代色彩學在色相、明度、彩度
的詮釋角度，依順序、次數，統計其顏色字出現的頻率，說明溫庭筠詩

的顏色字使用偏好，最後從色彩詞的象徵及語詞情感，探究其修辭意
義。第六章結論，作者重申對溫庭筠詩顏色字的使用及其詩句結構分析
的重要研究發現。全篇論文作者以整理的、說明的，和系統的統計及析
例，逐句追索且前後對照，深入探討溫庭筠詩之語言風格，並結合現代
色彩學的知識，使研究的過程與成果更客觀、精確。

5、李淑芬：《溫庭筠及其詩歌研究》，台灣大學中文所碩士論文，
　　2000 年。

　　首章為緒論，概述溫庭筠研究現況，以及研究之動機、範圍與方
法。第二、三章以溫庭筠詩歌、賦文、小說與相關史料記載為依據，
經過整理與考訂，重新構築溫庭筠生平的全貌，第四章探討溫庭筠之
才行與風格，除了眾所習知之汲汲求用（克紹祖業）與及時行樂（酣
飲狎游）之特質以外，又認為其所以屢屢得罪權貴、無法顯達之因，
乃在於稟性質直、不通機巧。第五章就題材（記遊、懷古、邊塞、仙
逸、著題、風懷、懷贈、送別、閑適、宴集、傷悼，共十一類）與體
裁（古詩體、排律體、絕句體、律詩體）整理歸納溫庭筠詩歌，並觀
察兩者間之關聯，且認為溫庭筠之七古樂府詩受李賀影響，近體詩則
學習劉禹錫。第六章分析溫庭筠詩歌之藝術風格特色，主要有「穠麗
精煉、情思幽邈」、「雄豪雅健、氣勢磅礴」與「閑雅自然、天趣橫溢」
三種。第七章綜合各章研究成果，以為結論。作者將溫庭筠詩歌以著
地為經、著時為緯，充分掌握、瞭解詩人的生平，突破傳統解釋典故
的局限，對溫庭筠詩歌作深入的考證，清楚地呈現詩風與詩人情性、
詩歌體裁題材的對應關係，是此論文的一大特色，然其在詩歌題材分
類上太細，顯得較繁瑣，是美中不足之處。

（二）詠史詩論文

　　經筆者整理的結果，以「詠史詩」為主題的學位論文重要且相
關者，共有十四篇，其中研究魏晉詠史詩一篇〔註39〕；研究唐代詠

〔註39〕黃雅歆：《魏晉詠史詩研究》，台灣大學中文所碩士論文，1990 年。

史詩有九篇〔註40〕；研究宋代詠史詩三篇〔註41〕；研究明清詠史詩一篇〔註42〕，筆者擇選與溫庭筠時代相關聯之唐代詠史詩論文，茲述如下：

1、韓惠京：《李商隱詠史詩探微》，中國文化大學中文所碩士論文，1987年。

　　第一章緒論。第二章界定詠史詩的意義，且探討詠史詩之溯源、成立與發展等源流問題。第三章分述李商隱的生平與所處的時代背景，及其詠史詩的寫作因緣。第四章考察李商隱詠史詩的題材、主題與內容、思想。第五章探索李商隱詠史詩的主題結構，並分析李商隱

〔註40〕韓惠京：《李商隱詠史詩探微》，中國文化大學中文所碩士論文，1987年。

　　　廖振富：《唐代詠史詩之發展與特質》，台灣師範大學國研所碩士論文，1989年。

　　　潘志宏：《晚唐三家詠史詩研究》，清華大學文研所碩士論文，1993年。

　　　徐亞萍：《唐代詠史詩與中國傳統士文化關係之研究》，高雄師範大學國文所博士論文，1998年。

　　　李宜涯：《晚唐詠史詩研究》，中國文化大學中文所博士論文，2000年。

　　　賴玉樹：《晚唐五代詠史詩之美學意識》，中國文化大學中文所博士論文，2003年。

　　　周宜梅：《杜牧詠史詩研究》，台灣師範大學在職進修國文所碩士論文，2004年。

　　　劉桂芳：《羅隱詠史詩時空審美研究》，屏東師範學院語教所碩士論文，2005年。

　　　張家豪：《李商隱詠史詩解讀研究》，東海大學中文系碩士論文，2006年。

〔註41〕陳吉山：《北宋詠史詩探論》，成功大學歷史語言所碩士論文，1993年。

　　　李明華：《南宋詠史詩研究》，成功大學歷史語言所碩士論文，1993年。

　　　江珮慧：《王荊公詠史詩研究》，彰化師範大學在職進修國文學系碩士論文，2004年。

〔註42〕黃俊傑：《明清之際詠史詩研究》，彰化師範大學國文所碩士論文，2001年。

詠史詩的表現方式。第六章結論。作者研究發現佔李商隱六百餘首詩之十分之一分量的詠史詩，在形式上以七絕最多，約四十餘首，比例可說相當驚人。義山充分利用七絕的形式，不作史傳體的敘述鋪排，十分精鍊和高度概括地剪裁手法，以畫龍點睛的技巧發揮了比興的優點，表現其七絕詠史詩的特殊成就，也透過詠史詩託諷當世，展現了豔情世界以外的另一層面，無論思想或藝術方面，在歷代詠史詩中，具獨標一幟的重要地位。

2、廖振富：《唐代詠史詩之發展與特質》，台灣師範大學國研所碩士論文，1989 年。

首章作者對「唐代詠史詩」一詞加以界定，指出「唐代詠史詩」的認定，應以內容爲衡量標準，而不是從寫作觸發因素的不同來判別。第二章重點爲詠史詩的探源及其初步發展；第三章談「繼承期——初唐詠史詩」，以陳子昂、李白、李華、吳筠之詠史詩爲例，點出初唐詠史詩的特徵：對近體詠史的嘗試、作品內涵的開拓、詠史與懷古的初步融合。第四章談「轉變期——中唐詠史詩」，稱讚杜甫爲近體詠懷古跡創新之典範；白居易用語淺俗，反映中唐議論之風；李賀造境幽奇，獨立於議論時尚之外。第五章談「全盛期——晚唐詠史詩」，歸納此時期詠史詩的特徵內涵有三：以議論爲主調、題材具有明顯的共同趨向、有濃厚的歷史滄桑感，並褒揚杜牧是翻案詩風的開創者；李商隱是近體詠史的巨擘，而溫庭筠的七律與樂府體詠史兼美。第六章探討唐代詠史詩內涵的綜合分析，指出唐代詠史詩具有託古抒懷、借古諷今、以詩論史等三大寫作旨趣。第七章作者從體式特質與人稱、語態深入探究唐代詠史詩的藝術特質。末章總結全文，作者清楚地指出唐代詠史詩在我國詠史詩發展上具有承先啓後的重大關鍵，其主要貢獻有二：題材與內涵的開拓、體式與作品風貌的新變，而其對後代的影響，則主要表現在「論史七絕」寫作傳統的開創上。

3、潘志宏：《晚唐三家詠史詩研究》，清華大學文研所碩士論文，
  1993年。

　　首章緒論。第二章論述晚唐的政治、社會背景，及晚唐詠史詩與
前代之關係。第三章至第六章討論各類型之詩歌作品。第七章綜合前
面四章的討論。作者依據作品的內容意旨爲區分標的，將晚唐詠史詩
分爲詠懷、議論、諷諭、懷古四種類型。以李商隱、杜牧、許渾三位
晚唐詠史作品爲討論對象，因爲他們的作品確立各類型的風格，且藝
術技巧及內涵皆涵蓋晚唐其他詠史詩人。根據研究發現晚唐的詠懷型
詠史詩感情較爲直接；議論型詠史詩則議論性較強；諷諭型詠史詩的
對象一致爲歷代失政敗德的君主；懷古型詠史詩則普遍流露滄桑無奈
的感情。我們透過晚唐詠史詩所傳達的共通性，與晚唐的歷史結合，
驗證了詩歌與時代密不可分的關係。

4、徐亞萍：《唐代詠史詩與中國傳統士文化關係之研究》，高雄師
  範大學國文所博士論文，1998年。

　　首章緒論，簡述研究緣起、架構、進程及資料運用。第二、三章
探討中國士文化傳統的由來，及傳統士人精神的特質（道德群體之著
重、歷史憂患情懷、仕宦隱逸之兩路）。第四章探討唐以前詠史詩之發
展情況及水準。第五章、六章探討唐代文化的特徵，作者將唐代文化隨
政、經局勢之發展與變遷，分唐型文化（初、盛唐）與宋型文化的開端
（中、晚唐）兩階段，並論證其由來及特徵，且分析唐、宋兩型文化的
文士詩人，其文化意識及士風，以奠定探究唐代詠史詩的文化基礎。第
七章以詠史詩人的創作心理及詩體（體製、形式上）發展、唐代詩論的
衍進，探析唐代詠史詩創作之根源。第八、九章分初唐、盛唐及中、晚
唐個別探討唐代詠史詩之題材、內涵、體式及表現技法，並加強現象背
後文化因素的分析與解釋。第十章衡定唐代詠史詩之成就與影響，並探
究唐代詠史詩與唐代士文化之關係。第十一章結論。全文以士文化傳統
及唐代詠史詩爲研究主軸，並以探究中國士文化傳統，爲唐代詠史詩研
究之基礎，進而尋繹兩者之間的關係，及其在文化發展上之意義。

5、李宜涯：《晚唐詠史詩研究》，中國文化大學中文所博士論文，
　2000 年。

　　首章緒論。第二章談詠史詩的定義、興起與發展。第三章探討晚
唐詠史詩的時代背景。第四章探討抒懷型詠史詩（杜牧、李商隱、溫庭
筠）與敘事型詠史詩（胡曾、汪遵、周曇、孫元晏、羅隱）之內涵與特
徵。第五章探討胡曾詠史詩與講史平話小說之關係。第六章探討胡曾詠
史詩與明清歷史演義小說之關係。第七章探討晚唐敘事型詠史詩之源
流。第八章研究晚唐敘事型詠史詩之史觀。第九章結論。敘事型詠史詩
至晚唐大盛，詩人幾乎是「有意」的大量創作詠史詩，作者有感於歷來
研究晚唐詠史詩的學者，多將目光集中在杜牧、李商隱、溫庭筠等人身
上，鮮少論及胡曾、周曇等人敘事型態的詠史詩。然而，在文學史上始
終處於邊緣地帶的敘事型詠史詩，卻在宋元講史評話與明清演義小說中
大量出現，而且成為小說中重要的結構與特色之一，其中又以胡曾詠史
詩被引用的最多。因此，作者以胡曾詠史詩為例，驗證敘事型詠史詩在
通俗文學中所扮演的角色與功能，以探究敘事型詠史詩存在的意義與價
值，並從而探究胡曾詠史詩在中國文學史上的地位。

6、賴玉樹：《晚唐五代詠史詩之美學意識》，中國文化大學中文所
　博士論文，2003 年。

　　首章緒論。第二章探討晚唐五代之前詠史詩的發展情況、晚唐五
代詠史詩興盛原因及其美學內涵。第三章從意象塑造、時空設計、聲
情辭情三方面來分析詩人詠史的美學表現。第四章以歷史真實與藝術
真實的統一、主觀情意與客觀物境交融等層面分析其美學特徵。第五
章歸納出晚唐五代詠史詩含蓄美、精警美和悲慨美等美學風格。第六
章總結晚唐五代詠史詩美學價值與地位。作者以詠史詩為經，歷代詩
話中關於詠史的評述、美學家相關文藝美學理論為緯，並以文藝美學
為範圍來分析其審美特質，交相融攝，抽繹出詩人詠史作品中之美學
意識，最後歸結成功的詠史作品可以喚起讀者美的判斷，亦是真善美
的統一與整合。

7、周宜梅：《杜牧詠史詩研究》，台灣師範大學在職進修國文所碩
士論文，2004 年。

首章緒論。第二章討論詠史詩之定義、形成與流變。第三章分述
初、盛、中、晚唐之詠史詩概況。第四章探討杜牧生平與晚唐政局，
以及詠史詩之題材（歷史人物、事件、古跡）與內容（諷諭型、議論
型、懷古型、詠懷型）。第五章分析杜牧詠史詩「先述己意而以史事證
之」、「先述史事而以己意斷之」、「止述己意而史事暗合」、「止述史事
而己意默寓」之四種寫作手法。第六章指出杜牧詠史詩風格具有「豪
邁精警」、「俊爽恢宏」、「高曠灑脫」三大特色。第七章論述杜牧詠史
詩之成就與影響。第八章結論。清代洪亮吉於《北江詩話》中讚之：「詩
文並可獨到，則昌黎而外，惟杜牧之一人。」說明了杜牧極高的文學
成就。杜牧卓然而為晚唐詠史大家，詩歌不以堆砌豔詞佳藻為務，而
自有高華綺麗之風致，具備了高度的藝術特色。尤其是「七絕詠史之
體」、「翻案見奇之法」、「宋人議論之風」，更見其對後世影響之深遠。

8、劉桂芳：《羅隱詠史詩時空審美研究》，屏東師範學院語教所碩
士論文，2004 年。

第一章緒論。第二章探討羅隱生平、創作與時代氛圍之互動。第
三章論述羅隱詠史詩之起源、發展與義界。第四章探討羅隱詠史詩之
取材內容、寫作旨趣與「警醒意義重於指導」、「人物敘寫偏於沈鬱者
之流」、「內容取材多為政治層面」三大詩作特色，並分析創作類型（史
傳型、詠懷型、史論型）。第五章論述羅隱詠史詩之審美時空。第六
章結論。羅隱的詠史詩以現實生活為出發，融時代感、歷史感與宇宙
感於一爐，不論是對歷史悲劇的慨嘆、國勢衰頹的批評，或是對自身
不遇的無奈，都隱括在其詩中，作者總結羅隱詠史詩的時空審美價值
有三：呈現晚唐時空的悲怨美、歷史與現實的錯綜之美、理性與感性
的交融之美，並肯定羅隱一生雖顛簸困挫，卻促成他在詠史詩上不凡
的成就。

9、張家豪：《李商隱詠史詩解讀研究》，東海大學中文系碩士論文，
2006 年。

首章緒論。第二章作者藉由傳記、史書與李商隱詩文之描寫，對
詩人的家世、生平、時代背景作探查。第三章探討詠史詩的意義、源
流、成立及其相關問題。第四章到第六章「李商隱詠史詩及其評論箋
注之探析」為本論文之精華處，作者鉅細靡遺地分析李商隱詠史詩詩
題素材、人物類型及取材的用意，將李商隱六十九首詠史依性質區分
為以古鑒今、借古喻今、託古諷今與懷古慨今四種類型，藉由前人箋
注詳細評論每首詩作，探析作者之行事及內心以推見其微旨，希冀對
李商隱詠史詩作出更精要的解讀。第七章結論，歸納李商隱詩作慨嘆
主題有四：君主、自身、功臣、古今，充分流露出忠君情懷與憂患意
識之詩作思想，以及展現了詩人擅用歷史素材、獨特筆法之寫作特色。

二、大陸學者之研究

（一）溫庭筠論文

由於兩岸文化交流日益頻繁，學術文化的普及，有關溫庭筠的研
究論著不斷推陳出新。近年來中國大陸各校學報，探討溫庭筠詩作的
期刊論文數量不容小覷，有探討溫庭筠生卒年問題者，如梁超然〈溫
庭筠考略〉〔註43〕、王于飛〈溫庭筠行實小考〉〔註44〕、王麗娜〈溫
庭筠生平事蹟考辨〉〔註45〕；有整理七十年來關於溫庭筠的研究成果
分類論述者，如：王淑梅〈七十年溫庭筠研究概述〉〔註46〕；亦有論
述溫庭筠詠史詩之諷諭精神及表現形式者，如：金昌慶〈溫庭筠詠史

〔註43〕梁超然：〈溫庭筠考略〉（《漳州師院學報》，1994 年），期 3，頁 7～12。
〔註44〕王于飛：〈溫庭筠行實小考〉（《重慶師院學報（哲學社會版）》，1999
年），期 1，頁 29～32。
〔註45〕王麗娜：〈溫庭筠生平事蹟考辨〉（《山西師大學報（社會科學版）》，
2004 年 4 月），卷 31，期 2，頁 94～98。
〔註46〕王淑梅：〈七十年溫庭筠研究概述〉（《文教資料》，1996 年），期 3，
頁 71～82。

詩的諷諭精神及其藝術表現形式〉〔註47〕；或比較溫李詠史詩意象之異同，如：宁薇〈密隱與疏顯——溫庭筠、李商隱詠史詩意象比較〉〔註48〕；還有指出溫詩無論抒情繪景、詠史詠物、豔情邊塞、登臨贈答，都表現出淒愴悲涼的情感內涵，如：王笑梅〈溫庭筠詩情感基調初探〉〔註49〕；也有將溫庭筠詠史詩分「援引歷史故事，以古喻今」、「直指割據勢力，強調維護國家統一」、「借歌詠功臣英烈的千秋功績，抒發自己情懷和理想」等三部分來論述，如：梁克隆〈簡談溫庭筠的詠史詩〉〔註50〕；或者歸納溫詩展現「豔」與「清」兩種截然不同的風格，藉此說明詩人思想生活和審美生活的多樣化，如：王笑梅〈試論溫庭筠詩歌的藝術風格〉〔註51〕；又或與李商隱、杜牧相較，溫庭筠更浪跡於晚唐時代生活的底層，其詩歌集中展示了當時的社會生活，尤其是文人們懷才不遇的憤怒與生不逢時的感嘆，如：成松柳〈論晚唐社會背景下溫庭筠詩歌的時代特徵〉〔註52〕；抑或藉由溫庭筠詠史詩，來談中晚唐詩人對樂府詩的革新與努力，如：汪豔菊〈論溫庭筠的詠史樂府——兼論中晚唐詩人革新樂府詩的努力〉。〔註53〕

　　至於學位論文方面，中國大陸歷年來研究溫庭筠詩歌的學位論文成果豐碩，但取得不易，茲舉 2000 年代以後筆者查詢中國博碩士論

〔註47〕金昌慶：〈溫庭筠詠史詩的諷諭精神及其藝術表現形式〉《殷都學刊》，1999 年），期 4，頁 73～76。

〔註48〕宁薇：〈密隱與疏顯——溫庭筠、李商隱詠史詩意象比較〉（《湖北教育學院學報（社會科學版）》，1999 年），期 6，頁 11～12、6。

〔註49〕王笑梅：〈溫庭筠詩情感基調初探〉（《解放軍外國語學院學報》，2000年 1 月），卷 23，期 1，頁 103～105。

〔註50〕梁克隆：〈簡談溫庭筠的詠史詩〉（《中華女子學院山東分院學報》，2002 年）期 1，頁 38～40。

〔註51〕王笑梅：〈試論溫庭筠詩歌的藝術風格〉（《周口師範學院學報》，2004年 5 月），卷 21，期 3，頁 33～36。

〔註52〕成松柳：〈論晚唐社會背景下溫庭筠詩歌的時代特徵〉（《湖南社會科學》，2004 年），期 6，頁 131～133。

〔註53〕汪豔菊：〈論溫庭筠的詠史樂府——兼論中晚唐詩人革新樂府詩的努力〉（《唐都學刊》，2007 年 1 月），卷 23，期 1，頁 20～25。

文網的結果，共得論文六篇，論述於下：

1、談曉茜：《風雨季世，惆悵彩筆──溫庭筠詩歌論析》，西北師範大學中文所碩士論文，2001 年 10 月。

　　本論文分兩章。第一章，論述溫庭筠的樂府詩，按其題材分為：詠史詩、描寫女性的詩、邊塞詩、農事詩、豔情詩，以及遊仙詩，而其樂府詩的藝術風格可分為三類：濃麗富豔，善於鋪陳描述；雄奇壯偉，具有浪漫色彩；自然恬淡，真率質樸。第二章論述溫庭筠的近體詩，可分為：剛健道勁、悲慨蒼涼的詠史詩；清麗俊逸的羈旅抒懷與贈答、干謁詩；豔冶輕薄、浪子氣息的愛情詩；離形取神、抒感味濃的詠物詩。由上可知，溫庭筠的樂府詩語言華美綺豔、意象富麗稠密，寓意往往借形象傳達；而其近體詩工於對偶，長於琢句、鍊字，具有用典精巧工切的特點。

2、張煜：《溫庭筠歌詩研究》，首都師範大學中文所碩士論文，2002 年 7 月。

　　首章論述溫庭筠歌詩的創作活動，作者認為溫庭筠在晚唐以歌詩聞名於世，這與他擅長音樂、縱情狹邪之游、性格放誕是有密切關係的。也因他仕途失意，故在聲詩創作領域獨領風騷。第二章談溫庭筠聲詩的認定，作者依據《才調集》、《樂府詩集》來認定溫庭筠的聲詩，總計入樂的聲詩共有 99 首。第三章析論溫庭筠聲詩的特點，文中比較溫庭筠新樂府詩與元白新樂府詩的異同，並指出元白直刺現實，主題鮮明，通俗直白；溫庭筠借史事諷刺時弊，婉約其詞，往往晦澀曲折，此乃造因於當時社會創作潮流、政治環境、作者個人的性格特點的影響。也由於溫庭筠擅長音樂，所以他有意識地對唐代聲詩最普遍採用的形式近體詩的聲律進行了改造。第四章論溫庭筠聲詩與詞在題材上的比較，從中發現聲詩內容豐富多樣，而詞的思想內容則較集中於女性題材的描寫，感情上有更深入的刻劃。第五章作者試圖從溫庭筠著名〈菩薩蠻〉詞作，去探討其聲詩對詞作深遠的影響，藉此說明

溫庭筠聲詩的創作奠定日後詞作發展的基礎。

3、宋立英：《溫庭筠詩歌用典研究》，黑龍江大學中文所碩士論文，
　2003 年 11 月。

　　本論文共分三大章，首章將溫庭筠的詩歌作用典的量化分析，揭
示其詩中所寄予的詩人深沉而複雜的感情與心態，以期對溫庭筠其人
其詩作出更切合實際的評價。第二章通過用典看溫庭筠其人其詩，歸
納整理溫庭筠詩中幾個常用的典故：謝安、司馬相如、范蠡、嚴子陵、
王孫、蘇小小、陳後主、白蓮社，從其用典中流露出詩人對國事的關
注，對理想的執著追求，與詩人仕隱的矛盾心態。第三章著重探討溫
庭筠與李商隱詩歌用典比較，從中可以明顯看出二人思想、人生經
歷、個人遭遇的異同，以及對其詩歌所形成的影響。

4、徐秀燕：《溫庭筠女性題材詩歌研究》，山東師範大學中文所碩
　士論文，2005 年 9 月。

　　首章從溫庭筠生平和詩作兩個方面進行剖析，作者認為溫庭筠是
一位個性耿介真率的才子而非浪子，他的詩作風格多樣，其中不乏抒
寫個人抱負的作品，因此，傳統的對他好為「側豔之詞」的評價是以
偏概全。第二章從溫庭筠女性題材詩歌看詩人的女性觀，首先對溫庭
筠女性題材詩歌作了界定，並且對詩歌中的娟妓、民女、楊貴妃、魚
玄機、蘇小小等幾類女性形象作了逐一分析，藉以探討溫庭筠女性題
材詩歌的現實意義和他的女性觀。第三章論溫庭筠女性題材詩歌與南
朝民歌的關係，作者研究指出溫庭筠女性題材詩歌多寫江南的女兒之
情，感情真摯，情景交融。在藝術上多用雙關語和諧音的手法，感情
表達含蓄柔美，音節自然流轉，這些特點都是吸收了南朝民歌的營
養。末章談溫庭筠女性題材詩歌與其詞的親緣關係。由於詩人對於女
性題材的鍾情，加之對於音樂的精通，使他能選擇恰當的曲調表達自
己的情感，從而創作出綺麗感傷的詞作。

5、唐愛霞：《論溫庭筠的人生悲劇與詩歌美學風貌》，廣西師範大學中文所碩士論文，2005 年。

　　本論文分兩章。第一章，結合唐代的政治、文化、生活背景來分析溫庭筠生平行事，深入探究一個富有濟世抱負與傑出文才的詩人卻沉淪下僚、謗滿一身的原因，文中力求知人論世，以現代人的眼光，對溫庭筠作一個客觀公正的評價。

　　第二章，著重論述溫庭筠詩歌多采多姿的藝術風貌，作者認為溫庭筠的詩歌反映現實，具有深厚的思想內容，充滿沉鬱磊落、耿介不平之氣。同時又是一個對大自然之美別有會心的詩人，表現出清拔曠遠的風格，清中有明麗鮮媚，故而不寒瘦；靜中有生機活力，故而不死寂。而當他作為一個花間才子，彩筆畫夢時，他的詩風華流美，表現出唯美的藝術趣味，詩中充溢著春天的色彩與情調，既有勃勃的生機和熱情，又給人華美的滋潤，表現出陽柔之美的特徵，及詩人理想中美的境界。

6、劉霽：《溫庭筠詩歌藝術研究》，南京師範大學中文所碩士論文，2006 年 10 月。

　　論文分六章探討溫庭筠詩歌藝術及其成就。首章先從晚唐時代背景和個人身世入手，探討其詩歌藝術的成因。第二章則重點分析其詩歌風格和淵源，將溫庭筠豐富多樣的詩歌藝術風格分為豔、清兩大方面，同時又細分為穠美鋪陳、側豔輕麗、清峻深曲和清雅閑寂四種風格加以具體闡述，並指出溫庭筠的詩歌語言新美而瑰麗的風格特點，是其整體藝術風格的具體呈現。第三章論述溫庭筠在詩歌藝術技巧方面，有著求新唯美的藝術追求，且在豔麗厚重的色調背後卻有著濃熾的傷感情緒，若結合詩人身世探究，更可感受到其中的悲劇意味。第四章談溫庭筠詩歌的結構和布局，無論是在細節描摹還是整體的謀篇佈局上都有獨到之處。除了體物手法的纖毫畢現之外，詩歌在結構上呈現出婉曲和諧的特點，而在意象的組合上，更兼有西方蒙太奇手法的跳脫之致和東方美學的渾融和諧。第五章論述溫庭筠詩歌藝術的獨

特性，乃在於他的詩歌創作對詞創作所產生的影響，以及他對一代詞風的開創和規範化做出了偉大貢獻。最後藉由他詩詞意象和意境的比較中，呈現出截然不同的分體表現形式，及其詩詞創作在整體上有著共通的美學基礎。末章從溫李詩風的評價和其流變中，來總結溫庭筠詩歌藝術的評價和影響。

（二）詠史詩論文

針對「詠史詩」為主題的學位論文，依筆者查詢中國博碩士論文網的結果，共得論文十四篇，其中研究漢魏六朝有三篇〔註54〕；研究唐代詠史詩有十篇〔註55〕；研究宋前詠史詩有一篇〔註56〕，筆者選擇溫庭筠所處之晚唐時代的詠史詩論文敘述之。

〔註54〕韋春喜：《漢魏六朝詠史詩試論》，山東師範大學中文所碩士論文，2002年9月。

劉傑：《漢魏六朝詠史詩研究》，西南師範大學中文所碩士論文，2004年7月。

李翰：《漢魏盛唐詠史詩研究》，復旦大學中文所博士論文，2005年9月。

〔註55〕張豔：《晚唐詠史詩》，河北大學中文所碩士論文，2001年9月。

無名氏：《唐代詠史詩研究》，華中師範大學歷史文獻所博士論文，2001年9月。

李霞：《評唐代詠史詩人的歷史觀》，陝西師範大學中文所碩士論文，2002年6月。

毛德勝：《論中晚唐詠史詩》，華中師範大學中文所碩士論文，2003年7月。

王娟：《李商隱詠史詩研究》，陝西師範大學中文所碩士論文，2003年7月。

葉楚炎：《唐代詠史詩研究》，南京師範大學中文所碩士論文，2004年10月。

冷紀平：《論唐代詠史詩藝術新變》，青島大學中文所碩士論文，2005年7月。

張子清：《羅隱詠史詩研究》，湘潭大學古文所碩士論文，2006年3月。

王麗芳：《劉禹錫詠史詩的生成及影響》，東北師範大學中文所碩士論文，2006年8月。

張宇：《論中晚唐詠史詩》，內蒙古大學中文所碩士論文，2006年11月。

〔註56〕韋春喜：《宋前詠史詩史》，山東大學中文所博士論文，2005年10月

1、張豔:《晚唐詠史詩》，河北大學中文所碩士論文，2001 年 9 月。

　　第一章作者透過對前人關於詠史詩、懷古詩和詠懷詩的論述的辨析中，對詠史詩的內涵作了初步的界定。第二章從整體上概括了詠史詩在晚唐的繁盛表現，並結合詠史詩自身的發展、尚古的傳統思維、晚唐的社會政治背景和唐代科舉制度等四方面分析其繁盛的原因。第三章全盤性地論述晚唐詠史詩的情感旨歸，呈現出晚唐詠史詩完整的內容風貌。第四章著重分析了晚唐詠史詩獨特的藝術表現手法。第五章揭示出晚唐詠史詩的思想認識價值。晚唐詠史詩以其豐富的思想內容、獨特的藝術手法成為詠史詩創作的一個高峰，此後的詠史詩基本上都侷限於晚唐詠史詩在內容和藝術上的表現方式而沒有取得更大的創新與突破。

2、毛德勝:《論中晚唐詠史詩》，華中師範大學中文所碩士論文，2003 年 7 月。

　　第一章分三方面論述中晚唐詠史詩的精神旨歸。一是探討了從中唐到晚唐詩人心理由感傷到懷疑到絕望的變化過程，著重分析詩人對國家社會永遠難以割捨的士人精神；二是分析了中晚唐詩人在自身屢遭挫折，沉淪下僚時所反映出的感傷、無奈和憤懣的複雜感情，突出了導致他們對個人命運倍加關注的社會誘因；三是從探討人類自身存在的哲理命題入手，挖掘出中晚唐詠史詩人在他們的詩作中所反映出來的對人類存在和個體價值的追尋。第二章從感傷美、深沉美、人情美三個面向，去深入分析中晚唐詠史詩人的潛在審美心理及其外部審美表徵，探討了社會歷史變遷給他們的審美帶來的變化與影響。第三章總結中晚唐詠史詩的藝術創新有三：重構時空、好為案語、善藏機鋒。中晚唐時期，隨著文人社會新異思潮的興起，作家自身的思辨力加強，對歷史本身的思考、反思，成為他們詠史詩關注的焦點之一。因此，此時期以議論入詠史詩，成為較普遍的創作趨向。詩人們還善於按照主題表達或情感邏輯的需要，選取歷史中的某些片段，將這些片段加以編輯、剪切，組成一組略去時間距離從而可以瞬間迭變的歷

史畫面與鏡頭，在史實或傳說的基礎上，創造出具有虛構色彩的情景、場景，藉此產生強烈的對比效果，增強藝術的魅力。

3、王娟：《李商隱詠史詩研究》，陝西師範大學中文所碩士論文，2003 年 7 月。

第一章總結李商隱詠史詩的思想內容有二：一是闡述李商隱對時弊的抨擊與憂憤。帝王的昏庸，加之藩鎮叛亂、宦官專權、黨爭內訌等頑疾，註定了晚唐不可扭轉的危局。二是評析李商隱對歷史與現實的批判和反思，突出強調其「勤儉興邦，奢逸亡國」和「治亂繫人，天不相預」的觀點。第二章從駕馭史料、構思謀篇、藝術成就等角度進行分析，作者認為李商隱的詠史詩特色顯著，如：其一，麗語綺辭，持義正大；其二，駕馭史料，出神入化；其三，詩藝精湛，意義深遠。第三章探討李商隱詠史詩風格成因。晚唐時期的君主，面對宦官專權、藩鎮割據的嚴峻形勢，大多苟且偷安，不務進取。李商隱肩擔道義、手著文章，對晚唐最主要的政治問題給予了強烈關注、披露，充分反映出詩人的政治卓識。作者又讚其博采眾長、自出機杼，而且膽識超群、剛直不阿。李商隱富有才華，但因牛李朋黨問題，一生鬱鬱不得志，他的一些詠史詩含蓄深刻地表達了其複雜隱微的情懷，同時對那些在統治階級內部鬥爭中遭受迫害的人士深表同情，讓我們更客觀而全面地理解李商隱的人格、理想與藝術貢獻。

4、張子清：《羅隱詠史詩研究》，湘潭大學古文所碩士論文，2006 年 3 月。

羅隱是晚唐著名的詩人。他的詠史詩留存至今約有八十餘首，本論文共分三大章，首章分析羅隱詠史詩的主題取向有三種：「灑感傷同情淚、抒憂憤失意情」、「批判諷刺矛頭直指最高封建統治者」、「洞察歷史變遷、抒發真知灼見」，創作主題多樣，顯見羅隱傑出的文才。第二章深究羅隱詠史詩的藝術特色，如：幾達化境的諷刺藝術、明顯的議論化和哲理化傾向、獨特的語言風格等等，無論在思想上還是藝

術上，都達到了很高的水平，散發出獨特的藝術魅力。第三章作者從晚唐黑暗的社會狀況、當時的詩風趣尚等外在因素和詩人思想性格這一內在因素，對形成羅隱獨特的詠史風貌進行了主要原因探討，從中肯定羅隱是唐末特定詩風的沐浴滋養下而綻放的詠史奇葩，其詠史詩遠紹杜甫，近承李商隱、杜牧等詩人的創作經驗，並深遠地影響了宋人詩風的審美取向，具有承前啓後的重要意義。

5、張宇：《論中晚唐詠史詩》，內蒙古大學中文所碩士論文，2006年 11 月。

　　由於詠史詩和詠懷詩、政治諷刺詩、懷古詩的界限不是十分明顯，因此，首章先界定詠史詩的定義，並區別其與懷古詩的異同。第二章探討中晚唐之前詠史詩的發展情況。班固〈詠史〉首次以「詠史」為詩命名，標誌著詠史詩的正式產生，而漢魏六朝的詠史詩在詩歌意味和感情基調上則更加濃厚。初、盛唐時期的詠史詩在種類和藝術形式也發生了很大的變化，直至中晚唐詠史詩才進入成熟、繁榮的時期。第三章從時代社會、詩人自身兩大因素，深入探討中晚唐詠史詩繁榮的原因，作者指出盛唐時代給詠史詩的成熟和繁榮提供了特殊的條件；中唐使詩歌整體的創作經歷了重大的轉變；晚唐詠史詩的內容有對歷史事件和歷史人物的評判和議論，也有對現實政治的諷刺和思考，詠史詩的內容更加豐富多元、含蘊深刻。第四章承接前章而來，詳細介紹中晚唐詠史詩的思想內容，包括描繪豐富多彩的歷史畫面、對於歷史事件的重新評價、展現複雜多變的情感世界，顯見中晚唐詠史詩和詠史詩的發展初期迥然不同的面貌，深具時代的特色。第五章歸納整理中晚唐詠史詩的藝術風格主要表現為：濃縮歷史畫面，增加詩歌意蘊之美；假設歷史事件，表現前因後果；七絕的創新，由盛唐情、景結合轉變為中晚唐情、景、理三者合一，以及體制短小而內蘊豐富的二十八字史論的出現，皆突顯出中晚唐詩人對詠史詩所付出偉大的心力與貢獻。

第二章　詠史詩之形成與發展

　　中國是一個歷史悠久的國家，對歷史的觀照是中華民族一個永恆的主題，而利用歷史文化知識來探求並掌握社會發展規律的意識，成為了我們的優良傳統，且重視以史為鑒，引史為戒，這種史學傳統千年來深深影響著眾多的讀書人，因而也波及到了詩壇，詩人在立意取材上，也善於攝取歷史這一他山之石，創作了許多見解獨到、立意高遠、文情並茂的詠史名篇。它們是中國古典文學研究中不容忽視、不可或缺的一部分，其歷史源遠流長、數量卷帙繁多、氣勢吞吐天地、容量涵蓋古今，也是我國古代詩歌中具有獨特地位與價值，且別有風趣的一種詩歌形式，更是我國古代文學藝術寶庫乃至我國文化、世界文化寶藏中不可多得的一塊瑰寶、獨秀群芳的一枝奇葩。

　　因此，在作溫庭筠詠史詩研究之前，有必要先釐清詠史詩的定義，繼而探討其淵源與發展，且直至唐代呈現何種新風貌？本章著重探討詠史詩的意義界定及淵源發展，此亦可作為筆者在擷取溫庭筠詠史詩作的標準依據。

第一節　詠史詩之形成

一、詠史詩之定義

　　「詠史詩」，顧名思義，是詠史的詩歌。「詠」即「直接歌詠歷史

題材，以寄寓思想感情，表達議論見解」〔註1〕；「史」包括詩人過去的一切，不論是人、事、物、地，亦不拘泥於正史所載，皆是詠史詩之題材，既是詩歌性質，就有言志抒情成份，簡而言之，又說歷史，又說感情的詩歌，就是詠史詩。但這樣的界定稍嫌籠統，因此，首先必須將古今各家對詠史詩所下的定義，比較分析，以尋求較精確的定義。

清代詩論家吳喬在其《圍爐詩話》卷三中說：「古人詠史，但敘事而不出己意，則史也，非詩也；出己意，發議論，而斧鑿錚錚，又落宋人之病。……用意隱然，最爲得體。」〔註2〕對詠史詩的要求，他指出了思想性與藝術性統一的重要。

日人弘法大師《文鏡祕府論》南卷〈論文意〉記載：「詠史者，讀史見古人成敗，感而作之。」〔註3〕其以「創作緣起」的觀點界說詠史詩的意義，此爲較狹義的解釋，因爲要「感而作之」不是只有靠「讀」的方法，還可以用「覽」的功夫。

除了以「創作緣起」分辨，近人也嘗試從「內容情志」方面來探討其內在意涵，劉若愚的《中國詩學》指出：「詠史詩一般指示一種教訓，或者以某個史實爲藉口以評論當時的政治事件。」〔註4〕廖蔚卿則認爲：「詠史詩大抵借一二古人古事以喻況自己，發揮個人情志；或對一二古人古事，加以批評。」〔註5〕將此二說作概略比較可以發現，劉若愚的說法似乎忽略了「借史抒懷」這一類詠史的內涵；相對

〔註1〕 降大任：《詠史詩注析・試論我國古代詠史詩》（山西：山西人民出版社，1985 年），頁 488。

〔註2〕 郭紹虞：《清詩話續編》（台北：木鐸出版社，1983 年），上冊，頁558。

〔註3〕 遍照金剛：《文鏡祕府論》（台北：學海出版社，1973 年），南卷，頁121。

〔註4〕 劉若愚著、杜國清譯：《中國詩學》（台北：幼獅文化事業公司，1977 年 6 月初版），頁 82、83。

〔註5〕 廖蔚卿：〈論中國古典文學中的兩大主題——從〈登樓賦〉與〈蕪城賦〉探討「遠望當歸」與「登臨懷古」〉（台北：《幼獅學誌》，1983 年 5 月），卷 17，期 3，頁 104。

的，廖蔚卿所觀照的層面則較為圓融些。

　　大陸學者施蟄存在《唐詩百話》中清楚指出：「凡是歌詠某一歷史人物或事實的詩，都是詠史詩。……以歷史人物或歷史事實為題材的，也可能不是詠史詩。……止有客觀地賦詠歷史人物或事實，或加以評論，或給前人的史論提出翻案意見，這才是本色的詠史詩。但這樣的詠史詩，也還很難與詠懷或懷古分清界線。」〔註6〕施蟄存認為詠史詩不是一種特定形式的詩，而是一種特定題材的詩，他將詠史詩分「詠史」、「詠懷」、「懷古」三類加以定義，並且說明有時這三者之間是很難劃清界限的。

　　台灣學者廖振富在其《唐代詠史詩之發展與特質》碩論中也曾提及：「凡是作品內容以歷史人物事為主要題材，加以詠贊、敘述、評論，以寄託個人主觀的情志理想，或論斷歷史人事之是非以表現見解者，都是屬於詠史詩。即使它是由實際景物、古跡觸發而作，甚至以懷古為題，只要具備上述內容，便是詠史。」〔註7〕廖振富先生不以寫作觸發因素之異來認定詠史詩，而以內容為衡量標準。其後的研究論文如：潘志宏《晚唐三家詠史詩研究》、徐亞萍《唐代詠史詩與中國傳統士文化關係之研究》、李宜涯《晚唐詠史詩研究》、賴玉樹《晚唐五代詠史詩之美學意識》、周宜梅《杜牧詠史詩研究》、劉桂芳《羅隱詠史詩時空審美研究》、陳吉山《北宋詠史詩探論》、季明華《南宋詠史詩研究》、黃俊傑《明清之際詠史詩研究》等，大多建立在前人基礎上，在研究詠史詩時各自賦予定義，一般均認同以作品的內容為衡量依據，賦予「詠史詩」廣義且綜合的義界。

　　其中，李宜涯《晚唐詠史詩研究》一文，給了詠史詩一個較適當且周全的定義：

〔註6〕　施蟄存：《唐詩百話》（台北：文史哲出版社，1994年3月初版），頁744。

〔註7〕　廖振富：《唐代詠史詩之發展與特質》（台灣師範大學國研所碩士論文，1989年），頁10～11。

> 詠史詩是以歷史事件或人物爲主題的詩，詩人藉由這個主
> 題表達自己的想法和意見；或僅是描述，不加修飾而已。
> 其中包括了二種類型，一種是以敘述歷史爲主兼有附帶作
> 者的評論與感嘆，文句質樸通俗，不尚雕琢；另外一種則
> 爲歌詠歷史，抒發感情爲主，其中歷史部份僅作襯托或藉
> 以詠懷之用，文句跌宕有情，含吐不露，充份展現雅正文
> 學的特質。前者可稱之爲敘事型詠史詩，後者可稱之爲抒
> 懷型詠史詩。〔註8〕

至於周宜梅《杜牧詠史詩研究》一文，則爲詠史詩更具體扼要下定義：

> 在古典詩歌中，以歷史人物、事件或古跡爲吟詠題材，借
> 此以抒懷、言志或議論的作品，就是詠史詩。也就是説，「以
> 歷史爲主體」的詩，就是詠史詩。故詠史詩應是包括了懷
> 古詩在內的「廣義」詠史詩。至於判斷是否爲詠史詩的依
> 據，則應以詩歌之內容意涵是否關乎歷史爲評斷的標準。
>
> 〔註9〕

爲了明確劃定「詠史詩」的範疇，減少不必要的困擾，故在進入主題之前，先要確定「詠史詩」的意義，並釐清「詠史詩」與「史詩」、「詩史」、「詩中用典」、「詠懷詩」、「懷古詩」、「覽古詩」、「弔古詩」的差別，緣由是中國古典詩歌的發展與分類上，它們易出現混淆不清的狀況。

（一）「詠史詩」與「史詩」──內容的本質性

　　所謂「史詩」，是指反映具有重大意義的歷史事件或以古代傳說內容的長篇敘事詩，如古希臘的《荷馬史詩》、我國《詩經・商頌》中〈那〉、〈烈祖〉、〈玄鳥〉、〈長發〉、〈殷武〉等長詩。而「詠史詩」敘述史實時，以點代面、以小見大，不過多鋪陳、亦少敘過程，其選題取材可以是歷史事件的全景觀照，也可以是歷史事件的枝微末節，

〔註8〕 李宜涯：《晚唐詠史詩研究》（中國文化大學中文所博士論文，2000
　　　　年），頁33。

〔註9〕 周宜梅：《杜牧詠史詩研究》（台灣師範大學在職進修國文所碩士論
　　　　文，2004年），頁10。

甚至於歷史人物的一舉一動；表現手法不單是敘述，也重在抒情寓理、夾敘夾議；至於篇幅不以長取勝，而以短爲優。

（二）「詠史詩」與「詩史」──時間的差異性

詩史的「史」，多半是詩人對時代、對國家有著親身經歷的深切傷痛，遂以文字來記實，其所記錄的內容，對當時的詩人來說，卻是剛剛發生、或正在發生的事〔註10〕；而詠史詩的「史」，則是詩人出生之前已發生的歷史。降大任先生更明確說明兩者的異同：

> 詩史，是對某些古典詩歌的特定稱呼，不是詩歌文學分類概念。詩史的「史」是對後人而言的，對作者來說，只是他生活的當代耳聞目睹的現實社會生活。詠史詩的「史」，不僅對後人，對作者來說，也已是前代歷史。二者形式可以相同，內容所反映的時代性不同。如杜甫的「三吏」、「三別」等作品，吳偉業的《圓圓曲》等作品，可稱詩史，卻不是詠史詩。〔註11〕

（三）「詠史詩」與「詩中用典」──主體的側重面

《文心雕龍‧事類》談到典故之意：「據事以類義，援古以證今者也。」〔註12〕黃侃明確解釋道：「意皆相類，不必語出於我；事苟可信，不必義起乎今。引事引言，凡以達吾之思而已。」〔註13〕黃侃指出典故的作用只是作者借古人古事來表達自己的思想感情。「詩中用典」是借典詠懷，詩歌主體不在「詠史」，而在「書懷」，所用的歷史典故只是書寫情懷的引子，「詠史」在其詩中並不具有主體性的地位，由於典故只是借古喻今，因此古人古事在詩中並無獨立的意義，

〔註10〕季明華：《南宋詠史詩研究》（台北：文津出版社，1997 年），頁14。

〔註11〕降大任：《詠史詩注析‧試論我國古代詠史詩》（山西：山西人民出版社，1985 年），頁487。

〔註12〕〔梁〕劉勰撰、王利器校箋：《文心雕龍校證‧事類》（台北：明文書局，1982 年 4 月），卷8，頁234。

〔註13〕黃侃：《文心雕龍札記‧事類第三十八》（香港：新亞書院中國文學系，1962 年 12 月初版），頁184。

且缺乏主體性,只能算是一種喻指替代、證明表達的作用;而詠史詩則不然,其所詠的歷史人物、事件在詩中居主體的地位,且具有獨立的意義。〔註14〕

(四)「詠史詩」與「詠懷詩」──感發的著眼處

關於詠史詩與詠懷詩的關係,清代的何焯就已論及,他評左思〈詠史〉曰:「題云詠史,其實乃詠懷也。」〔註15〕這個論點已指出詠史詩具有詠懷的性質。詠懷詩內容深廣、主體多樣,詠物詩可以詠懷,閨怨詩、遊仙詩也可以詠懷,自然更不排斥借史以詠懷,因此,詠懷詩可以選擇寄託的對象,也可以直接抒發情懷,不借助任何的媒介。而「詠史詩」以歷史為吟詠的對象,主題較集中,詩人可以借詠史表達對古人的傾慕與同情,也可以在述史之中寓託自己不可直言的情思,或者用以映射當時的現況,當然也可以只是陳述對史事的看法和評價,而並不在其中寄寓其他的內容。

詠史詩著眼於感發的誘因,關注的是詩人所感之物;詠懷詩著眼於感發的結果,關注的是詩人的情感、懷抱。兩者之間有交叉處,但卻又有各自的類型特徵。〔註16〕

(五)「詠史詩」與「懷古詩」、「覽古詩」、「弔古詩」 ──創作的觸發點

沈祖先生曾言:「我國古典詩歌當中有所謂覽古或懷古的作品,就其題目而論,雖屬地理範圍,但既是古跡,就必然具有歷史意義,所以它們在實質上是一種詠史詩。」〔註17〕施蟄存先生提出了不同的

〔註14〕韋春喜:〈試論南朝詠史詩〉(《四川師範學院學報(哲學社會科學版)》,2003 年 1 月),期 1,頁 1~2。
〔註15〕何焯:《義門讀書記》,收於〔清〕紀昀等總纂《景印文淵閣四庫全書》(台北:台灣商務印書館,1985 年),冊 860,卷 46,頁 669 下。
〔註16〕冷紀平:〈詠史詩界說二題〉(《青島大學師範學院學報》,2005 年 3 月),卷 22,期 1,頁 67。
〔註17〕沈祖:《唐人七絕淺釋》(石家莊:河北教育出版社,2000 年),頁 163、164。

看法：「止要題材是歷史人物或歷史事實，都屬於詠史詩一類。……借歷史人物或事實來抒發自己身世之感的，屬於詠懷；遊覽古跡而觸發感慨的，屬於懷古。」〔註18〕劉學鍇先生又進一步指出：「一般地說，懷古詩多因景生情，撫跡寄慨，所抒者多爲今昔盛衰，人事滄桑之慨；而詠史詩多因事興感，，撫事寄慨，所寓者多爲對歷史人事的見解態度或歷史鑒戒。」〔註19〕施蟄存、劉學鍇先生認爲詠史詩與懷古詩的創作觸發點有別，具體表現在懷古詩是受古跡遺存的感發。事實上在以歷史爲題材的詩歌裏，對歷史的見解與盛衰之嘆、滄桑之感，常常是兼而有之。假若放寬視野，全面考察以歷史爲題材的詩作，便會發現，經臨古跡遺址的詩作與那些直接以古人古事爲吟詠對象的詩歌之間，二者並無明顯的界限。

　　考索歷代詩話，也有將「弔古」之詩視爲詠史詩之類者。如王壽昌《小清華園詩談》卷下：「弔古之詩，須褒貶森嚴，具有春秋之義，使善者足以動後人之景仰，惡者足以垂千秋之炯戒。如左太沖之詠史，則曰『何世無奇才，遺之在草澤』，不勝動人以遺賢之憂……。」〔註20〕作者將左太沖之詠史詩視作弔古詩，亦即將弔古詩等同於詠史詩。

　　總而言之，無論是「懷古詩」、「覽古詩」、「弔古詩」，尤其在晚唐較難清楚區隔，因此，筆者都將之視爲詠史詩。

　　本文綜合諸多學者的高見，採廣泛意義來界定詠史詩，只要詩作的內容以歷史題材爲吟詠對象，無論是歌詠歷史人物、歷史事件、歷史古蹟；還是單純述史、議史論史、借史詠懷；甚至對歷史人事進行歌頌、讚美、嘲諷、貶斥，亦或者抒寫歷史變幻、人亡物在的悲慨，這些詩歌都屬於詠史詩的範疇。

〔註18〕施蟄存：《唐詩百話》（台北：文史哲出版社，1994 年 3 月初版），頁744。
〔註19〕劉學鍇：〈李商隱詠史詩的主要特徵〉（《文學遺產》，1993 年 1 月），期 1，頁 8。
〔註20〕郭紹虞：《清詩話續編》（台北：木鐸出版社，1983 年），下冊，頁1910。

二、詠史詩之淵源

　　每一種詩體、詩歌類別的形成都不是突然出現的，而是經過前代的醞釀才發展起來，同樣，詠史詩也是吸收前代的精華而產生的。

　　先秦文學作品中雖無詠史詩一體，但仍可在其中發現許多運用歷史題材的先例。中國文學源頭之一的第一部詩歌總集《詩經》。其中詠贊人物的詩篇，如〈秦風・黃鳥〉藉悼「三良」，哀人殉之慘。〈小雅・六月〉美北伐之功，反映「宣王中興」的史實。〈大雅〉中〈蕩〉借周文王斥責殷紂王的口氣指桑罵槐，揭露西周末期國君的昏庸無道，而〈生民〉、〈公劉〉、〈綿〉、〈大明〉、〈黃矣〉等五篇，堪稱為一組周民族史詩的重要作品，詩中從周民族的誕生寫起，中經業績的開創和發展，直到推翻商朝，建立周代，天下清明，全面概括周人的社會歷史生活。〈周頌〉中〈昊天有成命〉讚周成王定天下、平四方之德，〈執競〉歌頌開國之祖的創業之功。〈魯頌・泮水〉頌僖公受降之武。〈商頌〉中的〈那〉、〈烈祖〉、〈玄鳥〉、〈長發〉、〈殷武〉等五篇，乃是對統治階級歌功頌德之作，可視為殷商史詩來解讀。它們皆以詩歌的形式歌詠和讚嘆了周人的起源及其祖先的英雄事跡，詩中具有濃厚的歷史意識和道德觀念，有推崇祖先功業以垂訓後世的目的，從題材上看，其以史入詩、以古喻今的寫作角度，似是最早的述史、詠古之詩作，然而這些詩歌，皆以敘事為主，以其顯著的記事性和記實性與後代呈現個人精神之表現，試圖寄託個人心志理想，或為人生哲學層面之探索抒情性的詠史詩有別，雖有著形式上和性質上的差異，但其對後世詠史詩具有不少啟迪作用。

　　從現存的古代詩作來看，與後世「詠史詩」有較為直接關係的，應屬《楚辭》中屈原的作品。朱自清在其《詩言志辨》中說：

> 後世的比體詩可以說有四大類：詠史、遊仙、豔情、詠物。……這四體的源頭都在王注《楚辭》裡。〔註21〕

〔註21〕朱自清：《詩言志辨・比興》（台北：漢京文化事業有限公司，1983年1月初版），頁83。

　　《楚辭》中〈離騷〉、〈天問〉、〈九章〉內容涵蓋許多歷史傳統、歷史事件和歷史人物，且採用借古諷今、以史證詩的寫作手法，具有「以古比今」的現實意識。屈原對歷史世界的認識，一方面注入自己強烈的愛國精神，一方面是對國家命運的隱喻和象徵，其作品渲染主觀的情志、強化比興的效果，與後代詠史詩之間有著明顯的淵源關係。如〈離騷〉：

> 啓九辯與九歌兮，夏康娛以自縱。不顧難以圖後兮，五子
> 用失乎家巷。羿淫游以佚畋兮，又好射夫封狐。固亂流其
> 鮮終兮，浞又貪夫厥家。澆身被服強圉兮，縱欲而不忍。
> 日康娛而自忘兮，厥首用夫顛隕。夏桀之常違兮，乃遂焉
> 而逢殃。后辛之菹醢兮，殷宗用之不長。湯禹儼而祇敬兮，
> 周論道而莫差。舉賢才而授能兮，循繩墨而不頗。〔註22〕

所謂前事不遠，後事之師，屈原連舉五個反面教訓（啓、羿、澆、桀、紂）與前王（湯、禹、文王）作了一番對照，藉著徵引歷代興亡盛衰的史實，得出教訓，以警惕楚王見賢思齊，不要重蹈覆轍，充分展露詩人的政治理想與用世熱情。

　　要言之，《詩經》以史入詩比較直接，而《楚辭》則注重藝術手法與抒情的想像特點，這種差別體現在詠史詩初期的發展中即「記史詩」與「詠史詩」之別，具體可理解成「實錄」與「詠嘆」之別。

　　《詩經》、《楚辭》對歷史題材的運用，表現出對國家命運的關心，也是先秦文士干預現實的一種方式，雖然作品側重複述歷史事件和描畫歷史人物，但其中不乏諷喻精神，與詩人主觀情志的寫照，這些都對後代詠史詩有著深遠的影響。

三、「詠史」詩之出現

　　明代胡應麟《詩藪》云：「詠史之名，起自孟堅，但指一事。」

〔註22〕馬茂元主編、楊金鼎注釋：《楚辭注釋》（台北：文津出版社，1993年9月），頁39～40。

〔註23〕這裡「但指一事」一詞，說明東漢班固是中國古代詩歌史上第一位以「詠史」命題的人。東漢班固的〈詠史〉在詩歌發展史上具有雙重意義：一是從五言詩的演進觀點來看，此詩開啓了文人創作五言詩的先河；二是就詩體而言，此詩是以歷史人物爲「詠史」題材的開創者。

　　班固五言〈詠史〉詩是歌詠西漢緹縈救父，孝文帝廢止肉刑的歷史事件，其詩如下：

　　　三王德彌薄，惟後用肉刑。太蒼令有罪，就逮長安城。
　　　自恨身無子，困急獨煢煢。小女痛父言，死者不可生。
　　　上書詣闕下，思古歌雞鳴。憂心摧折裂，晨風揚激聲。
　　　聖漢孝文帝，惻然感至情。百男何憒憒，不如一緹縈。

〔註24〕

如果將本詩與司馬遷《史記・孝文本紀》、《史記・扁鵲倉公列傳》、《漢書・刑法志》、《列女傳》所載的史事互相對照可以發現，除了首兩句的深沉感慨、末兩句的贊頌感嘆之外，其情節皆本於史傳，文字質僕，無文采可言，表現手法更是平淡無奇，所以得到鍾嶸「質木無文」〔註25〕的評價。何焯非常簡要地概括班固詠史詩的寫作特色，他說：「詠史者不過美其事而詠嘆之，纓括本傳，不加藻飾，此正體也。」〔註26〕而丁福保又進一步指出班固在初期詠史詩發展中的影響作用：「班固詠史，據事直書，特開子建、仲宜詠三良一派。」〔註27〕這種詠史基本格式的

〔註23〕明胡應麟：《詩藪・六朝》（台北：廣文書局，1973年9月），外編卷2，頁436。

〔註24〕逯欽立輯校：《先秦漢魏晉南北朝詩》（台北：學海出版社，1991年2月），頁170。

〔註25〕王叔岷撰：《鍾嶸詩品箋證稿・詩品總序》（台北：中研院中國文哲研究所，1992年3月），頁55。

〔註26〕何焯：《義門讀書記》評張景陽詠史條。收於〔清〕紀昀等總纂《景印文淵閣四庫全書》（台北：台灣商務印書館，1985年），冊860，卷46，頁670。

〔註27〕丁福保：《全漢三國晉南北朝詩・緒言》（台北：藝文出版社，1968年），頁19。

產生跟作者的史家身份極爲相關，正可以說是淵源於史傳。

　　班固這種詠史詩的格式之所以在魏晉詠史詩發展史上，起了巨大的作用，還在於鍾嶸所說的「感嘆之詞」〔註28〕。鍾嶸此語實指班固借緹縈救父的故事來抒己懷，如果聯繫詩人自身的遭遇來考察，他一生曾有兩次被捕入獄〔註29〕，一是早年，一是晚年，所以在他首兩句不隱晦地表達了對朝廷使用「肉刑」的深沉感慨。從這個角度看，班固此詩可以說開了左思「借古人往事，抒自己之懷抱」〔註30〕詠史詩之先河。但是，大體而論，他重視史實的陳述，只在贊語中簡要表達個人的情志。

第二節　詠史詩之發展

　　詠史詩的出現有其時代、社會、文化諸方面的背景因素，這些因素直接影響到這個時期作家的精神世界和文學觀念。就形式而言，班固式的「隱括本傳」詠史詩，到六朝已遞變爲左思、陶淵明式的「多擄胸臆」的詠史詩，可見詠史詩由「述史」轉向「抒懷」的發展軌跡，詠史詩在此展現出全新的面貌，並揭示了後代詠史詩的新方向。

一、唐以前之詠史詩

（一）曹魏——王粲、曹植

　　詠史作爲一個專有名詞正式出現在詩壇，始於東漢班固〈詠史〉一詩。梁代蕭統在《昭明文選·詩類》中專列出「詠史詩」一類，選

〔註28〕王叔岷撰：《鍾嶸詩品箋證稿》（台北：中研院中國文哲研究所，1992年3月），卷下，頁319。

〔註29〕〔南朝宋〕范曄撰《後漢書·班彪列傳》：「既而有人上書顯宗，告固私改作國史者，有詔下郡，收固繫京兆獄，盡收其家書。」又「固不教學諸子，諸子多不遵法度，吏人苦之。……及竇氏賓客皆逮考，就因此捕繫固，遂死獄中。」（台北：鼎文書局，1979年），卷40，頁1333～1334、1386。

〔註30〕袁枚：《隨園詩話》（台北：廣文出版社，1997年），卷14，頁1。

入作家九人，詩歌作品二十一首，自此「詠史詩」正式成為一種標誌詩類的專業術語。

　　建安時期的詠史詩，由班固式的單純寫史述史轉而為以史詠懷。當然，這種轉變並非一蹴可幾，而是呈現出明顯的過渡。實現這種過渡的第一個人是王粲。其〈詠史〉寫的是秦穆公三良殉葬的史事：

> 自古無殉死，達人共所知。秦穆殺三良，惜哉空爾為。
> 結髮事明君，受恩良不訾。臨歿要之死，焉得不相隨？
> 妻子當門泣，兄弟哭路垂。臨穴呼蒼天，涕下如綆縻。
> 人生各有志，終不為此移。同知埋身劇，心亦有所施。
> 生為百夫雄，死為壯士規。黃鳥作悲詩，至今聲不虧。
>
> 〔註31〕

此詩的寫法與班固〈詠史〉大致相同，中間部分（第三至第十句）敘述史事，首尾感嘆之詞分別批判殉葬制度和歌頌三良忠義行為。然而王粲的詩卻帶來了新的變化。首先，詩人敘述的角度發生了變化。班固太倉令的「自恨」，緹縈的「困急」，以及文帝的「惻然」，都是從史事中人物的角度來詮釋的。這種第三人稱的敘述視角使詩人只能作為史實的客觀敘述者。而王粲詩「惜哉」、「同知」、「至今」等句，卻是以第一人稱敘述，這有利於詩人在敘述史事的同時，也傳達出個人的感慨。即使是「妻子」二句描寫性的句子，其抒情意味也十分明顯。其次，就敘史部分的篇幅而言，王粲所占比例比班固詩小。因此，王詩「感嘆之詞」所占篇幅多些，客觀上也有利於詩人直接抒情。也許正是由於王粲詩的這種抒情性的凸現，呂向對他作出推測：「謂覽史書詠其行事得失，或自寄情焉。曹公好以己意誅殺賢良，粲故託言秦穆公殺三良自殉以諷之。」〔註32〕

〔註31〕〔梁〕蕭統編、〔唐〕李善注：《文選》（台北：文津出版社，1987年7月），卷21，頁985、986。

〔註32〕此為《六臣註文選》中呂向對王粲「詠史詩」的評語。收於〔清〕紀昀等總纂《景印文淵閣四庫全書》（台北：台灣商務印書館，1985年），冊1330，卷21，頁473。

　　到了曹植〈詠三良〉則有著較爲明顯的自我抒懷的色彩了。其詩如下：

　　　　功名不可爲，忠義我所安。秦穆先下世，三良皆自殘。
　　　　生死等榮樂，既沒同憂患。誰言捐軀易，殺身誠獨難。
　　　　攬涕登君墓，臨穴仰天歎。長夜何冥冥，一往不復還，
　　　　黃鳥爲悲鳴，哀哉傷肺肝。〔註33〕

《史記》載三良是殉葬，但這一事件在曹植筆下卻變成了「秦穆先下世，三良皆自殘」。詩人爲何將「殺三良」改成「自殘」呢？他自己作了回答：「功名不可爲，忠義我所安。」原來詩人要強化自我抒情。一個「我」字，表現了強烈的主體色彩，客觀上使讀者覺得它既像指三良，又像指詩人自身。曹植交替地採用第三人稱和第一人稱兩種敘述視角，巧妙地實現了歷史人物與詩人自身的溝通。〈詠三良〉以史詠懷的目的也因此得以凸顯。陳祚明《采菽堂古詩選》卷六指出：

　　　　此子建自鳴中懷，非詠三良也。詠三良何必言「功名不可
　　　　爲」，爾時三良何遽不爲功名？若詠三良，何以云「殺身誠
　　　　獨難」、「一往不復還」？蓋子建實欲建功於時，觀〈責躬
　　　　詩〉可見。今終不見用，已矣。功名不可爲矣。文帝之猜
　　　　嫌起於武帝之鍾愛，此時相遇不堪，生不如死，慨然欲相
　　　　從於地下，而殺身良難，一往不還，徘徊顧慮，是以隱忍
　　　　而偷生也。子桓既以奪嫡爲嫌，其待陳思誠有生人所不能
　　　　忍者，故憤懣而作，追慕三良。〔註34〕

陳氏之言，指出了曹植以史詠懷的創作勤機。此外，曹植中敘史部分只有兩句，班固、王粲二人詩作以史爲主的寫法已被突破，這說明詩人吟詠的重點已不再是史實本身而是詩人自身情感。爲了詠懷，詩中的史事可以淡化、泛化、甚至扭曲，在以曹植爲代表的建安詩人手中，詠史詩終於確立了以史詠懷的傳統。

〔註33〕〔梁〕蕭統編、〔唐〕李善注：《文選》（台北：文津出版社，1987年7月），卷21，頁986。

〔註34〕陳祚明：《采菽堂古詩選》，收於《續修四庫全書・集部・總集類》（上海：上海古籍出版社，2002年），冊1590，頁691。

（二）西晉——左思

　　眞正開拓「詠史詩」的藝術領域，擺脫東漢以來詠史詩的傳統窠臼，另創一格，在中國詩史上產生深遠影響的，正是左思的〈詠史〉八首，其皆爲借古諷今之作，他透過古人、古事揭露當時「上品無寒門，下品無世族」的不合理現象，並寄託自己的志向和懷抱，且表達政治上的苦悶和不平。茲舉一首如下：

> 主父宦不達，骨肉還相薄。買臣困采樵，伉儷不安宅。
> 陳平無產業，歸來翳負郭。長卿還成都，壁立何寥廓。
> 四賢豈不偉，遺烈光篇籍。當其未遇時，憂在填溝壑。
> 英雄有屯邅，由來自古昔。何世無奇才，遺之在草澤。

〔註35〕

左思以「先述史事而以己意斷之」〔註36〕的表現手法，借主父偃、朱買臣、陳平和司馬相如四人早年的坎坷遭遇，寄寓詩人懷才不遇的不平，其中「英雄有屯邅，由來自古昔。何世無奇才，遺之在草澤」四句借古人來說自己，以表現內心的不平，追求自我安慰，是詠史，也是詠懷。

　　左思詠史詩已脫離班固「述」、「贊」的敘述方式，又突破單純淡縮史書的格局，而注重借古人的精神風貌來抒發自己懷才不遇的情思，徹底改變了詠史詩以吟詠古人事跡爲主的面貌。詩人的主觀心志佔有主導地位，述史與詠懷交相融合，表現詩人自身的理想意志，開拓了「借古詠懷」的新局面，也對後代的影響非常深遠。

　　左思是西晉太康時代的文學家，才高志大，卻仕途不得志，常流露出抑鬱不滿的情緒。在詩歌作品中，他急欲擺脫太康文壇的豔麗詩風，反映社會現實及強烈的感情色彩。劉勰《文心雕龍・才略》稱讚

〔註35〕〔梁〕蕭統編、〔唐〕李善注：《文選》（台北：文津出版社，1987年7月），卷21，頁991。

〔註36〕張玉穀列舉太沖詠史詩四種模式：「或先述己意，而以史事證之；或先述史事，而以己意斷之；或止述己意，而史事暗合；或止述史事，而己意默寓。」收於〔清〕張玉穀：《古詩賞析》，收於《漢文大系》（台北：新文豐出版公司，1978年10月），卷11，頁7。

道：「左思奇才，業深覃思，盡銳於〈三都〉，拔萃於〈詠史〉無遺力矣。」〔註37〕其詩以古諷今，常有諷諭而絕少雕飾，不求專詠古人古事，完全是抒發個人的懷抱與憤鬱。鍾嶸列其詩為上品，認為其〈詠史〉詩作是「五言之警策」〔註38〕，並認為左思以他的〈詠史〉創造了繼承漢魏風骨的一種獨特的「左思風力」。

　　明人胡應麟《詩藪》曾說：「太沖（左思）題實因班，體亦本杜，而造語奇偉，創格新特，錯綜震蕩，逸氣干雲，遂為古今絕唱。」〔註39〕清人張玉穀《古詩賞析》亦指出「太沖詠史，初非呆衍史事，特借史事以詠己之懷抱也。」〔註40〕說明了左思〈詠史〉的歷史地位，他把詠史與詠懷兩者合為一體，借詠史敘寫自己的志趣與情操，展現詩人的內心世界，他使「詠史詩」脫離原始的發展階段，進而達到「詠古人而己之性情俱見」的境界，自左思〈詠史〉後，抒情言志成為詠史作品的大宗。

（三）東晉——陶淵明

　　陶淵明是中國田園詩的開創者，鍾嶸稱之為「古今隱逸詩人之宗」〔註41〕，除了田園詩之外，他的詠史詩獨具慧眼、別有格調，發展了左思等人詠懷與述史結合的表現方式，且基於任情自然的田園氣氛，詩中有他的自我形象存在，構成古今混融、物我合一的獨特境界。他在詩中詠嘆的都是歷史上的傑出人物，他們品德高尚，堅持操守，如陶淵明〈詠荊軻〉，生動地描寫荊軻的英雄形象及其行刺秦王的經過：

〔註37〕〔梁〕劉勰撰、王利器校箋：《文心雕龍校證・才略》（台北：明文書局，1982年4月），卷10，頁283。

〔註38〕王叔岷撰：《鍾嶸詩品箋證稿・詩品總序》（台北：中研院中國文哲研究所，1992年3月），頁117。

〔註39〕〔明〕胡應麟：《詩藪・六朝》（台北：廣文書局，1973年9月），外編卷2，頁436。

〔註40〕〔清〕張玉穀：《古詩賞析》，收於《漢文大系》（台北：新文豐出版公司，1978年10月），卷11，頁7。

〔註41〕王叔岷撰：《鍾嶸詩品箋證稿》（台北：中研院中國文哲研究所，1992年3月），卷中，頁260。

燕丹善養士，志在報強嬴。招集百夫良，歲暮得荊卿。
君子死知己，提劍出燕京。素驥鳴廣陌，慷慨送我行。
雄髮指危冠，猛氣衝長纓。飲餞易水上，四座列群英。
漸離擊悲筑，宋意唱高聲。蕭蕭哀風逝，淡淡寒波生。
商音更流涕，羽奏壯士驚。公知去不歸，且有後世名。
登車何時顧，飛蓋入秦廷。凌厲越萬里，逶迤過千城。
圖窮事自至，豪主正怔營。惜哉劍術疏，奇功遂不成。
其人雖已歿，千載有餘情。〔註42〕

全詩二十八句，前四句從燕丹養士寫起，點明題旨。中間二十句，是
全詩的主體，寫秦庭行刺只用了兩句，卻著重在易水送別的描寫，氣
氛極為悲壯，流露出人們對暴秦的憤恨，及對荊軻此行的期待，生動
地刻劃荊軻慷慨悲歌、勇猛之氣，而環境氣氛的渲染，更增添了感人
的力量。最後四句表示作者的惋嘆，及對荊柯最後的肯定，寄寓了無
限傷悼、追懷之情。全首讀起來比《史記·刺客列傳》感情更激越動
人，也表現了陶淵明愛憎分明的性格，原來他並非都是靜穆的。

　　陶淵明生活在東晉末年，政暴世亂，因不滿現實而走向隱逸，而
這首詠史詩正表露了他未能忘懷世事的憤激情緒。宋代朱熹曾言：

　　陶淵明詩，人皆說是平淡，據某看他自豪放，但豪放得來
　　不覺耳。其露出本相者，是〈詠荊軻〉一篇，平淡底人如
　　何說得這樣言語出來。〔註43〕

由此可見，詠史之作，往往寄興深微，多為借古詠今而具有現實意義。
這些著名的歷史人物和陶淵明的內心深處是相通的，對他們的讚賞也
是對自我人格價值的肯定。

（四）南朝──顏延之

　　南朝詠史詩確立了詠史詩以悲為美的美學特徵，在貫穿古今時空

〔註42〕王叔岷撰：《陶淵明詩箋證稿》（台北：藝文出版社，1975 年 1 月初
　　　　版），頁 467。
〔註43〕〔宋〕黎靖德編、〔清〕王懋竑撰、〔清〕鄭端輯：《百衲朱子語類》
　　　　（台北：漢京文化事業有限公司，1980 年初版），卷 140，頁 1336。

的場景中去追尋歷史古人的詠史懷古模式，爲唐代詠史詩的繁榮奠定了基礎。

　　南朝最優秀的詠史作家當推劉宋顏延之，梁蕭統《文選》收錄其詠史詩共六首：〈五君詠〉五首、〈秋胡行〉一首。此六首不僅是其詩作中的壓卷之作，更是南朝詠史詩的代表作，茲舉〈五君詠〉如下：

阮公雖淪跡，識密鑒亦洞。沉醉似埋照，寓辭類託諷。
長嘯若懷人，越禮自驚眾。物故不可論，途窮能無慟？
（詠阮步兵）

中散不偶世，本自餐霞人。形解驗默仙，吐論知凝神。
立俗迕流議，尋山洽隱淪。鸞翮有時鎩，龍性誰能馴？
（詠嵇中散）

劉靈善閉關，懷情滅聞見。鼓鍾不足歡，榮色豈能眩。
韜精日沉飲，誰知非荒宴。頌酒雖短章，深衷自此見。
（詠劉參軍）

仲容青雲器，實稟生民秀。達音何用深，識微在金奏。
郭弈已心醉，山公非虛覯。屢薦不入官，一麾乃出守。
（詠阮始平）

向秀甘淡薄，深心託豪素。探道好淵玄，觀書鄙章句。
交呂既鴻軒，攀嵇亦鳳舉。流連河裏遊，惻愴山陽賦。
（詠向常侍）〔註44〕

顏延之繼承了班固詠史詩專詠一人一事的傳統，詠嘆了魏晉時期著名的「竹林七賢」中的五人：阮籍、嵇康、劉伶、阮咸、向秀。陳祚明《采菽堂古詩選》卷十六評之：「五篇別爲新裁，其聲堅蒼，其旨超越，每於結句，淒婉壯激，餘音沕然，千秋乃有此體。」〔註45〕沈德潛亦云：「清眞高逸。」〔註46〕這五首詩選擇典型事例，準確地把握

〔註44〕〔梁〕蕭統編、〔唐〕李善注：《文選》（台北：文津出版社，1987年7月），卷21，頁1007～1011。

〔註45〕陳祚明：《采菽堂古詩選》，收於《續修四庫全書‧集部‧總集類》（上海：上海古籍出版社，2002年），冊1591，頁134。

〔註46〕〔清〕沈德潛：《古詩源》（北京：中華書局，2000年7月一版十一

了這五人的思想性格，如說阮籍「沉醉似埋照，寓詞類托諷」，說稽康「中散不偶世，本是餐霞人」，說劉伶「鼓鐘不足觀，榮色豈能眩」。這一組詩結構縝密精嚴，首二句總領起勢，中間四句鋪墊，最後二句議論作結，沈約《宋書・謝靈運傳》說：「延年之體裁明密，並方軌前秀，垂範後昆。」〔註47〕這種體裁上的明密，〈五君詠〉是最好的例證。明代王世貞《藝苑卮言》卷三有言：

> 延年〈五君〉忽自秀於它作，如「沉醉似埋照，寓辭類托
> 諷。鸑鷟有時鍛，龍性誰能馴」，以比己之骯髒也；「韜精
> 日沉飲，誰知非荒宴」，以解己之任誕也；「屢薦不入官，
> 一麾乃出守」，以感己之濡滯也。〔註48〕

王世貞認為〈五君詠〉是表達詩人憤懣之思的作品，詩中全面暗喻著作者具體的人格品性，清人張玉穀認為此作「鑄局鍊句，已開五律之源」〔註49〕，由此可見〈五君詠〉的藝術成就。

二、唐代之詠史詩

唐代是我國詩歌空前繁榮的時代，各體詩歌、各種藝術風格的作品爭奇鬥豔，詠史之作也出現了許多立意高遠，寄慨遙深的精品，從詩歌創作史上來看，唐代堪稱「詠史詩」的繁榮期。唐代的「詠史詩」在藝術表現上，除了以述史為主外，詩人還將歷史的反思與自我的感受交織起來，將歷史的片斷描繪於現實的背景之上，並融合古今時空，突出詩人的主體地位，力圖反映詩人所處的現實社會，真正做到了古為今用、以古鑒今，也充分繼承和發揚了「詠史詩」的現實主義傳統。

初唐至盛唐階段，政治清明，一般士人的政治熱情高昂，建功立業的思想也很強烈。以詠史題材諷諫君王，述其壯懷的作品屢見卷

刷），頁 224。
〔註47〕〔梁〕沈約撰、楊家駱主編：《宋書・謝靈運傳》（台北：鼎文書局，
　　　 1990 年 7 月六版），冊 3，卷 67，頁 1778～1779。
〔註48〕丁福保：《歷代詩話續編》（北京：中華書局，1983 年），頁 995。
〔註49〕〔清〕張玉穀：《古詩賞析》，收於《漢文大系》（台北：新文豐出版
　　　 公司，1978 年 10 月），卷 15，頁 17。

端。中晚唐以後，社會動亂，君昏臣暗，關心社會的詩人們的憂患之思，興衰之感，以及個人困厄，常以詠史出之。因此，唐代的詠史詩取材廣泛，步履所及，觀覽所至，凡有古跡古物，都可以引起思古撫今的情懷，大量懷古、覽古、述古、思古之作相繼出現，無形中開拓了詠史詩的新領域。

此外，在藝術風格上，唐代的「詠史詩」也繁複多姿、異彩紛呈，諸如魏徵的典雅莊重、初唐四傑的氣骨翩翩、陳子昂的雄峻深沉、王維的慷慨曲婉、李白的豪逸奔放、杜甫的沉鬱宏肆、劉禹錫的堅韌執著、白居易的誠摯多譏、李賀的瑰麗奇特、李商隱的華實並茂、溫庭筠的濃麗精煉、杜牧的俊爽恢弘、胡曾的清易意剛，凡此等等，不可盡言，處處著色，熠熠生暉。

（一）初唐——魏徵、初唐四傑、陳子昂

初唐的詠史詩，就整體而言，從體式、手法到內涵均未擺脫漢魏六朝詠史詩的藩籬，但是，承接了「詠懷」與「述史」結合的道路，而以其「借古諷今」傾向強化了詠史詩的諷喻特徵。

1、魏　徵

魏徵是唐初政治家兼詩人，在太宗時曾以直言敢諫著稱。他的〈賦西漢〉一詩，正是一首以史爲諷的詠史之作：

> 受降臨軹道，爭長趣鴻門。驅傳渭橋上，觀兵細柳營。
> 夜宴經柏谷，朝游出杜原。終藉叔孫禮，方知皇帝尊。
> 〔註50〕

這首詩是唐太宗在洛陽宮大宴群臣時魏徵所作，借詠漢朝開國史實，告誡太宗要以禮自約，方可永保皇位。相傳唐太宗讀後稱「魏徵每言，必約我以禮也。」〔註51〕詩中前六句分別寫漢高祖劉邦創業、文帝繼

〔註50〕〔清〕聖祖敕編：《全唐詩》（台北：盤庚出版社，1979年），冊1，卷31，頁441。

〔註51〕〔宋〕劉昫等撰：《舊唐書·魏徵傳》（台北：鼎文書局，1979年），卷71，頁1242。

位觀兵和武帝微行外出的事，最後則以劉邦終因有叔孫通為其制訂禮儀，方享皇帝之尊的事作結。可知這首詠史詩，乃是一首以史為諫的諷諭詩。

2、初唐四傑

初唐四傑——王勃、楊炯、盧照鄰、駱賓王，是從齊梁詩演進到唐詩的樞紐人物。王世貞《藝苑卮言》卷四有言：「盧駱王楊，號稱四傑。詞旨華靡，固沿陳隋之遺，翩翩意象，老境超然勝之。五言遂為律家正始。」〔註52〕由此可知，四傑的辭藻華麗，但題材意境上卻略顯蒼老，不像陳隋的浮淺，其五言詩已講究聲韻變化，為唐代律體之先驅。如王勃的〈銅雀妓〉：

金鳳鄰銅雀，漳河望鄴城，君王無處所，臺榭若生平。
舞席紛何就，歌梁儼未傾，西陵松檟冷，誰見綺羅情？
〔註53〕

銅雀指的是曹操所築之銅雀臺，作者不直敘其歷史淵源，卻著重在銅雀臺的古今滄桑變化的描寫，是其特色處，此詩亦保留了漢魏六朝詩歌豔麗之風。

楊炯幼年即有神童之名，他孜孜上進，在他三十六歲事業頂峰之時，突遭橫禍，被貶為梓州司法參軍。在貶謫途中，行經三峽，寫下了〈廣溪峽〉、〈巫峽〉、〈西陵峽〉等詩篇，細致入微地描摹了奇麗壯美的三峽景觀，撫今追昔，抒發了憂時之情、憤世之氣。詩中作者關注的焦點不是途中的景物，而是自己內心的感懷與慰籍，從中流露出仕途險惡莫測的感慨，也寄予了作者追求品格高潔的理想。

而盧照鄰的〈長安古意〉是七古中的巨製，內容採用賦法，託古詠今，以漢代長安上層社會驕橫奢淫的生活和窮居著書的文士相對照，突出當權者的衝突，也影射唐高宗時代大臣互相傾軋的事。胡應

〔註52〕丁福保：《歷代詩話續編》（北京：中華書局，1983年），頁1003。
〔註53〕〔清〕聖祖御編：《全唐詩》（台北：盤庚出版社，1979年），冊2，卷56，頁678。

麟讚之：「一變而精華瀏亮，抑揚起伏，悉協宮商，開合轉換，咸中肯綮，七言長體，極於此矣。」〔註54〕至於駱賓王〈於易水送人〉則是以景寄情，憑弔荊軻赴義一事：

　　此地別燕丹，壯士髮衝冠。昔時人已沒，今日水猶寒。〔註55〕

這首詩題爲「送人」，卻沒有敘述一點朋友別離的情景，反而是借懷古以慨今，把昔日之易水壯別和今日之易水送人融爲一體，寓情於景，景中帶比，不僅意味著荊軻那種不畏強權暴政的高風亮節，千載猶存；而且還隱含了詩人對現實環境的深切感受。

3、陳子昂

　　陳子昂是繼四傑之後，以更堅決的態度反對齊梁詩風，標舉「風雅興寄」和「漢魏風骨」，他是唐代革新詩風的首創者，在武后朝屢次上書言事，不怕觸忤權貴，曾請纓平息契丹的叛亂，受權臣所忌，被貶官，最後被冤下獄，死在獄中。他寫有〈燕昭王〉一首，借史詠懷：

　　南登碣石館，遙望黃金臺。丘陵盡喬木，昭王安在哉？

　　霸圖悵已矣，驅馬復歸來。〔註56〕

據史載，燕昭王重賢納士，曾築碣石宮、黃金台招攬天下美才，終於打敗齊國。這首詠史無疑是借燕昭王招賢的故事，悼古傷今，爲自己的生不逢時而慨嘆。至於他的千古絕唱〈登幽州台歌〉「前不見古人，後不見來者」，實際是把歷史感和人生現實際遇融爲一體的懷古傷情之作。

　　借史抒懷是陳子昂上繼左思〈詠史〉同時又有所開拓的新貢獻，他的〈感遇〉三十八首，詞意激昂，風格高峻，非一時一地所作，隨遇興感，陸續寫成，大多完成在武則天酷政猖狂的幾年間。他的朋友盧藏用曾讚美之：「子昂卓立千古，橫制頹波，天下翕然，質文一

〔註54〕〔明〕胡應麟：《詩藪‧古體下‧七言》（台北：廣文書局，1973 年 9 月），內編卷 3，頁 152。

〔註55〕〔清〕聖祖御編：《全唐詩》（台北：盤庚出版社，1979 年），冊 2，卷 79，頁 863。

〔註56〕〔清〕聖祖御編：《全唐詩》（台北：盤庚出版社，1979 年），冊 2，卷 83，頁 896。

變。……感激頓挫，微顯闡幽，庶幾見變化之朕，以接乎天人之際者，
則〈感遇〉之篇存焉。」〔註57〕如〈感遇〉第四首：

> 樂羊爲魏將，食子殉軍功。骨肉且相薄，他人安得忠。
> 吾聞中山相，乃屬改麑翁。孤獸猶不忍，況以奉君終。

〔註58〕

樂羊貪立軍功，毫無父子骨肉之情，這樣的人，對別人豈有忠心呢？
而中山國的傅相，卻是不奉君命，擅作主張，釋放一隻孤獸的秦西巴。
詩中用兩個史事，每一事概括爲四句，以殘忍的樂羊、慈善的秦西巴
作對比，陳沆《詩比興箋》云：「刺武后寵用酷吏，淫刑以逞也。」
〔註59〕意即諷刺武則天爲了篡政奪權，殺了許多唐朝的宗室，甚至連
自己的親生骨肉都不放過，陳子昂藉由此詩諷諭這種殘忍奸僞的政治
風氣。其第二十六首：

> 荒哉穆天子，好與白雲期。官女多怨曠，層城閉蛾眉。
> 日耽瑤池樂，豈傷桃李時。青苔空萎絕，白髮生羅帷。

〔註60〕

周穆王耽溺於瑤池宴樂，流連放返，不理國事，怎會關心到宮女的青
春年華，在宮中早已虛度而滿頭斑白。陳沆《詩比興箋》說：「此追
歡高宗寵武昭儀，廢皇后淑妃之事也。」〔註61〕這首詩用穆天子與西
王母的神話故事，暗指唐高宗李治被武則天所媚惑，多少嬪妃宮女，
因此長年禁閉宮中，虛度一生。穆天子的故事在此詩中起了比興的作
用，陳子昂藉由詠史以達政治諷諭的目的。

正如施蟄存所言：「陳子昂的〈感遇〉詩爲唐詩開闢了一條諷諭

〔註57〕楊家駱主編：《新校陳子昂集》（台北：世界書局，1980 年 11 月再版），
　　　　頁 260～261。
〔註58〕〔清〕聖祖御編：《全唐詩》（台北：盤庚出版社，1979 年），冊 2，
　　　　卷 83，頁 890。
〔註59〕陳沆：《詩比興箋》（台北：藝文印書館，1970 年），卷 3，頁 61。
〔註60〕〔清〕聖祖御編：《全唐詩》（台北：盤庚出版社，1979 年），冊 2，
　　　　卷 83，頁 893。
〔註61〕陳沆：《詩比興箋》（台北：藝文印書館，1970 年），卷 3，頁 61。

現實的道路，對封建統治階級各種不得民心的措施，進行口誅筆伐。」
〔註62〕

（二）盛唐——王維、李白、杜甫

　　盛唐的詩人常在詠史詩中，以人盡其才的歷史事實，發無人賞識之嘆；或以懷才不遇的歷史人物，抒同病相憐之情。無論是宣洩詩人內心的憤懣不平、壯志難酬的感慨，或者對功成名垂的呼喚，盛唐詩人所注入的情感都是非常充沛的。這種追求功名的熱烈情感及不懈精神，也就成為「詠史詩」的重要組成部分。

　　盛唐詠史詩受時代精神的感召，熱烈奔放，敢於直接表達內心的追求嚮往，即使接觸到社會的黑暗面，抒發沉淪下僚命運的不平，也只是流露出淡淡的英雄失落的迷惘，整體上體現了盛唐的宏偉氣魄和雄厚力量。以下分別就王維、李白、杜甫等人的詠史詩，略作說明。

1、王　維

　　以山水田園詩著稱的盛唐詩人王維，其詠史詩目光敏銳，能夠從歷史事件的追述中顯現出不同凡響的詩歌才能。寫〈過秦皇墓〉時，作者年僅十五歲，全詩描繪了始皇陵的氣勢規模，含蓄不露地譏刺了秦王朝的窮奢極欲、腐朽淫侈。〈李陵詠〉中，詠嘆李陵的不幸遭遇，可見詩人深沉的感情。〈班婕妤〉三首，寫班婕妤退居東宮後的寂寞生活和痛苦心情，情景逼真，極具藝術感染力。而〈西施詠〉一詩也是有所託寓的：

> 豔色天下重，西施寧久微？朝為越溪女，暮作吳宮妃。
> 賤日豈殊眾，貴來方悟稀。邀人傅香粉，不自著羅衣。
> 君寵益嬌態，君憐無是非。當時浣紗伴，莫得同車歸。
> 持謝鄰家子，效顰安可希。〔註63〕

〔註62〕施蟄存：《唐詩百話》（台北：文史哲出版社，1994 年 3 月初版），頁72。

〔註63〕〔清〕聖祖御編：《全唐詩》（台北：盤庚出版社，1979 年），冊 2，卷 125，頁 1251。

詩人從西施由「越溪女」成為「吳宮妃」的貴賤殊異的地位變化中，試圖探究世俗社會關於人的價值觀念，藉此嘲諷「賤日豈殊眾，貴來方悟稀」的炎涼世態和人情冷暖。而〈息夫人〉則自然簡潔、內涵豐富：

> 莫以今時寵，能忘舊日恩。看花滿眼淚，不共楚王言。〔註64〕

息夫人即息嬀，其為春秋息侯的夫人。楚文王興兵伐息，掠為己妃。息嬀入楚後終日不與楚王說話，「楚子（楚文王）問之，對曰：『吾一婦人而事二夫，縱弗能死，其又奚言？』」〔註65〕根據唐代孟棨《本事詩》載王維創作此詩的背景是「寧王曼貴盛，寵妓數十人，皆絕藝上色。宅左有賣餅者妻，纖白明媚，王一見屬目，厚遺其夫取之，寵惜逾等。環歲，因問之：『汝復憶餅師否？』默然不對。王召餅師使見之，其妻注視，雙淚垂頰，若不勝情。時王座客十餘人，皆當時文士，無不悽異。王命賦詩。王右丞維詩先成。」〔註66〕可知王維這首詠史之作，乃是借詠息夫人之事，諷刺寧王掠人之婦的惡行，反襯舊恩的珍貴難忘，顯示了淫威和富貴無法徹底征服弱小者的靈魂。

2、李 白

李白性格豪放，輕視權貴，關心時局，渴望建功立業，以驚天地泣鬼神的浪漫之筆，創造大量的奇偉瑰麗的詩篇。他曾寫了五十九首的五言古詩，總稱之為〈古風〉，其內容有詠史、詠懷、感事等各方面。如〈古風〉第五十三首，表現佞臣亂政誤國的傑出之作：

> 戰國何紛紛，兵戈亂浮雲。趙倚兩虎鬥，晉為六卿分。
>
> 奸臣欲竊位，樹黨自相群。果然田成子，一旦殺齊君。〔註67〕

〔註64〕〔清〕聖祖御編：《全唐詩》（台北：盤庚出版社，1979年），冊2，卷128，頁1299。

〔註65〕左丘明撰、竹添光鴻會箋：《左傳會箋・莊公十四年》（台北：天工書局，1993年5月），頁236～237。

〔註66〕〔唐〕孟棨：《本事詩・情感第一》，收於〔清〕紀昀等總纂《景印文淵閣四庫全書》（台北：台灣商務印書館，1985年），冊1478，頁233。

〔註67〕〔清〕聖祖御編：《全唐詩》（台北：盤庚出版社，1979年），冊3，卷161，頁1678。

作者借戰國時期趙國將相失和，兩虎相鬥，晉國六卿自重，削弱公室以及春秋時齊國田成子弒君竊位的史實，抒發個人對政治的獨到見解，詩中諷喻之意非常鮮明，玄宗後期，朝內楊國忠專權誤國，任用親信，樹黨徇私，而朝外安祿山擁兵自重，割據一方，形成嚴重分裂局面。安祿山早已對皇家虎視耽耽，李白擔心歷史悲劇即將重演，對此憂患至極，便借史興嘆，慨然有作。誠如清代陳沆所言：「詩有必箋之而後明者，嗣宗〈詠懷〉、子昂〈感遇〉是也。有必選之而始善者，太白〈古風〉是也。夫才役乎情者，其色耀而不浮；氣帥乎志者，其聲肆而不蕩。不浮，故感得深焉；不蕩，故趣得永焉。」〔註68〕

談到他的〈遠別離〉，則寄託遙深：

> 遠別離，古有皇英之二女，乃在洞庭之南，瀟湘之浦。海水直下萬裏深，誰人不言此離苦。日慘慘兮雲冥冥，猩猩啼煙兮鬼嘯雨。我縱言之將何補，皇穹竊恐不照余之忠誠。雷憑憑兮欲吼怒，堯舜當之亦禪禹，君失臣兮龍為魚，權歸臣兮鼠變虎。或言堯幽囚，舜野死，九疑聯綿皆相似，重瞳孤墳竟何是，帝子泣兮綠雲間，隨風波兮去無還。慟哭兮遠望，見蒼梧之深山。蒼梧山崩湘水絕，竹上之淚乃可滅。〔註69〕

李白以靈變的跳躍式的筆法，借舜帝湘妃悲劇的演述，時明時暗，時遠時近地抒發了自己對歷史和現實的認識和感慨。「日慘慘兮雲冥冥，猩猩啼煙兮鬼嘯雨」，既是陰森可怖的別離景象，也是某種暗無天日的政治氣候的象徵。天寶十一載十月，幽州之行使李白對安祿山圖謀不軌的行徑已有了直接的體察，預感到唐王朝已危機四伏，戰亂迫在眉睫。他空懷報國之志、投訴無門，因而憂心如焚、愁緒難遣，「君失臣兮龍為魚，權歸臣兮鼠變虎」，正是對玄宗遠賢臣親小人的嚴正警告，在詩人看來，舜帝湘妃無絕期的綿綿遺恨，是值得大唐天

〔註68〕陳沆：《詩比興箋》（台北：藝文印書館，1970年），卷3，頁78。
〔註69〕〔清〕聖祖御編：《全唐詩》（台北：盤庚出版社，1979年），冊3，卷162，頁1680。

子引以爲戒的歷史教訓，而詩人在警告的同時，也流露出淡淡的哀傷迷惘，亂之將至的唐王朝深重政治危機與「我縱言之將何補」的衝突，抒發了詩人預感天傾而無力回天、不忍去國，但被迫遠遊的複雜矛盾心情，從而使這首詠史詩成爲詩人唱給行將沒落的大唐王朝的一首輓歌，成爲詩人政治理想破滅後不得不去國遠遊的一曲政治悲歌，體現了詩人憂國憂時的歷史使命感。

李白的詠史詩，可以說是盛唐人理想不能實現，在詠史詩中對現實再審現的開始，表明盛唐人由熱切而趨冷靜、由清醒而趨覺醒、由寄託希望於現實到用歷史來反觀現實，可見其反映力度之深、藝術魅力之大。

3、杜　甫

杜甫的詩篇，大多是記錄安史之亂時期的個人生活，反映了當時朝野的社會現況，樹立了現實主義的獨特風格。其〈蜀相〉一詩歌詠了歷史名臣諸葛亮的平生業績：

> 丞相祠堂何處尋，錦官城外柏森森。
> 映階碧草自春色，隔葉黃鸝空好音。
> 三顧頻煩天下計，兩朝開濟老臣心。
> 出師未捷身先死，長使英雄淚滿襟。〔註70〕

作者以肅穆的心情，頌贊了諸葛亮匡扶劉備、劉禪兩代，開國濟世的功業，以及壯志未酬的憾恨。這首詩的寫作背景約在安史之亂杜甫入蜀之後，他覽古撫今，心念武侯，表達出詩人渴望朝廷出現良相來扶國安邦。從詩藝上論，此詩既雄渾悲慨，又韻律精美，極沉鬱頓挫之致，是杜甫七律中之精品。

杜甫堪稱是對諸葛武侯吟誦最多的唐人了，其詠武侯的詩篇，除〈蜀相〉之外，尚有〈武侯廟〉、〈謁先主廟〉、〈八陣圖〉等十餘首。另外著名的〈詠懷古跡〉五首，是杜甫晚年流落夔州時創作的借古詠

〔註70〕〔清〕聖祖御編：《全唐詩》（台北：盤庚出版社，1979年），冊4，卷226，頁2431。

懷之組詩。詩人借古人古事，傾吐懷抱和悲愁，融古今人我為一體，
把詠史題材的創作推向高峰。其五專論武侯之事功並加以推崇：

> 諸葛大名垂宇宙，宗臣遺像肅清高。
>
> 三分割據紆籌策，萬古雲霄一羽毛。
>
> 伯仲之間見伊呂，指揮若定失蕭曹。
>
> 運移漢祚終難復，志決身殲軍務勞。〔註71〕

作者說諸葛亮輔佐蜀漢之功，與古代商湯、周武王的賢輔伊尹、呂尚
不相上下；還稱讚他指揮才能超過漢初的名相蕭何、曹參，他只創下
三分割據的漢業，也未盡展才能，就這樣他也稱得是千秋萬古高翔雲
天的彩風蒼鷹了。

（三）中唐──劉禹錫、白居易、李賀

中唐的詠史詩一方面明顯突破了述史、詠懷的格局，走向詠史與
詠懷相結合的新方向，另一方面則開拓了以議論詠史的新局面，造就
了論史的風氣。在題材上，由單純的讀史感發而作，擴大到因古跡觸
發而作；體式上，五古雖仍佔有一定數量，但以近體律絕寫詠史題材
正逐漸盛行，初盛唐幾乎未見的七絕詠史也開始大量湧現，為晚唐詠
史詩發展的顛峰奠定了基礎。中唐重要的詠史詩作家有劉禹錫、白居
易、李賀等，茲述如下：

1、劉禹錫

有「詩豪」之稱的劉禹錫，其詩歌風格清新爽朗，他的〈石頭城〉
一詩，因其意境的含蓄、深邃，廣受眾人讚賞：

> 山圍故國周遭在，潮打空城寂寞回。
>
> 淮水東邊舊時月，夜深還過女牆來。〔註72〕

石頭城即金陵，三國時東吳孫權將其改名石頭城，曾是六朝古都。詩

〔註71〕〔清〕聖祖御編：《全唐詩》（台北：盤庚出版社，1979年），冊4，
卷230，頁2511。

〔註72〕〔清〕聖祖御編：《全唐詩》（台北：盤庚出版社，1979年），冊6，
卷365，頁4117。

中第一句寫水，第二句寫山，第三、四句寫月。全詩並沒有正面寫城，而是用石頭城的自然景物來烘托石頭城，用自然界的永恆反襯石頭城的滄桑，暗示歷史的變遷。詩人的構思就是建立在這種襯托和對比之上的，因此特別耐人尋味。至於他的〈烏衣巷〉，也是一首以金陵為懷古對象的詩：

> 朱雀橋邊野草花，烏衣巷口夕陽斜。
> 舊時王謝堂前燕，飛入尋常百姓家。〔註73〕

朱雀橋、烏衣巷都是金陵秦淮河畔的古蹟，是王公貴族的聚集地，也是當年東晉的開國元勳王尋和名將謝安的居住地。詩人用燕子的形象，寄託了自己的懷古之情，喚起人們今昔對比之感慨，以及對滄海桑田的歷史變遷之認識。

〈石頭城〉以終古不變的青山、江潮和明月，襯托出六朝繁華俱歸烏有，而〈烏衣巷〉又借燕子歸舊巢來暗示堂中主人的變換，同是慨嘆六朝的滅亡作為歷史的借鑒，也都是委婉含蓄的懷古之作。

2、白居易

白居易宦海浮沉的人生際遇，影響了他從「兼善天下」轉變成「獨善其身」的人生思想，其詠史詩的議論色彩濃重，早年在長安時期的詠史詩，多是一詩詠一事，借古人古事以諷刺現實，充分體現了他裨補時政、憂心社稷的人生理想。

如〈雜興〉三首諷刺了楚王、越王、吳王三位皇帝的奢華荒淫，意在讓當時的帝王引以為戒。又如〈讀漢書〉詩人感慨西漢末年君王忠邪不分、任用失當，忠臣遭陷，從而「盛業日衰」，詩末常帶有驚警激切的議論。

貶謫江州時期，白居易的詠史詩多是就古人與自己的個性和命運相契合處引發感慨和深思，有時甚至充滿感傷與無可奈何之情，如〈偶然〉二首、〈詠史〉五首、〈讀史〉五首等。〈吳宮辭〉亦是這一時期

〔註73〕〔清〕聖祖御編：《全唐詩》（台北：盤庚出版社，1979年），冊6，卷365，頁4117。

的代表作：

> 一入吳王殿，無人睹翠娥，樓高時見舞，宮靜夜聞歌。
>
> 半露胸如雪，斜迴臉似波。妍嬅各有分，誰敢妒恩多。〔註74〕

詩中的著眼點已非早年長安時期諷刺吳王的荒淫奢侈，敘述的是吳王專寵西施，其他「翠娥」則紛紛遭棄的事件，以議論之語「妍嬅各有分，誰敢妒恩多」，表達出作者自身有怨而難言的幽隱情懷、萬千思緒，雖議論他人之事而意在抒己之情。

白居易後期的詩作，以明哲保身，退居政治漩渦之外的思想為主，如〈登閶門閒望〉：

> 閶門四望鬱蒼蒼，始覺州雄土俗強。
>
> 十萬夫家供課稅，五千子弟守封疆。
>
> 閶闔城碧鋪秋草，烏鵲橋紅帶夕陽。
>
> 處處樓前飄管吹，家家門外泊舟航。
>
> 雲埋虎寺山藏色，月耀娃宮水放光。
>
> 曾賞錢唐嫌茂苑，今來未敢苦誇張。〔註75〕

詩中描寫閶門的眼前景，表露出一個地方官的自足與得意，而對閶門這一前代遺跡所蘊含的時代興衰的歷史內涵則完全避而不談，詩題中的「閒」字，正恰好說明了白居易此時的心情。

3、李　賀

李賀聰敏早慧，詩歌多憤懣不平之音，揭露現實黑暗之作，頗能切中時弊。長於樂府，想像奇譎、辭采瑰麗，創造出一種奇詭幽冷的藝術境界。如〈金銅仙人辭漢歌〉一首：

> 茂陵劉郎秋風客，夜聞馬嘶曉無跡。
>
> 畫廊桂樹懸秋香，三十六宮土花碧。
>
> 魏宮牽車指千里，東關酸風射眸子。

〔註74〕〔清〕聖祖御編：《全唐詩》（台北：盤庚出版社，1979年），冊7，卷440，頁4909。

〔註75〕〔清〕聖祖御編：《全唐詩》（台北：盤庚出版社，1979年），冊7，卷447，頁5021。

空將漢月出宮門，憶君清淚如鉛水。

衰蘭送客咸陽道，天若有情天亦老。

攜盤獨出月荒涼，渭城已遠波聲小。〔註76〕

漢武帝曾在長安建章宮前造神明臺，上鑄銅仙人，手托一盤承接露水，和玉屑服之，以求長生。到了魏明帝時，又命宮人到長安將銅仙人移至洛陽，據說銅人離開宮時曾流淚。詩人在此發揮了他想像的天才，想像銅仙人離開漢宮時的情態和心態。李賀此時也辭去奉禮郎這個小官，從長安返回洛陽，因此，借仙人遷離長安的傷感，也抒發自己離開京都的寂寞與悲涼。

李賀的詩多用古人古事，來影射當時的社會現實，以及自己的思緒情懷，又如〈秦王飲酒〉：

秦王騎虎遊八極，劍光照空天自碧。

羲和敲日玻璃聲，劫灰飛盡古今平。

龍頭瀉酒邀酒星，金槽琵琶夜根根。

洞庭雨腳來吹笙，酒酣喝月使倒行。

銀雲櫛櫛瑤殿明，宮門掌事報一更。

花樓玉鳳聲嬌獰，海綃紅文香淺清，

黃娥跌舞千年觥。仙人燭樹蠟煙輕，

青琴醉眼淚泓泓。〔註77〕

詩中先寫秦王勇武豪雄、戰功顯赫，後寫秦王沉湎於歌舞宴樂，過著腐朽的生活。作者借寫秦始皇的恣飲沉湎，隱含對唐德宗的諷諭之意，詩末以冷語作結，顯得跌宕生姿，含蓄表達了詩人惋惜、哀怨、譏誚等等複雜的思緒。

（四）晚唐——李商隱、杜牧、胡曾

晚唐由於藩鎮割據、朋黨之爭、宦官專權等社會弊病的衝擊，李

〔註76〕〔清〕聖祖御編：《全唐詩》（台北：盤庚出版社，1979年），冊6，卷391，頁4403。

〔註77〕〔清〕聖祖御編：《全唐詩》（台北：盤庚出版社，1979年），冊6，卷390，頁4440。

唐王朝已岌岌可危，這些原因為詠史詩注入了特定的內容和獨特的表現方法。晚唐詠史詩的中心主題只有一個：匡救社會，復興王室。其體現在政風上，反腐敗倡廉明；政治上，反苛政主仁政；軍事上，反割據促統一；人事上，反嫉才倡惜才，正代表了晚唐一代的時代精神。

　　溫庭筠的四十六首詠史詩，為本論文的研究主題，容後專章論述。以下分別就李商隱、杜牧、胡曾等人詠史詩作探討。

1、李商隱

　　李商隱的詠史詩視野開闊，立意高遠，往往能以小見大，一針見血，入木三分，他透過對歷史經驗教訓的借鑒來指陳時政、譏評當世，使詠史詩成為政治詩的一種特殊形式和重要組成。這些詠史詩常常選擇歷史上的封建帝王荒淫誤國為典型，如〈吳宮〉中的吳王夫差，〈齊宮詞〉中的南齊後主蕭寶卷、〈北齊〉二首中的北齊後主高緯、〈隋宮〉中的隋煬帝楊廣、〈華清宮〉中的唐玄宗李隆基，揭露他們昏庸貪婪、沉溺享樂、終致國家衰敗甚至覆滅，為當朝及後代君主敲響了警鐘。李商隱對君王的批判尚有〈賈生〉一詩：

　　　宣室求賢訪逐臣，賈生才調更無倫。
　　　可憐夜半虛前席，不問蒼生問鬼神。〔註78〕

李詩詠述了漢文帝召賈誼入朝，面對賢臣不問治國之道，卻問鬼神之事的故事，嘲諷了封建帝王表面推重人才，實際並不真正用才的昏庸。暗諷晚唐諸多皇帝迷信佛道，不顧民生，而李商隱自己也正懷才不遇的現實，可知此詩含意深長。這些短章，篇幅雖小而寓意深曲，令人咀嚼不盡。而〈驪山有感〉，以統治者的荒淫、放縱警戒當世：

　　　驪岫飛泉泛暖香，九龍呵護玉蓮房。
　　　平明每幸長生殿，不從金輿惟壽王。〔註79〕

全詩透過壽王的痛苦反襯唐玄宗的放縱、貪欲，暗示著他就是亡國之

〔註78〕〔清〕聖祖御編：《全唐詩》（台北：盤庚出版社，1979年），冊8，卷540，頁6208。

〔註79〕〔清〕聖祖御編：《全唐詩》（台北：盤庚出版社，1979年），冊8，卷540，頁6195。

君。又李商隱〈詠史〉對歷史悲劇深沉慨嘆：

> 北湖南埭水漫漫，一片降旗百尺竿。
>
> 三百年間同曉夢，鍾山何處有龍盤？〔註80〕

「曉夢」表面上是指六朝帝王醉生夢死、荒淫誤國，三百年如一場春夢稍縱即逝，實際上是抒發了詩人對當朝帝王渾渾噩噩、亦在夢中的憂慮。全篇主旨可以用劉禹錫〈金陵懷古〉名句「興廢由人事，山川空地形」來概括。全詩意境迷濛，情調感傷，而在感傷中透露著詩人對興廢的痛苦沉思，與現實的憂患意識。

2、杜　牧

杜牧是一位飽讀史書，而又有抱負的詩人，他的詠史詩在堅實而深沈的歷史感裡，流露著一種令人思索而又無可奈何的複雜的現實感。如〈故洛陽城有感〉：

> 一片宮牆當道危，行人爲爾去遲遲。
>
> 篳圭苑裏秋風後，平樂館前斜日時。
>
> 錮黨豈能留漢鼎，清談空解識胡兒。
>
> 千燒萬戰坤靈死，慘慘終年烏雀悲。〔註81〕

詩人透過洛陽的興亡，見證了歷史的無情、人生的悲哀，藉由東漢末年的黨錮之禍導致了漢朝的滅亡，以及張九齡雖然像王衍識破石勒會亂天下那樣識破了安祿山，可惜都是只能說說而已，卻無法阻止急劇惡化的牛李黨爭，和甘露之變的發生。詩中滲透著對現實無比憂患的感情，而道種感情融入憑弔歷史古都的詩中，就形成了強烈的現實感。至於杜牧〈過驪山作〉：

> 始皇東遊出周鼎，劉項縱觀皆引頸。
>
> 削平天下實辛勤，卻爲道旁窮百姓。
>
> 黔首不愚爾益愚，千里函關囚獨夫。

〔註80〕〔清〕聖祖御編：《全唐詩》（台北：盤庚出版社，1979年），冊8，卷539，頁6173。

〔註81〕〔清〕聖祖御編：《全唐詩》（台北：盤庚出版社，1979年），冊8，卷521，頁5962。

　　牧童火入九泉底，燒作灰時猶未枯。〔註82〕

秦始皇設郡縣制、統一文字、度量衡，實現了中國的大一統，可是他也做了不少愚昧的事，如：銷兵鑄金、焚書坑儒、大興土木修建宮殿等，結果步上滅亡之途。杜牧反思這段歷史，首聯是敘事，始皇東遊，出周鼎於泗水，劉邦、項羽觀始皇出遊，一曰彼可取而代之，一曰大丈夫當如此。這四件事並不是同時發生的，但詩人把它們組織在一起，先給人一種強烈的整體印象，然後帶出頷聯議論，藉由「實」、「卻」字貼切地傳達了作者對秦始皇讚佩、惋惜、憤慨交織的複雜感情，詩的後四句則轉入了一種憤激、蔑視的情感中。全詩融抒情和議論、熾熱的感情和深沉的思索於一爐，甚有特色。

　　杜牧的詠史詩如〈赤壁〉、〈過華清宮絕句〉三首、〈題烏江亭〉等，敘議結合，警拔精悍，往往於人們意想不到的地方著筆議論，讀來啓人心智，震聾發聵，令人耳目一新。茲舉杜牧的〈赤壁〉一詩：

　　　折戟沉沙鐵未銷，自將磨洗認前朝。

　　　東風不與周郎便，銅雀春深鎖二喬。〔註83〕

杜詩寫三國赤壁之戰，頌贊周瑜的軍事才能、神機妙算挽救了孫吳政權，將懷古、論史揉合一起，十分新巧耐讀。

3、胡曾等人

　　晚唐還湧現出一批集中創作詠史作品的詩人，如胡曾以《詠史詩》作爲自己的詩集名，詠史詩的發達可見一斑。其《詠史詩》三卷，計古絕一百五十首，均以地名爲題，吟詠該地歷代的歷史人物或事件。而汪遵的詠史詩收錄在《全唐詩》中共五十九首，都是七言絕句，風格與胡曾相似。

　　至於周曇的詠史詩是有組織計畫的寫作，其《詠史詩》八卷，近

〔註82〕〔清〕聖祖御編：《全唐詩》（台北：盤庚出版社，1979年），冊8，
　　　　卷520，頁5945。

〔註83〕〔清〕聖祖御編：《全唐詩》（台北：盤庚出版社，1979年），冊8，
　　　　卷523，頁5980。

二百首，自唐虞至隋代，以七絕體分題吟詠，按歷史朝代分爲十門，每首詩都以帝王將相爲題，不像胡曾、汪遵那樣，多用地名古跡爲題，近似懷古詩。季明華曾批評他們說：

> 晚唐胡曾、周曇的詠史詩，雖然在創作數量上凌駕前人，但其內容大多僅形象地概括史事，或幾近游覽之作，在見解及意境上多無甚新意。同時太過知性化的立說，常會扼殺了詩的藝術美感；歷史的豐富多樣，亦爲淺俗的議論所切割。〔註84〕

歷來詩論者，均將目光集中在杜牧、李商隱、溫庭筠等詩人的身上，對胡曾、周曇等人的詩，缺乏好評〔註85〕，但是他們的詠史詩卻對宋元講史平話與明清歷史演義等通俗文學影響深遠。〔註86〕總而言之，晚唐的詠史詩呈現了蓬勃的創造力，連帶將詠史詩的形式、內容等都帶至高峰，可見這時詩人寫詠史詩已成爲風尚，且爲後世文人開闢了一條著作的道路。

　　綜上所述，由詠史詩的歷史發展概況，可以看出詠史詩在穩定中成長茁壯，其形貌樣態並非一成不變，從班固開「櫽括本傳」的史傳體詠史詩之先河，一變而成爲左思的「多擄胸臆」的抒懷體詠史詩。唐代承襲魏晉之餘緒，初唐多借詠史以感懷之作，如陳子昂〈感遇〉等。到了盛唐，懷古詩的興起，爲唐代詠史詩的發展，獲得更深長的抒情韻味和更高的美學品味，如杜甫〈蜀相〉、〈詠懷古跡〉五首等。中唐懷古體詠史詩也有不少佳作，但在詩人求新求變下，詩歌議論色彩濃重，在某種程度上是晚唐史論詩的濫觴，如白居易〈吳宮辭〉等。而晚唐懷古體詠史詩仍以詠史的筆調裏滲透懷古的情緒爲特點輝耀

〔註84〕季明華：《南宋詠史詩研究》（台北：文津出版社，1997年），頁48。

〔註85〕廖振富《唐代詠史詩之發展與特質》曾提及羅隱、胡曾、汪遵、周曇等詠史詩人：「成績欠佳，文學價值甚低。」又言：「只能算是套用詩的外貌，所編寫的歷史教材罷了。」（台灣師範大學國研所碩士論文，1989年），頁154、163。

〔註86〕李宜涯：《晚唐詠史詩研究》（中國文化大學中文所博士論文，2000年），頁7。

於詩壇上，其詩作特色是不著眼於史實的始末與史料的挖掘，而注重審美的感受與表現，具有濃郁的抒情色彩和深長的韻味。如李商隱〈齊宮詞〉、〈隋宮〉，杜牧〈故洛陽城有感〉、〈過驪山作〉，溫庭筠〈齊宮〉、〈陳宮詞〉、〈過華清宮二十二韻〉等，這些詩中揭露出君主們昏庸荒縱，沉湎聲色，在辛辣的諷刺中對大唐王朝日趨衰亡的命運發出哀傷與感慨。

　　總而言之，晚唐詠史詩普遍地既避免了史論詩的直率發露、質木無文、缺乏情韻的不足，又避免了述史詩的過分鋪陳、漫無準則的毛病，還避免了懷古詩的單一的感傷情緒，從而使詩歌意境更加深邃，抒情氣氛更加濃郁，做到深刻之思理與微婉之情韻的完美結合。〔註87〕

<hr />

〔註87〕陳松青：〈唐代詠史詩論三題〉〈《松遼學刊（社會科學版）》，1999年），期5，頁5。

第三章　晚唐詠史詩之時代背景

　　傳統詩歌史或文學批評多將唐詩分爲初、盛、中、晚四個階段。此說，濫觴於宋代嚴羽《滄浪詩話》，奠定於元代楊士弘《唐音》，完成於明代高棅《唐詩品彙》，普遍被認同接受。

　　首先，嚴羽依據唐代政治歷史的發展情形，以及詩風興替因革的角度，分唐詩爲「唐初體」、「盛唐體」、「大歷體」、「元和體」、「晚唐體」五體，總結了前人的分期理論，加以明確化和系統化，爲後來的「四唐」說奠定了基礎。到了楊士弘選編《唐音》，標目「初、盛、中、晚」，「四唐」的分期終於有了定型；直至明初高棅撰《唐詩品彙》以正變的觀念來看待初、盛、中、晚的關係，強調同一時期不同作家的藝術成就和風格，總體上把握了各個歷史時期詩歌的風貌。歸納近人晚唐斷代之說，普遍認同從文宗大和元年（西元 827 年）、開成元年（西元 836 年）到唐的亡國，其間約七八十年，文學史上稱爲晚唐時期。〔註1〕

　　詠史詩發展至晚唐，進入了空前的繁榮時期，根據統計，唐代約

〔註1〕袁行霈：《中國文學史綱要》（台北：曉園初版社，1991 年），冊 2，頁 455～456。又尚作恩、李孝堂、吳紹禮、郭清津編著：《晚唐詩譯釋》（哈爾濱：黑龍江人民出版社，1997 年）這本書中，作者於前言中就直接表示：「從文宗大和、開成以後至唐滅亡的七八十年間，文學史上稱爲晚唐時期。」

有詠史詩一四四二首，晚唐竟有一○一四首，佔全唐詠史詩總數的百分之七十，有詠史詩傳於今日的唐代詩人共二一三人，晚唐則有九十五人之多，佔作者總數的百分之四五。〔註2〕這些詩人陣容強大，取材範圍廣闊，風格與藝術形式也隨之多樣化，是什麼原因促使晚唐詩人創作如此豐沛的詠史詩呢？本章將從政治、社會、文學等三大環境進行探討。

第一節　政治環境

　　晚唐國君昏庸無能，宰相甘食竊位，朝官結黨營私、排擠攻訐，演變成牛李黨爭，牛李黨爭不但影響政治的運作，也讓無數讀書人成為他們鬥爭的犧牲品。其次，專權跋扈的宦官迫害忠良、遂行私欲、鎮壓異己，使得朝綱積弱不振，而宮外則是藩鎮割據、征戰四起的混亂局面。這些問題是詩人生活中揮之不去的夢魘，更是造成國勢衰微的重要原因。

　　溫庭筠所處的時代正是牛李黨爭、宦官專權、藩鎮割據激烈爭鬥的時期，因此他的精神面貌、生活方式，甚至詩歌內容，無不深受晚唐時期朝政腐敗、宦官弄權、藩鎮跋扈種種情況的影響。

一、牛李黨爭

　　關於牛李黨爭的起因，司馬光的《資治通鑑》卷二四一記載：

　　　　（長慶元年三月）翰林學士李德裕，吉甫之子也，以中書舍人李宗閔嘗對策譏切其父，恨之。宗閔又與翰林學士元稹爭進取，有隙，右補闕楊汝士與禮部侍郎錢徽掌貢舉，西川節度使段文昌、翰林學士李紳各以書，屬所善進士於徽。及榜出、文昌、紳所屬，皆不預焉。及第者鄭郎，覃之弟；裴譔，度之子；蘇巢，宗閔之婿；楊殷士，汝士之弟也。文昌言於上曰：「今歲禮部殊不公，所取進士，皆子

〔註2〕王紅：〈試論晚唐詠史詩的悲劇審美特徵〉《西安陝西師大學報（哲學社會科學版）》，1989年），期3，頁83。

弟無藝，以關節得之。」上以問諸學士，德裕、稹、紳皆
曰：「誠如文昌言。」上乃命中書舍人王起等覆試。夏四月
丁丑，詔黜郎等十人，貶徽江州刺史，宗閔劍州刺史，汝
士開江令。或勸徽奏文昌、紳屬書，上必悟。徽曰：「苟無
愧心，得喪一致。奈何奏人私書？豈士君子所爲邪？」取
而焚之，時人多之。紳，敬玄之曾孫，起，播之弟也。自
是德裕、宗閔各分朋黨，更相傾軋垂四十年。〔註3〕

又范祖禹《唐鑑》卷十九論曰：

唐之朋黨，始於牛僧孺、李宗閔對策，而成於錢徽之貶。
皆自小以至大，因私以害公。〔註4〕

司馬光與范祖禹都認爲牛李黨爭，起因於元和三年制舉案，正式形成
於長慶元年貢舉案，是非常符合歷史實際的，其說也被後世多數學者
所採用。

　　至於爭鬥的焦點，有人認爲是士庶之爭、科第之分，如陳寅恪先
生說：「牛李兩黨之對立，其根本在兩晉南北朝以來山東士族與唐高
宗、武則天之後由進士詞科進用之新興階級兩者互不相容。」〔註5〕
韓國磐先生也認爲「唐代的朋黨之爭，是由科舉出身的庶族官僚集團
和依憑門第的士族集團之間的鬥爭」，「牛李之爭：牛指以牛僧孺爲首
的進士科出身的、代表著庶族地主階層的勢力；李指以李德裕爲首的
依靠門第的、代表著士族門閥的勢力」〔註6〕。

　　有人則認爲是政見問題，即李黨反對藩鎮割據，反對宦官專權，
而牛黨反其道而行之，故李黨具有進步性，牛黨具有反動性。〔註7〕

〔註3〕司馬光撰、李宗侗、夏德儀等校註：《資治通鑑今註》（台北：台灣
　　　　商務印書館，1978 年），冊 13，卷 241，頁 208～209。

〔註4〕〔宋〕范祖禹：《唐鑑》（台北：台灣商務印書館，1977 年），卷 19，
　　　　頁 532。

〔註5〕陳寅恪：《唐代政治史述論稿》（上海：上海古籍出版社，1982 年），
　　　　頁 87。

〔註6〕韓國磐：《隋唐五代史綱》（北京：人民出版社，1979 年 2 版），頁
　　　　359、363。

〔註7〕王炎平：《牛李黨爭》（西安：西北大學出版社，1996 年），頁 102。

然而兩黨在處理藩鎮問題時，李黨並非皆力主討伐，牛黨也並非一味姑息，如李黨人物元稹便力主「努力廟謨休用兵」〔註8〕，且長慶初年極力反對裴度討伐山東藩鎮。〔註9〕再如會昌三年，李德裕主張討伐澤潞劉稹，李黨人物李紳、李讓夷等均不支持，而牛黨人物杜牧卻極力贊成。〔註10〕在處理宦官問題上，兩黨實際上也並無政策上的對立，如李德裕、李宗閔均曾賄賂或結納過宦官。〔註11〕而牛僧孺卻不僅不曾賄賂結納過宦官，而且還曾對宦官干政進行過抵制與抗爭，如長慶元年，身爲御史中丞的牛僧孺不顧宦官的阻撓，堅持將贓官李直臣治罪。〔註12〕大和五年，宦官王守澄等謀害宰相宋申錫，身爲宰相的牛僧孺仗義執言，爲申錫辯護，使其得以免死。〔註13〕令狐楚、牛僧孺任節度使時，還不顧宦官的淫威，提拔爲宦官所切齒痛恨的劉蕡爲幕府從事。〔註14〕由上述史籍資料觀之，可以發現牛李兩黨都無一定的政治綱領。

從整體上看，兩黨既談不上什麼士庶之爭，更談不上什麼政見之爭，兩黨的爭鬥主要是爲了爭權奪利而互相傾軋，所爭者官位，所報者私怨，亦無政策可言。

〔註8〕 元稹：〈連昌宮詞〉，收於〔清〕聖祖御編：《全唐詩》（台北：盤庚出版社，1979 年），冊 6，卷 419，頁 4613。

〔註9〕 〔後晉〕劉昫等撰：《舊唐書‧裴度傳》（台北：鼎文書局，1979 年2 月），卷 170，頁 4421～4422。

〔註10〕 〔宋〕歐陽脩、宋祁撰：《新唐書‧李德裕傳》（台北：鼎文書局，1979 年 2 月），卷 180，頁 5337、5338。又司馬光撰、李宗侗、夏德儀等校註：《資治通鑑今註》（台北：台灣商務印書館，1978 年），冊13，卷 247，頁 444～445。

〔註11〕 司馬光撰、李宗侗、夏德儀等校註：《資治通鑑今註》（台北：台灣商務印書館，1978 年），冊 13，卷 245，頁 356～357。

〔註12〕 〔宋〕歐陽脩、宋祁撰：《新唐書‧牛僧孺傳》（台北：鼎文書局，1979 年 2 月），卷 174，頁 5230。

〔註13〕 司馬光撰、李宗侗、夏德儀等校註：《資治通鑑今註》（台北：台灣商務印書館，1978 年），冊 13，卷 244，頁 316～317。

〔註14〕 〔宋〕歐陽脩、宋祁撰：《新唐書‧劉蕡傳》（台北：鼎文書局，1979 年 2 月），卷 178，頁 5306。

在黨爭的過程中，首先衝擊的是政治的安定，很多好的政策便在彼此意氣之爭中遭到封殺。例如著名的維州事件，大和五年，吐蕃內亂，吐蕃大將欲以維州請降。維州是四川與吐蕃的交通要道，居咽喉之位，乃兵家必爭之地，當時文宗召集百官，商議此事，李德裕贊同維州請降之事，但牛僧孺卻持反對意見。其云：

> 吐蕃之境，四面各萬里，失一維州，未能損其勢。比來修好，約罷戍兵，中國禦戎，守信爲上。彼若來責曰：「何事失信？」養馬蔚茹川，上平涼阪，萬騎綴回中，怒氣直辭，不三日至咸陽橋。此時西南數千里外，得百維州，何所用之？徒棄誠信，有害無利，此匹夫所不爲，況天子乎！〔註15〕

結果文宗誤信牛僧孺的看法，下令李德裕歸還維州，讓朝廷平白無故損失此一唾手可得的軍事要塞，由此可知，牛李黨爭對於國政的運作，確實造成諸多無謂的傷害。

二、宦官專權

唐代宦官之禍，早在玄宗時就有宦官弄權、破壞朝綱的情形。司馬光《資治通鑑》：「明皇始隳舊章，是崇是長，晚節令高力士省決章奏……宦官之禍，始於明皇，盛於肅、代，成於德宗，極於昭宗。」〔註16〕隨著唐玄宗當政日久，逐漸縱欲奢淫而怠忽政事，以高力士爲代表的得寵宦官便趁機干政擅權，「每四方進奏文表，必先呈力士，然後進御，小事便決之」〔註17〕。高力士不僅參與「省決章奏，乃至進退將相，時與之議，自太子王公皆畏事之，宦官自此熾矣」〔註18〕。

〔註15〕司馬光撰、李宗侗、夏德儀等校註：《資治通鑑今註》（台北：台灣商務印書館，1978 年），冊 13，卷 244，頁 319。

〔註16〕司馬光撰、李宗侗、夏德儀等校註：《資治通鑑今註》（台北：台灣商務印書館，1978 年），冊 13，卷 263，頁 1132、1134。

〔註17〕〔後晉〕劉昫等撰：《舊唐書・高力士傳》（台北：鼎文書局，1979 年 2 月），卷 184，頁 4757。

〔註18〕司馬光撰、李宗侗、夏德儀等校註：《資治通鑑今註》（台北：台灣

　　自肅宗以後十四位皇帝中，除了德宗、順宗、敬宗、哀帝之外，其餘十帝皆爲宦官所立，分別是肅宗和代宗都受李輔國的擁立；憲宗由俱文珍所立；穆宗由梁守謙、王守澄立；文宗由梁守謙、王守澄等人擁立；武宗由仇士良、魚弘志等人擁立；宣宗爲眾宦官所擁立；懿宗爲王宗實所立；僖宗爲劉行深、韓文約所立；昭宗爲楊復恭、劉季述所立，其中憲宗、敬宗、昭宗遭宦官所弒。〔註19〕宦官遂成爲中央政權的統治者，不但可以進退大臣，玩弄皇帝於股掌之中，而且還能弒立帝后，「宦官之權，反在人主之上，立君、弒君、廢君，有同兒戲」〔註20〕，正所謂「萬機之與奪任情，九重之廢立由己」〔註21〕。《資治通鑑》亦載：「自元和之末，宦官益橫，建置天子，在其掌握，威權出人主之右，人莫敢言。」〔註22〕尤其文宗大和九年十一月「甘露之變」〔註23〕之後，「自是天下事皆決於北司，宰相行文書而已。宦官氣益盛，迫脅天子，下視宰相，陵暴朝士如草芥」〔註24〕。皇帝昏庸無能、無所作爲；宰相非貪即庸、尸位素餐；宦官專制內外、爲所欲爲、私置理獄、鎮壓異己，唐代宦官危害之烈，左右了晚唐八十年的命脈。歐陽脩在《新唐書・宦官傳序》中論及：

　　　　小人之情，猥險無顧藉，又日夕侍天子，狎則無威，習則

　　　　商務印書館，1978 年），冊 13，卷 263，頁 1132。

〔註19〕憲宗、敬宗、昭宗，分別爲宦官陳弘志、劉克明、劉季述所害。事見〔宋〕歐陽脩、宋祁撰：《新唐書》（台北：鼎文書局，1979 年 2 月），〈憲宗本紀〉，卷 7，頁 219；〈敬宗本紀〉，卷 8，頁 229；〈劉季述傳〉，卷 208，頁 5895。

〔註20〕〔清〕趙翼撰：《廿二史劄記・唐代宦官之禍》（台北：華世書局，1977 年），卷 20，頁 420。

〔註21〕〔後晉〕劉昫等撰：《舊唐書・宦官傳序》（台北：鼎文書局，1979 年 2 月），卷 184，頁 4754。

〔註22〕司馬光撰、李宗侗、夏德儀等校註：《資治通鑑今註》（台北：台灣商務印書館，1978 年），冊 13，卷 243，頁 290。

〔註23〕〔後晉〕劉昫等撰：《舊唐書・文宗本紀》（台北：鼎文書局，1979 年 2 月），卷 17，頁 562。

〔註24〕司馬光撰、李宗侗、夏德儀等校註：《資治通鑑今註》（台北：台灣商務印書館，1978 年），冊 13，卷 245，頁 366。

不疑，故昏君蔽於所昵，英主禍生所忽。玄宗以邊崩，憲、
敬以弒殞，文以憂償，至昭而天下亡矣。禍始開元，極於
天祐，凶愎參會，黨類殲滅，王室從而潰喪。〔註25〕

這句話是對唐代宦官專權干政的很好概括。由此可見，宦官專權對唐
代後期政治的混亂和黑暗及至唐王朝的滅亡影響可謂大矣。

三、藩鎮割據

　　唐末藩鎮以官商的形式進行官榷經營，壟斷鹽鐵、酒的生產與經
營，所得好處爲自己佔有。如淄青節度使李師道在三道十二州內都設
立銅鐵官，「歲取冶賦百萬，觀察使擅有之，不入公上」〔註26〕。又
如，武宗會昌六年九月敕：「揚州等八道州府置榷麴，並置官店酤酒，
代百姓納榷酒錢，並充資助軍用，各有榷許限。揚州、陳許、江州、
襄州、河東五處榷麴，浙西、浙東、鄂嶽三處置官酤酒。」〔註27〕藩
鎮通過榷麴和官酤酒來獲取經營收入，充作本鎮軍費，並且還制訂了
嚴酷的法律，「一人違犯，連累數家」，用連坐的方式保證藩鎮官商的
權威和壟斷。大和六年，江西觀察使李憲「以軍用不足，奏請百姓造
酒，官中自酤」〔註28〕。藩鎮官榷的目的十分清晰，不僅能夠增強經
濟力量，而且還能加強軍事實力，鞏固了藩鎮割據。

　　爲了能「挾天子以令諸侯」，藩鎮還在朝廷內部努力滲入自己的
勢力，尋找自己的代言人。宰相因有實權又容易接近皇帝自然成爲當
時藩鎮朝廷內應的首要人選，而宰相也須得到地方實力派的支持，自
己才能在唐中央站穩腳跟，二者各取所需，互相勾結，形成唐末政治

〔註25〕〔宋〕歐陽脩、宋祁撰：《新唐書・宦官傳序》（台北：鼎文書局，
　　　　1979年2月），卷270，頁5856。
〔註26〕〔宋〕歐陽脩、宋祁撰：《新唐書・王涯傳》（台北：鼎文書局，1979
　　　　年2月），卷179，頁5318。
〔註27〕〔宋〕王溥撰、楊家駱主編：《唐會要・榷酤》（台北：世界書局，
　　　　1989年4月5版），冊下，卷88，頁1608。
〔註28〕台灣中華書局輯：《冊府元龜・邦計部・榷酤》（台北：台灣中華書
　　　　局，1981年），冊11，卷504，頁6043。

的一大特色。

　　唐末宰相與藩鎮勾結的人很多，其中比較典型的有孔緯、張濬、崔胤等等。根據《舊唐書・孔緯傳》記載：「緯、濬密遣人求援於汴州，朱全忠上章論救。」〔註29〕又《舊唐書・崔愼由傳附崔胤傳》亦載：「朱全忠雖竊有河南方鎮，憚河朔、河東，未萌問鼎之志。及得胤爲鄉導，乃電擊潼關，始謀移國。」〔註30〕因此，當宰相地位在中央受到威脅的時候，往往求救於地方實力派的藩鎮以作策應，藉著利用強藩的實力，保全自己的地位並打擊與自己對立的宦官勢力，宰相的所作所爲，無疑是滋長了地方藩鎮的跋扈心理，成爲藩鎮篡權的幫兇。

　　正如王夫之《讀通鑑論・五代下》所言：「自唐宣宗以後，懿、僖之無道也，逆臣盜賊，紛紜割據，天子救死不遑，大臣立身不固。」〔註31〕藩鎮勢力幾乎遍及天下，朝廷日趨孤立。皇帝及朝官尚且自身難保，又怎能懲治兇手呢？尤其是僖宗年間，黃巢之亂發生後，藩鎮擁兵自重，成爲全國性的地方割據，朝廷對藩鎮的控馭全失，王綱蕩然無存。《新唐書・藩鎮傳序》曾載：

> 安史亂天下，至肅宗大難略平，君臣皆幸安，故瓜分河北地，
> 付授叛將，護養孽萌，以成禍根。亂人乘之，遂擅署吏，以
> 賦稅自私，不朝獻於廷。效戰國，肱髀相依，以土地傳子孫，
> 脅百姓，加鋸其頸，利怵逆遷，遂使其人自視由羌狄然。一
> 寇死，一賊生，訖唐亡百餘年，卒不爲王土。〔註32〕

　　藩鎮的跋扈情況由此可見，他們對中央態度傲慢，財賦也據爲己有，不願上輸朝廷，且又自行招募軍隊，兵連禍結，導致生靈塗炭的

〔註29〕〔後晉〕劉昫等撰：《舊唐書・孔緯傳》（台北：鼎文書局，1979 年 2 月），卷 179，頁 4651。

〔註30〕〔後晉〕劉昫等撰：《舊唐書・崔愼由傳附崔胤傳》（台北：鼎文書局，1979 年 2 月），卷 177，頁 4587。

〔註31〕〔清〕王夫之撰：《讀通鑑論・五代下》（台北：漢京文化事業有限公司，1984 年 7 月），冊 2，卷 30，頁 1084。

〔註32〕〔宋〕歐陽脩、宋祁撰：《新唐書・藩鎮傳序》（台北：鼎文書局，1979 年 2 月），卷 210，頁 5921。

慘狀。對上使得國勢日衰、國力日虛，對下使得百姓流離失所、無以爲命。

范祖禹《唐鑑》卷二十有云：「自天寶以後，河朔世爲唐患，憲宗雖得魏博，而穆宗復失之，是以朝廷惟事姑息，幸其不叛。」〔註33〕由於朝廷長期對魏博等強藩實行妥協、退讓的政策，喪失了不少有利時機，致使藩鎮的實力不斷增強，最後形成尾大不掉之勢，魏博節度使羅紹威公然唆使朱溫「宜自取神器，專天下之望」〔註34〕。朱溫因魏博藩鎮全力支持得以順利篡唐。趙翼《廿二史箚記・唐節度使之禍》亦指出此情形：「天子力不能制，則含羞忍恥，因而撫之。姑息愈甚，方鎮愈驕。其始爲朝廷患者，祇河朔三鎮，……迨至末年，天下盡分裂於方鎮，而朱全忠遂以梁兵移唐祚矣。」〔註35〕由此可見，藩鎮之禍，嚴重威脅了中央政府的統治，加速了唐王朝走向滅亡之路。

第二節　社會環境

司馬光概括晚唐時局曾言：「于斯之時，閹寺專權，脅君於內，弗能遠也；藩鎮阻兵，陵慢於外，弗能制也；士卒殺逐主帥，拒命自立，弗能詰也；軍旅歲興，賦斂日急，骨血縱橫於原野，杼軸空竭於里閭。」〔註36〕晚唐政治混亂擾攘，戰火蔓延不息，徵賦徭役不盡，造成經濟蕭條衰退，民生困頓無依，盜賊與日遽增，亂軍四處劫掠，滋生諸多的社會問題。

社會環境的動盪不安，讓宗教信仰成爲安定人心的精神食糧。晚

〔註33〕〔宋〕范祖禹：《唐鑑》（台北：台灣商務印書館印書館，1977年），卷20，頁572。

〔註34〕〔宋〕歐陽脩、宋祁撰：《新唐書・藩鎮魏博》（台北：鼎文書局，1979年2月），卷210，頁5942。

〔註35〕〔清〕趙翼撰：《廿二史箚記・唐節度使之禍》（台北：華世書局，1977年），卷20，頁427。

〔註36〕司馬光撰、李宗侗、夏德儀等校註：《資治通鑑今註》（台北：台灣商務印書館，1978年），冊13，卷244，頁323。

唐佛、道盛行，不管是君王諸侯、地方官吏，或是深山處士，無不沉浸在濃厚的宗教信仰中，這樣的社會風氣，對於儒道精神的式微、士人心態的消沉與文學創作的蛻變亦產生了重大的影響。

一、民亂四起

中國以農立國，民生寬裕與否，往往取決於農業之安定與發展。唐初原先實行租庸調制，基本上，這樣的制度項目分明，人民負擔不重，頗能照顧多數百姓的生活，而且土地與賦稅的密切配合下，開創了國富民強的盛唐經濟。安史亂後，國力日衰，戶籍散亂，全國田地的數量有限，王公貴族、朝廷官員、地方藩鎮、富商巨賈等不當勢力都還來掠奪百姓的土地，這無疑是讓民生經濟雪上加霜。

德宗建中元年廢除租庸調制，實行兩稅法，土地兼併之風更加熾熱，沉重的賦稅有增無減，《新唐書・食貨志》就記載此情形：

> 帝曰：「今歲費廣而所畜寡，奈何？」乃詔出使郎官、御史督察州縣壅遏錢穀者。時豪民侵噬產業不移戶，州縣不敢傜役，而征稅皆出下貧。至於依富室爲奴客，役罰峻於州縣，長吏歲輒遣吏巡覆田稅，民苦其擾。〔註37〕

「州縣壅遏錢穀者」，揭露出地方官私吞稅收的惡習。政府官員時不敢向權豪之家收取賦稅，反而轉嫁到貧困的百姓身上，甚至重複收取。權豪之家奢華淫逸、恣肆享樂；多數窮民卻飢寒交迫、流離失所，貧富的差距日益懸殊。除此之外，藩鎮割據、邊患侵擾，讓晚唐征戰不斷，人民在現實的逼迫下，紛紛逃離家園，更甚者糾眾爲寇，四處劫掠，造成嚴重的社會問題。如袁樞《通鑑紀事本末》卷三十七所載：

> 自懿宗以來，奢侈日甚，用兵不息，賦斂愈急，關東連年水旱，州縣不以實聞，上下相蒙，百姓流殍，無所控訴，相聚爲盜，所在蜂起。〔註38〕

〔註37〕〔宋〕歐陽脩、宋祁撰：《新唐書・食貨志》（台北：鼎文書局，1979年2月），卷52，頁1361。

〔註38〕〔宋〕袁樞：《通鑑紀事本末》（台北：三民書局，1972年），卷37，

年年凶荒征戰，蒼生陷溺無窮的災難和痛苦之中，甚至出現駭人聽聞的人爭相食的景象：

> 五六年間，民無耕織，千室之邑，不存一二，歲既凶荒，
> 皆膾人而食，喪亂之酷，未之前聞。〔註39〕

又《資治通鑑》載僖宗中和三年：

> 時民間無積聚，賊掠人爲糧，生投於碓磑（石磨），併骨食之，
> 號給糧之處曰春磨寨，縱兵四掠，自河南許、汝、唐、鄧、
> 孟、鄭、汴、曹、濮、徐、兗等數十州，咸被其毒。〔註40〕

「乾符之際，歲大旱蝗，民愁盜起，其亂遂不可復支」〔註41〕。人民在繁苛的稅賦、戰爭的苦難雙重壓力下，紛紛流亡，終而被迫鋌而走險，淪爲盜賊，四處流竄，民亂四起，其中較著名者，有懿宗咸通元年的裘甫之亂及咸通九年龐勛領導的兵變。僖宗乾符元年終於爆發歷史上著名的王仙芝、黃巢起義，規模之大，波及全國，時間之長，延續十年之久，直到唐亡。

　　詩人們面對將傾的國勢、黑暗的社會，有亡國之憂、黍離之悲，卻無力回天，襟抱難展、憂患深重，因此，傷時感事、悲天憫人之餘，只能將滿腔的熱情激化爲悲憤的呼喚，具有諷諭諫誡精神的詠史詩作躍爲主流，在晚唐得到充分的滋長與壯大。

二、邊患不息

　　正值國內形勢衰頹之際，邊境蠻夷卻趁機興亂，時常入寇，朝廷派兵鎮壓，疲於奔命；百姓流離失所，民不聊生。根據史書記載，吐蕃、南詔、回紇都曾入侵邊關要地，其中又以吐蕃爲禍最烈，太宗時

　　頁 2437。

〔註39〕〔後晉〕劉昫等撰：《舊唐書・昭宗本紀》（台北：鼎文書局，1979
　　　年 2 月），卷 20 上，頁 737。

〔註40〕司馬光撰、李宗侗、夏德儀等校註：《資治通鑑今註》（台北：台灣
　　　商務印書館，1978 年），冊 13，卷 255，頁 812。

〔註41〕〔宋〕歐陽脩、宋祁撰：《新唐書・懿宗僖宗紀贊》（台北：鼎文書
　　　局，1979 年 2 月），卷 9，頁 281。

以和親政策，取得一時的太平，但高宗以後，漸與唐爲敵，屢次犯邊入侵。安史之亂後二十餘年間，吐蕃集中力量由甘肅武威、青海樂都一帶東向進攻唐朝。代宗時廣德元年一度攻陷長安，改立廣武王爲帝，大肆劫掠而還。代宗大曆十四年吐蕃、南詔聯軍二十萬進犯四川。據《新唐書·突厥傳序》指出：「吐蕃再飲馬岷江，常以南詔爲前鋒，操倍尋之戟，且戰且進。蜀兵折刃吞鏃，不能斃一戎。」〔註42〕之後爲唐名將李晟率兵平定。唐德宗時面對來自吐蕃的威脅，宰相李泌於貞元三年提出「北和回紇，南通雲南，西結大食、天竺，如此，則吐蕃自困，馬亦易致矣」，又認爲「回紇和，則吐蕃已不敢輕犯塞矣，次招雲南，則是斷吐蕃之右臂也。雲南自漢以來，臣屬中國，楊國忠無故擾之，使叛臣于吐蕃，苦於吐蕃賦役重，未嘗一日不思復爲唐臣也」〔註43〕。最後唐德宗採納了他的「聯回制吐」的政策。德宗貞元十年以後，南詔聯合唐朝軍隊，主動進攻吐蕃，吐蕃連連失敗，勢力退回青藏高原。文宗開成三年十二月，「吐蕃彝泰贊普卒，弟達磨立。彝泰多病，委政大臣，由是僅能自守，久不爲邊患。達磨荒淫殘虐，國人不附，災異相繼，吐蕃益衰」〔註44〕。武宗會昌三年，吐蕃王朝分裂爲二，不再統一。次年，唐朝「以回鶻衰微，吐蕃內亂，議復河湟四鎮十八州」〔註45〕，以後唐各地駐將相繼向吐蕃發動進攻。在這樣的情況下，吐蕃已無力興兵進攻唐地。

　　安史之亂後，南詔乘唐朝窮於對付吐蕃，無暇注意西南守備之時，乘機發展建設和鞏固自己，國勢很快增強，正式擺脫了唐朝控制。

〔註42〕〔宋〕歐陽脩、宋祁撰：《新唐書·突厥傳序》（台北：鼎文書局，1979年2月），卷215，頁6025。

〔註43〕司馬光撰、李宗侗、夏德儀等校註：《資治通鑑今註》（台北：台灣商務印書館，1978年），冊12，卷233，頁557。

〔註44〕司馬光撰、李宗侗、夏德儀等校註：《資治通鑑今註》（台北：台灣商務印書館，1978年），冊13，卷246，頁397。

〔註45〕司馬光撰、李宗侗、夏德儀等校註：《資治通鑑今註》（台北：台灣商務印書館，1978年），冊13，卷247，頁472。

憲宗元和三年，異牟尋卒，子尋閣勸繼立。是年，尋閣勸死，子勸龍晟立。十一年，弄棟節度王嵯巔殺死勸龍晟，立其弟勸利，實際權力掌握在王嵯巔手中。〔註46〕王嵯巔改變異牟尋親唐的政策，準備進攻唐朝。文宗大和三年十一月，南詔恃自己羽翼豐滿，向四川成都大肆進攻，杜元穎派兵與南詔軍戰於邛州南，唐軍大敗，邛州失陷。十二月，王嵯巔引兵北上，隨後攻下成都西郭，撤退時大掠子女、百工數萬人及無數珍貨而去。〔註47〕四年十月，唐朝以義成節度使李德裕爲西川節度使。李德裕奏准在大渡河北岸、黎州以南建城堡守之，以防南詔軍從清溪關道入川，並練兵儲糧，邊防爲之大振，且索還南詔所掠之成都百姓四千人，「蜀人粗安」〔註48〕。之後南詔恢復向唐朝朝貢，與蜀民相安達三十年。宣宗大中十三年世隆繼爲南詔王後，大舉攻唐。懿宗咸通元年十二月，南詔攻下唐安南都護府所在地交州，以後又多次進攻廣西和西川。僖宗廣明元年，唐廷議南詔求和親事，宰相盧攜、豆盧瑑言：

> 自咸通以來，蠻兩陷安南、邕管，一入黔中，四犯西川，
> 徵兵運糧，天下疲弊，踰十五年。租賦太半，不入京師，
> 三使、內庫由茲空竭。戰士死於瘴癘，百姓困爲盜賊，致
> 中原榛杞，皆蠻故也。〔註49〕

黃巢起義軍攻入長安，唐僖宗西逃成都，由於距南詔太近，爲安危考量，被迫與南詔和親，以換得一時苟安。此時的南詔國內也爭權奪利，宮廷毅戮愈烈，雙方政權都將近崩潰邊緣，再無力會獵。昭宗時（西元902年），權臣鄭買嗣發動宮廷政變，南詔國遂亡。

〔註46〕司馬光撰、李宗侗、夏德儀等校註：《資治通鑑今註》（台北：台灣商務印書館，1978年），冊13，卷239，頁122。

〔註47〕司馬光撰、李宗侗、夏德儀等校註：《資治通鑑今註》（台北：台灣商務印書館，1978年），冊13，卷244，頁306。

〔註48〕司馬光撰、李宗侗、夏德儀等校註：《資治通鑑今註》（台北：台灣商務印書館，1978年），冊13，卷244，頁313。

〔註49〕司馬光撰、李宗侗、夏德儀等校註：《資治通鑑今註》（台北：台灣商務印書館，1978年），冊13，卷253，頁739。

　　回紇一直對唐朝保持著親密的關係，其歷代可汗名義上都接受唐朝的冊封，安史之亂爆發後，回紇曾多次派兵入唐，助戰平亂，收復長安、洛陽，對唐朝的平叛大業作出了重要的貢獻。兩國關係一貫篤睦，僅德宗在位初期一度出現矛盾，但唐朝西隴二府的防務全靠回紇支援，回紇也需要唐朝的歲絹，後來還是修復如初，唐相李泌力主結盟回紇以抗吐蕃，自此定為唐朝國策。回紇雖平定有功，然索求無饜，可謂是引外禍平內亂。文宗時，回紇境內逢饑荒疫疾，又大雪，羊馬多死，國勢大衰。〔註50〕據《舊唐書・回紇傳》載開成五年：

> 有將軍句錄末賀恨掘羅勿，走引黠戛斯，領十萬騎，破迴鶻城，殺盧駞，斬掘羅勿，燒蕩殆盡，迴鶻散奔諸蕃。有迴鶻相馺職者，擁外甥龐特勤及男鹿并遏粉等兄弟五人、一十五部西奔葛邏祿；一支投吐蕃；一支投安西。〔註51〕

回紇被黠戛斯所破後，分三支西遷，武宗會昌二、三年間，回紇一支寇橫水柵，略天德、振武軍，為天德軍行營副使石雄所敗。宣宗朝，黠戛斯悉收回紇殘部回磧北，自此，不再與中國有重大邊防之爭。

三、佛道盛行

　　佛教原是外來宗教，在兩漢之際傳入中國後，不斷地調整與中國政治體制和倫理傳統的關係；道教是本土宗教，產生於民間，本來帶有濃厚的反抗現實體制的色彩。但自晉、宋以來，在具體的現實環境中，二者都主動地向世俗政權靠攏。在六朝時期已逐步建立起國家管理僧、道的制度，到了唐代，這種制度和辦法更加完備。唐代有不少的皇帝親受菩薩戒或受道籙，算是進入佛門或道門為弟子；一些高僧或高道也倍受朝廷禮重；唐朝廷更自認是道教教主老子的宗枝，全國約有兩千多座的道觀，道士有數萬名之多，從唐代信奉道教的情況來

〔註50〕司馬光撰、李宗侗、夏德儀等校註：《資治通鑑今註》（台北：台灣商務印書館，1978 年），冊 13，卷 246，頁 404。

〔註51〕〔後晉〕劉昫等撰：《舊唐書・回紇傳》（台北：鼎文書局，1979 年2 月），卷 195，頁 5213。

看，道教顯然取得了崇高的地位。

　　道教和佛教作為國君鞏固統治的思想工具，其興盛與衰微的直接原因在於國君的崇抑策略。初、盛唐時國君對佛、道採取了不同的政策，高祖太宗相容並蓄，武則天極力崇佛，玄宗醉心道教，大多源於個人的政治功利，當然也與自己的宗教信仰有關。社會歷史發展的一條法則是：現實中絕望不幸的人，不免會將希望寄託於虛幻的世界；而現實中志得意滿的人，渴求的往往不是虛無縹緲的來世，而是如何來延長生命，延長今世，大多數帝王自然屬於後一種。歷代帝王，崇尚佛道的莫不溺於佛、道，導致亂政者不少。唐代皇帝有的崇佛，有的崇道。中唐以後的帝王，妄求長生不老、死於服食丹藥，終至道士亂政者就有憲宗、穆宗、武宗等人。

　　唐代的佛教經武則天的崇尚有了重大的發展，中唐經唐憲宗、文宗的提倡，僧尼數量大增，佔據山林良田，寺院經濟發展加劇地主莊園經濟的矛盾，減少國家稅賦，加重了國家負擔，遂釀成一大問題。正如武宗所言：「洎於九州山原，兩京城闕，僧徒日廣，佛寺日崇。勞人力於土木之功，奪人利於金寶之飾……壞法害人，無逾此道。」〔註52〕武宗頗好道術修攝之事，即位不久，就召集道士趙歸眞等八十一人入宮，在三殿修「金籙道場」，武宗親到三殿，於九天壇親受法籙。會昌五年正月，武宗還敕造「望仙台」於南郊。據《唐會要》記載：「武宗志學神仙，歸眞乘間排毀釋氏，言非中國之教，宜盡去之。帝然之，乃澄汰天下僧尼。」〔註53〕因此，武宗展開滅佛行動。

　　會昌六年三月，「上不豫，制改御名炎。帝重方士，頗服食修攝，親受法籙。至是藥躁，喜怒失常，疾既篤，旬日不能言。……是日崩，時年三十三」〔註54〕。武宗一生篤信道教，一心想利用道教作為統治

〔註52〕〔後晉〕劉昫等撰：《舊唐書・武宗本紀》（台北：鼎文書局，1979
　　　年2月），卷18上，頁605。

〔註53〕〔宋〕王溥撰、楊家駱主編：《唐會要・尊崇道教》（台北：世界書
　　　局，1989年4月5版），冊上，卷50，頁868。

〔註54〕〔後晉〕劉昫等撰：《舊唐書・武宗本紀》（台北：鼎文書局，1979

人民的工具，並藉由服用道士的丹藥，以求長生，卻沒想到此舉反而讓他早死，他尊崇道教，使道士們享有很大的特權，他們過著荒淫無恥的生活，而道觀建築，亦極華麗，浪費了大量的人力、物力和財力，是當初武宗始料未及的。

　　佛教雖經唐武宗滅佛的打擊，但並未動搖其根本，因爲佛教禪宗自足、自律的叢林制度，在民間的發展勢不可遏，宣宗即位後，肯定佛教在推行政治教化方面的作用，在京城增建八處寺宇，選用僧正；誅逐武宗時排佛的道士劉玄靖等人；追諡佛學大師宗密等的法號，恢復寺廟及僧尼地位，並敕「會昌五年所廢寺，有僧能營葺者，聽自居之，有司毋得禁止」〔註55〕。宣宗又召請大德高僧到內庭、京師設法壇，宣講佛法，在保護和振興佛教方面，當時有些大臣如宰相裴休、崔愼由等也起了很大作用。史書記載裴休中年後「不食葷血，常齋戒，屏嗜慾，香爐貝典，不離齋中，詠歌讚唄，以爲法樂。與尙書紇干皋皆以法號相字」〔註56〕。

　　繼宣宗之後的懿宗，其虔誠信奉佛教，經常造訪佛寺、怠忽政事，而且一擲千金、施予無度。每月的六齋日，常舉辦素齋以供養僧尼，甚至在宮中關建佛寺，以方便宮女修持；還親自抄錄佛經，詠讚梵音。〔註57〕咸通十四年三月懿宗派遣一群僧人前往鳳翔法門寺迎佛骨，上至王公貴族，下至黎民百姓，都舉行各種榮重的儀式來表達他們內心的恭敬。《資治通鑑》有載：

　　　春，三月，癸巳。上遣敕使詣法門寺迎佛骨，群臣諫者甚衆，至有言憲宗迎佛骨，尋晏駕者，上曰：「朕生得見之，死亦無恨。」廣造浮圖、寶帳、香輿、幡花、幢蓋以迎之，

　　年2月），卷18上，頁610。

〔註55〕司馬光撰、李宗侗、夏德儀等校註：《資治通鑑今註》（台北：台灣商務印書館，1978年），冊13，卷248，頁508。

〔註56〕〔後晉〕劉昫等撰：《舊唐書・裴休傳》（台北：鼎文書局，1979年2月），卷177，頁4594。

〔註57〕司馬光撰、李宗侗、夏德儀等校註：《資治通鑑今註》（台北：台灣商務印書館，1978年），冊13，卷250，頁591。

皆飾以金玉錦繡珠翠，自京城至寺，三百里間，道路車馬
畫夜不絕。夏，四月，壬寅。佛骨至京師，導以禁軍兵仗，
公私音樂，沸天燭地，綿亘數十里，儀衛之盛，過於郊祀，
元和之時，不及遠矣。富室夾道爲綵樓，及無遮會，競爲
侈靡。上御安福門，降樓膜拜，流涕霑臆，賜僧及京城耆
老嘗見元和事者金帛，迎佛骨入禁中。〔註58〕

「蓋朝廷天下之本也，人君者朝廷之本也，始即位者人君之本也，其
本始不正，欲以正天下，其可得乎？」〔註59〕朝廷與百姓鋪張奢華的
事佛場面，呈現了宗教的高度狂熱與迷信，這樣的社會風氣，讓整個
社會環境，瀰漫著不理性的錯誤認知，再加上社會的風尚，士人與僧
道交往自由，賦詩酒，甚或狎妓，京師僧尼宮觀便成爲藏汙納垢的場
所，更敗壞晚唐的社會風氣，這在有志之士的眼中，無疑是一大隱憂。

　　在儒、佛、道三家彼此滲透、重新整合的晚唐時代，晚唐的詠史
詩人有儒家的憂患意識，卻不能轉化爲建功立業的積極行動；有道家的
出世情懷，卻不能徹底擺脫塵世的煩惱；有佛教的虛幻體驗，卻不能做
到空徹澄明。如果說，「詩歌中的一往情深、含蓄蘊藉來自於儒家的社
會信念；詩歌的沖虛渾融、流轉飄逸來自於道家的自然觀念；那麼詩歌
中的超曠空靈、虛幻意識則來自於佛家的人生宇宙觀念」〔註60〕，這種
雜糅融合讓晚唐詠史詩有了完整的意境，悠長的韻味，鮮明的形象，深
厚的寓意。

第三節　文學環境

　　文學是時代生活的一面鏡子，晚唐時代的亂象，人事變幻的無

〔註58〕司馬光撰、李宗侗、夏德儀等校註：《資治通鑑今註》（台北：台灣
　　　　商務印書館，1978年），冊13，卷252，頁673～674。
〔註59〕〔宋〕歐陽脩、宋祁撰：《新唐書‧懿宗僖宗紀贊》（台北：鼎文書
　　　　局，1979年2月），卷9，頁281。
〔註60〕李紅春、陳炎：〈儒釋道對晚唐詩歌的影響〉（《北方論叢》，2003年），
　　　　期2，頁52。

常，文人仕進的絕望以及對自身命運的悲嘆，構成了晚唐詩壇抒情的基調，而此獨特抒情趨向中所展示的創作主體的自覺精神，更是前人所無法企及的。由於社會的無可救藥，致使文人的生活與情感的內涵產生深刻的變化，詩歌除了可以用來吟詠性情、抒發幽思，還能忠實地呈現詩人的生活、情感和思想，而成了具有另一種韻致的晚唐風情。論到晚唐的詩歌，一般多認爲「流露出綺靡的文風，具有纖巧幽深、險僻冷艷的特色」，以李商隱、杜牧、溫庭筠爲代表的抒情唯美的詩派也就因應而生，詩人們固然在此類型的詩歌中有著出色的成就，但在創作詠史詩上，也有相當亮眼的成績。

　　晚唐文學詠史風氣的興盛，是詩人對現實政治普遍失望，卻又不忍見其江河日下的矛盾心理反映，突顯出詩人對歷史的重視，更觀照出對時代的關切，標誌著中國古代文化品格與理性精神的成熟和豐滿。詠史詩的大量創作，不僅給詩人的心靈帶來亂世中的平靜，還可以使詩人敏感的內心世界，藉著吟詠「歷史」這特殊對象，抒發心中的鬱悶，避免因文字的不慎而賈禍。因此，晚唐的詠史詩，不論在質或量上，都有承先啓後的指標意義，在唐詩眾多的詩體中，獨樹一幟，別具風格與特色。

一、科舉敗壞

　　唐代舉子素有行卷、干謁之風。如孟浩然藉〈臨洞庭上張丞相〉謁張九齡；白居易以〈賦得古原草〉謁顧況；朱慶餘以〈近試上張水部〉謁張籍等等。這本是當時文人士子自我舉薦的一種方式，但到了晚唐，行卷投文、干謁投次與聲氣標榜卻決定了舉子能否順利及第。

　　科舉激烈的競爭，助長了請託受賄之風，《北夢瑣言‧劉蛻奏令狐相》載：

> 宣宗以政事委相國令孤公，君臣道契，人無間然。劉舍人
> 每訐其短，密奏之。宣宗留中，但以其事規於相國，而不
> 言其人姓名。其間以丞相子拔解就試，疏略云：「號曰無解

進士，其實有耳未聞。」云云。又以子弟納財賄，疏云：「白
日之下，見金而不見人。」云云。丞相憾之，乃俾一人，
爲其書吏，謹事之。紫微託以腹心，都不疑慮，乃爲一經
業舉人致名第，受賂十萬，爲此吏所告，由是貶之。君子
曰：「彭城公將欲律人，先須潔己。安有自負贓汙，而發人
之短乎？宜其不躋大位也。」〔註61〕

令狐滈利用其父的相位身份請託知舉主司，預拔文解而及第，這件醜
事遭到劉蛻舍人的奏疏。劉蛻一方面向皇帝揭發令狐綯父子的罪行，
另一方面卻肆意受賄，顯見當時貴達薦舉並非完全出於公心，正所謂
「得舉者不以親則以勢，不以賄則以交，……其不得舉者，無媒無黨，
有行有才，處卑位之間，仄陋之下，吞聲飲氣，何足算哉！」〔註62〕
而科舉的日益敗壞，抄襲代作之風也隨之而起，《北夢瑣言・溫李齊
名》載：「庭筠又每歲舉場，多借舉人爲其假手。」〔註63〕《玉泉子》
也說：「今之子弟，以文求名者，大半假手也。」〔註64〕反映出晚唐
科場作弊的客觀現實。

　　晚唐科舉主要採取以詩賦取士的作法，於是上行下效，許多文
人士子爲求登第，絞盡腦汁，不惜施展各種伎倆，加之某些主試者
素質不高，以致於大量優秀人才被埋沒。文宗大和之後，朋黨勾結，
把持科舉和選官之途，科舉成爲現實權利鬥爭的延伸地，因而愈益
黑暗。宣宗時特重科第，取消了科舉選士對貴族子弟的限制，大力
鼓勵高門子弟通過科舉晉升仕途，使得科舉中貴族子弟與寒門貧士

〔註61〕〔宋〕孫光憲：《北夢瑣言・劉蛻奏令狐相》，收於《四庫筆記小
　　　　說叢書》（上海：上海古籍出版社，1991年12月1版），卷6，頁
　　　　43。
〔註62〕〔五代〕王定保：《唐摭言・公薦》，收於〔清〕紀昀等總纂《景印
　　　　文淵閣四庫全書》（台北：台灣商務印書館，1985年），冊1035，卷
　　　　6，頁739。
〔註63〕〔宋〕孫光憲：《北夢瑣言・溫李齊名》，收於《四庫筆記小說叢書》
　　　　（上海：上海古籍出版社，1991年12月1版），卷4，頁26。
〔註64〕〔唐〕佚名撰：《玉泉子》，收於〔清〕紀昀等總纂《景印文淵閣四
　　　　庫全書》（台北：台灣商務印書館，1985年），冊1035，頁625。

的競爭愈演愈烈。

　科舉原是貧寒士子的謀生之路，也是實現人生理想的唯一途徑。如今時移世變，名場龍門已成滿佈荊棘、險峻狹窄之路。時人黃滔曾言：

> 咸通、乾符之際，豪貴塞龍門之路，平人藝士，十攻九敗。
> 〔註65〕
> 咸通、乾符之際，龍門有萬仞之險，鶯谷無孤飛之羽。才名則溫岐、韓銖、羅隱，皆退黜不已。〔註66〕

身處衰世的寒士們，終日無望地掙扎於汙濁的科場，在一次次的挫敗、一年年期待中，困居長安，窮困潦倒，度日如年。即使費盡千辛萬苦，僥倖取得一第，要想謀取一官半職，在仕途上有所作爲，更幾乎是不可能的了。《唐摭言‧爲等第後久方及第》有言：

> 黃頗以洪奧文章，蹉跎者一十三載；劉纂以平漫子弟，汩沒者二十一年。溫岐濫竄於白衣，羅隱負冤於丹桂。〔註67〕

又洪邁的《容齋三筆‧唐昭宗恤錄儒士》載：

> 詞人才子，時有遺賢，不霑一命於聖明，沒作千年之恨骨。據臣所知，則有李賀、皇甫松、李羣玉、陸龜蒙、趙光遠、溫庭筠……，俱無顯過，皆有奇才，麗句清詞，遍在詞人之口，銜冤抱恨，竟爲冥路之塵。〔註68〕

干謁權貴、請託受賄、抄襲代作、尤重詩賦等等晚唐科舉的弊端，直

〔註65〕　〔唐〕黃滔撰：《黃御史集‧莆山靈巖寺碑銘》，收於〔清〕紀昀等總纂《景印文淵閣四庫全書》（台北：台灣商務印書館，1985年），冊1084，卷5，頁144～145。

〔註66〕　〔唐〕黃滔撰：《黃御史集‧司直陳公墓誌銘》，收於〔清〕紀昀等總纂《景印文淵閣四庫全書》（台北：臺灣商務印書館，1985年），冊1084，卷6，頁150。

〔註67〕　〔五代〕王定保：《唐摭言‧爲等第後久方及第》，收於〔清〕紀昀等總纂《景印文淵閣四庫全書》（台北：台灣商務印書館，1985年），冊1035，卷2，頁705。

〔註68〕　〔宋〕洪邁：《容齋三筆‧唐昭宗恤錄儒士》，收於《容齋隨筆》（台北：台灣商務印書館，1979年6月1版），下冊，卷5，頁45～46。

接影響了晚唐寒士的情感心態和詩歌創作。初盛唐文人士子的自尊自信、逞才濟世、笑傲權門的樂觀昂揚精神已不復見，取而代之則是自傷自嘆、乞憐討好、夤緣奔走的庸俗行為。由此可見，晚唐科舉的敗壞對寒士心靈的戕害和精神的摧抑是多麼殘酷和嚴重。

二、文人浮靡

　　城市經濟的繁榮造成整個上層社會，以及文人階層奢華享樂風氣的興盛，使得廣大文人階層不可逃避地沾染上城市文化生活的市俗氣息和享樂傾向。德宗貞元四年下詔曰：「今方隅無事，烝庶小康，其正月晦日、三月三日、九月九日三節日，宜任文武百僚選勝地追賞為樂。」〔註69〕揭示了上層統治階級的奢侈荒淫生活，而且國君還規定按官階等級發放遊樂費，「長安風俗，自貞元侈於遊宴」〔註70〕，正與統治者的提倡有關。

　　文宗時「官纔昇於郎署，位始至於郡符，莫不高其閈閎，廣以池榭」〔註71〕，而「宰相王涯奢豪，庭穿一井，金玉為欄，嚴其鎖鑰，天下寶玉真珠，悉投於中，汲其水，供涯所飲」〔註72〕，官僚以奢靡為尚，雕樓玉砌，揮霍無度。武宗朝「宰相李德裕奢侈，每食一杯羹，其費約三萬，為雜以珠玉寶貝，雄黃朱砂，煎汁為之」〔註73〕。懿宗「好音樂宴遊，殿前供奉樂工常近五百人，每月宴設，不減十餘，水陸皆備，聽樂觀優，不知厭倦，賜與動及千緡。……每行幸，內外諸

〔註69〕〔後晉〕劉昫等撰：《舊唐書‧德宗本紀》（台北：鼎文書局，1979年2月），卷13下，頁366。

〔註70〕〔唐〕李肇撰：《唐國史補》，收於〔清〕紀昀等總纂《景印文淵閣四庫全書》（台北：臺灣商務印書館，1985年），冊1035，卷下，頁447。

〔註71〕〔清〕董誥等編：《全唐文及拾遺‧冊立皇太子德音》（台北：大化書局，1987年），冊1，卷74，頁346。

〔註72〕〔宋〕李昉：《太平廣記‧王涯》（台北：西南書局，1983年），冊3，卷237，頁1824。

〔註73〕〔宋〕李昉：《太平廣記‧李德裕》（台北：西南書局，1983年），冊3，卷237，頁1824。

司隸從者十餘萬人，所費不可勝紀」〔註74〕。僖宗時更是「風俗奢侈，不營根本，各務誇張。及第登科，傾資靖產，屋竟踰於制度，喪葬皆越於禮儀」〔註75〕。王公貴族養尊處優，貪奢淫逸，僭越禮法，使社會浮薄奢華之氣充溢四處，王夫之《讀通鑑論》亦詳細論述：

> 上崇侈而天下相習以奢，郡邑之長，所入凡幾，而食窮水
> 陸，衣盡錦綺，馬飾錢珂，妾被珠翠，食客盈門，外姻麋
> 倚。……懿僖之世，相習於淫靡，上行之，下師師以效之，
> 率士之有司胥然。……令狐綯、路巖、韋保衡執政以來，
> 惟貨是崇。〔註76〕

　　唐代都市生活繁榮的直接結果，是音樂文化的繁榮和樂工歌伎的增加，在日益靡麗的宴飲之風裏，宴樂得到迅速發展，將官商的狎妓之風起了推波助瀾的作用。中晚唐官僚士大夫階級游宴享樂，蓄養私家妓樂之風氣逐漸盛行，像白居易、牛僧孺、韓愈以及韓熙載等當朝重臣家中多蓄養有數十名甚至百餘名歌妓舞女和伎樂班子，狂遊狎妓已成爲中晚唐廣大文人娛樂生活的一個重要組成部分。所謂上有所好，下必從之，文人也以狂遊晏飲爲樂，多狂薄之行。

　　其次，晚唐科舉公道益衰，士人們能否及第，常取決於門路關係而不在於才能。科舉的行卷、干謁之風，誘發了文人庶族鑽營奔競之情，激起士子阿諛諂媚之態，人人不遺餘力地請託結黨、通關節、求賞識，致使文人士子「浮薄」之氣日趨濃厚，庸俗勢利之心極度膨脹，初盛唐不失氣節的寒士精神喪失殆盡。其中又以進士科最引人注目。〔註77〕孫棨《北里志·序》如實描述：

〔註74〕司馬光撰、李宗侗、夏德儀等校註：《資治通鑑今註》（台北：台灣商務印書館，1978年），冊13，卷250，頁613。

〔註75〕〔清〕董誥等編：《全唐文及拾遺·南郊赦文》（台北：大化書局，1987年），冊1，卷89，頁415。

〔註76〕〔清〕王夫之撰：《讀通鑑論·唐僖宗》（台北：漢京文化事業有限公司，1984年7月），冊2，卷27，頁964。

〔註77〕〔元〕馬端臨撰《文獻通考·選舉考二》云：「進士科當唐之晚節，尤爲浮薄，世所共患也。」（台北：新興書局，1965年10月1版），

> 由是僕馬豪華，宴游崇侈……近年延至仲夏，京中飲妓，
> 籍屬教坊，凡朝士宴聚須假諸曹署行牒，然後能致於他處，
> 惟新進士設宴顧史，故便可行牒，追其所贈之資，則倍於
> 常數。諸妓皆居於平康里，舉子、新及第進士、三司幕府，
> 但未通朝籍未直館殿者，咸可就詣。〔註78〕

新科進士的華服、美宴、遊行、歌舞……等等，其奢華闊綽、排場侈
靡，可想而知。可見晚唐進士禮法觀念淡薄，放蕩無忌，喜作放縱豔
冶之遊，士風敗壞至極。

　　邊患頻仍、藩鎮割據、宦官專權、朋黨紛爭、科舉腐濫，種種的
時代亂象極大地挫傷了文人的政治熱情，而世道的衰落和仕途的閉
塞，致使文人士子放浪形骸，在笙歌酒色中釋放解脫，尋求世俗歡樂，
文學創作流於消極庸俗，也因此助長了浮薄奢靡的頹風。

三、詩風綺麗

　　清詞麗句、濃麗深婉原是六朝詩的特色，盛唐杜甫善於運用清詞
麗句和抑揚頓挫的節奏，加上自然而流暢的章法，融化典故的技巧，
在濃麗形象中烘托出深婉的意象，中唐以後，杜詩對唐人的影響，逐
漸顯著。韓愈學杜詩奇險處，別出心裁，自創一格。孟郊、賈島受杜
甫「語不驚人死不休」的啟發，注重苦吟，鍛字鍊句。元稹、白居易
則取法杜甫〈悲陳陶〉、〈哀江頭〉、〈兵車行〉、〈麗人行〉等因事立題
的詩篇而開展了新樂府運動。至於杜甫「不薄今人愛古人，清詞麗句
必爲鄰」〔註79〕的主張則直接影響晚唐綺麗詩風的形成。

　　中唐時，「進士者，時共貴之，主司褒貶，實在詩、賦，務求巧
麗，以此爲賢」〔註80〕，甚至有進士因爲「雕琢綺言與聲病」〔註81〕

　　　冊1，卷29，頁276。
〔註78〕〔唐〕孫棨撰：《北里誌・序》，收於《叢書集成初編》（北京：中華
　　　　書局，1985年），頁1。
〔註79〕杜甫：〈戲爲六絕句〉之五，收於〔清〕聖祖御編《全唐詩》（台北：
　　　　盤庚出版社，1979年），冊4，卷227，頁2453。
〔註80〕〔清〕董誥等編：《全唐文及拾遺・舉選議》（台北：大化書局，1987

習之未熟,而被罷黜。到了晚唐文宗開成年間,進士科考的詩,明白
規定「其所試賦,則准常規,詩則依齊梁體格」〔註82〕。宣宗大中八
年,李羣玉經由令狐綯的推薦,授弘文館校書郎之職,制詞中昭示:

> 李羣玉放懷邱壑,吟詠情性,孤雲無心,浮磬有韻。吐妍
> 詞於麗則,動清律於風騷。冥鴻不歸,羽翰自逸,霧豹遠
> 迹,文彩益奇,信不試而逾精,能久貞而獨樂。……可守
> 弘文館校書郎。〔註83〕

原來華麗的辭采也可以得到皇帝的賞識且破格任用的殊遇,開此先例
後,其他的文人自然群起仿效而蔚爲風潮,漸漸成爲晚唐文人競尚的
詩風──濃麗深婉。

　　晚唐文人對時局的衰敗充滿悲憤與無奈,而這種悲憤、無奈的
情懷,致使文人在從事詩歌創作之時,往往展現一種對盛唐光輝燦
爛之緬懷與眷戀,以及對唐王朝逐漸衰亡之深沉悲痛的深刻思維,
反映在作品中,則呈現兩種特色〔註84〕:一是疊用典故,運用委婉
曲折的濃麗修辭手法來嘲諷時政,表達胸中之情。二是詩人意圖透
過沉浸於聲色宴飲的歡愉中來麻痺自我,覓取短暫的安慰,作品自
然趨向溫婉濃麗。

　　晚唐詩人跳脫傳統經邦濟世的詩教觀,不再篤守興寄諷諭的精
神,而致力於自我性靈的開發,在形式上則是講求格律的精緻,內容
上,或自我遣懷,或言情述愛。再加上安史之亂後,教坊中的梨園弟
子大批流落民間,失散流落的歌妓舞女同命運坎坷的落魄文人產生了

　　　　年),冊2,卷355,頁1615。
〔註81〕〔清〕董誥等編:《全唐文及拾遺・與京兆試官書》(台北:大化書
　　　　局,1987年),冊3,卷735,頁3406。
〔註82〕〔唐〕范攄撰:《雲溪友議》,收於《筆記小說大觀》(台北:新興書
　　　　局,1978年),編27,冊6,卷2,頁3762。
〔註83〕〔唐〕李羣玉:《李羣玉詩集》前附,收於〔清〕紀昀等總纂《景印文
　　　　淵閣四庫全書》(台北:台灣商務印書館,1985年),冊1083,頁3。
〔註84〕淡江大學中文系主編:《晚唐的社會與文化・晚唐濃麗深婉詩風的形
　　　　成》(台北:台灣學生書局,1990年9月),頁435、436。

心靈深處的共鳴，使他們將滿腹失望的辛酸化作一腔悲歌，爲文學創作敞開了前所未有的藝術空間，而文人爲求得眾人的一時歡欣，爲使自己的作品廣泛流傳，就必須迎合世俗的審美心理和欣賞偏好，這種創作的情調決定了晚唐文學抒情綺麗的走向。

第四章　溫庭筠的生平事蹟與人格特質

　　溫庭筠以其詩詞的成就，馳名於晚唐的文壇，新舊唐書均有立傳，但兩傳記事簡略，失誤頗多，對其一生評價，片面性較大，作為研究溫庭筠詠史詩的根據，顯然不夠。所幸經近人努力考證之下，其生平已有清楚可信的大致輪廓，本章將以前人的研究成果為基礎，依年代先後順序，對溫庭筠的生平可考之部分作一完整的敘述，藉以體察溫庭筠的人生際遇，以及其內在的情感世界，並透過其詠史詩的意旨詮釋，來呈現詩人的人格特質。

第一節　溫庭筠的生平事蹟

　　關於溫庭筠的生平，前人研究成果不少，最早的夏承燾及顧學頡的考證，後來的學者也在各個相關問題的考索上做出相當大的貢獻。本節將就現存史籍記載、溫庭筠詩作，以及近人研究成果的基礎上，對溫庭筠的生平做一較完整的敘述，至於一些仍有爭議的問題，如生年、寄籍地等問題，除非涉及本文主要研究的議題，或者影響後面討論溫庭筠詠史詩的意旨詮釋，否則本節將不予深論。

一、祖業門風、江淮客遊

　　溫庭筠曾在詩文中提及自己的家世，當為唐太宗時宰相溫彥博之

後〔註1〕，裴庭裕《東觀奏記》〔註2〕、歐陽脩《新唐書》〔註3〕及鄧名世《古今姓氏書辯證》〔註4〕等，也都認為他就是太宗宰相溫彥博的裔孫。

溫彥博字大臨，父親溫君攸是北齊文林館學士，隋時任職泗州司馬，因見政令不行、局勢混亂，所以借病辭官歸鄉。彥博通習書籍雜記，生性警悟，善於辭令，儀表不凡。隋時任文林郎，後隨幽州總管羅藝歸順於唐，因富於謀略，功勳卓越，高祖時，已升為中書侍郎了。武德八年，突厥入寇，彥博隨張公謹出征，戰敗被俘，突厥聞知他是唐帝近臣，多次訊問唐兵多少及國家虛實情況，彥博皆不肯相告，於是被囚禁在陰山的苦寒之地，直至太宗即位後，與突厥議和，才被釋回。貞觀四年，遷中書令，封虞國公。是年唐軍大破突厥軍，俘獲頡利可汗及其部屬男女數十萬人，太宗下詔商議安定邊防的辦法，彥博奏請像漢代安置歸降匈奴族人於五原塞那樣，讓他們聚居邊境上，置都府、給封號，實行自治，既全其土風，又可充實邊防。最後太宗採納了溫彥博的提議，因而聲威大振，西域各族紛來歸附，且尊太宗為「天可汗」。彥博以其卓越識見、周密謹慎，和清正廉明深受太宗的賞識，當他去世時，太宗感嘆道：「彥博以憂國故，耗思殫神，我見其不逮在期矣，恨不許少閑以究其壽。」〔註5〕

彥博之兄溫大雅，字彥弘，本性至孝，初為隋東宮學士、長安尉，

〔註1〕 溫庭筠〈書懷百韻〉：「采地荒遺野，爰田失故都。」此兩句下自注：「予先祖國朝公相，晉陽佐命，食采於并、汾也。」收於劉學鍇《溫庭筠全集校注》（北京：中華書局，2007年7月），中冊，卷6，頁501。

〔註2〕 裴庭裕：《東觀奏記》（北京：中華書局，1994年9月初版），卷下，頁133。

〔註3〕 〔宋〕歐陽脩、宋祁撰：《新唐書・溫大雅傳》（台北：鼎文書局，1979年2月），卷91，頁3781～3788。

〔註4〕 鄧名世：《古今姓氏書辯證》，收於〔清〕紀昀等總纂《景印文淵閣四庫全書》（台北：台灣商務印書館，1985年），冊922，頁89～90。

〔註5〕 〔宋〕歐陽脩、宋祁撰：《新唐書・溫大雅傳》（台北：鼎文書局，1979年2月），卷91，頁3783。

因父喪辭職，又適逢天下大亂，便不再出仕。唐高祖起兵太原，特別器重他，授職爲大將軍府記室參軍，專掌文書，共參機密。高祖曾經從容對他說：「我起晉陽，爲卿一門耳。」〔註6〕由此可知溫大雅對此次起義功勞之大。之後太宗爲爭奪地位，兄弟鬩牆，發生玄武門之變，大雅「鎮洛陽須變、數陳祕畫」〔註7〕，多受嘉賞，太宗即位後，轉遷禮部尚書，封黎國公。

　　彥博之弟溫彥將，字大有，爲人端正、處事嚴謹。隋時經李綱推薦，任職羽騎尉，亦以父喪去職。其後與兄大雅一起加入高祖的起義軍中，略定西河，屢建軍功，授大將軍府記室參軍，與兄大雅共同掌管機密，彥將頗不自安，請求調換他職，高祖安慰之：「我虛心待卿，何所自疑？」〔註8〕武德初，累遷中書侍郎，封清河郡公。

　　彥博兄弟三人皆是唐朝開國功臣，在這之前薛道衡見到他們，早已預測道：「三人者，皆卿相才也。」溫氏一族以職位顯於唐，在當時是顯赫一時的高門大戶，稱得上詩禮傳承的簪纓之族。大雅五世孫溫造，官至兵部侍郎、河陽節度使、禮部尚書，更見貴盛，其子溫璋以父蔭累官至大理丞，後任職京兆尹、檢校吏部尚書，治政嚴明，亦有功績。至於彥博的後裔，林寶《元和姓纂》考訂甚詳：

> 彥博中書令左僕射虞恭公，生振、挺。振太子舍人，生翁歸、翁念。翁歸庫部郎中、括州刺史，生緇、績、纘、紹、緘、絢。績爲閬州刺史，封虞公，生皓、皎、曦。曦駙馬太僕卿，曦生西華。西華駙馬祕書監同正，生暘。〔註9〕

彥博之子溫振、溫挺，溫振歷任太子舍人，居喪時因哀毀去世。溫挺

〔註6〕〔宋〕歐陽脩、宋祁撰：《新唐書・溫大雅傳》（台北：鼎文書局，1979年2月），卷91，頁3781。

〔註7〕〔宋〕歐陽脩、宋祁撰：《新唐書・溫大雅傳》（台北：鼎文書局，1979年2月），卷91，頁3781。

〔註8〕〔宋〕歐陽脩、宋祁撰：《新唐書・溫大雅傳》（台北：鼎文書局，1979年2月），卷91，頁3783。

〔註9〕林寶：《元和姓纂》，收於《辭書集成》（北京：團結出版社，1993年），冊28，頁16～17。

娶高宗之女千金公主爲妻,任官至延州刺史;而其四世孫溫曦,娶睿宗之女涼國公主爲妻;五世孫溫西華,娶玄宗之女宋國公主爲妻,其子暘仕歷不詳,溫暘生二子二女,長子溫岐即溫庭筠〔註10〕,次子爲溫庭皓,長女適趙顓,居常州無錫縣,次女適沈,居湖州烏程縣。

彥博的子孫多與唐室公主通婚,溫庭筠既是彥博後裔,在唐代重視門第的社會裡,這是一份難得的光彩,值得驕傲的榮耀,然而來到溫庭筠一脈,家世已經衰落,先祖卓著的功勳促使溫庭筠產生讀書求仕以重振家聲的強烈願望。

由於史料的佚失和溫庭筠詩文言深旨晦之雙重難度,溫庭筠生年的討論至今仍眾說紛紜,莫衷一是。學者們根據溫庭筠〈感舊陳情五十韻獻淮南李僕射〉及〈開成五年秋,以抱疾郊野,不得與鄉計偕至王府,將議遐適,隆冬自傷,因書懷奉寄殿院徐侍御,察院陳、李二侍御,回中蘇端公,鄠縣韋少府,兼呈袁郊、苗紳、李逸三友人一百韻〉(下文簡稱〈書懷百韻〉)詩,考證的結果大致有以下三種:一是元和說。夏承燾、顧學頡先生認爲〈感舊陳情五十韻獻淮南李僕射〉詩中的「李僕射」應是李德裕,因此擬定溫庭筠的生年在元和七年(西元 812 年)。〔註11〕黃震雲先生卻指出是李玨,論定溫庭筠的生年是元和十二年(西元 817 年)。〔註12〕二是貞元說。陳尚君、牟懷川先生考得是李紳,推定溫庭筠生於貞元十七年(西元 801 年)、貞元十四年(西元 798 年)。〔註13〕三是長慶說。王達津先生重申清人顧嗣

〔註10〕〔宋〕孫光憲《北夢瑣言‧溫李齊名》:「溫庭雲字飛卿,或雲作筠字,舊名岐,……吳興沈徽云:『溫舅曾於江淮爲親表檟楚,由是改名焉。』」收於《四庫筆記小說叢書》(上海:上海古籍出版社,1991年 12 月 1 版),卷 4,頁 26。

〔註11〕夏瞿禪撰:《溫飛卿繫年》(台北:世界書局再版,1970 年),頁 6~7。又顧學頡:〈溫庭筠行實考略〉,收於《顧學頡文學論集》(北京:中國社會科學出版社,1987 年),頁 237~239。

〔註12〕黃震雲:〈溫庭筠籍貫及生卒年〉(《徐州師範學院學報》,1982 年),期 3,頁 41~44。

〔註13〕陳尚君:〈溫庭筠早年事跡考辨〉(《中華文史論叢》,1981 年),期 2,

立的說法〔註14〕，認爲是李蔚，推斷溫庭筠的生年是長慶元年（西元824 年），但此說時間略晚，爭議頗大，少人採信。〔註 15〕至於元和說、貞元說亦有瑕疵，仍待商榷〔註16〕，因此本文暫依夏承燾、顧學頡之元和說。

　　唐憲宗元和七年（西元 812 年）溫庭筠生於山西太原。溫庭筠的籍貫，舊唐書記載：「太原人。」〔註17〕新唐書：「并州祁人。」〔註 18〕顧學頡曾言：「舊書謂庭筠爲太原人，新書謂大雅爲并州祁人，蓋太原、并州係一地，唐屬河東道。唐初爲并州，後改稱太原，祁其屬縣也。庭筠傳以郡概縣，省祁字；大雅傳從唐初名：實則所指係一地也。」〔註 19〕庭筠幼年已隨家遷居江南，其後來所作的詩文，也不以太原爲鄉土，反而常提及的故鄉，均在江南。尤其是以潤州上州縣一帶的作品，如〈雉場歌〉、〈雍臺歌〉、〈雞鳴埭曲〉、〈臺城曉朝曲〉、〈謝公墅歌〉、〈江南曲〉、〈題豐安里王相林亭〉二首、〈過吳景帝陵〉、〈太子西池〉二首；與越州會稽縣一帶的作品最多，如〈南湖〉、〈李羽處士寄新醖走筆戲酬〉、〈李羽處士故里〉、〈西江上送漁父〉、〈題蕭山廟〉、〈贈越僧岳雲〉二首、〈題賀知章故居疊韻作〉等等。庭筠七歲時隨父拜謁李德裕，當時張弘靖罷相鎮太原，

頁 245～249。又牟懷川：〈溫庭筠生年新證〉（《上海師範學院學報》，1984 年），期 1，頁 48～53。

〔註14〕〔唐〕溫庭筠撰；明曾益注；〔清〕顧予咸補注；〔清〕顧嗣立重訂：《溫飛卿詩集箋注》，收於〔清〕紀昀等總纂《景印文淵閣四庫全書》（台北：台灣商務印書館，1985 年），冊 1082，頁 513。

〔註15〕王達津：〈溫庭筠生平之若干問題〉（《南開學報》，1982 年第 2 期），頁 67～68。

〔註16〕張以仁：〈從若干事證檢驗溫庭筠的生年之說〉（《中央研究院歷史語言研究所集刊》，2003 年 9 月），卷 74，期 3，頁 507～525。

〔註17〕〔後晉〕劉昫等撰：《舊唐書‧文苑傳》（台北：鼎文書局，1979 年 2 月），卷 190 下，頁 5078。

〔註18〕〔宋〕歐陽脩、宋祁撰：《新唐書‧溫大雅傳》（台北：鼎文書局，1979 年 2 月），卷 91，頁 3781。

〔註19〕顧學頡：〈新舊唐書溫庭筠傳訂補〉，收於朱傳譽編《溫庭筠傳記資料》（台北：天一書局，1982 年），頁 2。

辟德裕掌書記，二十多年後，庭筠於開成五年（西元 840 年）投詩
陳情李德裕，詩中以「嵇紹垂髫日，山濤筮仕年。琴尊陳座上，紈
綺拜床前」〔註20〕，提及當年髫齡拜謁的往事，並希求援引，只可
惜時居高位的李德裕未能提拔他。

　江南繁榮富庶，山明水秀，地靈人傑，庭筠在這樣的環境生長下，
培養出多情善感、浪漫不羈的情性與氣質，反映在詩文創作上，則是
抒情綺麗、溫婉濃豔的風格特色。爲了光耀門楣，他勤學苦讀，重視
儒家經典——「奕世參周祿，承家學魯儒」〔註21〕，既「習政經、窺
吏事」〔註22〕，又博覽群典，精研詩法——「味謝氏（靈運）之膏腴，
弄顏生（延之）之組繡」〔註23〕，從他〈上宰相啓〉（其二）：

　　　某融襟蟻術，造跡龍門。三千子之聲塵，曾參講席；十七
　　　年之鉛槧，夙預玄圖。〔註24〕

又〈上令狐相公啓〉亦云：

　　　三千子之聲塵，預聞詩禮；十七年之鉛槧，尚委泥沙。〔註25〕

多次在書信中提及「十七」，並非虛指，必是實情，推知庭筠苦讀歷
時十七載之久。庭筠深受儒家用世思想的薰陶，志在經邦濟世，還曾
認識一位年歲較長的朋友李遠，兩人自幼相識，友情甚篤〔註26〕，多

〔註20〕溫庭筠：〈感舊陳情五十韻獻淮南李僕射〉，收於劉學鍇《溫庭筠全
　　　集校注》（北京：中華書局，2007 年 7 月），中冊，卷 6，頁 541。
〔註21〕溫庭筠：〈書懷百韻〉，收於劉學鍇《溫庭筠全集校注》（北京：中華
　　　書局，2007 年 7 月），中冊，卷 6，頁 501。
〔註22〕溫庭筠：〈上崔相公啓〉云：「專門有暇，曾習政經；閉門無營，因
　　　窺吏事。」收於劉學鍇《溫庭筠全集校注》（北京：中華書局，2007
　　　年 7 月），下冊，卷 11，頁 1124。
〔註23〕溫庭筠：〈上蔣侍郎啓〉二首，收於劉學鍇《溫庭筠全集校注》（北
　　　京：中華書局，2007 年 7 月），下冊，卷 11，頁 1095～1096。
〔註24〕溫庭筠：〈上宰相啓〉二首，收於劉學鍇《溫庭筠全集校注》（北京：
　　　中華書局，2007 年 7 月），下冊，卷 11，頁 1149。
〔註25〕溫庭筠：〈上令狐相公啓〉，收於劉學鍇《溫庭筠全集校注》（北京：
　　　中華書局，2007 年 7 月），下冊，卷 11，頁 1114。
〔註26〕溫庭筠〈春日寄岳州從事李員外〉二首：「從小識賓卿，恩深若弟兄。
　　　相逢在何日？此別不勝情！」收於劉學鍇《溫庭筠全集校注》（北京：

年後雖相隔異地，庭筠亦多次寄詩給他。〔註27〕

　　大和五年（西元831年）庭筠約十九歲，習業有成，參加州試通過，準備赴京應進士試，表親姚勗也寄予厚望，資助他一筆赴京的旅費，不料，庭筠年少輕狂、縱飲狎妓把錢財散盡，以致後來受笞蒙上惡名。筆記小說《玉泉子》記載此事甚詳：

> 溫庭筠有詞賦盛名。初從鄉里舉，客遊江淮間，揚子留後姚勗後遺之。庭筠少年，其所得錢帛，多爲狹邪所費。勗大怒，笞且逐之。以故庭筠卒不中第。其姊，趙顗之妻也，每以庭筠下第，輒切齒於勗。一日，廳有客，溫氏偶問誰氏？左右以勗對，溫氏遂出廳事，執勗袖大哭。勗殊驚異，且持袖牢固不可脫，不知所爲。移時，溫氏方曰：「吾弟年少，宴游人之常情，奈何笞之，迄今遂無有成，安得不由汝致之。」復大哭，久之，方得解脫。勗歸憤訝，竟因此得疾而卒。〔註28〕

兩次提到「庭筠少年」、「吾弟年少」，《北夢瑣言》卷四亦言庭筠：「少曾於江淮爲親表檟楚。」如果兩者所載皆爲同一事，則可推測庭筠少時曾客遊江淮，加上庭筠之姊嫁與常州趙顗，居住在無錫縣，其外甥沈徽是吳興人，同在江淮一帶，也可算是一個旁證。

二、京華旅食、江南閒居

　　年近弱冠的溫庭筠無法循門蔭晉身，只能以白衣至京，成爲京華眾多舉子的一員。從他詩中曾多次提及鄠社郊居來看，〔註29〕庭筠於京兆府應進士試時已居住在此處讀書。首次的應舉失利後，庭筠想藉

中華書局，2007年7月），中冊，卷7，頁673。

〔註27〕溫庭筠：〈春日寄岳州從事李員外〉二首、〈寄岳州李員外遠〉，收於劉學鍇《溫庭筠全集校注》（北京：中華書局，2007年7月），中冊，卷7、8，頁672～673、733。

〔註28〕〔唐〕佚名撰：《玉泉子》，收於〔清〕紀昀等總纂《景印文淵閣四庫全書》（台北：台灣商務印書館，1985年），冊1035，頁626。

〔註29〕溫庭筠：〈鄠社郊居〉、〈鄠郊別墅寄所知〉，收於劉學鍇《溫庭筠全集校注》（北京：中華書局，2007年7月），中冊，卷5、8，頁493、698。

著樂府詩的創作〔註30〕，來引起他人的注意，拓展自己的名聲。爲了求人薦舉而干謁一些達官顯宦，甚至結識了莊恪太子李永，並從其宴遊。大和七年（西元 833 年）渤海王子大先晟來朝，〔註31〕庭筠在因緣際會下，得以陪侍太子、迎送外賓、賦詩贈別，寫下〈送渤海王子歸本國〉一詩：

> 疆理雖重海，車書本一家。盛勳歸舊國，佳句在中華。
> 定界分秋漲，開帆到曙霞。九門風月好，回首是天涯。（卷
> 9/797）

開成三年（西元 838 年）春，庭筠前往相州鄴縣遊歷，作〈金虎臺〉、〈達摩支曲〉，再經磁州邯鄲縣時，寫了〈邯鄲郭公詞〉。十月莊恪太子暴卒，庭筠寫了〈唐莊恪太子挽歌詞二首〉以示哀悼：

> 疊鼓辭宮殿，悲笳降杳冥。影離雲外日，光滅火前星。
> 鄴客瞻秦苑，商公下漢庭。依依陵樹色，空繞古原青。
> 東府虛容衛，西園寄夢思。鳳懸吹曲夜，雞斷問安時。
> 塵陌都人恨，霜郊贈馬悲。唯餘埋璧地，煙草近丹墀。（卷
> 3/259～260）

從文宗在太子死後的「朕富有天下，不能全一子」〔註32〕的哀嘆，說明了甘露之變後，此時的文宗已完全受制於家奴，晚唐宦官勢焰熏天，把持朝政，操縱皇帝廢立，莊恪太子之死顯然與宦官有關。莊恪太子的猝死使溫庭筠未能求得仕宦之榮，雖然太子之死讓人同情與憤慨，但在那動輒致禍的時代，詩人只能把內心深處的想法深隱在精心選取的意象和典故中。

〔註30〕溫庭筠：〈張靜婉採蓮歌〉並序：「今樂府所存，失其故意，因歌以俟采詩者。」收於劉學鍇《溫庭筠全集校注》（北京：中華書局，2007年7月），上冊，卷1，頁41。

〔註31〕大和六年三月渤海王子大明俊來朝，然而李永於太和六年八月才冊立爲皇太子，故推知應是大和七年（西元 833 年）渤海王子大先晟來朝。

〔註32〕〔後晉〕劉昫等撰：《舊唐書·文宗二子傳》（台北：鼎文書局，1979年2月），卷175，頁4542～4543。

開成四年春，庭筠遊覽皇城附近的古蹟，隨興作了〈太液池歌〉、〈走馬樓三更曲〉。是年三月（西元 839 年）裴度卒於長安，溫庭筠有感於曾與之宴遊，因此寫下〈中書令裴公挽歌二首〉：

> 王儉風華首，蕭何社稷臣。丹陽布衣客，蓮渚白頭人。
> 銘勒燕山暮，碑沉漢水春。從今虛醉飽，無復汙車茵。
> 箭下妖星落，風前殺氣迴。國香荀令去，樓月庾公來。
> 玉璽終無慮，金縢意不開。空嗟薦賢路，芳草滿燕臺。（卷
> 3/252）

從詩中「從今虛醉飽，無復污車茵」和「空嗟薦賢路，芳草滿燕臺」等詩句來看，庭筠與裴度相識，曾從其宴遊，且受過裴度的薦舉。〔註33〕由於音樂的天賦與浪漫不羈的情性，庭筠創作了不少抒情綺麗的樂府詩歌，因而受到他人的賞識和薦舉。是年秋天庭筠由京兆薦而「等第罷舉」〔註34〕，據《唐摭言》記載，由京兆府解送之鄉貢進士前十名謂「等第」，「等第」的人十之七八都會舉進士〔註35〕，可惜庭筠卻未能及第。

科場失意的溫庭筠和同時代多數的士子文人一樣，來往於平康巷陌，沉醉於醇酒美人，寫出不少香軟濃豔的詩歌，如〈嘲春風〉、〈春日〉、〈春曉曲〉、〈偶遊〉、〈贈知音〉等等。多年的京華旅食，庭筠雖未謀得一官半職，但在交游上卻是一大拓展，舉凡公卿將相、大夫處

〔註33〕顧學頡〈溫庭筠交游考〉：「裴度卒於開成四年三月，溫於開成四年，曾被京兆府薦名，『名居其副』，很可能係由裴向京兆府推薦。」收於上海師大圖書館《溫庭筠傳記資料》（上海：上海師大圖書館，1994年），頁 43。

〔註34〕〔五代〕王定保：《唐摭言‧等第罷舉》，收於〔清〕紀昀等總纂《景印文淵閣四庫全書》（台北：台灣商務印書館，1985 年），冊 1035，卷 2，頁 705。

〔註35〕〔五代〕王定保：《唐摭言‧京兆府解送》：「神州解送，自開元、天寶，率以在上十人，謂之等第，必求名實相副，以滋教化之源。小宗伯倚而選之，或至渾化，不然，十得其七八。苟異於是，則往往牒貢院請落由。」收於〔清〕紀昀等總纂《景印文淵閣四庫全書》（台北：台灣商務印書館，1985 年），冊 1035，卷 2，頁 703。

士，乃至宗教人士，無不與之往來。他與李商隱、段成式，以詩賦見稱，互有往來，當時三人齊名，號「三十六」〔註36〕。長安城內的林亭池閣名勝眾多，庭筠曾與文人們偕遊鴻臚寺，作了〈鴻臚寺有開元中錫宴堂樓臺池沼雅爲勝絕荒涼遺址僅有存者偶成四十韻〉一詩，又曾寫下〈秘書省有賀監知章草題詩筆力遒健風尚高遠拂塵尋玩因有此作〉，賀知章會稽永興人，好酒且擅長草書，詩中刻畫出賀知章狂放的個性和傳奇性的一生，表達了庭筠對於這位鄉先輩的仰慕。庭筠也與在政界上廣通聲氣，在文士中頗有影響力的宗密爲師〔註37〕，作有〈重遊圭峰宗密禪師精廬〉一詩，圭峰在終南山，近長安城，從詩題和詩文來看，庭筠在宗密卒前曾至宗密精廬，而在宗密卒後重遊此地寫下這首詩。終南山上有許多道觀、僧舍與寺廟，庭筠遊歷期間常寄住於此，過翠微寺時，作〈題翠微寺二十二韻〉，詩中所行所見之處皆帶有蕭瑟淒涼之情，流露出詩人落第後黯然神傷的思緒。

　　庭筠還曾循著唐時西行驛道前進，經郿縣五丈原時，作了〈過五丈原〉，五丈原是諸葛亮出兵北伐中原的根據地，也是他的卒地，對於一位偉大的政治家「出師未捷身先死」，這樣的結局確實令人同情，相較於庭筠連「出師」的機會都沒有，想必更心有不甘。之後再經麟遊縣龍尾驛時，作了〈龍尾驛婦人圖〉，詩中敘述唐玄宗因寵信楊妃、怠忽國政而逃亡入蜀之史事。不久庭筠轉北遠至安北都護府、回鶻，作了短暫的停留，寫下〈蘇武廟〉、〈塞寒行〉、〈敕勒歌塞北〉、〈過西堡塞北〉等等，庭筠似有從軍之想，但最後因他無法適應邊塞苦寒的生活而結束了這次西遊。

　　回長安後，繼而往東都洛陽前行，東都附近有著名的老君廟，杜甫曾於其地題詩，庭筠於杜詩之後另題〈老君廟〉，不久途經新豐縣，

〔註36〕〔後晉〕劉昫等撰：《舊唐書・文苑傳》（台北：鼎文書局，1979 年 2 月），卷 190 下，頁 5078。

〔註37〕徐匋：〈溫庭筠從宗密禪師結社事考〉，收於《文史》（北京：中華書局，1988 年），冊 28，頁 312～318。

作〈過新豐〉，詩中描寫沛中鄉里，時序變換，滄海桑田，人事已非，徒留離家之恨。他還順道前往著名的華清宮遊賞，寫下〈過華清宮二十二韻〉、〈洞戶二十二韻〉等數首與楊貴妃題材相關的詩篇。

庭筠離家時日已久，一想到功名無期、盤纏將盡，對於仕途失望之餘，因此有了歸家的打算。

落第的打擊讓庭筠心情抑鬱，進而影響身體的健康狀況不佳，回到江南養病。開成五年（西元840年）庭筠聽聞李德裕將由淮南節度使、檢校尚書左僕射入朝為相，於是以通家子弟舊誼獻詩李德裕，寫了〈感舊陳情五十韻獻淮南李僕射〉：

> 嵇紹垂髫日，山濤筮仕年。琴樽陳席上，紈綺拜床前。
> 鄰里纔三徙，雲霄已九遷。感深情懷悅，言發淚潺湲。
> 憶昔龍圖盛，方今鶴羽全。桂枝香可襲，楊葉舊頻穿。
> 玉籍標人瑞，金丹化地仙。賦成攢筆寫，歌出滿城傳。
> 既矯排虛翅，將持造物權。萬靈思鼓鑄，羣品待陶甄。
> 視草絲綸出，持綱雨露懸。法行黃道內，居近翠華邊。
> 書跡臨湯鼎，吟聲接舜弦。白麻紅燭夜，清漏紫微天。
> 雷電隨神筆，魚龍落彩牋。閑宵陪雍時，清暑在甘泉。
> 耿介非持祿，優游是養賢。冰清臨百粵，風靡化三川。
> 委寄崇推轂，威儀壓控弦。梁園提轂騎，淮水換戈游。
> 照日青油濕，迎風錦帳鮮。黛蛾陳二八，珠履列三千。
> 舞轉迴紅袖，歌愁斂翠鈿。滿堂開照曜，分座儼嬋娟。
> 油額芙蓉帳，香塵玳瑁筵。繡旗隨影合，金陣似波旋。
> 緹幕深迴互，朱門暗接連。彩虬蟠畫戟，花馬立金鞭。
> 有客將誰託，無媒竊自憐。抑揚中散曲，漂泊孝廉船。
> 未展干時策，徒拋負郭田。轉蓬猶邈爾，懷橘更潸然。
> 投足乖蹊徑，冥心向簡編。未知魚躍地，空愧鹿鳴篇。
> 稷下期方至，漳濱病未痊。定非籠外鳥，真是殼中蟬。
> 蕙逕鄰幽澹，荊扉興靜便。草堂苔點點，蔬圃水濺濺。
> 釣罷溪雲重，樵歸澗月圓。懶多成宿疾，愁甚似春眠。
> 木直終難怨，膏明只自煎。鄭鄉空健羨，陳榻未招延。

> 旅食逢春盡，羈遊爲事牽。宦無毛義檄，婚乏阮修錢。
> 舟弱營中柳，披敷幕下蓮。儻能容委質，非敢望差肩。
> 澀劍猶堪淬，餘朱或可研。從師當鼓篋，窮理久忘筌。
> 折簡能榮瘁，遺簪莫棄捐。韶光如見借，寒穀變風煙。（卷
> 6/541～543）

詩中前段先寫二人相識的經過，接著以誇飾的筆法，稱頌李德裕的文
才武略，軍功政績，後半段自述仕途不順，多年的京華旅食，讓他盤
纏用盡，失意歸家，且年近而立之年卻尚未婚娶，因而希求援引。

　　是年秋天庭筠成家立室，但經濟拮据，身體欠安，實在苦不待言，
他在〈書懷百韻〉詩中一開始感慨友人皆已登第出仕，唯有自己落魄
不遇，其次說自己甘於隱居，侍母盡孝，卻又不甘久作雌伏，欲束修
自好，靜待時機，最後點出詩人在進退仕隱中的掙扎與抉擇，呼應了
詩題中「將議遷適」的意思。

　　會昌元年（西元 841 年），其子溫憲出生〔註38〕，隔年七月，劉
禹錫病故，庭筠作了〈秘書劉尚書挽歌詞〉二首哀悼之：

> 王筆活鸞鳳，謝詩生芙蓉。學筵開絳帳，談柄發洪鐘。
> 粉署見飛鵬，玉山猜臥龍。遺風灑清韻，蕭散九原松。
> 塵尾近良玉，鶴裘吹素絲。壞陵殷浩謫，春墅謝安棋。
> 京口貴公子，襄陽諸女兒。折花兼踏月，多唱柳郎詞。（卷
> 3/266）

敘述劉禹錫書法可比美王羲之，詩作媲美謝靈運，丰姿秀美，德行高
潔，庭筠深感敬佩與惋惜。

　　會昌年間庭筠的行跡多在江淮一帶，江南風光明媚，優游家居之
時常以垂釣遊觀爲樂，因而寫下很多相關的詩篇。如〈寄裴生乞釣
鉤〉：

> 一隨菱棹謁王侯，深愧移文負釣舟。
> 今日太湖風色好，卻將詩句乞魚鉤。（卷 5/469）

〔註38〕夏瞿禪撰：《溫飛卿繫年》（台北：世界書局再版，1970 年），頁 14
～15。

前兩句敘述自己不似北齊孔稚珪（撰〈北山移文〉）之絕佳文筆，堪任從事或參軍職務，因此常常託疾辭去，卻又不甘平淡閒居；末兩句以乞釣鉤，寄寓渴求他人的幫助，此詩意又同於〈寄湘陰閻少府乞釣輪子〉一詩：

> 釣輪形與月輪同，獨繭和煙影似空。
> 若向三湘逢雁信，莫辭千里寄漁翁。
> 篷聲夜滴松江雨，菱葉秋傳鏡水風。
> 終日垂鈎還有意，尺書多在錦鱗中。（卷 4/324）

詩人雖身在江湖，卻心懷魏闕，垂釣的生活仍無法取代他的用世之志，無奈時不我予，面對如此良辰美景，詩人卻無心遊賞，詩中常帶著失意的愁緒，如〈西江貽釣叟騫生〉：

> 晴江如鏡月如鈎，泛灩蒼茫送客愁。
> 衣淚潛生竹枝曲，春潮遙上木蘭舟。
> 事隨雲去身難到，夢逐煙銷水自流。
> 昨日歡娛竟何在，一枝梅謝楚江頭。（卷 4/286～287）

春日美景與送客的離愁，形成強烈的對比，此寫法也同於〈題崔公池亭舊遊〉：

> 皎鏡方塘菡萏秋，此來重見採蓮舟。
> 誰能不逐當年樂，還恐添成異日愁。
> 紅豔影多風嫋嫋，碧空雲斷水悠悠。
> 簷前依舊青山色，盡日無人獨上樓。（卷 4/396）

「紅豔」七字寫今日池亭，「碧空」七字寫昔日的池亭，今昔對比，感慨油然而生，又〈西江上送漁父〉：

> 卻逐嚴光向若耶，釣輪菱櫂寄年華。
> 三秋梅雨愁楓葉，一夜篷舟宿葦花。
> 不見水雲應有夢，偶隨鷗鷺便成家。
> 白蘋風起樓船暮，江燕雙雙五兩斜。（卷 4/402）

人生一樣的年華，卻有不同的寄法，漁父以「釣輪菱棹寄年華」，只有詩人自己憂愁滿懷，尋尋覓覓，無所定止。

庭筠亦曾再由杭州，並在此地作了幾首樂府民歌，如〈堂堂曲〉：

> 錢塘岸上春如織，淼淼寒潮帶晴色。
> 淮南遊客馬連嘶，碧草迷人歸不得。
> 風飄客意如吹煙，纖指殷勤傷雁弦。
> 一曲堂堂紅燭筵，長鯨瀉酒如飛泉。（卷 2/164）

寫春日觀錢塘朝，景色迷人，令人徘徊流留戀。又〈蘇小小歌〉，懷想南齊名妓蘇小小，體態婀娜多姿，年年倚門癡情盼望郎君歸來的神情。

約會昌四年（西元 844 年）時，庭筠得到首次的用世機會，任桂管參軍一職，因其地處偏僻至極的嶺南道，故對庭筠而言只不過是蠻國參軍罷了。〔註 39〕

會昌六年（西元 846 年）春，庭筠作〈會昌丙寅豐歲歌〉：

> 丙寅歲，休牛馬，風如吹煙，日如渥赭。九重天子調天下，
> 春綠將年到西野。西野翁，生兒童，門前好樹青薑葺。
> 薑葺單衣麥田路，村南娶婦桃花紅。新姑車右及門柱，
> 粉項韓憑雙扇中。喜氣自能成歲豐，農祥爾物來爭功。（卷
> 2/144～145）

藉著農家歲豐，一片喜氣洋洋，來歌頌唐武宗及李德裕的政績。無奈時勢多變，是年三月武宗駕崩，宣宗即位，四月，李德裕罷為荊南節度使，庭筠似在幕中為荊州從事，在此做過短暫的停留，寫下富有歷史民俗的樂府詩，如〈黃曇子歌〉。九月，李德裕為東都留守，解平章事。〔註 40〕之後一貶再貶，更遠至潮州及崖州，庭筠深為其感到不平。〔註 41〕

〔註 39〕溫庭筠〈謝紇干相公啓〉：「閞關千里，僅為蠻國參軍，荏苒百齡，甘作荊州從事。」又〈上令狐相公啓〉：「敢言蠻國參軍，纔得荊州從事。」收於劉學鍇《溫庭筠全集校注》（北京：中華書局，2007 年 7 月），下冊，卷 11，頁 1084、1114。

〔註 40〕夏瞿禪撰：《溫飛卿繫年》（台北：世界書局再版，1970 年），頁 16。

〔註 41〕溫庭筠：〈題李相公敕賜錦屏風〉，收於劉學鍇《溫庭筠全集校注》（北京：中華書局，2007 年 7 月），中冊，卷 5，頁 462。

三、長安重遊、科場風波

　　宣宗大中初年，庭筠到長安應進士舉，因其文思敏捷，才情洋溢，入試不持書策，僅叉手八次即完成八韻之律賦，遂有溫八吟或溫八叉之譽。〔註42〕他「初至京師，人士翕然推重」〔註43〕，並與李商隱、程修己往來密切。〔註44〕

　　大中三年（西元849年）春，崔鉉由河中節度使遷為御史大夫守中書侍郎，庭筠得知後便即撰〈上崔大夫啓〉，四月，崔鉉由本官同中書門下平章事，庭筠隨即又撰〈上崔相公啓〉、〈上宰相啓〉二首，文中訴說自己生活困窘落魄，希望崔鉉能給予仕宦的機會。然事與願違，庭筠連投三啓都音訊全無，只能繼續過著與友人宴飲或四處遊歷的生活。《舊唐書》說他：

> 士行塵雜，不修邊幅。能逐絃吹之音，為側豔之詞。公卿家無賴子弟裴誠、令狐滈之徒，相與蒲飲，酣醉終日，由是累年不第。〔註45〕

據《舊唐書》所言，溫庭筠似乎是個終日宴遊無度、沉醉於賭博飲酒、無品德操守之人，而他始終不得一第和士行不謹、填詞、及與公卿家無賴子弟賭博飲酒、酣醉終日有關。然而，若連繫當時令狐滈的勢力

〔註42〕〔五代〕王定保《唐摭言・敏捷》：「溫庭筠燭下未嘗起草，但籠袖憑几，每賦一詠，一吟而已。故場中號為溫八吟。」收於〔清〕紀昀等總纂《景印文淵閣四庫全書》（台北：台灣商務印書館，1985年），冊1035，卷13，頁793。又見〔宋〕尤袤《全唐詩話》：「庭筠才思豔麗，工於小賦。每入試，押官韻作賦，凡八叉手而八韻成，時號溫八叉。」收於《叢書集成初編》（北京：中華書局，1985年），卷4，頁78～79。

〔註43〕〔後晉〕劉昫等撰：《舊唐書・文苑傳》（台北：鼎文書局，1979年2月），卷190下，頁5078～5079。

〔註44〕溫憲〈唐故集賢直院官榮王府長史程公墓誌銘并序〉：「大中初，詞人李商隱每從公（程修己）遊，以為清言玄味，可雪緇垢。憲嚴君有盛名於世，亦朝夕與公中莫逆之契，高遊勝引，非公不得預其伍。」收於周紹良主編《唐代墓誌彙編》（上海：上海古籍出版社，1992年），下冊，頁2398。

〔註45〕〔後晉〕劉昫等撰：《舊唐書・文苑傳》（台北：鼎文書局，1979年2月），卷190下，頁5079。

與行為來看〔註46〕，庭筠與令狐滈交往，目的大概也希望能藉其力求得一第。雖然這樣的行為幾乎是為求中舉而迎合權貴，但若就唐時科舉重干謁請託，舉子們競相奔赴、多方請託達官貴人提拔，至中晚唐尤甚，庭筠的這些行為，應是可以被諒解的。

由於京中沒有出路，庭筠有意西行求用世機會。大中四年（西元850年）春，庭筠來到了咸陽，途經咸陽橋時，作了〈渭上題〉三首，詩中稱讚呂尚、嚴光因厭惡時政險惡而甘於歸隱之德行。繼而西行至武功縣之望苑驛，作〈題望苑驛〉，望苑驛即博望苑，漢武帝立太子，並為太子開博望苑，以廣納賓客賢士〔註47〕，時過境遷，如今此地卻荒涼少有人跡，詩人有意用漢代的故事來比擬唐室的盛衰。望苑驛之東有馬嵬驛，西有端正樹〔註48〕，楊貴妃集三千寵愛於一身，卻落得自縊於馬嵬坡淒涼的下場，庭筠有感於心，想到自己年近不惑，無科場之捷，卻聲名狼藉的遭遇，便作了〈馬嵬驛〉、〈馬嵬佛寺〉、〈題端正樹〉，以寄託自己深切的感慨。之後轉往西北奉天縣西佛寺，寫〈奉天西佛寺〉一詩，記敘唐德宗倉惶避難於奉天之史事。十月，令狐綯由翰林學士承旨兵部侍郎守本官同中書門下平章事後，令狐綯知道溫庭筠以善填詞聞名，又與其子令狐滈終日宴飲，宣宗愛唱〈菩薩蠻〉，因此拜託庭筠幫忙填詞進獻給宣宗，並告誡他不可把代作之事說出去，庭筠卻不守約定，把這件事說了出去，還順帶譏嘲令狐綯不學無

〔註46〕〔後晉〕劉昫等撰《舊唐書‧令狐滈傳》：「滈少舉進士，以父在內職而止。及綯輔政十年，滈以鄭顥之親，驕縱不法，日事遊宴，貨賄盈門，中外為之側目。以綯黨援方盛，無敢措言。……諫議大夫崔瑄上疏論之曰：『令狐滈昨以父居相位，權在一門。求請者詭黨風趨，妄動者群邪雲集。每歲貢闈登第，在朝清列除官，事望雖出於綯，取捨全由於滈。喧然如市，旁若無人，權動寰中，勢傾天下。』」（台北：鼎文書局，1979 年 2 月），卷 172，頁 4467～4468。

〔註47〕佚名撰《三輔黃圖》：「武帝立子據為太子，為太子開博望苑，以通賓客。」收於〔清〕紀昀等總纂《景印文淵閣四庫全書》（台北：台灣商務印書館，1984 年），冊 468，卷 4，頁 21。

〔註48〕溫庭筠〈題望苑驛〉詩題下自注：「東有馬嵬驛，西有端正樹。」

術，因而引起令狐綯的不滿與忌恨。〔註49〕庭筠與令狐綯之間的嫌隙非僅起於一事，據《南部新書》記載：

> 令狐相綯以姓氏少，族人有投者，不吝其力，由是遠近皆趨之，至有姓胡冒令狐者。進士溫庭筠戲爲詞曰：「自從元老登庸後，天下諸胡悉帶令。」〔註50〕

庭筠諷刺令狐綯身爲一朝權相，卻濫用權勢，圖利族人。又《唐詩紀事》有言：

> 令狐綯曾以故事訪於庭筠，對曰：「事出《南華》，非僻書也。或冀相公燮理之暇，時宜覽古。」綯益怒，奏庭筠有才無行，卒不登第。〔註51〕

同樣也是譏諷令狐綯不學無術，如上所述，庭筠未能中第，似乎也與令狐綯有關。〔註52〕正因爲得罪了令狐綯，以致後來庭筠撰〈上令狐相公啓〉、〈上首座相公啓〉投令狐綯以求官，皆未獲得回應，失望之餘，庭筠便啓程東歸。

　　大中五年（西元851年）暮春，庭筠由湖州往南行來到嶺南，當時嶺南節度使爲紇干臮，頗欣賞庭筠之文采，於是資助他一些財物，將庭筠留置在幕中，庭筠撰了〈謝紇干相公啓〉表達謝意。初秋時，庭筠離開嶺南，由衡州北上至商州，順道遊商山四皓廟，作了〈四皓〉，啓程回長安時，又作〈商山早行〉。

〔註49〕〔宋〕計有功《唐詩紀事》：「宣宗愛唱菩薩蠻詞，丞相令狐綯假其新撰密進之，戒令勿洩。而遽言於人，由是疏之。溫亦有言云：『中書堂內坐將軍。』譏相國無學也。」（台北：木鐸出版社，1982年），卷54，頁823。

〔註50〕〔宋〕錢易著：《南部新書》，收於《叢書集成初編》（北京：中華書局，1985年），卷庚，頁66。

〔註51〕〔宋〕計有功：《唐詩紀事》（台北：木鐸出版社，1982年），卷54，頁824。

〔註52〕〔宋〕錢易著《南部新書》：「大中好文，嘗賦詩，上句有金步搖，未能對，令進士溫岐續之。岐以玉條脫應。宣皇賞焉，令以甲科處之，爲令狐綯所沮，除方城尉。」收於《叢書集成初編》（北京：中華書局，1985年），卷丁，頁34。

　　大中六年（西元 852 年），庭筠在長安透過李郢秀才結識了杜牧，隨即撰〈上杜舍人啓〉希求援引，只可惜二人交誼爲時極短〔註53〕，並沒有得到什麼幫助。

　　大中九年（西元 855 年）發生一件科場大事。根據《東觀奏記》載：

> 初，裴諗兼上銓，主試宏、拔兩科，其年爭名者眾，應宏詞選。前進士苗台符、楊岩、薛訢、李詢、古敬翊已下一十五人就試。諗寬豫仁厚，有賦題不密之說。前進士柳翰，京兆尹柳憙之子也。故事，宏詞科只三人，翰在選中，不中選者言翰於諗處先得賦題，託詞人溫庭筠爲之。翰既中選，其聲聒不止，事徹宸聽。……宏詞趙柜，丞相令狐綯故人子也，同列將以此事嫁患於令狐丞相，丞相遂逐之，盡覆去。初，日官奏：「文星暗，科場當有事。」沈詢爲禮部侍郎，聞而憂焉。至是三科盡覆，日官之言方驗。〔註54〕

三科就是進士、明經、制舉。三月，裴諗主試制舉的宏、技兩科，各取三人及第。此場考試競爭激烈，結果博學宏詞科錄取了柳翰、趙柜等人，落選之人忿忿不平，舉發裴諗考試前洩露賦題給柳翰，柳翰再託溫庭筠代作，因而得以中選。這件案子牽連甚大，裴諗等負責考試的官員受到貶官罰俸等處分；又因宏詞中選之人中有令狐綯故人之子，令狐綯伯牽連到自己，因而黜落所有中選之人。

　　晚唐科舉弊病叢生，在僧多粥少的情況下，學子們無不費盡心思，找門路，鑽漏洞，只爲了求中第，而落選者心有不甘，面子上掛不住，就握住一些傳聞的影子，刻意掀起波瀾，滋事造謠，是眞是假，唯有英明的掌政者能還與清白，但在那混亂的時代，又能有多少的期待？

　　同年庭筠應進士試，當時進士科主考官是沈詢，《北夢瑣言》記載：

〔註53〕 杜牧爲中書舍人在大中六年，並卒於同年冬。詳見繆鉞：《杜牧傳》（天津：百花文藝出版社，1999 年初版），頁 131～132。
〔註54〕 裴庭裕：《東觀奏記》（北京：中華書局，1994 年 9 月初版），卷下，頁 125～126。

> 庭雲又每歲舉場，多爲舉人假手。沈詢侍郎知舉，別施鋪
> 席授庭雲，不與諸公鄰比。望日，簾前謂庭雲曰：「向來策
> 名者，皆是文賦托於學士。某今歲場中並無假託，學士勉
> 旃。」因遣之。由是不得如意也。〔註55〕

《唐摭言》亦載：

> 山北沈侍郎主文年，特召溫飛卿於簾前試之，爲飛卿愛救
> 人故也。適屬望日飛卿不樂，其日晚請開門先出，仍獻啟
> 千餘字。或曰潛救八人矣。〔註56〕

由上可知，沈詢特別防範他，庭筠落第也就在意料之中。然而，這樣
的記載有荒謬之處，如每年庭筠都作槍手幫人中舉，自己卻又累年不
第，不就說明了晚唐的學子太不中用，科舉考試縱容作弊，庭筠的落
第是上位者的偏見私心作祟，更諷刺了執政者的昏庸無能，不識伯
樂。又如考場日救八人，是否帶有神話色彩，太誇張了。

　　大中十三年（西元859年）庭筠被貶爲隋縣尉，至於被貶的原因，
史籍上無明載，唯據筆記小說《唐摭言‧無官受黜》條有云：

> 開成中，溫庭筠才名籍甚，然罕拘細行，以文爲貨，識者
> 鄙之。無何，執政復有惡奏庭筠攪擾場屋，黜隨州縣尉。
> 時中書舍人裴坦當制，怃悢含毫久之。時有老吏在側，因
> 訊之升黜。對曰：「舍人合爲責辭，何者？入策進士，與望
> 州長馬一齊資。」坦釋然，故有澤畔長沙之比。庭筠之任，
> 文士詩人爭爲辭送，唯紀唐夫得其尤。〔註57〕

庭筠被貶爲隋縣尉，在時間上應是大中年間，而非開成中。其罪名是
以文爲貨、攪擾場屋。「以文爲貨」是生活所迫，且自古有之非始於

〔註55〕〔宋〕孫光憲：《北夢瑣言‧溫李齊名》，收於《四庫筆記小說叢書》
　　　　（上海：上海古籍出版社，1991年12月1版），卷4，頁26。

〔註56〕〔五代〕王定保：《唐摭言‧敏捷》，收於〔清〕紀昀等總纂《景印
　　　　文淵閣四庫全書》（台北：台灣商務印書館，1985年），冊1035，卷
　　　　13，頁794。

〔註57〕〔五代〕王定保：《唐摭言‧無官受黜》，收於〔清〕紀昀等總纂《景
　　　　印文淵閣四庫全書》（台北：台灣商務印書館，1985年），冊1035，
　　　　卷11，頁777。

庭筠〔註58〕;「攪擾場屋」一事,案情疑點重重,若屬實的話,想必
庭筠此舉主要目的是諷刺科舉的流弊。庭筠未中進士而授隋縣尉之職
應是特例,以致於裴坦草擬制詞時,不知該視爲貶謫還是拔擢,而老
吏認爲應是貶謫,原因是「入策進士,與望州長馬一齊資」,此說明
當時進士身分之尊貴,也因此庭筠未中進士而授隋縣尉被一般人視爲
不幸的遭遇。《東觀奏記》也詳細地記載了庭筠被貶事:

> 敕:「鄉貢進士溫庭筠早隨計吏,夙著雄名。徒負不羈之才,
> 罕有適時之用。放騷人於湘浦,移賈誼於長沙,尚有前席
> 之期,未爽抽毫之思。可隋州隋縣尉。」舍人裴坦之詞也。
> 庭筠字飛卿,彥博之裔孫也,詞賦詩篇冠絕一時,與李商
> 隱齊名,時號「溫李」。連舉進士,竟不中第。至是,謫爲
> 九品吏。進士紀唐夫歎庭筠之冤,贈之詩曰。鳳凰詔下雖
> 沾命,鸚鵡才高卻累身。」人多諷誦。〔註59〕

范攄《雲溪友議》亦載此事:

> 後溫庭筠爲賦亦譏刺,少類於平貫,而謫方城尉。乃詩曰:
> 「侯印不能封李廣,別人丘壟似天山。」舉子紀唐夫有詩
> 送之。時溫庭筠作尉,紀唐夫得名,蓋因文而致也。詩曰:
> 「何事明時泣玉頻,長守不見杏園春。鳳凰詔下雖霑命,
> 鸚鵡才高卻累身。且飲綠醽消積恨,莫言黃綬拂行塵。方
> 城若比長沙遠,猶隔千山與萬津。」〔註60〕

《東觀奏記》、《雲溪友議》二書所記應屬同一事,貶謫的地點也相同。
〔註61〕紀唐夫詩中用禰衡典故〔註62〕,感嘆溫庭筠才高氣傲、多所得

〔註58〕徐興菊:〈論溫庭筠的以文爲貨〉(《山西師大學報(社會科學版)》,
2004年),卷31,期2,頁99~103。

〔註59〕裴庭裕:《東觀奏記》(北京:中華書局,1994年9月初版),卷下,
頁133。

〔註60〕〔唐〕范攄撰:《雲溪友議》,收於《筆記小說大觀》(台北:新興書
局,1978年),編27,冊6,卷7,頁3796。

〔註61〕近人劉范弟指出古代「方城」亦包括唐代隋縣之地,紀詩應是出於
平仄考量,而以「方城」代指「隋縣」。見劉范弟:〈溫庭筠貶謫時
地辨〉(《中國古代、近代文學研究》,1990年),期10,頁132。

〔註62〕禰衡少有才辯而氣傲,多所得罪而終爲黃祖所殺。〈鸚鵡賦〉爲其名

罪，以致爲其才華所累被貶隋縣尉。全詩充滿同情和安慰之語，足見其友情之眞摯。

四、仕宦多舛、晚年生涯

庭筠雖謫授隋縣尉，但他並未赴任，因爲隋州位屬山南東道，此時徐商爲山南東道節度使，所以爲徐商所聘，入徐商幕下，任襄陽巡官一職。段成式正巧也在襄陽，二人時相往來，甚至日後還結爲兒女親家。〔註63〕在襄陽時，與庭筠同在徐商幕的友人甚多，有余知古、韋蟾、周繇和其弟溫庭皓，他們酬觴賦詩，以樂其志，而彼此之間互贈唱和的詩文被後人集結成《漢上題襟集》。〔註64〕

咸通元年（西元860年），徐商高遷刑部尚書，段成式出任江州刺史，之後庭筠也離開襄陽，南下荊州（江陵）。此時庭筠的身體狀況不佳，病痛纏身，從〈答段柯古贈葫蘆管筆狀〉可知當時他的情形：

篇。見〔南朝宋〕范曄撰《後漢書‧文苑傳》（台北：鼎文書局，1979年2月），卷80下，頁2652～2658。

〔註63〕〔南唐〕劉崇遠《金華子雜編》：「時溫博士庭筠方謫尉隋縣，廉帥徐太師商留爲從事，與段成式甚相善，以其古學相遇，常送墨一鋌與飛卿，往復致謝，遞搜故事者九函，在禁集中。爲其子安節娶飛卿女。」收於〔清〕紀昀等總纂《景印文淵閣四庫全書》（台北：台灣商務印書館，1985年），冊1035，卷上，頁825。

〔註64〕〔宋〕計有功《唐詩紀事》「周繇」下載：「繇，字爲憲，……後以御史中丞與段成式、韋蟾、溫庭皓同遊襄陽徐商幕府。」又「溫庭皓」下載：「尚書東苑公鎮襄陽，成式、庭皓、蟾皆其從事。」（台北：木鐸出版社，1982年），下冊，卷54、58，頁824、878。〔宋〕歐陽脩、宋祁撰《新唐書》：「《漢上題襟集》十卷：段成式、溫庭筠、余知古。」（台北：鼎文書局，1979年2月），卷60，頁1624。陳振孫《直齋書錄解題》：「《漢上題襟集》三卷：唐段成式、溫庭筠、逢皓、余知古、韋蟾、徐商等倡和詩什、往來簡牘，蓋在襄陽時也。」（台北：臺灣商務印書館，1968年），卷15，頁418～419。夏承燾認爲逢皓爲庭皓之誤，見夏瞿禪撰：《溫飛卿繫年》（台北：世界書局再版，1970年），頁25。明胡震亨編《唐音癸籤》：「徐商帥襄陽，有周繇、段成式、韋蟾、溫庭皓《漢上題襟》詩集。」收於〔清〕紀昀等總纂《景印文淵閣四庫全書》（台北：台灣商務印書館，1985年），冊1482，卷27，頁687。

庭筠累日來，洛水寒疝，荊州夜嗽。筋骸莫攝，邪蠱相攻。
蝸睆傷明，對蘭缸而不寢；牛腸治嗽，嗟藥錄而難求。前
者伏蒙雅賜葫蘆筆管一莖，久欲含詞，聊申拜貺，而上池
未效，下筆無聊，慚悅沉吟，幽懷未敘。〔註65〕

庭筠在荊州可能不慎感染傷寒，以致累日下痢，還加上頻頻咳嗽，爲
眼疾所苦。

　　咸通三年（西元 862 年），其子溫憲已經通過了州試，九月動身
赴長安應省試，溫庭筠隨之來到揚州，並前往遊觀揚州著名的法雲
寺，其寺前有雙檜，於是作〈法雲雙檜〉，晉朝謝安曾於宅中種植雙
檜，至今猶存，詩人試著想尋覓當年王羲之題字，畫家顧愷之的畫作，
然而景物依舊，人事已非，此時的庭筠感觸良多。是年冬天，令狐綯
爲淮南節度使，庭筠心怨令狐綯在相位時未加援引，路過令狐綯治所
卻不願前往拜謁。隔年二月，程修己卒於京邸，其子溫憲作〈唐故集
賢直院官榮王府長史程公墓誌銘并序〉哀悼之。時庭筠在淮南，盤纏
用盡，故乞索於揚子院，酒醉犯夜，遭虞侯打了一頓，甚至還敗面折
齒，於是庭筠到令狐綯府所將自己受辱的事告訴他，但令狐綯卻沒有
處分虞侯，反而聽信虞侯之言，庭筠氣憤之餘，便親自到長安四處投
啓給給王公朝官們，訴說自己的冤屈。十一月，段成式的死訊從遠方
傳到〔註66〕，推知庭筠仍在長安。

　　咸通六年（西元 865 年），徐商入朝爲相，庭筠受其援助任國子
助教。次年，以國子助教主國子監試，主試與眾不同，嚴格以文判等
後，「乃榜三十篇以振公道」，並書榜文曰：

〔註65〕溫庭筠：〈答段柯古贈葫蘆管筆狀〉，收於劉學鍇《溫庭筠全集校注》
　　　　（北京：中華書局，2007 年 7 月），下冊，卷 11，頁 1047～1048。
〔註66〕尉遲樞《南楚新聞》：「太常卿段成式，相國文昌子也，與舉子溫庭
　　　　筠親善，咸通四年六月卒。庭筠居閒筆下，是歲十一月十三日，冬
　　　　至，大雪。凌晨，有叩門者僕夫視之，乃隔扉授一竹筒，云：『段少
　　　　常送書來。』庭筠初謂誤，發筒獲書，其上無字，開之，乃成式手
　　　　札也。庭筠大驚，出户，其人已滅矣。」收於《唐代叢書》（台北：
　　　　新興書局，1971 年），頁 5。

　　右前件進士所納詩篇等，識略精微，堪裨教化。聲詞激切，

曲備風謠。標題命篇，時所難著，燈燭之下，雄詞卓然。誠

宜牓示眾人，不敢獨專華藻，並仰牓出，以明無私。仍請申

堂，並牓禮部。成通七年十月六日試官溫庭筠牓。〔註67〕

由於庭筠曾在科場屢遭壓制，深受其害，故對於那些出身寒苦而才華卓

越之士特別關懷、拔擢頗多，現今可考者有邵謁、李濤、衛丹、張郃等

人，其中尤其以邵謁的成就較大。〔註68〕庭筠擔任國子監，將所試詩文

公布於眾，大有請群眾監督的意思，杜絕了因人取士的不正之風，在當

時傳爲美談。關於庭筠的卒年，施蟄存〈讀溫飛卿詞札記〉曾言：

　　飛卿墓誌宋時已出土，《寶刻叢編》卷八著錄云：『唐國子

　　助教溫庭筠墓誌，弟庭皓撰，咸通七年。』據此可知飛卿

　　卒於咸通七年（八六六），終於國子助教，此不得謂之『史

　　籍無證』也。〔註69〕

弟溫庭皓撰其墓誌題爲「唐國子助教溫庭筠墓誌」，又晁公武《郡齋

讀書志》說庭筠「終國子助教」〔註70〕，連《花間集》亦稱「溫助教

庭筠」〔註71〕，由此可見，庭筠生前擔任最高官職爲國子監助教。前

引庭筠〈牓國子監〉一文既作於成通七年十月六日，推知庭筠卒於這

年的多末十一、十二月間，得年五十五歲左右。

〔註67〕溫庭筠：〈牓國子監〉，收於劉學鍇《溫庭筠全集校注》（北京：中華
　　　　書局，2007 年 7 月），下冊，卷 11，頁 1240～1241。

〔註68〕傅璇琮主編：《唐才子傳校箋・邵謁》：「謁，韶州翁源人。……苦吟，
　　　　工古調。咸通七年抵京師，隸國子。時溫庭筠主試，憫擢寒苦，乃
　　　　榜謁詩三十餘篇，以振公道。」（北京：中華書局，1990 年 5 月），
　　　　冊 3，卷 8，頁 353～354。又〔五代〕王定保《唐摭言・海敘不遇》：
　　　　「李濤，長沙人也，篇詠甚著，……皆膾炙人口。溫飛卿任太學博
　　　　士，主秋試，濤與衛丹、張郃等詩賦，皆榜於都堂。」收於〔清〕
　　　　紀昀等總纂《景印文淵閣四庫全書》（台北：台灣商務印書館，1985
　　　　年），冊 1035，卷 10，頁 771。

〔註69〕施蟄存：〈讀溫飛卿詞札記〉，收於《中華文史論叢》（上海：上海古
　　　　籍出版社，1978 年），輯 8，頁 275。

〔註70〕晁公武：《郡齋讀書志》（台北：台灣商務印書館，1968 年），卷 4 中，
　　　　頁 401。

〔註71〕蕭繼宗校注：《花間集》（台北：台灣學生書局，1996 年 8 月），頁 1。

第二節　溫庭筠的人格特質

　　晚唐是一個墮落的時代，無論政治、社會、經濟、外交等，在在都使人感傷與失望。對於一個有志之士而言，讀萬卷書，行萬里路，滿腔熱血，換來的卻是終身仕途偃蹇，抱負難展，生活困頓，實在情何以堪！什麼溫柔敦厚的詩教，在不平人的眼中，輕則諷刺，重則咒罵，早已蕩然無存了。庭筠不願把詩歌當作洩憤的工具，對於內心的鬱悶和感慨，他選擇將個人失意之感與憂國憂民之情貫通起來，借弔古詠史以抒懷，因此本節將藉由其詠史詩的意旨詮釋，來展現其人格特質。

一、忠貞耿直的個性

　　史書對溫庭筠的人品曾言：「具無操持」〔註72〕，嚴厲地批評溫庭筠沒有讀書人應有的節操與品德，然而若仔細研讀其詠史詩作，不難發現在舉世昏亂的政局下，他仍保有一股清流。

　　晚唐社會黑暗、政治腐敗、世風日下，身處濁世的庭筠在詩文中多次申明不同流合汙的忠貞耿直之志，如〈過孔北海墓二十韻〉所言：

　　　　撫事如神遇，臨風獨涕零。墓平春草綠，碑折古苔青。
　　　　珪玉埋英氣，山河孕炳靈。發言驚辨囿，擒翰動文星。
　　　　蘊策期干世，持權欲反經。激揚思壯志，流落歎頹齡。
　　　　惡木人皆息，貪泉我獨醒。輪轅無匠石，刀几有庖丁。
　　　　碌碌迷藏器，規規守掣瓶。憤容凌鼎鑊，公議動朝廷。
　　　　故國將辭寵，危邦竟緩刑。鈍工磨白璧，凡石礪青萍。
　　　　揭日昭東夏，搏風滯北溟。後塵遵軌轍，前席詠儀型。
　　　　木秀當憂悴，弦傷不底寧。矜誇遭斥鷃，光彩困飛螢。
　　　　白羽留談柄，清風襲德馨。鷙鳳嬰雪刃，狼虎犯雲屏。
　　　　蘭蕙荒遺址，榛蕪蔽舊坰。鑾輅近沂水，何事戀明庭。（卷
　　　　6／576～577）

〔註72〕〔後晉〕劉昫等撰：《舊唐書・文苑傳》（台北：鼎文書局，1979年2月），卷190下，頁5078。

孔北海即孔融，孔子二十世孫；東漢獻帝時為北海相，故稱孔北海。
少時好學多聞，曾數鎮壓農人起義，屢為黃巾軍所敗；對曹操多所訾
議，遭誅滅其族。後人評之「高才倨傲」〔註73〕、「誕傲至殞」〔註74〕，
庭筠在此詩中極力頌揚孔融在文章與功業方面的不朽成就，也欽佩其
「惡木人皆息，貪泉我獨醒」不同流合汙的忠貞之志，身在昏亂衰世，
「獨醒」談何容易？所以庭筠更加激賞其潔身自好、耿介正直的品
格。庭筠與孔融同樣面對風雨飄搖的時局，卻能不媚時、不勢利，仗
義執言、忤逆權貴，庭筠儼然以孔融自比，乃因其二人氣質相類、心
有戚戚焉。

　　庭筠為人耿直，儘管李德裕身居高位時未能援引重用他，但當李
德裕晚年由於黨爭一貶再貶，境況十分淒涼時，庭筠卻難能可貴地站出
來打抱不平，賦詩哀其不幸；庭筠也不憚權貴，雖然令狐綯位居時相，
勢傾天下，庭筠不依附、諂媚權貴以求仕進，反而蔑視其行止，揭露其
不學無術，這樣的行為正好體現了庭筠忠貞耿直的個性。在〈蘇武廟〉
一詩中，庭筠藉著歌詠蘇武忠貞愛國的形象，寄寓自己的人格理想：

　　　蘇武魂銷漢使前，古祠高樹兩茫然。
　　　雲邊雁斷胡天月，隴上羊歸塞草煙。
　　　迴日樓臺非甲帳，去時冠劍是丁年。
　　　茂陵不見封侯印，空向秋波哭逝川。（卷8/724）

首聯以歷史往事的懷想與眼前蘇武廟的景象，寫出詩人瞻仰蘇武廟後
追思憑弔的感慨。當年蘇武初見漢使時的悲慟情景已成過往，如今眼
前蘇武廟蒼古肅穆，讓人崇敬追思。頷聯則呈現兩幅圖畫。一幅是望
雁思歸圖，形象地表現了蘇武在音訊隔絕的漫長歲月中對故國的深長
思念與欲歸不得的深刻痛苦。下一幅是荒塞歸牧圖，充分地顯現了蘇
武被幽禁匈奴十九年來，牧羊絕塞的困苦艱辛、孤寂單調的生活。頸

〔註73〕〔晉〕陳壽撰、〔宋〕裴松之注：《三國志・魏書》（台北：鼎文書局，
　　　　1979年2月），卷22，頁633。
〔註74〕北齊・顏之推撰、〔清〕趙敬夫註：《重校顏氏家訓・文章》（台北：
　　　　廣文書局，1977年12月初版），卷4，頁131。

聯採今昔對照的方式，由「迴日」憶及「去時」，以「去時」反襯「迴日」，詩評家多援引，而與義山〈馬嵬〉二首之二「此日六軍同駐馬」一聯對舉，沈德潛《唐詩別裁》云：「五六與『此日六軍同駐馬』一聯，俱屬逆挽法，律詩得此，化板滯爲跳脫矣。」〔註75〕又朱庭珍《筱園詩話》云：「玉谿生『此日六軍同駐馬，當時七夕笑牽牛』、飛卿『迴日樓臺非甲帳，去時冠劍是丁年』此二聯接用逆挽句法，倍覺生動，故爲名句。所謂逆挽者，倒扑本題，先入正位，敘現在事，寫當下景，而後轉溯從前，追述已往，以反襯相形，因不用平筆順拖，而用逆筆倒挽，故名。且施於五六一聯，此係律詩筋節關鍵處。」〔註76〕蘇武歷盡千辛萬苦終於歸來，昔日的樓臺殿閣依舊，但遣他出使的武帝早已不在，而自己也由壯年之人變成白首老翁，流露出物是人非的感慨。末聯以蘇武完節歸朝封侯而武帝卻再也看不到他的榮耀，只能對著逝去的流水哀悼武帝。這種故君之思，是融忠君與愛國爲一體的情感。在晚唐國勢不振，邊患不息的時代，表彰民族氣節，歌頌堅貞不屈，心向祖國，是迫切需要的，庭筠對一位身負歷史使命的愛國志士敬仰與追悼之餘，也展現了自己忠貞耿直的人格精神。

二、憂國諷時的情懷

溫庭筠才華洋溢、不畏權勢，曾多次譏刺權貴位居要津、不學無術，史書以「恃才詭激」〔註77〕來評斷之，似乎太過嚴苛，以今人的角度來看，倒不如以滿腔「憂國諷時的情懷」形容他，更爲妥當。

溫庭筠的詠史樂府詩常以較大的篇幅、豔麗雕琢的辭藻誇張鋪陳繁華盛況，而結尾突轉入衰亡荒廢，在繁華與衰敗的對比中，突顯出

〔註75〕〔清〕沈德潛：《唐詩別裁》（台北：台灣商務印書館，1978 年 1 月），卷 15，頁 21。

〔註76〕朱庭珍：《筱園詩話》，收於郭紹虞《清詩話續編》（台北：木鐸出版社，1983 年），下冊，頁 2380。

〔註77〕〔後晉〕劉昫等撰：《舊唐書・文苑傳》（台北：鼎文書局，1979 年 2 月），卷 190 下，頁 5078。

歷史興亡的感慨，不著議論而發人深省，充分表現出詩人憂國諷時的
情懷，如〈雞鳴埭曲〉、〈春江花月夜詞〉、〈雉場歌〉等都是非常典型
的例子。其中〈雞鳴埭曲〉以南朝興亡為例，寫出歷史興廢的感慨：

> 南朝天子射雉時，銀河耿耿星參差，
> 銅壺漏斷夢初覺，寶馬塵高人未知。
> 魚躍蓮東蕩宮沼，濛濛御柳懸棲鳥，
> 紅妝萬戶鏡中春，碧樹一聲天下曉。
> 盤踞勢窮三百年，朱方殺氣成愁煙，
> 彗星拂地浪連海，戰鼓渡江塵漲天。
> 繡龍畫雉填宮井，野火風驅燒九鼎，
> 殿巢江燕砌生蒿，十二金人霜炯炯。
> 芊綿平綠臺城基，暖色春空荒古陂，
> 寧知玉樹後庭曲，留待野棠如雪枝。（卷 1/1）

雞鳴埭為南齊武帝率宮人早遊鍾山射雉聞雞鳴之處。[註78] 前四句泛
寫南齊武帝與宮人們春晨天色未明出遊的情形。第五至八句寫射雉之
地鍾山的情景，呈現出南齊開國的繁盛與富麗。其次九至十四句將筆
鋒頓轉，由南朝的全盛期轉入南朝陳後主荒淫誤國的史事，並以隋文
帝戰船渡江與陳後主攜嬪妃避入枯井的場景，作為強烈的對比，其中
「繡龍」代指南朝君王；「畫雉」代稱后妃宮女，足見庭筠用詞之華
美，而畫雉也與射雉之事作了前後的呼應。最後四句以眼前繁盛柔美
的春景襯托出國家盛衰興亡的感慨。南朝故都此時正春暖花開，綿延
的綠野，和暖的晴空，如雪的棠梨花，但昔日的帝王宮殿卻早已荒涼
殘敗，玉樹與庭花代指后妃宮女，如今也不復展現其美好姿態，當年
製作〈玉樹後庭花〉之曲的陳後主，豈知放縱逸樂的結果竟換來亡國
的命運。庭筠憂心國家局勢，有意藉著這段史實，規勸當朝的皇帝，
引以為戒，勿重蹈覆轍。

〔註78〕李延壽《南齊書・武穆裴皇后傳》：「（武帝）車駕數幸琅邪城，宮人
常從，早發至湖北埭，雞始鳴。」（台北：鼎文書局，1979 年 2 月），
卷20，頁391。

〈雞鳴埭曲〉一詩的結尾歸結到眼前的平常春色，以此襯托出作者的感慨，而〈春江花月夜詞〉則以陳、隋兩代興亡的史實爲題材，道出歷史興廢與重蹈覆轍的諷刺：

> 玉樹歌闋海雲黑，花庭忽作青蕪國。
> 秦淮有水水無情，還向金陵漾春色。
> 楊家二世安九重，不御華芝嫌六龍。
> 百幅錦帆風力滿，連天展盡金芙蓉。
> 珠翠丁星復明滅，龍頭劈浪哀笳發。
> 千里涵空澄水魂，萬枝破鼻飄香雪。
> 漏轉霞高滄海西，頗黎枕上聞天雞。
> 蠻弦代寫曲如語，一醉昏昏天下迷。
> 四方傾動煙塵起，猶在濃香夢魂裏。
> 後主荒宮有曉鶯，飛來只隔西江水。（卷2/172）

全詩以隋煬帝遊江南爲題材，深刻地揭示其步陳後主之後塵，荒淫奢靡，終至身亡國滅的歷史教訓，其實也是對晚唐統治者的諷諭與寫照。〈玉樹後庭花〉與〈春江花月夜〉都是陳後主在宮中縱情遊樂的環境下所作的歌曲，內容歌詠妃嬪之美。〔註79〕詩以陳後主荒淫亡國興起全篇，以自然景物「海雲黑」，喻指亡國前金陵一帶戰雲密佈、情勢危急，繁華的宮殿庭苑轉瞬間變成一片荒蕪，而「無情」的秦淮河依然展現春色，引誘著後來的帝王。前人的教訓，後人吸取多少？從「楊家二世安九重」句到「一醉昏昏天下迷」，描述隋煬帝變本加厲，恣意淫樂，耗損國庫，造宮室，修運河，北巡西遊，三下江都，窮奢極欲，逸樂無度，卻無視天下動亂不安，國勢危如累卵。作者極力鋪敘隋煬帝下揚州的奢華淫逸與昏庸，鮮明刻畫出一個亡國之君的形象。最後四句寫隋末天下大亂，硝煙四起，而隋煬帝卻還沈迷聲色

〔註79〕〔後晉〕劉昫等撰《舊唐書・音樂志二》：「〈春江花月夜〉、〈玉樹後庭花〉、〈堂堂〉，並陳後主所作。叔寶常與宮中女學士及朝臣相和爲詩，太樂令何胥又善於文詠，採其尤豔麗者以爲此曲。」（台北：鼎文書局，1979年2月），卷29，頁1067。

美夢中，昏然不知所措，這與陳後主在亡國時的情景如出一轍。詩末借曉鶯從後主荒宮飛來，暗喻前人殷鑑不遠，曾經滅陳之隋，短短時日，又重蹈陳之覆轍。庭筠一生潦倒失意，行為亦涉頹放，但並未忘記現實，在其內心深處，仍蘊蓄著對晚唐時局的關切和痛心，以古鑑今，寄寓自己深刻的諷刺與感慨。

三、汲汲用世的抱負

庭筠曾在〈書懷百韻〉詩中自謂「經濟懷良策，行藏識遠圖」，可見溫庭筠志在經邦濟世。正因為庭筠既無現成的權勢可倚仗，又無葭莩之親可攀援，加之對才德兼備、功勳卓著的先祖的崇敬，促使他產生重振家聲的願望與汲汲用世的抱負。為了受達官貴人的提拔，得到一官半職，他竟異想天開與公卿無賴子弟賭博飲酒，反而換來「薄行無檢幅，與貴胄裴誠、令狐滈等飲博」〔註80〕的惡名。

溫庭筠身懷用世之志、汲汲於仕途，因此常在詩中對裴度、李德裕等中興名臣推崇備至〔註81〕，對於淝水一戰，東晉擊退苻堅的中心人物謝安，庭筠在〈謝公墅歌〉中，稱頌之餘，也流露出對功名嚮往之情：

> 朱雀航南繞香陌，謝郎東墅連春碧。
> 鳩眠高柳日方融，綺榭飄颻紫庭客。
> 文楸方罫花參差，心陣未成星滿池。
> 四座無喧梧竹靜，金蟬玉柄俱持頤。
> 對局含情見千里，都城已得長蛇尾。
> 江南王氣繫疏襟，未許苻堅過淮水。（卷 2/111）

謝安在出仕前，曾有相當長一段時間寓居會稽，與王羲之等名士往

〔註80〕傅璇琮主編：《唐才子傳校箋》（北京：中華書局，2002 年 8 月），冊 3，卷 8，頁 435。

〔註81〕溫庭筠：〈中書令裴公挽歌詞〉二首、〈贈鄭徵君、家匡山、首春與丞相贊皇公遊止〉、〈題李相公敕賜錦屏風〉，收於劉學鍇《溫庭筠全集校注》（北京：中華書局，2007 年 7 月），上冊，卷 3，頁 252；下冊，卷 5，頁 459、462。

來，他遁跡山林並不意味著漠視政治，忘記朝廷，所謂身處江湖之間，必憂廟堂之上。後來謝安一改初衷，由高臥東山轉爲報效國家，見晉室衰微，有被權臣吞噬的危險時，他又不計安危，挺身而出，使得桓溫篡晉的陰謀成爲鏡花水月，晉祚終於得以延續下去，這種攬轡澄清，以安天下爲己任的精神，屢被後人稱道。《晉書》在評論謝氏功勞也說：「建元之後，時政多虞，臣猾陸梁，權臣橫恣，其有兼將相於中外，系存亡於社稷，負扆資之以端拱，鑿井賴之以晏安，其惟謝氏乎！」〔註82〕這個評價是恰當的。全詩只有十二句，庭筠竟以四句寫景，先把建業城的春日當作背景，細細描繪別墅春日欣欣向榮的氣象，接下的四句寫棋，將筆鋒轉向那歷史性的棋局，從楸枰、佈局、觀棋、對局一一寫來，層次井然，謝安的身分自見。末四句讚揚謝安不但具有運籌帷幄、決勝千里的能力，還具身繫天下安危的偉大襟抱。全詩讀來無一字是閒筆，在時間方面，只是短短的一盤棋局，空間方面只是謝公的東墅，但整個淝水之戰的精采處已全收筆底。晚唐邊患頻繁，詩人心中難免會有「但用東山謝安石，爲君談笑靜胡沙」〔註83〕的感慨，從飛卿對謝安的推崇，進而遁入個人內心世界的趨向，可以想見庭筠對於仕進的追求與嚮往。

庭筠雖累年不第、被朝廷捨棄，卻仍然固守著儒家入世的人生價值觀念，沒有遁跡林泉，將自己藏諸岩穴，更不滿足於在酒筵歌舞中度過自己的一生，執著地追求自己的政治理想，且希望自己能像孔明一樣靜待時機、一展抱負。如〈過五丈原〉寫道：

> 鐵馬雲雕共絕塵，柳陰高壓漢宮春。
> 天清殺氣屯關右，夜半妖星照渭濱。
> 下國臥龍空誤主，中原逐鹿不因人。
> 象床錦帳無言語，從此譙周是老臣。（卷 4/433）

〔註82〕〔唐〕房玄齡撰：《晉書‧謝安傳》（台北：鼎文書局，1979 年 2 月），卷 79，頁 2090。

〔註83〕李白：〈永王東巡歌十一首〉其二，收於〔清〕聖祖御編：《全唐詩》（台北：盤庚出版社，1979 年），冊 3，卷 167，頁 1725。

首聯寫蜀漢雄壯的鐵騎，以排山倒海之勢，飛速北進，威震中原，並把諸葛亮比作西漢名將周亞夫，表現出詩人敬慕之情。頷聯以秋高氣爽的季節，暗示關西戰雲密佈，軍情緊急，在如此關鍵的時刻，災星降臨，諸葛亮不幸病逝，引起詩人對諸葛亮壯志未酬的無比痛惜。後四句，以歷史事實為據，發為議論，悲切而中肯。諸葛亮竭智盡忠、鞠躬盡力，輔佐、開導後主劉禪，卻無法使其從昏庸中醒悟過來，等到諸葛亮一死，北取中原、統一中國的美夢粉碎，蜀漢的國勢江河日下，取而代之的是，後主寵臣譙周慫恿劉禪降魏的卑劣行徑，詩人隱然把譙周誤國降魏和諸葛亮匡世扶主作了強烈的對比，並由衷敬仰諸葛亮繫蜀國安危於一身的獨特地位，誠如沈德潛評之：「出師二表示也。天意不可知，誚之比於痛罵。」〔註84〕全詩內容深厚，感情沉鬱。前半以虛寫實，從虛擬的景象中呈現出真實的歷史畫面；後半夾敘夾議，用歷史事實說明了褒貶之意，詩人對諸葛亮未能完成北伐大業、命喪五丈原深表惋惜之情；也對勸劉禪投降、反對拒敵的「老臣」譙周給以辛辣的諷刺。反觀庭筠身處唐室式微、強敵壓境之際，權柄重臣無法力挽狂瀾，庭筠雖有濟世之心，卻空無濟世之遇，是否同樣也有壯志未酬的憾恨？

四、懷才不遇的慨嘆

溫庭筠在仕途受挫、經濟窘迫的雙重壓力下，不是搖尾乞憐、求丐他人，反而憑藉著個人的才氣，選擇替人為文、賺取報酬的方式謀生，無奈在有心者的眼中，反被冠上「以文為貨」〔註85〕的罪名。

由於社會經濟的繁榮，達官貴人為了附庸風雅、交際應酬，需要一些詩作彼此唱和；而樂坊妓院為了迎合客人的口味、博得歡欣，也

〔註84〕〔清〕沈德潛：《唐詩別裁》（台北：台灣商務印書館，1978年1月），卷15，頁21。

〔註85〕〔五代〕王定保：《唐摭言‧無官受黜》，收於〔清〕紀昀等總纂《景印文淵閣四庫全書》（台北：台灣商務印書館，1985年），冊1035，卷11，頁777。

需要大量的詩詞歌曲，這種種因素造就了溫庭筠「以文爲貨」的事實，藉由「以文爲貨」詩人得到了經濟上的保障與情感上的寄託，更重要的是爲了對「由來已久的輕商傳統和官本位文化的挑戰」，以及「露才泄憤」〔註86〕，深切表達詩人多年懷才不遇的憤慨罷了。

對於古代失意的文人政客，溫庭筠常在詠史詩中寄予深厚的同情。一方面是抒發思古之幽情，一方面則是宣洩自己內心之不平。換言之，懷才不遇的憤怒與生不逢時的感嘆，在庭筠的詠史詩中俯拾即是。如〈過陳琳墓〉：

> 曾於青史見遺文，今日飄蓬過古墳。
>
> 詞客有靈應識我，霸才無主始憐君。
>
> 石麟埋沒藏春草，銅雀荒涼對暮雲。
>
> 莫怪臨風倍惆悵，欲將書劍學從軍。（卷 4/387）

陳琳初爲何進主簿，後爲袁紹掌書記，最後歸順曹操。〔註87〕他除了擅於章表書檄外，也長於作詩，是建安七子之一。首聯點出陳琳以文章名世，寓含著詩人欽慕尊崇的感情，而後感慨自己在飄流蓬轉的生活中正好經過陳琳的墳墓。頷聯以兩人間的異代同心、惺惺相惜寫出庭筠對自己才能的自負與自信，隱含有世無知音的自傷與憤鬱。陳琳「霸才有主」，能幸運得到曹操知遇的賞識；庭筠卻「霸才無主」，累年落第，懷才不遇，正因爲這樣，才對陳琳的際遇特別欣羨。頸聯詩人藉著對前賢的追思緬懷，以眼前陳琳墓的蕪沒荒廢和想像中曹操銅雀臺的淒涼寥落，暗示自己所處的時代不重才士，任憑一代才人凋零消逝。尾聯流露自己生不逢時之感慨。詩人心中的惆悵不只是因爲對

〔註86〕昌慶志：〈溫庭筠與商業〉（《山西師大學報（社會科學版）》，2005 年 7 月），卷 32，期 4，頁 94。

〔註87〕〔晉〕陳壽撰、〔宋〕裴松之注《三國志・魏書・王粲傳附》：「琳避難冀川，袁紹使典文章。袁氏敗，琳歸太祖。太祖謂曰：『卿昔爲本初移書，但可罪狀孤而已，惡惡止其身，何乃上及祖父邪？』琳謝罪，太祖愛其才而不咎。……太祖並以琳、瑀爲司空軍謀祭酒，管記室，軍國書檄，多琳、瑀所作。」（台北：鼎文書局，1979 年 2 月），卷 21，頁 600。

歷史人物的懷想，更因爲歷史往事勾起自身際遇的感傷，文章無用，霸才無主，所以才想要棄文就武，持劍從軍。吳喬《圍爐詩話》評此詩曰：

> 詩意之明顯者，無可著論，惟意之隱僻者，詞必紆迴婉曲，必須發明。溫飛卿〈過陳琳墓〉詩，意有望于君相也。……起曰「曾于青史見遺文，今日飄零過古墳」，言神交，敘題面，以引起下文也。「詞客有靈應識我」，刺令狐綯之無目也。「霸才無主始憐君」，「憐」字詩中多作「羨」字解，因今日無霸才之君，大度容人之過如孟德者，是以深羨于君。「石麟埋沒藏春草」，賦實境也。「銅雀荒涼起暮雲」，憶孟德也。此句是一詩之主意。「莫怪臨風倍惆悵，欲將書劍學從軍」，言將受辟于藩府，永爲朝廷所棄絕，無復可望也。怨而不怒，深得風人之意。〔註88〕

庭筠與陳琳雖有相同的文才，卻因不同的時代，展現不同的際遇，一個是霸才無主，身世飄零；一個是霸才有主，名垂青史，全詩運用強烈的對比方式，表面上是憑弔古人之作，實際上是自抒身世遭遇之感，詩中將懷古詠史與自身境遇相結合的此一特點，亦可在〈蔡中郎墳〉尋到蹤跡：

> 古墳零落野花春，聞說中郎有後身。
>
> 今日愛才非昔日，莫拋心力作詞人。（卷5/464）

蔡中郎即蔡邕，他生於政治黑暗腐朽的東漢末年，曾因上書議論朝政缺失，遭到誣陷，被流放到朔方；遇赦後，又因宦官迫害，亡命江湖；董卓專權，賞其文才〔註89〕，任侍御史一職，後董卓被殺，蔡邕也庾死獄中，一生遭遇，甚是悲慘。首句正面寫蔡中郎墳，藉由茂盛野花的襯托，以顯出古墳的荒涼零落，隱含人事變遷、今昔滄桑的感慨，

〔註88〕郭紹虞：《清詩話續編》（台北：木鐸出版社，1983年），上冊，頁500～501。

〔註89〕〔南朝宋〕范曄撰《後漢書・蔡邕傳》：「〔董〕卓重邕才學，厚相遇待，每集讌，輒令邕鼓琴贊事，邕亦每存匡益。」（台北：鼎文書局，1979年2月），卷60下，頁2006。

作爲下文「今日愛才非昔日」的伏筆。第二句庭筠巧妙運用一個傳說故事進行推想〔註90〕：人們傳說張衡死後有蔡邕作他的後身，那麼蔡邕死後想必也會有後身，詩人隱然有以此自命的意思，只是不明說罷了！末兩句寫得直率而刻露，並尖銳的揭發當時爲政者不愛惜人才，即便是蔡邕的後身生活在今天，就算用盡心力寫作，又有誰來欣賞和提拔呢？可能也是老死戶牖、與時俱沒，因此，庭筠在絕望憤激之餘，才有消極的想法，奉勸自己不要白白拋擲自己的才力作當今的文人。全詩在對蔡邕的憑弔中，道出自己懷才不遇的慨嘆，也是當時文士憤激不平心聲的表露。

五、放懷行樂的慰藉

庭筠放懷行樂的慰藉主要表現在飲酒、狎妓與漫遊上。在飲酒方面，許多的場合都可見其飲酒的情形，庭筠曾作〈秘書省有賀監知章草題詩筆力遒健風尙高遠拂塵尋玩因有此作〉，詩中說賀知章「任達憐才愛酒狂」，又說「李白死來無醉客」。賀知章與李白均任達且好酒；賀知章賞其「蜀道難」一詩，稱讚李白爲天上謫仙人，並立即推薦給玄宗，對其可謂有知遇之恩。飲酒對歷來的文人處士或在朝的文武官員可謂是逸趣雅興。庭筠平時閑居時，亦喜好飲酒，然而飲酒對於庭筠的際遇並無幫助，如其年少時狂遊狎邪、飲酒作樂，將姚勗濟助的錢財花費殆盡，以致遭姚勗笞逐、換來惡名。還有咸通年間庭筠乞索於揚子院，酒醉犯夜，遭虞侯打了一頓，甚至還敗面折齒。由此可見，庭筠自少至老因飲酒而誤事，的確對他造成了很大的傷害。

庭筠早年曾客遊江淮，深受江南吳歌越吟的薰陶，能逐弦吹之音，爲側豔之詞，而江南人文薈萃、景色優美、樂舞繁盛，也培養出溫庭筠浪漫不羈的情性與氣質。再加上晚唐整個上層社會和文人階層

〔註90〕殷芸《小説》：「張衡亡月，蔡邕母方娠，此二人才貌相類，時人云邕即張衡後身也。」收於《筆記小説大觀》（台北：新興書局，1978年），編19，冊1，頁297。

瀰漫著奢華享樂的風氣，致使庭筠在懷才不遇的現實無情地摧毀了其
政治理想之下，索性走上逆反的道路，混跡於青樓妓館之中，流連於
歌姬舞女之列，放浪形骸，日趨頹放。《舊唐書》說他「士行塵雜，
不修邊幅」、「與新進少年狂游狹邪」，並斥之為「狹邪醜跡」、「汙行」，
且被人據為口實而對他百般壓制，使他應進士「累年不第」，終生懷
才不遇。若以當時社會風氣來論，官僚士大夫階級遊宴享樂，出入歌
樓酒館是司空見慣的常事，誠如前章所言，狂遊狎妓已成為中晚唐廣
大文人娛樂生活的一個重要組成部分，而溫庭筠也和同時代大多數的
士子一樣，來往於平康巷陌，沉醉於醇酒美人，這根本算不上什麼問
題。我們從很多記載中可以看到，當時很多名流與妓女都有密切交
往，而且無所避忌，還將此情況記下來，留下不朽的詩篇，如著名的
白居易、杜牧等，他們都沒有遭到什麼非議，因此若獨對庭筠苛責，
這是十分不公平的。

　　庭筠擅長以含蓄朦朧的筆觸輕點男女之情，卻以活潑靈動之筆細
膩寫景，情景交融，鋪展成一片甜美溫柔的夢土，詩人以此逃避現實
社會的重壓與創傷，從中得到心靈的慰藉。如〈張靜婉採蓮歌〉詩中
所呈現：

> 蘭膏墜髮紅玉春，燕釵拖頸拋盤雲。
> 城邊楊柳向嬌晚，門前溝水波粼粼。
> 麒麟公子朝天客，珂馬瑲瑲度春陌。
> 掌中無力舞衣輕，剪斷鮫綃破春碧。
> 抱月飄煙一尺腰，麝臍龍髓憐嬌嬈，
> 秋羅拂水碎光動，露重花多香不銷。
> 鸂鶒交交塘水滿，綠芒如粟蓮莖短。
> 一夜西風送雨來，粉痕零落愁紅淺。
> 船頭折藕絲暗牽，藕根蓮子相留連。（卷1/41～42）

庭筠在序中自云：「靜婉，羊侃妓也，其容絕世。侃自為〈采蓮〉二
曲。今樂府所存，失其故意，因歌以俟采詩者。事具載《梁史》。」
又據南史梁史所載：「羊侃，字祖忻，泰山梁甫人。……善音律，自

造采蓮、棹歌二曲，甚有新致。姬妾侍列，窮極奢靡。⋯⋯舞人張淨琬（靜婉），腰圍一尺六寸，時人咸推能掌上舞。」〔註91〕全詩前十句先描繪江南迷人的春景，並以駿馬鮮衣的貴公子陪襯出張靜婉如雲的頭髮與纖腰善舞的輕盈。接下去四句，描繪采蓮的情景，三句在寫塘水、蓮花、水鳥，只有「秋羅拂水碎光動」一句，稍微勾勒出美人的動作。最後六句，民謠竹枝的風味相當濃厚，如以「藕」代「偶」，以「蓮」代「憐」都是民謠中慣用的一語雙關、同音借義的表現手法，結語兩句純用口語白描，感情直露，與前文「一夜西風送雨來，粉痕零落愁紅淺」相互呼應，流露出良辰難久，郎心難恃的焦慮。庭筠將性愛美化，與春日的大自然混融為一，盡量減少與現實世界的相似感，以便詩人在其中盡情馳騁自己的幻想，陶醉在美麗又溫柔的夢鄉。

　　宴遊狎妓、及時享樂的生活方式的選擇，在晚唐時期成為了文人生命意識的自我覺醒，亦即對庭筠來說，這是真我的復甦，也是真性情的自我流露，藉由這樣的生活方式，從中獲得了身心的愉悅和解脫。又如〈蘇小小歌〉細緻地刻劃出一位癡情女子之離情與怨思：

　　買蓮莫破券，買酒莫解金。酒裏春容抱離恨，水中蓮子懷芳心。

　　吳宮女兒腰似束，家在錢塘小江曲。一自檀郎逐便風，門前春水年年綠。（卷 2/170）

蘇小小是南齊錢塘名妓，體態輕盈、容貌姣好、能歌善舞，多少文人士子或富家子弟敗倒在她的石榴裙下。對於落第苦悶的溫庭筠而言，酒席間女伎們的軟語勸慰能夠娛樂人心，暫時忘卻一切人事與難解的愁緒，使人獲得片刻的安適與快意，自然有著極大的吸引力。詩中前四句意謂真摯的愛情不是金錢可買；離情也不是醉酒可解，買酒圖醉反使佳人春容增添離恨，水中蓮子本有芳心，如同女子自有憐愛情郎之意。後四句描寫蘇小小腰似束素，家住錢塘江曲，自從情郎離去，

〔註91〕〔唐〕姚思廉撰：《梁書》（台北：鼎文書局，1979 年 2 月），卷 39，頁 561。

音訊杳然，只見春水綠波，卻不見歸人。所謂「同是天涯淪落人」，一個是期盼情郎歸來的癡情女子，另一個是希求用世機會的不得志詩人，溫庭筠藉由遙想蘇小小的情殤，讓自己的心靈得到精神寄託。

　　溫庭筠放懷行樂的心態亦可由漫遊四方的經歷中看到。在長安應舉期間，庭筠曾至大明宮內參觀，寫下〈太液池歌〉、〈走馬樓三更曲〉；也曾至皇城內的秘書省、鴻臚寺中參觀，留下相關的詩篇。〔註92〕其次是長城附近的歷史古蹟華清宮，庭筠曾寫下〈過華清宮二十二韻〉與安史之亂有關之詩作。在庭筠所居的鄠縣附近，長城城外杜陵之西南有昆明池〔註93〕；再往東行有馬嵬坡，其上有馬嵬驛及馬嵬佛寺，庭筠有感而發作了〈馬嵬驛〉、〈馬嵬佛寺〉。庭筠也遊歷僧隱居地、邊塞及諸道幕府，賞玩名勝或參與文人集宴，回到江南後，還有垂釣廣遊之舉。庭筠遊歷四方，有積極尋求用世的動機，有不得志的放懷行樂，而其遊歷範圍相當廣泛，夏瞿禪《溫飛卿繫年》據其可考行跡諸詩指出：「綜其游跡，東至吳、越，南極黔、巫，西抵雍州，經行不爲不廣；惜卷中少題甲子，無從考其確實年代矣。」〔註94〕

六、仕進歸隱的掙扎

　　庭筠建功立業的心志在後期追求無成、生活失意的重重打擊下，則轉變爲對隱逸生活、高人隱士的認同感和對大自然的歸依感，雖然詩人在觀念中志尚清閒，追慕淡泊平靜的隱逸生活，但在實際的生活中卻留戀功名，耽於物質享受。強烈的仕進心裡與內在歸隱的傾向，在他的內心構成一股徘徊動盪的矛盾力量，在〈渭上題〉三首詩中即是明證：

〔註92〕溫庭筠：〈秘書省有賀監知章草題詩筆力遒健風尚高遠拂塵尋玩因有此作〉、〈鴻臚寺有開元中錫宴堂樓臺池沼雅爲勝絕荒涼遺址僅有存者偶成四十韻〉，收於劉學鍇《溫庭筠全集校注》（北京：中華書局，2007年7月），上冊，卷4，頁443；中冊，卷9，頁809。

〔註93〕溫庭筠：〈昆明治水戰詞〉，收於劉學鍇《溫庭筠全集校注》（北京：中華書局，2007年7月），上冊，卷2，頁107。

〔註94〕夏瞿禪撰：《溫飛卿繫年》（台北：世界書局再版，1970年），頁33。

　　呂公榮達子陵歸，萬古煙波遠釣磯。

　　橋上一通名利跡，至今江鳥背人飛。

　　目極雲霄思浩然，風帆一片水連天。

　　輕橈便是東歸路，不肯忘機作釣船。

　　煙水何曾息世機，暫時相向亦依依。

　　所嗟白首磻谿叟，一下漁舟更不歸。（卷5/481）

在詩人的身上似乎存著文人士大夫常有的雙重人格，即在意識中始終進行著入世與出世的兩難抉擇。詩中借評論前賢，一位是呂尚，因政治紛亂，晚年隱居渭水濱，偶遇文王提拔立為師，後輔佐武王伐紂，功成受封於齊；另一位是後漢嚴光，少與東漢光武帝同遊學，光武帝即位後，因厭惡政治險惡，歸隱山林，以耕釣為樂。詩中鮮明地表露了庭筠在生活受挫後歸向自然、追慕隱逸的心跡，讓人在自然景物的流連賞悅中體味到詩人內心對孤高的隱士和簡樸的山中生活的嚮往。作者很有層次地表明自己對仕與隱的態度，他認為人生在世，就必須要有所作為；但卻並非為了個人的利益，而是因為國家人民的需要；一旦使命已經達成，便應該拂衣離去，退隱山林。因此，他肯定呂尚佐武王克殷之行，卻對其未能功成身退深表惋惜。從詩中的取捨來看，其歸結點仍在於仕，換言之，詩人最終仍選擇了在紅塵中的沉浮與掙扎，所謂歸隱是表現在觀念上，而非行動上，因此這種心態上向自然的歸依，使得溫庭筠的創作呈現出對淡淨趣味的執著追求。

　　由於社會動蕩不安、世風日下，文人士子產生了強烈的不安定感與感傷情緒。為了尋求化解，他們多參禪習道，希望在宗教營造的虛幻世界中獲得些許安慰。庭筠亦是如此，在他的詩中，與僧道交往的詩作比比皆是，方瑜在《中晚唐三家詩析論》中說：

　　　飛卿對僧寺隱逸生活，寄託有隱秘的嚮往，……諸如此類
　　　的詩句，散見各篇，例如「秋日」中的「投跡倦攸往，放
　　　懷志所執，良時有東菑，吾將事簑笠」。「利州南渡」的「誰
　　　解乘舟尋范蠡，五湖煙水獨忘機」。「宿松門寺」的「西山
　　　舊是經行地，願漱寒瓶逐領軍」。「贈越僧岳雲」的「僧居

隨處好，人事出門多」等等，簡直不勝枚舉。飛卿欣羨僧
侶、漁夫、農夫生活的平靜，以及與大自然的融入諧和。
就浪子飛卿而言，他居然有這樣的一面，似乎很難理解，
但如果把握住他歌詩的底流，其實並不難解，飛卿對出世
生活的嚮往，與他對江南之春的沈醉，官能美的耽溺、神
仙世界的憧憬，往昔的追憶……等等，都是同一主題文章
的不同變奏，同一底流的不同支脈，也是詩人無奈的慰藉
與逃遁，現實所加予的負荷與創傷深重，詩人愈將他的詩
境予以美化。〔註95〕

庭筠熱衷於科舉、奔波於仕途，是爲了實現人生理想、體現人生價值
的需要，以及爲了保障生存條件、滿足物質生活的需求，然而理想是
一回事，現實又是一回事，才高學博的他在多次科場受挫後，因而對
隱逸的生活懷有嚮往之情，如〈老君廟〉：

　　紫氣氤氳捧半巖，蓮峰仙掌共巉巉。

　　廟前晚色連寒水，天外斜陽帶遠帆。

　　百二關山扶玉座，五千文字閟瑤緘。

　　自憐金骨無人識，知有飛龜在石函。（卷4/431）

詩中前兩句描寫老君廟雲氣繚繞，山勢險峻，似仙人之所，亦是隱居
之處。頷聯寫夕陽斜暉，江上遠帆，描繪出一幅閒適清淨的山居圖。
頸聯引用老子因見周朝國政日衰，於是著《道德經》以闡揚道家之學
說，完成後即歸隱於山河險固之地的典故。〔註96〕末聯表達昔人已
逝，無復尋覓蹤跡，徒留神仙靈寶之傳說，耐人尋味。在遊山訪隱的
片刻，大自然的純美，與出世生活的清幽，對宦途受挫的庭筠而言，
僧隱的嚮往與羨慕之情便油然而生。觀其一生靜時思動，動時又思

〔註95〕方瑜：《中晚唐三家詩析論》（台北：牧童出版社，1975 年），頁 134
　　　　～135。

〔註96〕瀧川龜太郎著《史記會注考證・老子韓非列傳》：「老子脩道德，其
　　　　學以自隱無名爲務。居周久之，見周之衰，迺遂去至關。關令尹喜曰：
　　　　『子將隱矣，彊爲我著書。』於是老子迺著書上下篇，言道德之意，
　　　　五千言而去，莫知其所終。」（台北：萬卷樓圖書有限公司，1993 年），
　　　　頁 854。

靜，澄明時想入世，煩亂時又想出世，欲進取求仕而不可得，想退避
江湖卻又不甘，於是終日徘徊在仕與隱的夾縫間去就兩難，四顧忙然
又身無所託，詩中因此帶點傷感的色彩，這也是庭筠內心最真實的反
映。

第五章　溫庭筠詠史詩的主題內涵

　　溫庭筠的詠史詩因其所處的時代環境，與自身際遇的雙重影響下，在題材的廣度與深度上皆有所突破，較諸同時代的詩人，雖數量不是最多，卻首首精鍊，含意深遠，值得探究。至於所涉及的歷史題材，從先秦、兩漢、魏晉、六朝、隋唐，都有所觸及，而在內容意涵的表現方面，有諷諭帝王后妃之驕奢荒逸、議論將相名臣之成敗功過、抒發古跡遺址之思古幽情，以及詠嘆歷史人事之己身感懷等。綜上所述，本章將就溫庭筠詠史詩的主要題材，作深入的分析，並論述其內容意涵，藉此鮮明展現晚唐詠史詩題材豐富而且內容深刻的特點。

第一節　詠史詩的題材

　　中國人一向很重視歷史，而這種重視「史」的精神，漸漸轉化爲文人士子內心深沉的歷史感，在文學作品的創作上，則擅長於「以史爲鑒」的呈現方式。溫庭筠詠史詩在題材方面，可分爲三類：歷史人物、歷史事件及歷史古跡。在分類的標準上，因爲從溫庭筠詠史詩的題目，無法明確判斷其所歌詠的對象，故採取內容認定的方式，若內容涉及史書人物，就歸爲歷史人物類；若內容涉及過往事件，便納入歷史事件類；若內容涉及古跡遺址，則歸於歷史古跡類。至於某些內容可同時歸爲兩類者，亦加以納入，以求更客觀的方式，瞭解溫庭筠詠史詩的整體風貌。

一、歷史人物

　　人物在整個歷史中居於靈魂的重要角色，史家透過人物的描寫，讓歷史更爲活靈活現，因此詠史詩中以歷史人物爲題材者，往往佔大多數。早自東漢班固〈詠史〉一詩，就以歷史人物作爲詠史詩歌詠的對象，後代的名家繼往開來，選擇史書中典型的人物，撫史之餘，訴諸詩作，藉以寄託一己之感慨。誠如季明華在《南宋詠史詩研究》一書中所說：

> 從心裡學觀點來看，詠史詩中出現許多歌詠古代傑出人物的作品，未嘗不是一種詩人與古代人物心心相印的特點使然。同時思想境界的相似，或是處境的類同，都會促使詩人們在歷史人物中尋求一種慰藉，所謂「藉他人之酒杯，以澆我心中之塊壘」的性質，也是詠史詩中多以歷史人物爲對象的原因。〔註1〕

（一）帝王后妃

　　晚唐國勢江河日下，溫庭筠透過政治的諷刺，借古說今，他對歷代荒淫敗德的帝王后妃著墨許多，大膽撻伐，如〈漢皇迎春詞〉中的漢成帝；〈達摩支曲〉、〈邯鄲郭公詞〉中之北齊後主高緯；〈雞鳴埭曲〉、〈雉場歌〉、〈齊宮〉中之南朝齊武帝；〈陳宮詞〉中的南朝陳後主；〈春江花月夜詞〉中之隋煬帝；〈走馬樓三更曲〉、〈馬嵬驛〉、〈題端正樹〉、〈過華清宮二十二韻〉、〈洞戶二十二韻〉、〈馬嵬佛寺〉、〈題望苑驛〉、〈鴻臚寺有開元中錫宴堂樓臺池沼雅爲勝絕荒涼遺址僅有存者偶成四十韻〉、〈龍尾驛婦人圖〉中的唐玄宗與楊貴妃，以及〈奉天西佛寺〉的唐德宗等，溫庭筠在口誅筆伐之餘，也流露對親民勤政帝王的感念與讚賞，如〈過新豐〉中的漢高祖；〈太液池歌〉、〈昆明治水戰詞〉中的漢武帝；〈過吳景帝陵〉中之吳景帝；〈雍臺歌〉、〈湖陰詞〉中之晉明帝；〈題翠微寺二十二韻〉中之唐太宗等。

〔註1〕季明華：《南宋詠史詩研究》（台北：文津出版社，1997 年），頁 95
～96。

1、漢　朝

劉邦「一劍乘時帝業成，沛中鄉里到咸京」（〈過新豐〉），他以布衣的身分，提三尺劍而取天下，從圍攻沛縣起，開始了他的征戰生涯，創立了漢家幾百年的基業。「寰區已作皇居貴，風月猶含白社情」（〈過新豐〉），漢高祖定都長安，太上皇思歸豐，於是高祖模仿舊豐邑築城寺街里，並遷徙舊豐邑的居民來此地，故命之為新豐。雖然景物相似，但並非是真正的故鄉，庭筠設想劉邦「至今留得離家恨」（〈過新豐〉），同時表達出詩人自己多年漫遊、懷鄉思歸的愁緒。

漢武帝一生識時務，不斷興作，廣羅賢才，興文教，昌武功，「夜深銀漢通柏梁，二十八宿朝玉堂」（〈太液池歌〉），他以香柏為梁，築高二十丈柏梁臺；也曾在長安城西南開鑿人工湖——昆明池，煙波浩淼的水面風景如畫，除了賞景的功能外，漢武帝還在此地訓練軍隊，且取得了海戰的勝利，「雷吼濤驚白石山，石鯨眼裂蟠蛟死，滇池海浦俱喧豗，青幟白旄相次來，箭羽槍纓三百萬，踏翻西海生塵埃」（〈昆明治水戰詞〉），可謂功蓋前世，雄才大略。

漢成帝晚年迷信鬼神、方士之術 [註2]，「海日初融照仙掌，淮王小隊縈鈴響」，畫神金甲蔥龍網，鉅公步輦迎句芒」（〈漢皇迎春詞〉），除了迷信外，更陶醉在溫柔鄉中，「柳風吹盡眉間黃，碧草含情杏花喜，上林鶯囀遊絲起」（〈漢皇迎春詞〉），在早春的美景中，漢成帝不務治國，卻攜美人趙飛燕盛大出遊，足見其奢華淫逸。

2、魏　晉

吳景帝孫休在位時，偃武修文，尚能守成。永安七年，孫休病逝，本應由太子繼位，但朝中大臣一致認為，蜀漢剛剛滅亡，全國正動盪不安，人心惶惶，必須有一個年紀較長的君主來主持國政，才能安撫民心，穩定局勢，而太子年紀太輕並不適合。於是決定由烏程侯孫皓

〔註2〕〔東漢〕班固撰《漢書·郊祀志》：「成帝末年頗好鬼神，亦以無繼嗣故，多上書言祭祀方術者，皆得待詔，祠祭上林苑中，長安城旁，費用甚多。」（台北：鼎文書局，1979年2月），卷25下，頁1260。

繼位，孫皓剛登基時，頗有明主的風範，很能體恤人民，致力改革吏治、關注國事，可惜好景不常，等他實際掌握了政權後，立刻露出本性，不但傲慢自大、酗酒好色、荒淫無度，而且殘暴至極，令全國人民大失所望。不久，晉朝攻吳，軍民對孫皓的暴虐無道痛恨至深，都不願拚死效命，使得晉國大軍一路暢行無阻，吳國大業毀於一旦。庭筠有感而發：「王氣銷來水淼茫，豈能才與命相妨。盧開直瀆三千里，青蓋何曾到洛陽。」（〈過吳景帝陵〉）

「太子池南樓百尺，入窗新樹疏簾隔」（〈雍臺歌〉）晉元帝即位，明帝為太子，更加修之，多養武士，於池內築土為臺，時人呼為太子西池。晉明帝從小聰慧過人〔註3〕，即位後不久，大將軍王敦陰謀篡位，積極準備引兵作亂，明帝遂下令討伐王敦，「祖龍黃鬚珊瑚鞭，鐵驄金面青連錢」，「海旗風急驚眠起，甲重光搖照湖水，蒼黃追騎塵外歸，森索妖星陣前死」（〈湖陰詞〉），在明帝妥為應付下，致使王敦逆謀，終致失敗，明帝於此得以善保其身，進而有利國家，實得力於處艱危之局，能以靜心籌思、沉著因應，才能化險為夷。

3、南　朝

殷淑儀是南朝宋孝武帝劉駿側室，父親為南郡王劉義宣。她與劉駿是堂兄妹的關係，長得相當美麗，巧笑倩兮，極度得到劉駿寵愛。起初因為劉駿與劉義宣的女兒們發生男女關係，致使義宣一怒之下舉兵叛變。但是義宣旋即敗亡，劉駿便偷偷將美貌的堂妹接入皇宮，偽稱為殷氏，封為淑儀。又有一說她是殷琰家的女子，被送到劉義宣家，因為義宣兵敗而沒入宮中。由於當時左右知情人士在洩露真相後多被

〔註3〕 〔南朝宋〕劉義慶編、李自修譯注《世說新語・夙慧》：「晉明帝數歲，坐元帝膝上。有人從長安來，元帝問洛下消息，潸然流涕。明帝問何以致泣？具以東渡意告之。因問明帝：『汝意謂長安何如日遠？』答曰：『日遠。不聞人從日邊來，居然可知。』元帝異之。明日集群臣宴會，告以此意，更重問之。乃答曰：『日近。』元帝失色，曰：『爾何故異昨日之言邪？』答曰：『舉目見日，不見長安。』」（台北：地球出版社，1994年9月），下冊，中卷，頁637。

殺害，因此一時之間眾人都不知究竟她的出身到底是哪一家。〔註4〕
「故城殷貴嬪，曾占未來春。自從香骨化，飛作馬蹄塵」（〈故城曲〉），
大明六年（西元462年）四月，殷淑儀過世，劉駿悲痛萬分。由於劉
駿每天仍然思念殷淑儀，便把棺材做得像抽屜一般，每當想見她的時
候，便將棺材拉開一睹遺容。後來又追贈她為貴妃，諡號「宣」。〔註5〕
十月，將她厚葬於龍山，並為她蓋了一座廟。由於劉駿太愛殷淑儀，
自從她過世後，精神渙散，不理政事，在他的統治之下，劉宋王朝逐
漸衰落。

　　齊武帝常在「銀河耿耿星參差，銅壺漏斷夢初覺，寶馬塵高人未
知」（〈雞鳴埭曲〉）之時，「彩仗鏘鏘已合圍，繡翎白頸遙相妒，雕尾
扇張金縷高，碎鈴素拂驪駒豪」（〈雉場歌〉），盛裝出遊，聲勢浩大。
《南齊書·文惠太子傳》載：「上晚年好遊宴，尚書曹事亦分送太子
省視。」〔註6〕又《南齊書·武穆裴皇后傳》言：「永明中無太后、皇
后，羊貴嬪居昭陽殿西，范貴妃居昭陽殿東，寵姬荀昭華居鳳華柏殿。
宮內御所居壽昌畫殿南閣，置白鷺鼓吹二部；乾光殿東西頭，置鐘磬
兩廂：皆宴樂處也。上數游幸諸苑囿，載宮人從後車，宮內深隱，不
聞端門鼓漏聲，置鐘於景陽樓上。宮人聞鐘聲，早起裝飾，至今此鐘
唯應五鼓及二鼓也。」〔註7〕司馬光《資治通鑑·齊紀》亦云：「（齊

〔註4〕〔唐〕李延壽撰《南史·宣貴妃傳》：「殷淑儀，南郡王義宣女也。
　　　麗色巧笑。義宣敗後，帝密取之，寵冠後宮。假姓殷氏，左右宣洩
　　　者多死，故當時莫知所出。……或云，貴妃是殷琰家人入義宣家，
　　　義宣敗入宮云。」（台北：鼎文書局，1979年2月），卷11，頁323
　　　～324。

〔註5〕〔唐〕李延壽撰《南史·宣貴妃傳》：「及薨，帝常思見之，遂為通
　　　替棺，欲見輒引替睹屍，如此積日，形色不異。追贈貴妃，諡曰宣。……
　　　上痛愛不已，精神周周，頗廢政事。」（台北：鼎文書局，1979年2
　　　月），卷11，頁323。

〔註6〕李延壽：《南齊書·文惠太子傳》（台北：鼎文書局，1979年2月），
　　　卷21，頁401。

〔註7〕李延壽：《南齊書·武穆裴皇后傳》（台北：鼎文書局，1979年2月），
　　　卷20，頁391。

武帝）頗好遊宴華靡之事，常言恨之，未能頓遣。」〔註8〕齊武帝成天嬉遊，尚有「所恨章華日，冉冉下層台」（〈齊宮〉）遊樂惟日不足之憾，足見其驕奢淫逸之無度。

陳後主臨事優柔寡斷，親近小人，不注重治國安邦以及邊防守衛，只知「香輦出宮花，妓語細腰轉，馬嘶金面斜，早鶯隨彩仗，驚雉避凝笳」（〈陳宮詞〉），整天沈醉於酒色中，當國勢危如累卵之時，也不能秣馬厲兵，勵精圖治，反而是借酒澆愁，等到「彗星拂地浪連海，戰鼓渡江塵漲天」，隋軍攻陷金陵，「玉樹歌闌海雲黑，花庭忽作青蕪國」（〈春江花月夜詞〉），繁花似錦的宮殿庭苑，瞬間化作一片荒野，「繡龍畫雉塡宮井，野火風驅燒九鼎」（〈雞鳴埭曲〉），無情的戰火焚煨一切，陳後主與張貴妃、孔貴嬪躲進景陽宮之井中以避隋兵，時過境遷，昔盛今衰，「寧知玉樹後庭曲，留待野棠如雪枝」（〈雞鳴埭曲〉），一切爲時已晚。

4、北　朝

十二歲的北齊後主高緯親政以來，好聲色，多內寵，荒淫無度，除了信用乳母陸令萱之外，什麼也不懂，唯知嬉戲，不見朝士。一次在晉陽西山造大佛，夜間燒油萬盆，把晉陽宮照得猶如白天，又在鄴都華林園建一個貧兒村，自己穿著破衣爛衫扮作乞丐，以爲戲樂。有時又讓人穿上北周士兵的衣服，後主自己率宮內宦官去與之格鬥，以逞快意。後主還能自彈琵琶，常彈無愁之曲，近侍宮人隨曲唱和，民間稱之爲無愁天子。溫庭筠〈達摩支曲〉云：

> 君不見無愁高緯花漫漫，漳浦宴餘清露寒。
> 一旦臣僚共囚虜，欲吹羌管先汍瀾。
> 舊臣頭鬢霜華早，可惜雄心醉中老。
> 萬古春歸夢不歸，鄴城風雨連天草。（卷 1/126）

高緯臨危苟安，終日耽於淫樂，主醉臣酣、文恬武嬉，殊不知亡國將

〔註8〕 司馬光撰、李宗侗、夏德儀等校註：《資治通鑑今註》（台北：台灣商務印書館，1978 年），冊 7，卷 138，頁 816。

及。一旦身為階下囚，忍辱飲恨，若要吹一曲羌笛，只是徒增傷悲，曲未成而淚先流罷了！自然界的春天仍循環不息，鄴城繁華的春夢卻一去不回，如今「青苔竟埋骨，紅粉自傷神。唯有漳河柳，還向舊營春」（〈邯鄲郭公詞〉）。後主高緯豈知憂勞興國，逸豫亡身之理，這也為腐敗的晚唐統治者敲起警鐘。

5、隋　唐

隋煬帝開鑿運河，興造遊船，「百幅錦帆風力滿，連天展盡金芙蓉。珠翠丁星復明滅，龍頭劈浪哀笛發」（〈春江花月夜詞〉），遊江的場面真是壯觀！自己浮靡奢華，百姓卻賦役繁苛。他又急功好利，多次遠征高麗，人民不堪徵調，群起為盜，動輒數以萬計，最後導致眾叛親離被弒的下場，弒他的並非疆場叛將，也不是造反民兵，而是以前寵幸隨從，以及禁衛軍。「後主荒宮有曉鶯，飛來只隔西江水」（〈春江花月夜詞〉），陳後主的殷鑒不遠，相隔不過二世，卻幾乎又在同一地方重演亡國的悲劇。

當隋政日衰，天下大亂之時，李世民廣交英雄豪傑，積極招兵買馬，準備舉兵反隋，奪取天下。唐朝建立後，李世民因功被拜為尚書令、右武候大將軍，晉封秦王。「乾符初得位，天弩夜收鋩。偃息齊三代，優游念四方」（〈題翠微寺二十二韻〉），武德九年（西元 626 年），玄武門之變後，唐高祖下詔將李世民立為太子。八月，唐高祖禪位而為太上皇，李世民登上帝位，是為唐太宗。第二年年初，唐太宗改元貞觀。太宗在位期間，除政治、軍事方面有卓越成就外，在社會、文教方面都有更張。在社會方面，太宗平抑門第，為國家提供更多人才；在文教方面，太宗廣興學校，並注重編修書籍和歷史。「龍髯悲滿眼，螭首淚沾裳。疊鼓嚴靈仗，吹笙送夕陽」（〈題翠微寺二十二韻〉），貞觀二十三年（西元 649 年），唐太宗病死在翠微宮含風殿。同年八月，葬於昭陵。

唐玄宗早期英明果斷、選賢與能、整頓吏治，開創了開元盛世，「昭融廓日月，妥帖安紀綱。群生到壽域，百辟趨明堂。四海正夷宴，一塵不飛揚」（〈鴻臚寺有開元中錫宴堂樓臺池沼雅為勝絕荒涼遺址僅

有存者偶成四十韻〉），百姓豐衣足食，四海昇平。晚年唐玄宗生活奢靡淫逸，「月白霓裳殿，風乾羯鼓樓。鬥雞花蔽膝，騎馬玉搔頭。繡轂千門妓，金鞍萬戶侯」，「卷衣輕鬢懶，窺鏡澹蛾羞。屏掩芙蓉帳，簾襄玳瑁鉤」（〈過華清宮二十二韻〉），寵幸楊妃，怠忽政事。「玉皇夜入未央宮，長火千條照棲鳥。馬過平橋通畫堂，虎幡龍戟風飄揚」（〈走馬樓三更曲〉），浩浩蕩蕩到處遊賞，夜夜春宵，「醉鄉高窈窈，棋陣靜悄悄」（〈洞戶二十二韻〉），而讓安祿山圖謀不軌，興兵造反，「直教天子到蒙塵」（〈龍尾驛婦人圖〉），安史之亂爆發，「荒雞夜唱戰塵深，五鼓雕輿過上林」（〈馬嵬佛寺〉），玄宗被迫倉皇西逃至馬嵬驛，「六龍經此暫淹留，返魂無驗青煙滅」（〈馬嵬驛〉），為了收復軍心，玄宗忍痛下詔縊殺楊妃，「花影至今通博望，樹名從此號相思」（〈題望苑驛〉），回宮後的玄宗日夜追念楊妃，只是一切為時已晚。「草木榮枯似人事，綠陰寂寞漢陵秋」（〈題端正樹〉），詩人溫庭筠以冷靜的態度來看待玄宗與楊妃的愛情悲劇。

唐德宗為了改善財政，聽從楊炎的建議，廢除庸調制，頒佈「兩稅法」。另外，也試圖削弱藩鎮割據實力，加強中央集權，但由於措施失當，反而引起節度使的反抗。「憶昔狂童犯順年，玉虯開暇出甘泉」（〈奉天西佛寺〉），建中四年（西元 783 年），涇原節度使兵變，唐德宗倉皇出逃避難到奉天縣，朱泚稱帝，之後朔方節度使李懷光也跟著叛變，唐德宗只好再逃到漢中。「宗臣欲舞千鈞劍，追騎猶觀七寶鞭」（〈奉天西佛寺〉），最後唐德宗依靠李晟率領的唐軍才收復了長安，逐殺朱泚，又與其他藩鎮勢力相妥協，並發佈了罪己詔，聲明不再約束節度使，才勉強平息了這場叛亂。這種姑息遷就的政策，卻因此造成唐朝的中央權力進一步削弱。

（二）將相賢臣

庭筠為人忠貞耿直，有汲汲用世的抱負，亦有憂國憂時的情操，故對歷代將相賢臣多所頌揚，如〈簡同志〉中開國功臣張良；〈蘇武

廟〉中愛國忠貞的蘇武；〈過五丈原〉中功勳彪炳的孔明；〈謝公墅歌〉、〈法雲雙檜〉中智勇雙全的謝安等。

1、張　良

張良樣貌俊俏如女子，學富五車，他曾用盡家財招募勇士謀刺秦始皇於博浪沙，可惜失敗而回，爲了躲避秦皇追捕，便隱居在沛國下邳。一日隆多大雪，途中巧遇一位老人，老人幾番試探後，見張良忠厚眞誠，滿心歡喜，便從懷中取出一本兵書交給他，張良收到老人送的太公兵法後，日夜鑽研，反覆揣摩，終於精通兵法，有鬼神莫測之機，後來張良輔助漢高祖劉邦把秦滅了，建立了漢朝。〔註9〕庭筠有感而發：「留侯功業何容易，一卷兵書作帝師。」（〈簡同志〉）張良之成功，並非單靠一本兵書而已，乃在其聰明天賦、苦心爲學、遍覽群書。

2、蘇　武

蘇武於漢武帝天漢元年奉命出使匈奴，被匈奴單于所拘留，在匈奴期間，蘇武大可以選擇榮華富貴，投靠敵國，但是他卻寧可效忠漢皇和祖國，即使吃盡苦頭也心甘情願。「雲邊雁斷胡天月，隴上羊歸塞草煙」（〈蘇武廟〉），他爲了愛國，不惜以大好的壯年時光，在荒野上牧羊。度過孤單和困苦的十九年牧羊生活以後，蘇武終於得到匈奴新王的允許，准他回國。「回日樓臺非甲帳，去時冠劍是丁年」（〈蘇武廟〉），此時蘇武的頭髮已全白了，而當初派遣他出使的漢武帝也不在了，只能「空向秋波哭逝川」（〈蘇武廟〉）。

3、孔　明

劉備「三顧茅廬」拜訪諸葛亮，問以統一天下之大計，並懇切地請諸葛亮出山，幫助他完成興復漢室的大業。諸葛亮遂出山輔佐劉

〔註9〕〔東漢〕班固撰《漢書・張陳王周傳》：「良嘗從容步遊下邳圯上，有一老父衣褐，至良所，……出一編書曰：『讀是則爲王者師……。』遂去不見。旦日視其書，乃太公兵法。良因異之，常習讀誦……良數以太公兵法說沛公，沛公喜，常用其策。」（台北：鼎文書局，1979年2月），卷40，頁2024～2025。

備，聯孫抗曹，又大敗曹軍於赤壁，奪佔荊州，攻取益州，繼又擊敗曹軍，奪得漢中，形成三國鼎足之勢。劉禪繼位後，諸葛亮被封為武鄉候，領益州牧，勤勉謹慎，大小政事必親自處理，賞罰嚴明，與東吳聯盟，改善和西南各族的關係，實行屯田，加強戰備。只可惜「下國臥龍空寤主，中原逐鹿不因人」（〈過五丈原〉），諸葛亮六次北伐中原，多以糧盡無功而返，最後積勞成疾，病逝於五丈原軍中。

4、謝　安

謝安年輕時就思想敏銳深刻，舉止沉著鎮定，風度優雅高尚，能寫一手漂亮的行書，曾鎮廣陵，於宅中手植雙檜，至唐改為法雲寺，「長廊夜靜聲疑雨，古殿秋深影勝雲」（〈法雲雙檜〉），其樹猶存。咸安元年謝安已擔任了侍中，不久又升任為吏部尚書，他洞悉桓溫有篡權的野心，所以更忠心匡扶朝廷，竭力不讓桓溫的圖謀得逞。咸安二年，即位不到一年的簡文帝駕崩，原本滿心期待著簡文帝臨終前會把皇位禪讓給自己的桓溫大失所望，便以進京祭奠簡文帝為由，率軍來到建康城外準備叛變，又在新亭預先埋伏了兵士，下令召見謝安和王坦之。由於謝安的機智和鎮定，使得迫在眉睫的危機，被謝安從容化解了。桓溫死後，謝安被任命為尚書僕射兼吏部尚書，又兼總中書省，實際上總攬了東晉的朝政。太元八年，苻堅率領百萬的大軍南下，志在吞滅東晉，統一天下。軍情危急，建康一片震恐，謝安依然鎮定自若，「四座無喧梧竹靜，金蟬玉柄俱持頤。對局含嚬見千里，都城已得長蛇尾」（〈謝公墅歌〉），當時人讚揚謝安，將他比作王導，而文雅則更勝一籌。

（三）隱逸之士

歷代各朝不乏歸隱之士，其或本性使然，不屑仕途；抑或身處亂世之中，不願致仕，因而選擇歸隱以避禍。緣由雖異，但其孤高清逸之形象卻是相同的，故常令後世文人所津津樂道。溫庭筠求仕之心在多次名落孫山、生活困頓流離的打擊下，漸漸轉而為對隱逸生活的嚮

往，以及對高人隱士的認同感，如〈老君廟〉中著書歸隱的老子；〈渭上題〉三首中靜待時機的呂尚、高風亮節的嚴陵；〈四皓〉中德高望重的四皓等，從中亦可見庭筠「用行捨藏」的處世哲學。

1、老　子

老子做過周朝的守藏室史，所以他諳於掌故，熟於禮制，不僅有豐富的歷史知識，並有廣泛的自然科學知識。因見周室衰敗，天下大亂，爲了避免禍害，不得不隱姓埋名，流落四方。後來，他西行去秦國，經過函谷關時，「紫氣氳氲捧半巖，蓮峰仙掌共巉巉」（〈老君廟〉），關令尹喜望見東方紫氣西邁，老子乘青牛車而來，知道老子將遠走隱去，便請老子留言。「百二關山扶玉座，五千文字閟瑤緘」（〈老君廟〉），於是老子寫下了五千字的《老子》，書中分上下兩篇，皆是老子的思想主張，因爲它所講的是道與德的問題，後人又稱它爲《道德經》。

2、呂　尚

呂尚又叫姜尚、姜子牙、太公望。他在商朝末年，隱居渭水濱，「萬古煙波繞釣磯，橋上一通名利跡」（〈渭上題〉三首），因釣魚遇見周文王，周文王在渭水邊，與之談治國之策，大爲佩服，所以就請他擔任國師。呂尚幫助周文王、周武王，最後終於把商朝滅亡，建立周朝。因爲呂尚的功勞很大，所以被封於齊，「輕橈便是東歸路，不肯忘機作釣船」，「煙水何曾息世機，暫時相向亦依依」（〈渭上題〉三首），功成名就後的呂尚並未歸隱，仍繼續在齊修政，更協助周公征伐管蔡之亂，一同護衛周室。「所嗟白首磻溪叟，一下漁舟更不歸」（〈渭上題〉三首），庭筠認爲呂尚功成未能身退，乃是一遺憾之事。

3、四　皓

「四皓」就是商山之中的四位隱士，名叫園公，綺里季，夏黃公，甪里。〔註10〕漢高祖曾聞四人德高望重，但屢徵不至。後來高祖因爲

〔註10〕〔東漢〕班固撰《漢書‧王貢兩龔鮑傳》：「漢興，有園公、綺里季、夏黃公、甪里先生。此四人者，當秦之世，避而入商雒深山，以待

太子怯懦，欲廢之，改立戚姬之子。呂后爲保全太子，求計於張良，用謙卑之禮誠心感動「四皓」出來輔佐太子。高祖驚異，集召姬妾，告以太子有四皓爲輔，羽翼已成，勢難改立，戚姬因悲淒而淚下。庭筠評論此事，「但得戚姬甘定分，不應眞有紫芝翁」（〈四皓〉），卻以反筆設想作結。

4、嚴　陵

嚴光字子陵，少有高名，與東漢光武帝劉秀同遊學。劉秀即帝位，徵召其爲諫議大臣，拒之，歸隱富春山，耕釣以終。相傳劉秀曾三次遣使尋訪嚴子陵入京，而嚴子陵不願意出來作官躲了起來。後來在富春江上，發現有個人反穿了皮襖釣魚，大家都覺得這是個怪人，桐廬縣令把這件事報到京裡去。劉秀心知這人定是嚴光，這一次才把他接進京城，但嚴光還是不願作官。[註11] 嚴光一生甘願貧苦、淡泊名利，歷代的讀書人，都認爲他才是眞正的隱士，故備受後世景仰。

（四）文人士子

庭筠文思敏捷、才情絢爛，身爲晚唐詩歌重要人物的他，卻生不逢時、懷才不遇、困頓一生，因而特別欣羨能在政治上施展抱負的文人，如〈過孔北海墓二十韻〉中果敢直諫的孔北海；〈蔡中郎墳〉中才華洋溢的蔡邕；〈過陳琳墓〉中文名早著的陳琳；〈秘書省有賀監知章草題詩筆力遒健風尙高遠拂塵尋玩因有此作〉、〈題賀知章故居疊韻作〉中博學多才的賀知章等，詩中常流露出欣羨之意，並寄託自己失時不遇的悲憤之情。

　　天下之定也。」（台北：鼎文書局，1979 年 2 月），卷 72，頁 3056。

〔註11〕〔南朝宋〕范曄撰《後漢書·逸民傳》：「嚴光字子陵，一名遵，會稽餘姚人也。少有高名，與光武同遊學。及光武即位，乃變名姓，隱身不見。帝思其賢，乃令以物色訪之。後齊國上言：『有一男子，披羊裘釣澤中。』帝疑其光，乃備安車玄纁，遣使聘之。三反而後至。……除爲諫議大夫，不屈，乃耕於富春山，後人名其釣處爲嚴陵瀨焉。」（台北：鼎文書局，1979 年 2 月），卷 83，頁 2763～2764。

1、孔北海

「發言驚辨囿，撝翰動文星。蘊策期干世，持權欲反經」（〈過孔北海墓二十韻〉）的孔北海東漢曲阜人，年少即有俊才，生性好學多聞，為建安七子之一，漢獻帝時為北海相，世稱孔北海，他曾建立學校，彰表儒術，為人忠貞耿直，多批評時政，「憤容凌鼎鑊，公議動朝廷」（〈過孔北海墓二十韻〉），最後因曹操嫌忌而被殺。

2、蔡　邕

蔡邕是東漢辭賦家、散文家、書法家。他博學多識，擅長辭章，並精通音律，雖處於東漢末年亂世之中，仍能受人賞識而出仕；反觀庭筠亦是才華洋溢，卻屢次落第，無怪乎連詩人自己都有「今日愛才非昔日，莫拋心力作詞人」（〈蔡中郎墳〉）之喟嘆。

3、陳　琳

陳琳以文人侍從的身分，先後為袁紹、曹操記室，出入喪亂，記載軍國大事的檄文、章表，成為其代表作品，而其文騁辭張勢，暴惡聲罪，故能流芳百代。同是文名早著、才華縱橫，處於天下分崩動亂之際的文人，陳琳獲得曹操知遇提拔，對比庭筠自己卻東飄西蕩，至今未有所遇，因而深生感慨──「莫怪臨風倍惆悵，欲將書劍學從軍」（〈過陳琳墓〉）。

4、賀知章

「越溪漁客賀知章，任達憐才愛酒狂」（〈秘書省有賀監知章草題詩筆力遒健風尚高遠拂塵尋玩因有此作〉），賀知章越州永興人，性曠放而平易，善為談說。天寶初，嘗薦李白，故與李白相友善，晚節尤放誕，邀嬉里巷，好飲酒，自號四明狂客。每醉，輒屬辭，善草隸，筆不停書。「幾年涼月拘華省，一宿秋風憶故鄉。榮路脫身終自得，福庭回首莫相忘」（〈秘書省有賀監知章草題詩筆力遒健風尚高遠拂塵尋玩因有此作〉），後上疏請度為道士，求還鄉里。如今其故居雖「廢砌翳薜荔，枯湖無菰蒲」（〈題賀知章故居疊韻作〉），荒蕪一片，但其

所留下的詩作則清新通俗，自成一格，其中〈回鄉偶書〉一詩更是膾炙人口、傳誦千古。

（五）絕色名妓

理想與現實的落差，造成溫庭筠志向襟抱不能施展的痛苦，加上晚唐遊宴狎妓之風盛行的影響，使得庭筠從醇酒美人、笙歌樂舞中，產生「同是天涯淪落人」的惺惺相惜之情，進而得到心靈的寄託與暢快。自然而然，美人與名妓也就成了他詩作的體材，如〈蘇小小歌〉中蘭心蕙質的蘇小小；〈張靜婉採蓮歌〉中能歌善舞的張靜婉等。

1、蘇小小

「吳宮女兒腰似束，家在錢塘小江曲」（〈蘇小小歌〉）的蘇小小從小聰明靈慧，能書善詩，文才橫溢。父母相繼過世後，便移居到城西的西冷橋畔，過著遠離紅塵的閒居生活，平時則喜乘坐畫舫觀賞湖光山色，漸漸地錢塘的仕宦客商、名流文士都慕名來西冷橋畔，造訪蘇小小。人們雖然把她看成一個待客的青樓女，又有人稱她為詩妓，但實際上她與那些賣身為生的女子絕不一樣，她與客人仍然僅限於品茗清談，偶爾置酒待客，或獻上一曲清歌，絕不留宿客人。只可惜二十四歲時，她因受了些風寒，調治不及，加之心境憂鬱，竟就這樣香消玉殞。

2、張靜婉

傳說羊侃妓張靜婉手藝靈巧能織出奇特的錦布，「抱月飄煙一尺腰」、「掌中無力舞衣輕」（〈張靜婉採蓮歌〉），又有纖細的腰，且能歌善舞，容貌更是「蘭膏墜髮紅玉春，燕釵拖頸拋盤雲」（〈張靜婉採蓮歌〉），具傾國傾城之姿，也因此吸引了「麒麟公子朝天客，珂馬璮璮度春陌」（〈張靜婉採蓮歌〉），一大堆的貴家公子爭相慕名前往，一賭風采。

二、歷史事件

除了人物以外，歷史事件也是詠史詩重要的中心題材。誠如上述，歷史事件的發生，多半以人物為主軸，所以歷史事件與歷史人物，

往往是有所關聯的。

溫庭筠詠史詩所論及之歷史事件，主要可分為三大類：一是兩漢之興廢榮枯；二是六朝之荒淫失政；三是大唐之安史亂局。

（一）兩漢之興廢榮枯

五百年的春秋戰亂，以一個猝亡的秦朝暴君告終。觸目驚心的血淚和天道無情的報應，使漢高祖劉邦勵精圖治，救人民於水深火熱之中，而文帝到景帝四十年間，又開創了文景之治，直至武帝，擴疆土、滅南越、伐朝鮮、戰匈奴，中國版圖一時大增，他和秦始皇並稱「秦皇漢武」，為後世君王所津津樂道。先王創業不易，然而漢朝的兒孫們卻耽於帝王的榮耀，不圖振作治國，只知飲宴享樂、奢侈靡費，東漢末年，累世的豐腴財富，幾已耗盡，於是加重賦稅，啟用酷吏，造成民不聊生，義軍四起，雖然黃巾起義十一個月即告失敗，但漢王朝也隨即崩潰了。

溫庭筠詠兩漢之興廢榮枯的詠史詩作，篇數雖不多，但首首佳妙，如：〈過新豐〉、〈太液池歌〉、〈昆明治水戰詞〉、〈漢皇迎春詞〉等。溫庭筠出入於舊史故事之中，寄情於風雲興會之際，唱嘆於悲歌慷慨之間，因而風格特別顯得清警挺拔、自然純正，也藉由這些作品揭示了歷史盛衰興亡的無常，希冀晚唐昏庸的國君能有所體認與覺醒。

（二）六朝之荒淫失政

所謂六朝乃指：三國時期之吳、東晉、與南朝之宋、齊、梁、陳等六個朝代。

因為此六個朝代皆於金陵建都，故稱為六朝。金陵，或稱建業、建康、建安，乃今江蘇省南京市。六朝的江山雖然秀麗，然而江山的歷史卻隱藏了無窮的悲劇，越繁華的地方，悲劇越多，曾作為六朝都城的金陵，隱藏的故事更多。追念往昔，整整六個朝代在這裏建國，只是競尚奢華，並沒有建立萬世基業，改朝換代猶如輪轉，到最後陳朝之亡，更是個荒淫的典例，六朝就是在悲恨聲中相繼淪亡。金陵是六朝都城，秦淮河穿過城中流入長江，兩岸酒家林立，是當時豪門貴

族、官僚士大夫享樂遊宴之所，唐代的都城雖不在金陵，然而秦淮景象卻一如既往。溫庭筠藉由詠嘆六朝之荒淫失政，爲晚唐昏庸誤國的君王敲響了警鐘，期盼晚唐能從中得到反省與中興。

溫庭筠引用六朝的歷史故事，以古喻今，揭露統治者的驕奢淫逸，如：〈雞鳴埭曲〉、〈雉場歌〉、〈齊宮〉、〈陳宮詞〉、〈春江花月夜詞〉等，溫庭筠以感嘆和諷刺的口吻來述說古事，作用在借「殷鑑不遠」，作歷史經驗之教訓，從中可見溫庭筠對歷史的清醒認識，以及對國家的深切憂慮，因此不乏真知卓見。

（三）大唐之安史亂局

唐玄宗晚年時情鍾貌美的楊玉環，並冊封爲貴妃。從此，夜夜笙歌，疏於理政。楊貴妃堂兄楊國忠趁勢當上宰相，貪汙索賄。范陽節度使安祿山以誅殺奸相爲名起兵，突破潼關，唐玄宗西逃，衛隊兵諫，滅了楊國忠全家，又逼玄宗縊死楊妃。安史之亂的殘殺，使黃河流域蕭條淒慘，人煙斷絕，獸遊鬼哭，中國人口從九百萬戶銳減至二百萬戶，四分之三慘死，殘存者以紙爲衣。〔註12〕安史之亂平定之後，順宗、德宗二帝相繼啓用儒者，以求有爲而成，卻已回天乏術。全國藩鎮割據，混戰不已，朝廷宦官作孽，朋黨相爭，破壞了唐王朝一統天下的局面，促使唐朝皇權迅速衰弱。當然唐中央政府也試圖削弱藩鎮的權力，因此中央政府和藩鎮時常發生爭鬥。在唐德宗時，就發生了「四鎮之亂」，德宗抽調關內諸鎮兵去平定叛亂，涇原鎮兵在路過長安時發生兵變，攻進長安，德宗倉皇逃到奉天縣，事後雖勉強平息了這場叛亂，但大唐皇權旁落，藩鎮囂張跋扈，天下民不聊生，卻也日益嚴重。

晚唐詩人對於安史之亂感觸甚深，如：溫庭筠〈馬嵬驛〉、〈題望苑驛〉、〈題端正樹〉、〈過華清宮二十二韻〉、〈洞戶二十二韻〉、〈馬嵬佛寺〉、〈鴻臚寺有開元中錫宴堂樓臺池沼雅爲勝絕荒涼遺址僅有存者

〔註12〕遠志明：《神州懺悔錄・唐朝篇》（台北：台視文化事業有限公司，2000年8月），頁176。

偶成四十韻〉、〈龍尾驛婦人圖〉等，都是以安史之亂為寫作題材，而〈奉天西佛寺〉一詩，則是以安史之亂所留下的後患──藩鎮之亂──為寫作背景。晚唐政治腐敗、皇權沒落、宦官專權、藩鎮割據愈演愈烈，溫庭筠於這些作品中，用冷靜、客觀的態度，表達自己堅決反對割據勢力，強調維護國家的統一，呼籲現之國君能痛定思痛、發憤圖強，不要重蹈覆轍。

三、歷史古跡

以歷史古跡為題材的詠史詩，容易因景生情，而聯接到與之有關的歷史人物、事件。大致上，溫庭筠詠史詩中所運用的歷史古蹟，可分為兩大類：

（一）令人省記歷史教訓之歷史古跡

因為歷史古蹟常涉及人事背景，溫庭筠觸景生情、懷古寄慨，寫下含有諷諫意味之詠史詩的歷史古蹟，有：金陵、雞鳴埭、華清宮與馬嵬驛等。

六朝金陵憑著江南的富庶，日益奢侈繁華，尤其是秦淮河兩岸更是六朝時期金陵最繁華璀璨的地方。沿岸密佈酒樓妓館，歌舞絲竹，繁華似錦，素有金粉之地的美稱，歷來均是達官貴人飲宴遊樂、詩酒唱和的娛樂場所。六朝世家大族享有崇高的政治和社會地位，經濟條件的優越，再加上受到玄學風尚的影響，不少世族子弟，都過著放浪的生活。其中以南朝為甚，多數的世族子弟生活靡爛腐化，只懂談論玄學，不理實務，金陵都城不僅宮闕池苑華麗無比，城中更遍佈離宮別館和深門豪宅，上至皇帝妃嬪，下至達官大族，無不過著紙醉金迷的生活。溫庭筠〈雍臺歌〉、〈故城曲〉、〈謝公墅歌〉、〈臺城曉朝曲〉、〈齊宮〉、〈陳宮詞〉、〈過吳景帝陵〉，即藉著六朝故都有感而發：無論是後宮佳麗、帝王將相，歷史舞臺上的生旦淨末醜，皆敵不過江月的溫柔，已成秦淮一夕漁話。

雞鳴埭即南京玄武湖北埭，是堵水的堤壩。相傳南齊武帝喜好遊

樂，並且特別愛到玄武湖北埭遊玩。他經常叫侍從備車，同時廣邀宮中嬪妃，一同享樂。不過，因爲每次遊玩必須早早出發才能盡興，所以嬪妃們得在黎明端門的鼓漏聲響起時，就起床準備。爲此，齊武帝特別在宮中景陽樓上安置一個大鐘，稱爲「景陽鐘」。每當它敲三下，宮中嬪妃們就趕緊起床梳洗打扮，準備出遊，而當齊武帝和嬪妃們抵達玄武湖北埭，經常是景陽鐘敲五下，群雞開始啼叫的時候，當時人就稱玄武湖北埭爲雞鳴埭。溫庭筠〈雞鳴埭曲〉、〈雉場歌〉二詩，便是以此爲敘事背景，諷刺齊武帝貪圖享樂、荒淫誤國。

華清池位於驪山北麓，距離歷史文化名城西安東方約三十公里。華清池的悠久歷史，早在西周末期周幽王就在此地營建「驪宮」；秦始皇時，名曰「驪山湯」；貞觀十八年（西元 644 年），唐太宗時修建之，初名「湯泉宮」；唐玄宗天寶年間幾經擴建，易名爲「華清宮」，附近秦嶺千峰蒼翠，四周八水環繞，氣候溫和，風物宜人，自古以來就是遊覽沐浴勝地。每年唐玄宗都偕楊妃和親信大臣來華清宮避寒，直至翌年暮春才返回京師長安。其間處理朝政、商議國事、接見外使都在這裡進行，華清宮逐漸成爲當時的政治中心。至此，華清宮達到了它歷史上的鼎盛時期，並以唐玄宗與楊貴妃的愛情羅曼史而著稱。

緊依京城的地理位置，旖旎秀美的驪山風光，自然造化的天然溫泉，吸引了在陝西建都的天子。周、秦、漢、隋、唐等歷代封建統治者都將這塊風水寶地作爲他們的行宮別苑。圍繞朝代的興亡更替，華清宮的盛衰變遷，歷代文人墨客尋古覓幽、感嘆詠懷，創作了無數名言佳作流傳千古，膾炙人口的詩詞歌賦，更成爲我國古代文化遺產的重要組成部分。如：溫庭筠〈過華清宮二十二韻〉、〈洞戶二十二韻〉二詩，就是以玄宗、貴妃不顧國家安危，常在華清宮逸樂享受，而終致安史之亂爲寫作的題材。

馬嵬驛在今陝西省興平縣西北二十三里處，大唐天寶十四年，安史之亂爆發，唐玄宗攜楊妃倉皇奔蜀，途經馬嵬驛，大將軍陳玄禮的

部下不肯西行，迫使唐玄宗殺楊國忠，後命楊妃自盡。〔註13〕根據新舊唐書的記載，楊貴妃被縊殺於馬嵬驛，應該是無疑的了。溫庭筠〈馬嵬驛〉、〈馬嵬佛寺〉〔註14〕一詩，即是以馬嵬驛兵變為題材背景，諷刺唐玄宗迷戀女色，禍國殃民，才導致自己和楊妃的愛情悲劇。

（二）令人興發思古幽情之歷史古跡

在溫庭筠的詠史詩中，使人抒發懷古情思之歷史古跡，都是庭筠多年漫遊，尋求用世機會，途中遊覽勝景之後，所寫下的感懷詩篇。

溫庭筠曾多次上京應舉，閒暇之餘遊覽長安城內外名勝古蹟，如遊太液池、昆明池、走馬樓、鴻臚寺，隨興作了〈太液池歌〉、〈昆明治水戰詞〉、〈走馬樓三更曲〉、〈鴻臚寺有開元中錫宴堂樓臺池沼雅為勝絕荒涼遺址僅有存者偶成四十韻〉。而秘書省內有落星石、薛少保畫鶴、賀監草書、郎餘令畫鳳，相傳號為四絕〔註15〕，庭筠賞玩之餘，寫下〈秘書省有賀監知章草題詩筆力遒健風尚高遠拂塵尋玩因有此作〉。長安城外終南山上還有許多道觀、僧舍與寺廟，

〔註13〕〔後晉〕劉昫等撰《舊唐書·玄宗本紀》：「丙辰（按：辰應為申字之誤）次馬嵬驛。諸衛頓軍不進。龍武大將軍陳玄禮奏曰：『逆胡指闕，以誅國忠為名，然中外群情不無嫌怨。今國步艱阻，乘輿震盪，陛下宜徇群情，為社稷大計，國忠之徒，可置之於法。』會吐番使二十一人遮國忠告訴於驛門，眾呼曰：『楊國忠連蕃人謀逆。』兵士圍驛四合，乃誅楊國忠，魏方進一族，兵猶未解。上令高力士詰之，回奏曰：『諸將既誅國忠，以貴妃在宮，人情恐懼。』上即命力士賜貴妃自盡。」（台北：鼎文書局，1979年2月），卷9，頁232。又〔宋〕歐陽脩、宋祁撰：《新唐書·玄宗本紀》：「丙申，行在望賢宮。丁酉，次馬嵬：左龍武大將軍陳玄禮殺楊國忠及御史大夫魏方進、太常卿楊暄，賜貴妃楊氏死。」（台北：鼎文書局，1979年2月），卷5，頁152。

〔註14〕馬嵬佛寺為楊貴妃縊死之所。〔宋〕歐陽脩、宋祁撰：《新唐書·楊貴妃傳》：「帝不得已，與妃訣，引而去，縊路祠下。」（台北：鼎文書局，1979年2月），卷76，頁3495。又司馬光撰、李宗侗、夏德儀等校註《資治通鑑今註》：「上乃命力士引貴妃於佛堂縊殺之，輿屍置驛庭，召玄禮等入視之，玄禮等乃免冑釋甲，頓首請罪。上慰勞之。」（台北：台灣商務印書館，1978年），冊11，卷218，頁1105。

〔註15〕〔唐〕趙璘：《因話錄》，收於〔清〕紀昀等總纂《景印文淵閣四庫全書》（台北：台灣商務印書館，1985年），冊1035，卷5，頁491。

庭筠遊歷期間曾寄住於翠微寺，寫下〈題翠微寺二十二韻〉，追懷唐太宗之德政。

庭筠四處漫遊，閱覽山川景物，曾由長安往東行，途經新豐縣，作〈過新豐〉，感慨富貴浮雲，榮華逝水；至東都洛陽時，欣羨著書而隱的老子，於是作〈老君廟〉；來到河東道潞州，作〈金虎臺〉，揭露宮女奉陵寢制度的不人道；在磁州邯鄲縣，寫了〈邯鄲郭公詞〉，諷刺耽於聲色的北齊後主高緯；於河南道泗州陳琳墓，作〈過陳琳墓〉，慨嘆自己不如陳琳能獲知遇之恩。最後來到江淮地區，於揚州時，寫下〈過孔北海墓二十韻〉，以孔融自比，表明自己不媚世隨俗的耿直性格；以及作〈法雲雙檜〉，抒發景物依舊、人事已非之感懷；南下潤州，見南朝壞陵舊碑，作〈開聖寺〉，寄託興廢無常之慨；在常州時，作〈蔡中郎墳〉，流露出自己多年懷才不遇之情；於越州賀知章故居，寫下〈題賀知章故居疊韻作〉，由衷表達對賀知章之尊敬。

庭筠還曾循著唐時西行驛道前進，經岐州郿縣、麟遊縣時，作了〈過五丈原〉，追思出師未捷身先死的諸葛亮；作〈龍尾驛婦人圖〉，調侃唐玄宗對楊妃之寵幸。西遊至塞北作〈蘇武廟〉，懷想堅貞不屈的蘇武，在匈奴持節十九年歸漢後之遭遇。途經咸陽橋時，對仕隱有感而發，寫下〈渭上題〉三首；至武功縣、興平縣時，作〈題望苑驛〉、〈題端正樹〉，慨嘆唐玄宗和楊妃之恨事。溫庭筠亦曾轉往西北奉天縣西佛寺，作〈奉天西佛寺〉，諷刺倉皇避難的唐德宗。

綜觀溫庭筠詠史詩所吟詠之題材，無論是歷史人物、事件，或古跡，皆涵蓋層面甚廣，足見其史才與史識之深厚與淵博。就歷史人物而言，取材的類型多樣化：在帝王后妃方面，以亡國、失德之君主，諷刺現實生活中政治的腐敗；以治績嚴明的君主，希求晚唐能有力挽狂瀾者的出現。在將相賢臣形象的刻畫之中，可看出詩人汲汲用世的抱負；在隱逸之士的鋪述之中，表達出自己仕進歸隱的處世哲學；在文人士子方面，流露其懷才不遇的慨嘆；在絕色名妓

方面，呈現其放壞行樂的慰藉。就歷史事件而言，詠兩漢興亡、六朝荒淫與安史之亂，表示詩人博通古今、縱橫往來，能利用史事來對現實作出批判之外，也由於自身的文化特質之故，自然有所感觸而筆之於詩，且盡情發揮。至於歷史古跡，庭筠多年漫遊，足跡遍佈大江南北，閱歷十分豐富，因此，詩人於懷古之中，寄託自己憂時傷世的情懷。

第二節　詠史詩的內容

　　將特定作家的詠史詩，依照其內容意旨，作分類且探討的論文，見於潘志宏的碩士論文《晚唐三家詠史詩研究》〔註16〕。潘志宏先生將杜牧、李商隱、許渾等三家之詠史詩，分爲詠懷型、議論型、諷諭型、懷古型等四大類。筆者爲了敘述上的簡潔，與理解上的清楚，亦參考其分類方式將溫庭筠詠史詩依內容意涵，分爲：「諷諭型」、「議論型」、「懷古型」、「詠懷型」等四大類型。所謂的「諷諭型」詠史詩，乃是對於古人古事提出褒貶，有諷刺、曉諭、警告、引導之意，寓含諷諭之旨，具有針砭時政的作用，因此可以說「諷」是方法，而「諭」是目的。「議論型」詠史詩，乃是對於古人古事提出理性的評斷、議論，甚至翻舊案、立新意，往往能別出心裁、獨具慧眼。至於「懷古型」詠史詩，是懷古詩與詠史詩的交融，藉由歷史古跡而追懷往昔，並抒發感慨，其中對古跡的描繪，則強調今昔之比，詩風偏向感傷，且充滿了對歷史的滄桑及幻滅感。而「詠懷型」詠史詩，則是以吟詠古人古事來抒發自我懷抱與性情，已由客觀的感受贊嘆轉爲主觀的抒情詠懷。以下將溫庭筠詠史詩作分類後，再討論之。

一、諷喻型詠史詩

　　在溫庭筠四十六首詠史詩中，有十五首是屬於諷諭型的，列目如

〔註16〕潘志宏：《晚唐三家詠史詩研究》，清華大學文研所碩士論文，1993
　　　年，頁20～28。

下：

詩　　　名	《溫庭筠全集校注》卷數	頁　　次
〈雞鳴埭曲〉	卷1	1
〈雉場歌〉	卷1	65
〈漢皇迎春詞〉	卷1	93
〈走馬樓三更曲〉	卷1	123
〈達摩支曲〉	卷1	126
〈春江花月夜詞〉	卷2	172
〈邯鄲郭公詞〉	卷3	237
〈齊宮〉	卷3	242
〈陳宮詞〉	卷3	247
〈馬嵬驛〉	卷4	349
〈奉天西佛寺〉	卷4	357
〈題望苑驛〉	卷4	360
〈過華清宮二十二韻〉	卷6	585
〈洞戶二十二韻〉	卷6	598～599
〈馬嵬佛寺〉	卷9	785

　　此十五首詠史詩，就其內容意涵而論，皆有諷諭之旨，故歸類於「諷諭型」詠史詩。這些作品中，有諷刺漢成帝的，也有嘲諷北齊後主高緯、譏刺南朝齊武帝、陳後主，以及隋煬帝的；但更多的是，對於唐玄宗與楊貴妃之奢靡淫逸，提出嚴厲的諷諫。溫庭筠希冀晚唐君臣們由歷史上的興亡教訓，警醒自己勿重蹈覆轍，趕快力圖振作。

　　〈雞鳴埭曲〉是溫庭筠詩集的開卷首篇，帶著樂府體詠史詩的典型風格：

　　　　南朝天子射雉時，銀河耿耿星參差，銅壺漏斷夢初覺，
　　　　寶馬塵高人未知。魚躍蓮東蕩宮沼，濛濛御柳懸棲鳥，
　　　　紅妝萬戶鏡中春，碧樹一聲天下曉。盤踞勢窮三百年，
　　　　朱方殺氣成愁煙，彗星拂地浪連海，戰鼓渡江塵漲天。
　　　　繡龍畫雉填宮井，野火風驅燒九鼎，殿巢江燕砌生蒿，

十二金人霜炯炯。芊綿平綠臺城基，暖色春空荒古陂，
寧知玉樹後庭曲，留待野棠如雪枝。

雞鳴埭是南京玄武湖北岸的一條堤堰，本為齊宮以北的苑囿之一，在
唐詩人眼中，它卻是南朝荒淫亡國的一個具有象徵意味的遺跡。此詩
前八句優美地呈現齊武帝車駕出遊的盛大場面，中間六句，筆鋒一
轉，氣勢促迫，造語險怪，逕直揭露南朝總崩潰的一幕，最後六句，
詩人借「生蒿」、「霜炯炯」、「芊綿平綠」、「荒古陂」等物景，營造出
蒼涼的意象，不僅指斥〈玉樹後庭花〉的靡豔、南朝君主的窮奢極靡、
遊逸無度，而且還在荒冷淒豔的色彩中，表露出一種感傷，尤其是最
後兩句更含蓄地表明溫庭筠對歷史的感嘆，以及對現實的思考。與此
同類的作品，如〈雉場歌〉：

茭葉萋萋接煙曙，雞鳴埭上梨花露。彩仗鏘鏘已合圍，
繡翎白頸遙相姹。雕尾扇張金縷高，碎鈴素拂驪駒豪。
綠場紅跡未相接，箭發銅牙傷彩毛。麥隴桑陰小山晚，
六虯歸去凝笳遠。城頭卻望幾含情，青畝春蕪連石苑。

溫庭筠樂府體詠史詩善於鋪敘景物，保持客觀的態度，蘊含詩人的深
刻沉思。這首詩主要描繪朝代興亡盛衰的翻覆，詩人在此把自己主觀
的見解隱含於意象的排比，以第三者的立場描寫衰亡景象，烘托感傷
之意，自然而然地流露出詩人對南朝衰亡的感慨與諷諭，這正是詩人
樂府詠史詩的特長。

　　同樣是天子春日遊獵的作品，〈漢皇迎春詞〉的表現手法，較前
兩首詩就不相同：

春草芊芊晴掃煙，宮城大錦紅殷鮮。海日初融照仙掌，
淮王小隊纓鈴響。獵獵東風颭赤旗，畫神金甲蔥籠網。
鉅公步輦迎句芒，複道掃塵燕彗長。豹尾竿前趙飛燕，
柳風吹盡眉間黃。碧草含情杏花喜，上林鶯囀遊絲起。
寶馬搖環萬騎歸，恩光暗入簾櫳裏。

詩人以春日為背景，襯托出漢代長安郊原的一片盎然生機，並且刻意
地鋪陳出天子春日出遊的盛況。由於漢成帝晚年好鬼神、方士之術，

因此詩中提及「仙掌」、「淮王小隊」、「晝神金甲」、「鉅公句芒」，這種運用典故的表現方法，是溫庭筠此類詠史作品的特色。「春草芊芊晴掃煙」，「宮城大綿紅殷鮮」，海日如融，東風獵獵，春意濃郁，色澤富麗，緊扣「漢皇迎春」詩題四字。詩中最後六句，特別細寫著名的漢宮美人趙飛燕，而以豹尾竿、柳風、碧草、杏花、黃鶯、遊絲、寶馬種種景物為襯，美人的容姿與所受的恩寵均宛然如見。「柳風吹盡眉間黃」，「碧草含情杏花喜」，「上林鶯囀遊絲起」，早春的氣息洋溢字裡行間，風吹眉妝，碧草含情，杏花如笑，漢宮美人的嬌顏麗容，似已與春景混融為一。除了最後一句，略有「可憐光彩生門戶」之諷諭外，全詩力寫排場、情景，氣氛的經營極為成功，的的確確是漢家天子的迎春，也是詩人想像中天子出遊的盛況。

歷來以唐玄宗、楊貴妃為寫作題材之詩極多，而溫庭筠〈走馬樓三更曲〉的諷諭手法極為高妙：

> 春姿暖氣昏神沼，李樹拳枝紫芽小。玉皇夜入未央宮，
> 長火千條照棲鳥。馬過平橋通晝堂，虎幡龍戟風飄揚。
> 簾間清唱報寒點，丙舍無人遺爐香。

詩中前二句先寫春天的美景，雖是閒筆，卻營造了氣氛，顯得從容不迫。中間四句，以漢代「未央宮」借指唐代「華清宮」，描寫唐玄宗浩浩蕩蕩地奔赴行宮，聲勢赫赫，成千火炬照亮夜空，虎幡龍戟迎風飄揚。結尾二句，借用漢典，影射楊貴妃之專寵，致使後宮佳人長夜孤寂、無復受寵之情事。全詩看來滿紙堂哉皇哉，演盡了君王的威風，實則揭露唐玄宗與楊貴妃的一段宮廷醜聞。溫庭筠巧妙運用含蓄筆法，對玄宗不顧禮教，父奪子媳的行為，作最有力的譴責與諷刺。

溫庭筠對於南朝昏庸的帝王亦多有諷刺之作，如〈達摩支曲〉：

> 搗麝成塵香不滅，拗蓮作寸絲難絕。紅淚文姬洛水春，白
> 頭蘇武天山雪。君不見無愁高緯花漫漫，漳浦宴餘清露寒。
> 一旦臣僚共囚虜，欲吹羌管先汍瀾。舊臣頭鬢霜華早，
> 可惜雄心醉中老。萬古春歸夢不歸，鄴城風雨連天草。

這是歌頌蔡文姬、蘇武的愛國情操和詠嘆北齊君臣亡國恨的樂府體裁詠史詩。前二句仿擬南朝民歌用雙關語的手法起興，以「香不滅」、「絲難絕」比喻世上不可消磨滅絕的哀痛之情──鄉思。中間二句，運用典故，即文姬被董卓亂兵裏挾之事，蘇武身陷匈奴牧羊北海之遇。以此二事，委婉點出人世間不可磨滅的去國懷鄉之情與家國之恨。最後從「君不見」以下八句，引入正題，集中描寫後主歡樂的宮中生活，以及北齊君臣的亡國之恨，以「無愁」、「花漫漫」形容高緯的荒淫無度，深具反諷的意味。「共囚虜」、「先汝瀾」，說他遭受亡國之禍、身敗名裂，完全是咎由自取。「可惜雄心醉中老」一句，這是詩人對古人的感慨，也是一代才子自身悲劇的寫照。詩末以「萬古春歸夢不歸，鄴城風雨連天草」作結，語勢矯健，以景含情，借遼闊宏偉的意象，表達對北齊老臣深切的惋惜。溫庭筠精確地以史事典故來譏刺北齊後主高緯的荒淫誤國，對晚唐傾頹的國政而言，是深寄規箴之意。

　　同是對亡國君王作辛辣諷刺，溫庭筠另有〈春江花月夜詞〉：

> 玉樹歌闋海雲黑，花庭忽作青蕪國。
> 秦淮有水水無情，還向金陵漾春色。
> 楊家二世安九重，不御華芝嫌六龍。
> 百幅錦帆風力滿，連天展盡金芙蓉。
> 珠翠丁星復明滅，龍頭劈浪哀笳發。
> 千里涵空澄水魂，萬枝破鼻飄香雪。
> 漏轉霞高滄海西，顆黎枕上聞天雞。
> 蠻弦代寫曲如語，一醉昏昏天下迷。
> 四方傾動煙塵起，猶在濃香夢魂裏。
> 後主荒宮有曉鶯，飛來只隔西江水。

詩中首四句隱扣詩題月之春、花、夜，暗喻陳後主沉迷酒色、荒淫亡國，並流露出物是人非之傷感。從「楊家二世安九重」到「猶在濃香夢魂裏」共十四句，竭力展現隋煬帝乘坐華船，盛大出遊的排場，原來當初開運河、修隋堤之舉，只是為了圖一己之享樂，他如此勞民傷財，不務治國，致使全天下陷入混亂之中而不自知。末二句敘寫隋煬

帝步上陳後主的後塵，暗指荒淫奢逸乃是隋蹈陳轍的重要原因，詩中之開端、結尾均用亡陳與亡隋並提作陪襯，以深寓諷慨之意。

對於一位成天只知玩樂的皇帝，人民是深痛惡絕的。高緯的荒淫誤國，時人作歌戲弄他〔註17〕，溫庭筠亦作〈邯鄲郭公詞〉譏諷之：

> 金笳悲故曲，玉座積深塵。言是邯鄲伎，不見鄴城人。
> 青苔竟埋骨，紅粉自傷神。唯有漳河柳，還向舊營春。

前二句是想像北齊宮妓面對故君塵封之玉座懷念故君的情景，作者先從衰敗之景物著筆，原來是金碧輝煌、笙歌樂舞的地方，如今物換星移，卻變成蕭索荒涼之處。三、四句以「鄴城人」代指北齊後主高緯，藉由曾是宮中歌舞妓的存在，高緯卻已不在，諷諭富貴榮華不可恃，驕奢淫逸足以亡國殞身的道理。五、六句謂國君一人身死，連帶後宮佳麗寵妃也跟著一起淪亡，甚至更殃及無辜百姓流離失所，這怎不令人傷感？末二句以景物作結，是溫庭筠善用的手法，表達出景物依舊，而人事已非的深切感慨。

溫庭筠〈齊宮〉一詩，再次表達對奢華享樂的齊武帝之譏諷：

> 白馬雜金飾，言從雕輦迴。粉香隨笑度，鬢態伴愁來。
> 遠水斜如剪，青莎綠似裁。所恨章華日，冉冉下層臺。

詩人善於運用人物的特色作摹寫，詩一開頭先言國君寶馬雕輦盛裝出遊，他不是去考察民情、關心民間疾苦，而是為了滿足個人的私欲，這就隱含諷刺的意味。

次寫車中嬪妃粉香濃郁、笑語飄度、鬢髮撩亂的姿態，揭露齊武帝與嬪妃佳麗嬉遊無度，造成國勢岌岌可危的隱憂。五、六句寫歸途中所見春水綠蕪的美景，七、八句點出歸來時已是日暮時分，齊君卻有遊樂惟日不足之憾。時間的變遷，歷史的教訓清晰可見，若齊武帝九泉之

〔註17〕〔宋〕郭茂倩撰《樂府詩集・雜歌謠辭五》：「《樂府廣題》曰：『北齊後主高緯，雅好傀儡，謂之郭公。時人戲為〈郭公歌〉。』」（台北：里仁書局，1984年），卷87，頁1220。

下有知，想必會悔恨自己當初放縱淫逸、不圖治國愚昧的舉動吧！

　　陳後主是南朝的最後一位君主，也是歷史上著名的亡國之君，溫
庭筠〈陳宮詞〉一詩有云：

　　　　雞鳴人草草，香輦出宮花。妓語細腰轉，馬嘶金面斜。
　　　　早鶯隨絲仗，驚雉避凝笳。淅瀝湘風外，紅輪映曙霞。

此詩一開始的表現手法與上一首〈齊宮〉極為相似。一大清早，宮裡
的人就非常地忙碌，只因為皇帝要出遊，隨行的後宮嬪妃貌美如花，
寶馬香車光彩動人，其中「語」、「轉」、「嘶」、「斜」四個動詞的使用，
讓出遊者心情之暢快表露無遺，委婉諷刺陳後主嬉樂無度、渾然忘
我。頸聯則對帝王隨行儀仗之華美、儀衛之威嚴加以著筆渲染。末聯
詩人拉回眼前的實景，以「淅瀝湘風」、「紅輪曙霞」呼應首句「雞鳴」，
表示天色尚早，諷刺陳後主耽於逸遊，正一步步踏上荒淫亡國的後塵。

　　溫庭筠刻意選擇相去不過百年的安史之亂為題材，創作詠史詩，
如〈馬嵬驛〉深具歷史殷鑑：

　　　　穆滿曾為物外遊，六龍經此暫淹留。返魂無驗青煙滅，埋
　　　　血空生碧草愁。香輦卻歸長樂殿，曉鐘還下景陽樓。甘泉
　　　　不復重相見，誰道文成是故侯。

本詩借由周穆王的外遊西征比喻唐玄宗避胡去蜀的旅程。詩中沒有提到
安史之亂，只用比喻刻畫玄宗晚年倉皇攜妃離宮，卻因六軍不發，縊
死寵妃的悲劇，敘述當中不知不覺揭示詩人含蓄的譴責：為何一個國
君荒淫誤國的錯，卻由一位伴隨他晚年生活的柔弱女子來承擔，這是
十分不公平的；自己無法保全愛妃的生命，卻在日後苦相思，且迷信
方術、招魂相見之舉，更是荒唐謬誤、徒勞無功。末聯藉由漢武帝、
李夫人、齊人少翁前代的人事，針砭當今的唐朝執政者也同樣有迷信
方術招魂而毫無徵驗之舉。沈德潛評論此詩：「通體俱屬借言，詠古
詩另開一體。」〔註18〕

〔註18〕〔清〕沈德潛：《唐詩別裁・七言律詩》（台北：台灣商務印書館，
　　　　1978年1月），卷15，頁20。

溫庭筠的〈奉天西佛寺〉則針砭唐德宗避難奉天的窘況：

憶昔狂童犯順年，玉蚪開暇出甘泉。

宗臣欲舞千鈞劍，追騎猶觀七寶鞭。

星背紫垣終掃地，日歸黃道卻當天。

至今南頓諸耆舊，猶指榛蕪作弄田。

詩一開始寫朱泚叛亂、德宗出逃，接著用晉明帝爲王敦所追殺的歷史事件，批評朱泚率領眾兵，猛攻奉天，希冀取得天下之舉，眞是利令智昏、狂妄至極。清代賀裳《載酒園詩話又編》評「宗臣欲舞千鈞劍，追騎猶觀七寶鞭」一聯：「此聯上寫忠義之激昂，下寫乘輿之惶迫，眞一篇之警策。」〔註19〕所幸在唐將李晟等人誓死如歸抵抗之下，扭轉乾坤，轉敗爲勝。詩中以「星背紫垣終掃地，日歸黃道卻當天」二句，揭示了歷史發展的規律，鮮明地表達出詩人對藩鎮割據勢力的嚴厲譴責。詩末特別用「耆舊」百姓指著已榛蕪叢生之荒地，曾是德宗當年遊宴之處，警醒朝廷要爲民生疾苦設想，多充實國防且努力奮戰。

溫庭筠不厭其煩地反覆運用安史之亂這一題材，是因爲他對社會現實的本質有清醒的認識，具有強烈的憂患意識。藉由詩文分析安史之亂，希冀以「前事不忘，後事之師」來警醒當朝荒淫腐朽的君主。如〈題望苑驛〉：

弱柳千條杏一枝，半含春雨半垂絲。

景陽寒井人難到，長樂晨鐘鳥自知。

花影至今通博望，樹名從此號相思。

分明十二樓前月，不向西陵照盛姬。

首二句既是望苑驛即景，又具有比興之效，詩中以帶雨杏花隱喻楊貴妃，以垂柳之絲隱喻唐玄宗的思念。頷聯取材陳後主於危難時仍同二妃共生死之史事，諷刺唐玄宗臨危拋棄、縊死楊妃之醜行，並巧妙運用「人難到」三字，批評唐玄宗實不及陳後主之有情義。頸聯著力鋪

〔註19〕郭紹虞：《清詩話續編》（台北：木鐸出版社，1983 年），上冊，頁372。

陳唐玄宗事後對楊妃的追憶，爲下文之諷刺作一反襯。末聯以周穆王
在西征途中喪盛姬，比喻唐玄宗西逃入蜀途中喪楊妃。詩人藉由詠嘆
玄宗與楊妃的愛情悲劇，告知晚唐的君主倦怠國政、沉溺聲色，是足
以亡國殞身的道理。

　　華清宮富麗豪華，在唐詩人的筆下曾有大量的描寫，安史之亂
後，它更成爲唐玄宗荒淫誤國的象徵物，試看溫庭筠〈過華清宮二十
二韻〉：

憶昔開元日，承平事勝遊。貴妃專寵幸，天子富春秋。
月白霓裳殿，風乾羯鼓樓。鬥雞花蔽膝，騎馬玉搔頭。
繡轂千門妓，金鞍萬戶侯。薄雲歆雀扇，輕雪犯貂裘。
過客聞韶濩，居人識冕旒。氣和春不覺，煙暖霽難收。
澀浪和瓊砌，晴陽上彩斿。卷衣輕鬢嬾，窺鏡澹蛾羞。
屏掩芙蓉帳，簾褰玳瑁鉤。重瞳分渭曲，纖手指神州。
御案迷萱草，天袍妬石榴。深巖藏浴鳳，鮮隰媚潛虯。
不料邯鄲虱，俄成即墨牛。劍鋒揮太皥，旗焰拂蚩尤。
內嬖陪行在，孤臣預坐籌。瑤簪遺翡翠，霜仗駐驊騮。
豔笑雙飛斷，香魂一哭休。早梅悲蜀道，高樹隔昭丘。
朱閣重霄近，蒼崖萬古愁。至今湯殿水，嗚咽縣前流。

全詩著重揭露唐玄宗淫逸的生活與昏暗動亂的政局，詩爲長篇，無論
是敘述、諷諭、抒情，都顯得細緻而深入。詩中可分爲兩大部分來觀
看：第一韻至第十四韻，極力鋪陳華清宮的富麗堂皇，玄宗的驕奢淫
逸，貴妃的專寵得勢，他們和權臣住著金碧輝煌的宮殿，穿著錦衣重
裘，過著聲色犬馬、荒淫無度的墮落生活。第十五韻至第二十二韻，
則描繪唐玄宗的衰敗命運。詩中把安祿山比爲「邯鄲虱」、「即墨牛」，
含蓄地寫出安史之亂、馬嵬事變、貴妃賜死、帝妃愛絕，以及玄宗回
鑾等情事。詩人的藝術描寫並不是呈現赤裸裸令人觸目驚心的歷史事
件，而是顯示在「遺翡翠」、「駐驊騮」、「豔笑」、「香魂」等一幅幅絢
麗斑斕畫面之中，辭采顯得溫婉蘊藉。這種以含蓄風格表現唐室興衰
過程的構思，可謂是溫庭筠詩歌藝術獨創性之所在。

　　溫庭筠對於唐玄宗的縱情享樂、不理國政，不斷地痛下針砭，如
〈洞戶二十二韻〉：

　　　洞戶連珠網，方疏隱碧潯。燭盤煙墜燼，簾壓月通陰。
　　　粉白仙郎署，霜清玉女砧。醉鄉高窈窈，棋陣靜愔愔。
　　　素手琉璃扇，玄髻玟瑰簪。昔邪看寄跡，梔子詠同心。
　　　樹列千秋勝，樓懸七夕針。舊詞翻白紵，新賦換黃金。
　　　唳鶴調蠻鼓，驚蟬應寶琴。舞疑繁易度，歌轉斷難尋。
　　　露委花相妒，風欹柳不禁。橋彎雙表迥，池漲一篙深。
　　　清蹕傳恢囿，黃旗幸上林。神鷹參翰苑，天馬破蹄涔。
　　　武庫方題品，文園有好音。朱莖珠菡蓞，丹桂欲蕭森。
　　　韜帳迴瑤席，華燈對錦衾。畫圖驚走獸，書帖得來禽。
　　　河曙秦樓映，山晴魏闕臨。綠囊逢趙后，青鎖見王沈。
　　　任達嫌孤憤，疏慵倦九箴。若為南遁客，猶作臥龍吟。

此詩意同〈過華清宮二十二韻〉，[註20]描寫唐玄宗安於逸樂，養虎
成患，安史亂後，政局混亂，岌岌可危。詩中第一韻到第八韻刻劃皇
宮生活的安逸與幽靜，唐玄宗酖於酒色，楊貴妃備受寵幸，日日笙歌
樂舞，簡直是人間仙境。其次第九韻到第二十韻則著力敘寫安史之亂
的興起與影響。安祿山為人機智狡猾，有篡唐之野心，唐玄宗卻疏於
防範，致使安史之亂爆發，國家元氣大傷，楊妃身死。歷時九年的安
史之亂，使大唐由盛轉衰，至晚唐藩鎮割據、宦官亂政、朋黨相爭，
外患深重及民亂迭起，國家危如累卵，而國君卻渾渾噩噩，不圖振作
治國，並用趙飛燕害漢成帝許美人之子，和中常侍王沈權重壓主的典
故，諷刺楊妃悍妒與爭寵，並表達對宦官干政的不滿。本詩最後四句
是詩人孤憤無人能解，乾脆任達自放，不再謹守規箴。可見他一些放
浪行為，實在是對不公平的世事的一種變相的反抗。然而在任達自放

〔註20〕顧嗣立注：「徐箋云：『此篇詩意與前篇同。』」〔唐〕溫庭筠撰：明
　　　　曾益注；〔清〕顧予咸補注；〔清〕顧嗣立重訂《溫飛卿詩集箋注》，
　　　　收於〔清〕紀昀等總纂《景印文淵閣四庫全書》（台北：台灣商務印
　　　　書館，1985 年），冊 1082，頁 520。

之餘，亦有對自我的期許，想效法孔明靜待時機、一展抱負，從中可見溫庭筠憂國憂時、汲汲用世的精神。

　　李、楊的愛情故事，自有白居易〈長恨歌〉行世以來，歷代文人傳唱不已，而溫庭筠〈馬嵬佛寺〉一詩則譏刺李、楊的愛情：

> 荒雞夜唱戰塵深，五鼓雕輿過上林。
> 才信傾城是真語，直教塗地始甘心。
> 兩重秦苑成千里，一炷胡香抵萬金。
> 曼倩死來無絕藝，後人誰肯惜青禽。

安史之亂一發不可收拾，玄宗離京，逃奔入蜀，馬嵬佛寺成了楊貴妃命喪之地，一場胡人的攪局，讓大唐國庫歸空、藩鎮割據、民不聊生，方才醒悟：原來主政者貪戀酒色、美人，醉生夢死的心態，確實會造成國破身亡的慘痛後果。詩中頸聯痛斥玄宗寵溺楊妃、淫逸無度，以致用胡人安祿山所進獻之助情香。末聯嘲諷當時方士之流，無法如東方朔具有未卜先知、溝通先凡之能，使青鳥轉變為玄宗所思念的楊妃。此詩對於晚唐諸多帝王沉溺於女色、畋獵、求仙等行徑，不啻為一警示與諍諫。

　　綜觀溫庭筠十五首諷諭型詠史詩，所諷刺之對象，有帝王后妃如：漢成帝、北齊後主、南朝齊武帝、陳後主，還有隋煬帝，以及本朝之玄宗與貴妃、唐德宗。其中也對影響大唐安危至鉅的歷史事件——安史之亂，有所批判。溫庭筠在剖析安史之亂的原因，並沒有僅僅停留在寵幸女色、沉溺歌舞的揭露上，他還指出唐玄宗的遠賢拒諫、信讒寵佞也是致亂的重要原因。詩人藉由這些諷諭之作，希冀以歷史教訓震醒猶在醉生夢死的晚唐君臣與時人，讓晚唐為政者知曉盛衰之理、亡國之痛而加以警惕，並記取前車之鑑，思安圖治，勿蹈覆轍。

二、議論型詠史詩

　　在溫庭筠的詠史詩中，屬於議論型的有五首，列目如下：

詩　　　　名	《溫庭筠全集校注》卷數	頁　　次
〈過五丈原〉	卷 4	433
〈四皓〉	卷 5	496
〈過吳景帝陵〉	卷 9	842
〈龍尾驛婦人圖〉	卷 9	844
〈簡同志〉	卷 9	846

　　此五首詠史詩，就其內容意涵而論，皆是對歷史之人物或事件有所評論的，故歸類於「議論型詠史詩」。溫庭筠此類作品，顯現了他卓越的史識與詩才，且於評議歷史人物之中，流露自己經邦治國的理想與汲汲用世的抱負來，抑或歷史的省思。

　　諸葛亮壯志未酬而身先死，歷代騷人墨客多所寄慨，試看〈過五丈原〉一詩，表現溫庭筠對傑出人物無法挽救衰頹國運的宿命思維：

　　　鐵馬雲雕久絕塵，柳陰高壓漢營春。
　　　天晴殺氣屯關右，夜半妖星照渭濱。
　　　下國臥龍空寤主，中原逐鹿不因人。
　　　象床錦帳無言語，從此譙周是老臣。

五丈原是三國蜀漢名臣諸葛亮出師殉職之處，溫庭筠行經此地，寫詩致其感慨。全詩藉詠諸葛亮之餘，委婉地諷刺劉禪的昏庸、譙周的卑劣。首聯借鐵馬、雲雕襯托出在諸葛亮帶領下軍隊的雄壯威武。頷聯筆挾風雲、氣勢悲愴。「天清殺氣」既點明秋高氣爽的季節，同時暗示戰雲密佈，軍情緊急。「妖星」一詞具有鮮明的情感色彩，傳達詩人對諸葛亮齎志而終的惋惜。詩的前四句偏重寫景，後四句則純是議論，以歷史事實為根據，悲切而深中肯綮。諸葛亮一生致力於恢復漢室、統一中國，但始終困於國力微弱、時運不濟，加上劉禪昏懦、國無英主，致使諸葛亮雖英才天縱、竭智盡忠，卻獨木難支，難挽狂瀾。「中原得鹿不因人」這是歷史的真相，也是歷史的無情。譙周是孔明死後，蜀後主劉禪的寵臣，在其慫恿下，蜀國降魏。「老臣」本為杜

甫〈蜀相〉詩中對諸葛亮的稱讚語〔註21〕，在此卻成了諷刺譙周最犀利的用詞。詩人暗將譙周誤國降魏和孔明匡世扶漢作一對比，從中突顯出後主的昏聵與寵信、譙周的無能與卑劣。

　　至於溫庭筠〈四皓〉一詩，則是其有名的翻案之作：

　　　　商於甪里便成功，一寸沉機萬古同。

　　　　但得戚姬甘定分，不應眞有紫芝翁。　　．

首二句言呂后與戚姬各欲立其子爲太子，精明幹練的呂后決定聘請漢高祖屢徵不至的商山四皓出來，這讓太子之爭化危機爲轉機，順利穩住太子之位。末二句溫庭筠以反筆議論作結，設想若當時深受劉邦寵愛的戚姬，能安於自己的名分，不作非分之求，想立自己的兒子爲太子，就不會有商山四皓的出現，更不會爲自己惹來殺身之禍。清代王鳴盛《蛾術編》卷七七有云：「此詩用意深曲，指仇士良立武宗，楊賢妃賜死事，故以戚姬爲比。賢妃無傳，然有寵於文宗，請以安王溶爲嗣。武宗立，安王尚被殺，況賢妃乎？此可以意揣也。……飛卿借戚夫人比賢妃。若曰宮披詭秘，只須『一寸沈機』，足以殺安王母子。此等事，古今悲恨皆同，故云『萬古同』。然戚夫人奇冤，當訴之上帝。若果能甘定分，即無紫芝翁，未必不成功也。……飛卿之忠憤，千載如見。」〔註22〕

　　溫庭筠〈過吳景帝陵〉一詩，對於歷史人物，則有別出心裁之見解：

　　　　王氣銷來水淼茫，豈能才與命相妨。

　　　　虛開直瀆三千里，青蓋何曾到洛陽。

首二句寫吳景帝雖勵精圖治，卻天不假年，在位只有七年便因病而逝，從中流露出詩人對英才早逝吳景帝之惋惜，藉由詠嘆吳國命數已終，非人事可爲，發出「豈能才與命相妨」的議論。這種天命意識可

〔註21〕杜甫〈蜀相〉：「兩朝開濟老臣心。」收於〔清〕聖祖御編《全唐詩》（台北：盤庚出版社，1979 年），冊 4，卷 226，頁 2431。

〔註22〕〔清〕王鳴盛：《蛾術編》，收於王鳴盛撰《讀書筆記十七種》（台北：鼎文書局，1979 年），冊 3，卷 77，頁 1974。

謂是晚唐日趨腐敗糜爛的國勢在詩人心中的反映。末二句藉由典故
《三國志・吳志》：「天璽元年，吳郡言臨平湖自漢末草穢壅塞，今更
開通。長老相傳，此湖塞，天下亂，此湖開，天下平。」〔註23〕吳景
帝逝世後，由孫皓繼位，孫皓耗損國庫民力，鑿溝渠以供自己逸樂，
爲人狂妄自大、殘暴至極，在他掌政之下，國勢如日薄西山，身旁盡
是阿諛諂媚之人，自己卻渾然不知，還洋洋自得。詩人以反問作結，
即青蓋不曾到洛陽，爲政者不圖治國，卻以天文異象混淆視聽、蠱惑
人心，無異是自取滅亡的行爲。詩中不但抒發詩人的歷史感想，亦具
有歷史殷鑑的意義。

　　龍尾驛婦人圖，來此看畫者甚多，溫庭筠〈龍尾驛婦人圖〉一詩，
有感於此，發抒議論：

　　　　慢笑開元有倖臣，直教天子到蒙塵。
　　　　今來看畫猶如此，何況親逢絕世人。

首二句言安史之亂爆發，潼關失守，唐玄宗攜楊妃避禍出逃，說者每
歸罪於倖臣高力士之搜括外宮招楊氏女。末二句則藉楊妃畫作之美，
襯托出更何況親逢她本人，怎不爲之傾倒。詩人認爲愛美色是人性普
遍的弱點，帝王、常人均不能免，玄宗蒙塵出逃，不獨由倖臣之逢迎，
更緣於人性本身之弱點所致。詩人表面上雖在替玄宗說話、爲倖臣開
罪，實際上是語帶調侃，意在呼籲晚唐風流好色的皇帝應以國事爲
重，勿重蹈覆轍。

　　〈簡同志〉一詩則巧妙運用反語，表達晚唐士子飽覽群書，卻窮

〔註23〕〔晉〕陳壽撰、〔宋〕裴松之注：《三國志・吳書・孫皓》（台北：鼎
　　　　文書局，1979年2月），卷48，頁1171。司馬光撰、李宗侗、夏德
　　　　儀等校註《資治通鑑今註》言之更詳：「秋，七月，吳人或言於吳主
　　　　曰：『臨平湖自漢末葳塞，長老言：「此湖塞，天下亂：此湖開，天
　　　　下平。」近無故忽更開通，此天下當太平，青蓋入洛之祥也。』吳
　　　　主以問奉禁都尉歷陽陳訓，對曰：『臣止能望氣，不能達湖之開塞。』
　　　　退而告其友曰：『青蓋入洛者，將有銜璧之事，非吉祥也。』或獻小
　　　　石刻『皇帝』字，云得於湖邊。吳主大赦，改元天璽。」（台北：台
　　　　灣商務印書館，1978年），冊8，卷80，頁746。

困潦倒；習武從軍或不學無術者，反易受賞封侯的感慨：

> 開濟由來變盛衰，五車纔得號鎡基。
>
> 留侯功業何容易，一卷兵書作帝師。

這首詩表現出詩人對於朝廷用人不當，以及壓制人才情形的不平與憤怒，因爲無能奸佞之輩的橫行，必然導致社會的腐敗與沒落，詩中巧妙以「五車」與「一卷」，「號鎡基」與「作帝師」作對比，先言執政者必須學富五車，才能擔當「變盛衰」的重責大任，然而張良卻憑著黃石公所授的一本兵書而爲帝王師，建立蓋世功業。庭筠用反筆議論，除了寄託讀書人仕途日窄的慨嘆外，亦有針砭朝廷權貴庸碌無能、不學無術之意。〔註24〕晚唐朝廷昏聵，世態炎涼，令狐綯父子營司舞弊、徇情枉法，溫庭筠立足於現實的處境，遣詞委婉，寓意深刻，從側面揭示了大唐由盛而衰、必然滅亡的歷史規律。

綜觀溫庭筠五首議論型詠史詩，首首各具特色。無論在手法或內容上，多出奇而意勝，乃因溫庭筠一生四處漫遊、閱歷豐富，再加上其洋溢的天資才華和卓越的歷史學識，更加上其特別留心歷史得失的用世心志，使得此類議論型詠史詩，不僅對於史事觀察入微，且能有獨創的見解與新意，自成一格，從中亦能看出溫庭筠經世濟民的志向與憂國憂時的情懷。

三、懷古型詠史詩

在溫庭筠的詠史詩中，屬於懷古型的有十七首，列目如下：

詩　　　　名	《溫庭筠全集校注》卷數	頁　次
〈太液池歌〉	卷 1	62
〈雍臺歌〉	卷 1	68
〈湖陰詞〉	卷 1	82
〈故城曲〉	卷 2	105

〔註24〕孫安邦：〈試論憤世刺時的溫庭筠〉，收錄於上海師大圖書館編《溫庭筠傳記資料》（上海：上海師大圖書館，1994 年），頁 64。

〈昆明治水戰詞〉	卷2	107
〈謝公墅歌〉	卷2	111
〈臺城曉朝曲〉	卷2	120
〈金虎臺〉	卷3	227
〈開聖寺〉	卷4	279
〈法雲雙檜〉	卷4	329
〈老君廟〉	卷4	431
〈秘書省有賀監知章草題詩筆力遒健風尚高遠拂塵尋玩因有此作〉	卷4	443
〈題端正樹〉	卷5	480
〈題翠微寺二十二韻〉	卷6	567
〈蘇武廟〉	卷8	724
〈題賀知章故居疊韻作〉	卷8	755
〈鴻臚寺有開元中錫宴堂樓臺池沼雅爲勝絕荒涼遺址僅有存者偶成四十韻〉	卷9	809～810

　　此十七首詠史詩，就其內容意涵而論，皆有懷古之意，故歸類於「懷古型」詠史詩。人們常會意識到自己生存於時間之上而引起的悲哀，而詩人的心靈又較常人敏感，於是便將這種感傷的情懷，表現在自己的作品中，藉由歷史之古跡起興，產生對過住的歷史或某一特定時空的感情意識及歷史觀。此類懷古型詠史詩之基本架構有三：一是追敘有關古跡之歷史人物事蹟；二是描繪古跡及其周遭之景色；三是抒發感慨。

　　〈太液池歌〉一詩，溫庭筠表達了對漢武帝德政的感念：

　　　腥鮮龍氣連清防，花風漾漾吹細光。

　　　疊瀾不定照天井，倒影蕩搖晴翠長。

　　　平碧淺春生綠塘，雲容雨態連青蒼。

　　　夜深銀漢通柏梁，二十八宿朝玉堂。

此詩旨在歌頌漢武帝興建太液池之德政。全詩只有八句，詩人卻用了六個句子來描摩太液池的自然景觀，末二句則點出太液池的地理位置。太液池是漢武帝所開的人工湖，在未央宮的西南，建章宮之北，

高岸環湖，清泓蕩漾，池中築有瀛洲、蓬萊、方丈三山，並用金石雕鑿魚龍等奇禽異獸。池邊水草繁茂，平沙上禽鳥成群，風景優美。根據《史記‧封禪書》中記載，漢朝太初元年十一月二十二日，長安城柏梁臺發生大火。當時漢武帝正在巡遊泰山一帶，返京後，看到用於召見群臣宏偉壯觀的柏梁臺毀於一旦，十分痛心，於是漢武帝在甘泉宮召見眾群臣，請他們為防火獻計策，計策之一便是「治大池」，漢武帝對此很欣賞，下令興建建章宮，北面挖一大池，命名為太液池。〔註25〕時至唐代，這裡成為帝王后妃起居遊憩的場所，是大唐王朝最重要的皇家園林，而其「一池三仙山」的構思佈局，可謂形式獨特，富有濃厚的幻想意境色彩。

　　相傳漢武帝築柏梁臺，大宴群臣，席間宣佈凡是二千石以上的官員每人作一句詩，合成一首詩。於是包括漢武帝在內的共二十六人寫成一首〈柏梁詩〉，此乃是聯句詩的首創，後人便把每句用韻的七言詩稱為柏梁體。漢武帝於柏梁臺禮賢下士，並興建太液池以防火，足見統治者之高瞻遠矚。反觀晚唐的為政者大興土木，圖供自己玩樂之用，怎不令溫庭筠汗顏？

　　溫庭筠的樂府體詠史詩多清麗華美，善用場景鋪陳，試看〈雍臺歌〉：

> 太子池南樓百尺，入窗新樹疏簾隔。
> 黃金鋪首畫鉤陳，羽葆停幢拂交戟。
> 盤紆闌楯臨高臺，帳殿臨流鷩扇開。
> 早雁驚鳴細波起，映花鹵簿龍飛迴。

晉明帝自小聰慧，按照《世說新語》記載，晉明帝小時候便曾經與父親就「太陽與長安孰近」的問題作出爭辯，以及運用東宮衛士一夜興建太子西池的逸聞。〔註26〕雍臺為古代講學之所，詩中前兩句先言太

〔註25〕瀧川龜太郎著：《史記會注考證‧封禪書》（台北：萬卷樓圖書有限公司，1993年），頁516～517。

〔註26〕〔南朝宋〕劉義慶編、李自修譯注《世說新語‧豪爽》：「晉明帝欲起池臺，元帝不許。帝時為太子，好養武士，一夕中作池，比曉便

子池旁風景，樓臺高聳林立，美景一覽無遺。頷聯、頸聯則細緻描寫樓臺門扇上裝飾物華麗而閃亮，天子的儀仗在那直立著，迴旋曲折的欄杆圍繞樓臺，帳殿的門大開，廣納賢士。末聯描述皇帝之儀仗列隊而來，與春花相映，早雁因之驚飛而起，雍臺四周之水也細波蕩漾，旨在歌詠天子駕幸辟雍之景。

溫庭筠〈湖陰詞〉則歌詠東晉明帝平定王敦之亂的史事，描述明帝的神功和王敦的敗死：

> 祖龍黃鬚珊瑚鞭，鐵驄金面青連錢。
> 虎髯拔劍欲成夢，日壓賊營如血鮮。
> 海旗風急驚眠起，甲重光搖照湖水。
> 蒼黃追騎塵外歸，森索妖星陣前死。
> 五陵愁碧春萋萋，霸川玉馬空中嘶。
> 羽書如電入青瑣，雪腕如槌催畫鞞。
> 白蚪天子金煌鎧，高臨帝座迴龍章。
> 吳波不動楚山晚，花壓闌干春畫長。

湖陰，當作於湖，爲王敦的營壘。〔註27〕詩人以晉朝王敦始亂終滅的可恥下場爲題材，告誡那些步其後塵的割據勢力。詩中前八句，寫王敦預謀反叛的消息被晉明帝司馬昭知道後，明帝不動聲色，微服乘馬密探王敦營壘。當時王敦正在午睡，夢見日環其城，驚醒過來。王敦從夢的預示推想晉明帝可能來了，於是派遣士兵騎馬前去搜捕。晉明帝看到有人追來，急忙飛馳而去。晉明帝爲了耽誤追兵的時間，急中生智，用「七寶鞭付老嫗之計」，終於脫困成功。〔註28〕第九至第十

成。今太子西池便是也。」（台北：地球出版社，1994 年 9 月），下冊，中卷，頁 646。

〔註27〕明楊慎《升菴集·湖陰曲題誤》：「『王敦屯於湖。帝至於湖，陰察營壘而去。』此《晉紀》本文。於湖，今之歷陽也。『帝至於湖』爲一句，『陰察營壘』爲一句。溫庭筠作〈湖陰曲〉，誤以『陰』字屬上句非也。張耒作〈於湖曲〉以正之。」收於〔清〕紀昀等總纂《景印文淵閣四庫全書》（台北：台灣商務印書館，1985 年），冊 1270，卷 10，頁 458。

〔註28〕〔唐〕房玄齡撰《晉書·明帝本紀上》：「敦將舉兵內向，帝密知之，

六句，敘寫王敦逆謀反叛又挖掘古陵取金寶之舉動，已使人神共憤、征討之聲不斷。英明的晉明帝率領大軍平定王敦的叛亂，對於王敦黨羽停止追究，並爲安定皇帝的權威全力重用王導，且與江東大族保持和諧的態度，成功對「王敦之亂」作出善後。末二句已吳地的江海波平浪靜，楚地的山巒暮色籠罩，春日白晝悠長憩靜，營造出和平安定的氣象，暗示晉明帝平叛的勝利。詩人認爲這才是歷史的規律，因爲人民是希望和平統一的。

　　溫庭筠〈故城曲〉一詩則寄慨遙深，抒發浮生若夢之悲：

　　　漠漠沙堤煙，堤西雉子斑。雉聲何角角，麥秀桑陰閒。
　　　遊絲蕩平綠，明滅時相續。白馬金絡頭，東風故城曲。
　　　故城殷貴嬪，曾占未來春。自從香骨化，飛作馬蹄塵。

首二句以「沙堤煙」、「雉子斑」呈現視覺上由遠至近的效果。第三、四句則聽覺、視覺兼用，描寫雉雞在麥秀桑陰間啼叫著，顯得格外的耀眼、嘹亮。第五、六句回歸視覺摹寫，描述遊絲在廣大草原上忽隱忽現地飄蕩著。詩中前半著重寫景，在美景春色中反襯人事之滄桑變化；後半則轉爲詠史抒懷，藉由「故城曲」的詠唱，想到貌美的「殷貴嬪」，她是南朝宋孝武帝劉駿的寵妃，只可惜紅顏薄命，年紀輕輕就得病身亡，劉駿好像喪了雙親一樣悲痛萬分，他追冊殷淑妃爲貴妃，並在皇都立廟。出葬時特別用輼輬車載奉靈柩，周圍陳列著蠻輅、九旒、黃屋、左纛、羽葆、鼓吹、班劍、虎賁等各種儀仗，前後部羽葆鼓吹比皇后的葬禮還要煊赫。送喪的人數多至幾千，公卿百官與後宮嬪妃都穿著白衣服排隊跟在靈柩後面。事後劉駿還多次領著后妃及群臣到殷貴嬪的墳墓前痛哭，並以哭的悲痛與否作爲朝臣忠不忠心的

乃乘巴滇駿馬微行，至于湖，陰察敦營壘而出。有軍士疑帝非常人，又敦正畫寢，夢日環其城，驚起曰：『此必黃鬚鮮卑奴來也。』……於是使五騎物色追帝。帝亦馳去，馬有遺糞，輒以水灌之。見逆旅賣食嫗，以七寶鞭與之，曰：『後有騎來，可以此示也。』俄而追者至，問嫗。嫗曰：『去已遠矣。』因以鞭示之。五騎傳玩，稽留遂久，又見馬糞冷，以爲信遠而止不追。帝僅而獲免。」（台北：鼎文書局，1979年2月），卷6，頁161。

表現，且命令當時富於文采的謝莊爲之作一篇哀悼文，劉駿自己也效仿漢武帝給李夫人寫悼賦，寫了一篇悼念殷貴妃的文章〈傷宣貴妃擬漢武帝李夫人賦〉，字字悱惻纏綿、內容哀豔可泣。〔註 29〕後宮的佳麗雖多，但自殷貴嬪死後，劉駿找不到一個合心意的，漸漸地因愁生病，不能再親理政事，於大明八年駕崩。詩人溫庭筠感慨寵冠一時的殷貴嬪如今已香消玉殞、化爲塵土，深切地流露出人生短暫易逝，富貴榮華難長保之悲嘆。

溫庭筠〈昆明治水戰詞〉一詩，歌詠漢武帝之功勳：

> 汪汪積水光連空，重疊細紋晴漾紅。
> 赤帝龍孫鱗甲怒，臨流一盼生陰風。
> 鼉鼓三聲報天子，雕旌獸艦凌波起。
> 雷吼濤驚白石山，石鯨眼裂蟠蛟死。
> 滇池海浦俱喧豗，青幟白旌相次來。
> 箭羽槍纓三百萬，踏翻西海生塵埃。
> 茂陵仙去菱花老，唼喋遊魚近煙島。
> 渺莽殘陽釣艇歸，綠頭江鴨眠沙草。

漢武帝爲了攻打遠在幾千里外一個有湖泊的昆明國，不惜大興民力，在京城旁修建一處訓練水軍的大湖，昆明池的名字便由此而來。〔註 30〕昆明池水面廣闊，除了演習水戰、水上遊覽外，尙有摹擬天象、供水長安城、調節漕運水源等功能，這說明西漢時代的水利規劃者非常有眼光，善於發揮水利工程的綜合功能。此詩一開始先用兩句話描寫昆明池的湖面風光，接著第三句到第十二句，敘寫漢武帝雄姿英發，於元狩四年（西元前 119 年）仿昆明滇池而開鑿昆明池，主要目

〔註29〕〔唐〕李延壽撰：《南史・宣貴妃傳》（台北：鼎文書局，1979 年 2 月），卷 11，頁 323～324。

〔註30〕〔東漢〕班固撰《漢書・武帝本紀》：「發謫吏穿昆明池。」〔晉〕臣瓚注：《西南夷傳》有越巂、昆明國，有滇池，方三百里。漢使求身毒國，而爲昆明所閉。今欲伐之，故作昆明池象之，以習水戰，在長安西南，周回四十里。《食貨志》又曰：『越欲與漢用船戰，遂乃大修昆明池也。』」（台北：鼎文書局，1979 年 2 月），卷 6，頁 177。

的是訓練水軍，攻打南越國和昆明國，以平定天下交通外邦。湖周建築了許多瑰麗的宮殿和觀賞建築，又造樓船高十餘丈，上插旗幟，池中建有豫章台，可以觀臨湖面，還有刻著三丈長的巨型的動物石鯨魚立在水面，池畔設計牽牛織女的石像，分立池的東西以象徵天上的銀河與星宿，十分壯觀。〔註31〕最後四句敘寫漢武帝已逝，昆明池在唐時曾多次疏浚整修，後期因堤堰崩潰和水源斷絕而漸乾涸，詩人回歸眼前的景物，藉由黃昏祥和的美景，突顯出對漢武帝德業之感念，封建盛世之嚮往，以及昔盛今衰之感慨。

　　溫庭筠〈謝公墅歌〉，以謝安「圍棋賭墅」故事為題材，是難得一見的詠史佳作：

> 朱雀航南繞香陌，謝郎東墅連春碧。
> 鳩眠高柳日方融，綺榭飄颻紫庭客。
> 文楸方罫花參差，心陣未成星滿池。
> 四座無喧梧竹靜，金蟬玉柄俱持頤。
> 對局含嚬見千里，都城已得長蛇尾。
> 江南王氣繫疏襟，未許苻堅過淮水。

肥水之戰維繫東晉偏安之局，是歷史上著名的戰爭。此役東晉雖由謝石、謝玄領兵，但實際主持大計、統籌大局者，卻是擔任征討大都督的謝安。本詩主旨在描繪謝安臨危不亂、從容自如的瀟灑神態，而特意安排「圍棋賭墅」故事題材作為詩中的主要場景，反而將攸關國家存亡的大戰淡化為遠景，以棋局隱喻戰局，避重就輕，構思十分巧妙。詩中無論場景舖寫、氣氛醞釀，或摹寫人物神態都有獨到之處。首先時間設定在「春日」，鏡頭從朱雀僑移到謝安東墅後，又轉向樹上高眠的鳩鳥，故意塑造出詳和且寧靜的氣氛。接著，集中到室內的棋，

〔註31〕張澍編輯《三輔故事》：「昆明池地三百三十二頃……池中有豫章臺及石鯨，刻石為鯨魚，長三丈。」又載：「池中有龍首船，常令宮女泛舟池中，張鳳蓋，建華旗，作櫂歌，雜以簫吹……昆明池中有二石人牽牛、織女，於池之東西，以象天河。」收於《叢書集成初編》（北京：中華書局，1985年），頁9～10。

藉由七、八兩句的細部特寫，烘托寂靜中緊張而懸疑的氣氛，棋局已到決勝負的關鍵。突然，九、十兩句鏡頭拉到千里之外，緊張臨界點瞬間解除，以前方的大勝敵軍呼應後方的棋局，點出以小喻大、避重就輕的主題來。末二句詩人讚賞謝安「運籌帷幄之中，決勝千里之外」的瀟灑氣度，為東晉轉危為安，穩定民心，帶來和平。反觀晚唐國勢衰頹，執政者多因循苟且、不思振作，庭筠在詩中極力頌揚謝安德政之餘，亦融有對今日現實政治之失望吧！

〈臺城曉朝曲〉一詩則歌詠南朝臺城早朝的景象：

> 司馬門前火千炬，闌干星斗天將曙。
> 朱網氍毺丞相車，曉隨疊鼓朝天去。
> 博山鏡樹香薲茸，裹裹浮航金畫龍。
> 大江斂勢避辰極，兩闕深嚴煙翠濃。

臺城在今南京玄武湖畔，本為吳後苑城，晉成帝咸和中修繕之，南朝時皆以此為皇宮。臺城給後世留下了一串串哀婉動人的故事，如齊廢帝窮奢極欲、嬉戲遊宴，名噪一時；梁武帝耗損國庫、佞佛誤國，卒以餒死；陳後主山河日蹙，不以為意；隋兵壓境，歌舞不休。臺城集中體現了六朝的興衰，成為人們憑弔六代興亡、傷古弔今的勝地。溫庭筠在歷史的悲劇中跳動著現實的創痛，他站在臺城的遺址上，以今之視昔，猶後之視今的心情，只見江山依舊，萬古常新，昔日冠蓋雲集，豪華競逐的帝京早已蕩然無存，然而作者卻從另一角度著筆，前四句寫天將亮時，百官列炬司馬門前等候上朝，且特別在丞相處用重筆渲染，以突顯其威儀；五、六句在「早朝」不作正面具體的描述，卻描寫擺放在皇帝面前的香爐製作之精緻華美、爐煙裊裊、氣味濃郁之景象；末二句從寬廣的視野寫皇居的景象，東西梁山樹木蔥籠蒼翠，夾江對峙，似使奔騰而下的長江收斂起雄闊的氣勢，以避皇居的威嚴。表面上全詩毫無荒涼冷落、寂寞悲愴的氣氛，其實卻隱含著詩人面對人事代謝的嬗變，江山勝跡的永恆之深切感慨。

溫庭筠〈金虎臺〉旨在歌詠奉陵寢宮人「事死如事生」的悲慘痛

苦生活：

> 碧草連金虎，青苔蔽石麟。皓齒芳塵起，纖腰玉樹春。
>
> 倚瑟紅鉛濕，分香翠黛嚬。誰言奉陵寢，相顧復沾巾。

起二句一開始先鋪敘眼前之景，曾經風光一時的金虎臺，如今蔓草叢生，一片荒涼。三、四句是詩人想像當年金虎臺中故君之宮嬪，每月初一、十五遵照遺令對故君遺帳歌舞之情景，在荒涼破敗的金虎臺與青春美貌的宮人的強烈對比中寓含貶意。五、六句藉由描述宮女倚瑟而歌、淚濕紅鉛、翠眉頻蹙的形象，揭露詠奉陵寢宮人青春虛度、孤寂無奈的痛苦。七、八句則寫奉陵寢宮人互相依偎而泣的悲情。溫庭筠以漢喻唐，對宮女奉陵寢制度的反人道本質有所不滿，並對奉陵寢宮人寄予深切的同情與惋惜。

溫庭筠曾遊歷至潤州丹陽縣之南朝古寺，見壞陵舊碑，有感於興廢之事，因此，寫下〈開聖寺〉一詩：

> 路分溪石夾煙叢，十里蕭蕭古樹風。
>
> 出寺馬嘶秋色裏，向陵鴉亂夕陽中。
>
> 竹間泉落山廚靜，塔下僧歸影殿空。
>
> 猶有南朝舊碑在，恥將興廢問休公。

首聯謂溪的兩岸夾生叢叢煙樹，秋風蕭蕭不停地吹著古樹。頷聯寫離開寺院的馬兒，在無邊的秋色中發出嘶鳴；飛向南朝陵墓的棲鴉，在昏黃的夕照中亂舞著，此處可見詩人鍊字造境之匠心。頸聯描述竹林間泉水消弱、山廚幽靜，僧人齋罷歸房，供佛的殿堂顯得空蕩蕩的。末聯敘述寺裡仍保存著南朝劉宋僧人惠休撰寫的舊碑，碑中記載著寺院的興廢，詩人想向開聖寺的住持僧請教一番，卻因有感於南朝政權多次更迭，興廢不常，政治腐敗而「恥」言之也。劉學鍇曾評此詩「遊賞一路秋景，迤邐而下，別具清暢流美之情致風調，雖為律體，頗近古風。」﹝註32﹞詩中前六句著重寫景，以秋風、古樹、馬聲、鴉影、

﹝註32﹞劉學鍇：《溫庭筠全集校注》（北京：中華書局，2007 年 7 月），上冊，卷 4，頁 280。

夕陽、靜廚、空殿等物象，營造出蕭瑟零落的意境，最後在末二句帶出興廢之思，格調自然而超妙。

謝安是東晉著名的政治家，他鞠躬盡瘁，效忠晉室，身繫朝廷安危；他運籌擘畫，以少勝多，在淝水之戰中大敗苻堅，豐功偉績，垂譽千古。有關他的事績，溫庭筠對有關他的事績多所懷念，如〈法雲雙檜〉：

晉朝名輩此離羣，想對濃陰去住分。
題處尚尋王內史，畫時應是顧將軍。
長廊夜靜聲疑雨，古殿秋深影勝雲。
一下南臺到人世，曉泉清籟更難聞。

詩中首聯言謝安坐鎮廣陵時，曾於宅中手植雙檜，至唐此地改為法雲寺，其雙檜樹還在，只是被後人移植於寺外，離開其往日的同伴，兩樹濃陰遂有去住之分。頷聯寫詩人今日面對檜樹，猶想尋覓當年王羲之的題字、顧愷之的畫作。頸聯正寫檜樹，上句狀其聲，下句狀其形，均是詩人想像雙檜昔日在法雲寺中的情景。末聯抒懷寄慨，雙檜自從被移植於法雲寺外，人們遂難聽聞其風吹樹葉的曉泉般清韻，徒留後人物換星移、滄海桑田，景物依舊，人事已非之感懷。

老君廟規模宏偉，殿堂巍峨，門外有石獅石馬，十分輝煌壯觀。歷代文人墨客涉足山巔南望，古都盡收眼底。溫庭筠慕名前往，寫下〈老君廟〉：

紫氣氤氳捧半巖，蓮峰仙掌共巉巖，
廟前晚色連寒水，天外斜陽帶遠帆。
百二關山扶玉座，五千文字閟瑤緘。
自憐金骨無人識，知有飛龜在石函。

首聯先言老君廟的地理位置，位於洛陽西北老君山峰頂，地勢雄偉險峻，雲海霧朦，層巒疊嶂，風光秀麗。老君廟始建於北魏，相傳是老子當年修道的地方，是歷代香客的朝拜之處，廟裏供奉著被人們神化的太上老君。次聯寫老君廟的黃昏景色，潭瀑成鏈，漁帆歸棹，相映成趣。頸聯記述險固山河遙扶著老君神像之玉座，以及有關老子成仙的神話，傳說老子悟道後，就是從這裏騎青牛下山西去，途經函古關，

因周大夫函谷關令尹喜的再三請求，「乃著書上下篇，言道德之意五千言」，對自己平生的道學觀點進行了總結，為後世留下了著名的《道德經》。末聯流露出詩人懷古傷逝之情，老子著書歸隱後，人們莫知所終，徒留成仙悟道的神話傳說，成為中國傳統文化中帶有傳奇色彩的一部分，而老子也成為人們頂禮膜拜的偶像。

　　賀知章為官清正、剛直不阿，和當朝權奸高力士、楊國忠等曾進行過堅決而巧妙的鬥爭，受到了滿朝文武官員的敬重，溫庭筠作〈秘書省有賀監知章草題詩筆力遒健風尚高遠拂塵尋玩因有此作〉一詩，流露出對其仰慕之情：

> 越溪漁客賀知章，任達憐才愛酒狂。
> 鸂鶒葦花隨釣艇，蛤蜊菰菜夢橫塘。
> 幾年涼月拘華省，一宿秋風憶故鄉。
> 榮路脫身終自得，福庭回首莫相忘。
> 出籠鸞鶴歸遼海，落筆龍蛇滿壞牆。
> 李白死來無醉客，可憐神彩弔殘陽。

溫庭筠此詩藉由賀知章之草題詩憶及其人，頗似一篇賀知章之詩傳。詩中一開始就直說賀知章是「越溪漁客」，他經常坐著「釣艇」在山溪中放釣、捕魚。賀知章在秘書省任職時，常常夢想少年時期在家鄉的橫塘摸蛤蜊、採菰菜的情景，因此每當秋風起時，懷鄉的愁緒便油然而生。後來他向玄宗請求歸鄉，終於得到了皇上恩准，猶如出籠之鶴飛歸「遼海」。末二句稱頌賀知章禮賢下士、知人善任。大詩人李白才高壓眾，但他還是布衣寒士時，賀知章慧眼識英才，積極向唐玄宗推薦，並讚賞李白為「天上謫仙人」，造就了日後的詩仙，此亦傳為美談。

　　〈題端正樹〉以李、楊愛情為題材，藉由草木榮枯，道盡人事滄桑之變化：

> 路傍佳樹碧雲愁，曾侍金輿幸驛樓。
> 草木榮枯似人事，綠陰寂寞漢陵秋。

晚唐詩壇出現了大量描寫李、楊愛情故事的作品，而將這樣一個容易涉及政治的題材寫得偏於情愛，似乎又是這個時期詩人的共同特點。

詩中前二句寫端正樹曾得到玄宗命名與觀賞的榮幸，〔註33〕末二句則用對比的方式敘寫玄宗早已長眠陵寢，端正樹雖綠蔭依舊，卻再也無君主觀賞的寂寞。溫庭筠在此詩中因樹思人，隱含著對於楊貴妃昔榮今辱的不幸遭遇之慨嘆，同時也蘊含著一種對於時代和個人遭遇的感嘆，以及一種昔盛今衰、物是人非的傷感。

　　翠微寺前身是唐太宗貞觀年間建造的翠微宮，它曾是玄奘大師的居留之地，也是顯赫一世的歷史人物唐太宗李世民臨終之地。據《唐會要》記載，唐高祖武德八年，營造太和宮，以為賞景避暑勝地。貞觀元年（西元 627 年），唐太宗為父舍太和宮立龍田寺，以法琳為寺主。貞觀二十一年（西元 647 年）重新修建，改名翠微宮〔註34〕，不久又成為僧人駐錫的寺院，憲宗元和中，又更名為翠微寺。庭筠瞻仰此寺，有感而發作〈題翠微寺二十二韻〉：

> 邠土初成邑，虞賓竟讓王。乾符初得位，天弩夜收鋩。
> 偃息齊三代，優游念四方。萬靈扶正寢，千嶂抱重岡。
> 幽石歸階陛，喬柯入棟梁。火雲如沃雪，湯殿似含霜。
> 澗籟添仙曲，巖花借御香。野麋陪獸舞，林鳥逐鸞行。
> 鏡寫三秦色，窗搖八水光。問雲徵楚女，疑粉試何郎。
> 蘭芷承雕輦，杉蘿入畫堂。受朝松露曉，頒朔桂煙涼。
> 嵐涇金鋪外，溪鳴錦幄傍。倚絲憂漢祖，持璧告秦皇。
> 短景催風馭，長星屬羽觴。儲君猶問豎，元老已登床。
> 鶴蓋趨平樂，雞人下建章。龍髯悲滿眼，螭首淚沾裳。
> 疊鼓嚴靈仗，吹笙送夕陽。斷泉辭劍佩，昏日伴旂常。
> 遺廟青蓮在，頹垣碧草芳。無因奏韶濩，流涕對幽篁。

唐朝初年，時值大亂之後，人口死亡、流散，土地荒蕪，社會經濟凋

〔註33〕端正樹在馬嵬至扶風道上，為唐玄宗所命。〔唐〕樂史著《楊太真外傳》：「上發馬嵬，行至扶風道，道傍有花，寺畔，見石楠樹團圓愛玩之，因呼為端正樹，蓋有所思也。」收於《叢書集成初編》（北京：中華書局，1985 年），卷下，頁 13。

〔註34〕〔宋〕王溥撰、楊家駱主編：《唐會要・太和宮》（台北：世界書局，1989 年 4 月 5 版），上冊，卷 30，頁 550～551。

敝。怎樣醫治戰爭的創傷，把隋末戰亂造成的破爛不堪、千瘡百孔的
國家重新振興起來，是擺在唐太宗面前的一個十分緊迫而又艱鉅的任
務，因此溫庭筠藉由此詩歷述唐太宗創業之維艱。詩中前三韻敘述唐
太宗得位的始末與治績，他青年有為與父親李淵，南北征戰、掃蕩群
雄，終於推翻隋朝當上皇帝。「萬靈」以下六韻，寫翠微寺之幽美景
色及涼爽宜人氣候，處處扣緊自然景色與皇家行宮相互交融之特點。
「問雲」以下四韻，承上仍寫翠微寺，但側重寫唐太宗在此時之人事
活動，如出遊、受朝、頒朔等。翠微寺位於萬年縣外終南山上，其地
寬敞，視野所及，林壑幽美；名寺以前，實為御用宮殿，唐太宗曾於
此接受朝覲、選賢與能，並於歲末季冬頒朔諸侯。他雄才大略，無論
在政治、經濟、文化、軍事等各方面都贏得佳績，開創了大唐值得稱
頌的太平盛世──貞觀之治，達到天下大治、國泰民安。「倚絲」以
下至「昏日」七韻，則追憶太宗當年在立儲問題上之憂慮及逝世於翠
微宮之情景，敘寫英明的唐太宗在位只有短短二十三年，卻在太子仁
懦羽翼未成之時，撒手西歸。最後兩韻是詩人眼前之景，雖僅剩「遺
廟、頹垣」，然而唐太宗清明的政績卻被後人頌揚。反觀今日，國勢
搖搖欲墜，亡國迫在眉睫，怎對得起先人的創業維艱呢！

　　對於忠貞愛國的蘇武，溫庭筠由衷的敬佩，遂作〈蘇武廟〉，懷
古而傷今：

　　　蘇武魂銷漢使前，古祠高樹兩茫然。
　　　雲邊雁斷胡天月，隴上羊歸塞草煙。
　　　迴日樓臺非甲帳，去時冠劍是丁年。
　　　茂陵不見封侯印，空向秋波哭逝川。

此詩是溫庭筠瞻仰蘇武廟後追思憑弔之作。首聯就古祠而發抒感慨，
言因蘇武魂銷，為漢室盡節，故後人為之立廟，然今古祠高樹猶在，
而蘇武卻早茫然已逝。頷聯敘寫蘇武拘留匈奴牧羊十九年寂寞淒涼、
艱辛困苦的境況。頸聯敘說蘇武留胡之日久長，其中甲帳、丁年二語，
銖兩悉稱，堪稱巧對，並用逆挽句法，反映出藝術的構思可以超越時

空,打破時空的界限。末聯以蘇武之功厚而漢室之賞薄作結,一位竭盡一生、忠君愛國之士所獲得的朝廷恩賞,反而不及一些妨功害能之臣、親戚貪佞之輩,感慨漢室之負武殊深,亦暗喻當代帝王對功臣之刻薄寡恩。李德裕曾位居晚唐權相,是一位立足改革和有所作爲的政治革新家,致力於維護中央集權,摒除科舉弊端,削抑宦官權力,鞏固國家邊防,和睦少數民族,然而這樣一位爲國爲民的社稷之臣,卻因黨爭之禍,慘遭貶謫,落得晚景凄涼,激憤而終,怎不令人同情並爲其鳴冤呢?

溫庭筠曾到蕭山遊歷,作〈題賀知章故居疊韻作〉一首,抒發今昔之感:

> 廢砌翳薜荔,枯湖無菇蒲。老嫗寶槁草,愚儒輸逋租。

詩人來到鄉先輩賀知章的故居,放眼望去,破落的殘牆上面長滿了木蓮花,而其宅旁池塘湖泊早已乾枯,雜草叢生。前二句言故居之荒廢,末二句則言其故居已成老嫗、愚儒平凡人家之居所。雖然時序變遷,景物已非,但賀知章的人格精神在詩人的心中,卻是一個深刻的印記。

溫庭筠〈鴻臚寺有開元中錫宴堂樓臺池沼雅爲勝絕荒涼遺址僅有存者偶成四十韻〉一詩,可謂是唐玄宗生平傳記簡介:

> 明皇昔御極,神聖垂耿光。沈機發雷電,逸躅陵堯湯。
> 西覃積石山,北至窮髮鄉。四凶有豺豸,一臂無螳螂。
> 嬋娟得神豔,郁烈聞國香。紫絲鳴羯鼓,玉管吹霓裳。
> 祿山未封侯,林甫才爲郎。昭融廓日月,妥帖安紀綱。
> 群生到壽域,百辟趨明堂。四海正夷宴,一塵不飛揚。
> 天子自猶豫,侍臣宜樂康。軋然閶闔開,赤日生扶桑。
> 玉砌露盤紆,金壺漏丁當。劍佩相擊觸,左右隨趨蹌。
> 玄珠十二旒,紅粉三千行。顧盼生羽翼,叱嗟迴雪霜。
> 神霞凌雲閣,春水驪山陽。盤鬪九子糉,甌擎五雲漿。
> 雙瓊京兆博,七鼓邯鄲娼。毬毬碧雞鬪,龍蔥翠雄場。
> 仗官繡蔽膝,寶馬金鏤錫。椒塗隔鸚鵡,柘彈驚鴛鴦。

> 狷獗華國臣，鬢髮俱蒼蒼。錫宴得幽致，車從真煒煌。
> 畫鷁照魚鱉，鳴驕亂鴛鶴。颭灔蕩碧波，炫煌迷橫塘。
> 縈盈舞迴雪，宛轉歌遶梁。豔帶畫銀絡，寶梳金鈿筐。
> 沈冥類漢相，醉倒疑楚狂。一旦紫微東，胡星森耀芒。
> 憑陵逐鯨鯢，唐突驅犬羊。縱火三月赤，戰塵千里黃。
> 轂函與府寺，從此俱荒涼。茲地乃蔓草，故基摧壞牆。
> 枯池接斷岸，唧唧啼寒螿。敗荷塌作泥，死竹森如槍。
> 遊人問老吏，相對聊感傷。豈必見麋鹿，然後堪迴腸。
> 幸今遇太平，令節稱羽觴。誰知曲江曲，歲歲棲鵷鳳。

唐玄宗淫逸奢侈的生活，致使開元之治變成天寶之亂。全詩依敘述可分為五個部分：第一部分是開篇前四韻，敘述開元年間的清明政治與太平盛世，稱讚唐玄宗沉著機警、才能出眾、平定內憂外患，將大唐武功與版圖發展到極致，可媲美堯、湯等古代聖君。第二部分則由「蟬娟得神豔」至「醉倒疑楚狂」共二十五韻，轉入玄宗後期縱情逸樂、迷戀貴妃、信讒寵佞、遠賢拒諫、自貽禍患。第三部分則由「一旦紫微東」至「死竹森如槍」共七韻，敘寫安史之亂帶給國計民生的巨大災難：十室九空、國力浩劫，鴻臚寺錫宴堂樓臺池沼也陷入戰場中不免於難。最後四韻藉由歷經安史之亂倖存老吏與遊人的對談，憶昔而撫今，安史禍亂雖平定了，卻空留玄宗與楊妃寂寞又淒涼之愛情恨事。溫庭筠此詩讀來令人不勝欷歔感慨，雖未明言安史之亂的歷史教訓，但從詩之前後的對比中，得出一極為深刻的盛衰之理。

綜觀溫庭筠十七首懷古型詠史詩，多從歷史古跡起興，追懷有關之歷史人事，且其藝術特色便是利用自然景物強調人與時間之對立關係，詩風感性較濃，較偏向低沉、頹傷，而主題、內容有對帝王賢臣的豐功偉業表達感念的；有對人事代謝的嬗變，富貴榮華難長保之悲嘆；亦有對奉陵寢宮人寄予深切的同情與惋惜，以及對文人賢士流露仰慕之情；抑或是對歷史古跡昔盛今衰的滄桑無奈感，從中可見溫庭筠感情細膩、多愁善感的一面。

四、詠懷型詠史詩

在溫庭筠的詠史詩中，屬於詠懷型的有九首，列目如下：

詩　　　　名	《溫庭筠全集校注》卷數	頁　　次
〈張靜婉採蓮歌〉	卷 1	41～42
〈蘇小小歌〉	卷 2	170
〈過陳琳墓〉	卷 4	387
〈蔡中郎墳〉	卷 5	464
〈渭上題〉三首	卷 5	481
〈過孔北海墓二十韻〉	卷 6	576～577
〈過新豐〉	卷 8	713

此九首詠史詩，就其內容意涵來說，皆有詠懷之意，故歸類於詠懷型詠史詩。此類詠懷型詠史詩，不僅借古人古事來抒寫自身的懷抱，詩中更寄託了強烈的個人情懷與濃郁的感情色彩。試看〈張靜婉採蓮歌〉：

> 蘭膏墜髮紅玉春，燕釵拖頸拋盤雲。
> 城邊楊柳向嬌晚，門前溝水波粼粼。
> 麒麟公子朝天客，珂馬瑲瑲度春陌。
> 掌中無力舞衣輕，剪斷鮫綃破春碧。
> 抱月飄煙一尺腰，麝臍龍髓憐嬌嬈。
> 秋羅拂水碎光動，露重花多香不銷。
> 鸂鶒交交塘水滿，綠芒如粟蓮莖短。
> 一夜西風送雨來，粉痕零落愁紅淺。
> 船頭折藕絲暗牽，藕根蓮子相留連。
> 郎心似月月未缺，十五六清光圓。

張靜婉是否曾經採蓮不得而知，詩人把「或有其事」寫成「真情實景」，先寫張靜婉容華絕代，風姿綽約，有著非凡的舞姿、細柔的腰肢，對於麒麟公子可謂一往情深。然而「綠芒如粟蓮莖短」，以「蓮」喻男女情愛，以「蓮莖短」暗示了這段感情的有始無終。「船頭折藕絲暗牽，藕根蓮子相留連」點出麒麟公子始亂終棄，張靜婉卻仍難以割捨，

執著地追戀往昔，並對這位情郎抱著幻想。詩中模仿南朝民歌的諧音手法，用「藕」諧「偶」，用「絲」諧「思」，用「蓮」諧「憐」，表達了女子的相思與留戀之情。詩中營造出人美、境美、情美的意境，表現了詩人追求唯美的傾向，將張靜婉對於眞愛的渴望，以及那既怨又戀的矛盾心理刻畫得淋漓盡致，從中寄託個人放懷行樂的慰藉。

溫庭筠多情善感，作〈蘇小小歌〉，寄寓自己對蘇小小的憐惜之情：
> 買蓮莫破券，買酒莫解金。酒裏春容抱離恨，水中蓮子懷芳心。
> 吳宮女兒腰似束，家在錢唐小江曲。一自檀郎逐便風，門前春水年年綠。

蘇小小，生平無法詳考，《樂府廣題》：「蘇小小，錢塘名倡也，蓋南齊時人。西陵在錢塘江之西，歌云『西陵松柏下』是也。」〔註35〕綜合與她有關的傳說記載可看出，她並不是一般的妓女，而是一個有才學、有美貌、有思想，能超越傳統，爲人處事特立獨行的女性。正因爲這種個性與溫庭筠的耿介率眞的性格倒有幾分相似之處，使得溫庭筠對這樣一個出汙泥而不染的女子十分傾慕。詩中表達了對蘇小小眞心的付出卻空抱離恨的同情，「門前春水年年綠」與「十二樓中月自明」〔註36〕有異曲同工之妙，幽美的詩境中透著無限的幽怨和孤寂。門前的春水告訴蘇小小春去春又回，而負心郎卻一去不回，可以想見蘇小小心底的惆悵與失望，側面表達出詩人對於負心郎的譴責，而蘇小小被棄的命運代表了多數風塵女子的命運，也是詩人空有用世之心，卻仕途多舛、懷才不遇的寫照。

溫庭筠〈過陳琳墓〉一詩，感昔傷今之餘，亦抒發己身不遇的感慨：

〔註35〕〔宋〕郭茂倩撰：《樂府詩集・雜歌謠辭三》（台北：里仁書局，1984年），卷85，頁1203。

〔註36〕溫庭筠〈瑤瑟怨〉：「冰簟銀床夢不成，碧天如水夜雲輕。雁聲遠過瀟湘去，十二樓中月自明。」收於劉學鍇《溫庭筠全集校注》（北京：中華書局，2007年7月），中冊，卷5，頁477。

　　曾於青史見遺文，今日飄蓬過古墳。

　　詞客有靈應識我，霸才無主始憐君。

　　石麟埋沒藏春草，銅雀荒涼對暮雲。

　　莫怪臨風倍惆悵，欲將書劍學從軍。

此詩是溫庭筠路經陳琳的墳墓時，撫今懷古，藉哀悼陳琳自傷懷才不遇的作品。起聯言昔日曾在史書上讀過陳琳之檄文，即對陳琳不勝嚮往，今日自己漫遊四方，來到陳琳之墓，更興生無限感觸。頷聯言自己與陳琳均以文詞見稱於世，兩人應爲意氣相投，然而陳琳先後得到袁紹、曹操賞識任用，自己卻屢試不第，窮困潦倒，陳琳的際遇實在是太幸運又令人欣羨。頸聯轉寫弔古之情，言陳琳墓前的石麟，早已深埋春草，即以一世之雄的曹操，亦難保其銅雀臺不爲暮雲深鎖，陷於荒涼寂寞。溫庭筠藉由追思前賢，暗示當代棄賢毀才，任憑一代才士坎坷不遇。末聯言己之所以臨風倍感惆悵，蓋因欲學陳琳投筆從軍，深恐時無人知，終生不遇。全詩含有兩層意思：一是感慨自己懷才不遇，文章、才能不被爲政者欣賞；二是文名不值得追求，倒不如建功立業來得實際。前者應是詩人心中真正的感觸，至於後者，恐怕是詩人一時的氣話吧！

　　溫庭筠有不少詠史詩，把對古人的感慨和自身的經歷結合起來，借他人之酒杯，澆自己之塊壘，如〈蔡中郎墳〉：

　　古墳零落野花春，聞說中郎有後身。

　　今日愛才非昔日，莫拋心力作詞人。

古墳在春天野花的襯托下顯得格外殘破凋零，在這一座孤墳前，詩人彷彿找到了可以傾訴的知音，發出生不逢時的強烈感慨。蔡邕生於東漢末年離亂之際，是當時著名的學者。他曾因上書朝廷而遭人誣陷，被流放朔方，後因宦官讎視又亡命江湖。董卓因賞其文才而迫其爲官，董卓失敗被誅後，他被王允囚死獄中。蔡中郎的遭遇是十分令人同情的，他不過是一個文人，靠自己的文才，爲國家服務，即使是在逆賊董卓手下當官也忠於職責，不幸最後卻成了政治鬥爭下的犧牲品。溫

庭筠寫這首詩流露出對蔡中郎深切的同情。詩中活用「張衡有後身」
的典故，而說「中郎有後身」，則是詩人認為張衡可以轉世蔡邕，則蔡
邕自然也會有轉世者，實則詩人是以蔡邕的後身自命。可是今天則不
同了，即使「中郎有後身」，連中郎的際遇也不會有了。身在漢末動亂
之際的蔡中郎尚有人賞識，而現在呢？唐末政治混亂、科舉敗壞、文
人不得志，詩人藉由懷古感傷現況，並寄寓自己懷才不遇的心情。

　　建功立業，然後歸隱田園，是溫庭筠初入仕途的思想，試看〈渭
上題〉三首：

　　　呂公榮達子陵歸，萬古煙波遠釣磯。
　　　橋上一通名利跡，至今江鳥背人飛。

　　　目極雲霄思浩然，風帆一片水連天。
　　　輕橈便是東歸路，不肯忘機作釣船。

　　　煙水何曾息世機，暫時相向亦依依。
　　　所嗟白首磻谿叟，一下漁舟更不歸。

詩人漫遊渭上，憑弔古跡，寫下這三首詩。第一首詩說明呂尚之取得
榮華顯達，嚴陵之拒絕封贈歸隱，這些光明磊落的行為，從古至今，
歸隱生活便是英雄豪傑的存身之所，然而如今一切都變了樣，連江鳥
都不相信人們退隱是真心誠意的。詩人委婉含蓄鞭撻世上假借歸隱之
名，行追名逐利之實的人，其行徑實在令人不齒。第二首詩人寫眼前
之景浩瀚無盡，自然的美景雖引人入勝，但榮華利祿更為誘人，致使
世人無法甘於平淡的歸隱生活，緊接著第三首詩一開始便說，縱情於
山水美景之間，並非就是與塵世種種紛擾絕緣，然而讓詩人感到惋惜
的，是呂尚功成名就後未能歸隱山林之舉。相傳呂尚學問淵博，曾在
昏君紂王治下為官，後來見王道日衰，便明智地棄商投周，成為中國
歷史上第一位名相，他因功被封於齊，在位期間穩定齊國政局，改革
政治制度，並大力發展商業，讓百姓享受魚鹽之利，於是天下人紛紛
來歸順，使齊國成為當時的富國之一，疆域日益廣闊。在這組詩中，
溫庭筠藉由前賢的故事表達出自己仕隱的處世哲學。

溫庭筠〈過孔北海墓二十韻〉一詩，結合自身的遭遇感慨，以及對現實的憤激不平，感情充沛而筆致剛勁：

> 撫事如神遇，臨風獨涕零。墓平春草綠，碑折古苔青。
> 珪玉埋英氣，山河孕炳靈。發言驚辨囿，攟翰動文星。
> 蘊策期干世，持權欲反經。激揚思壯志，流落歎頹齡。
> 惡木人皆息，貪泉我獨醒。輪轅無匠石，刀几有庖丁。
> 碌碌迷藏器，規規守挈瓶。憤容凌鼎鑊，公議動朝廷。
> 故國將辭寵，危邦竟緩刑。鈍工磨白璧，凡石礪青萍。
> 揭日昭東夏，摶風滯北溟。後塵遵軌轍，前席詠儀型。
> 木秀當憂悴，弦傷不底寧。矜誇遭斥鷃，光彩困飛螢。
> 白羽留談柄，清風襲德馨。鷺鳳嬰雪刃，狼虎犯雲屏。
> 蘭蕙荒遺址，榛蕪蔽舊坰。鑾輅近沂水，何事戀明庭。

詩人高度讚美孔融的才華志向，和其忠貞耿直敢於批評時政的個性，並對那些嫉賢妒能、殘害忠良之輩給予猛烈的抨擊。詩中前四句敘寫詩人眼前之景，藉由茂盛翠綠的春草，反襯出古墓的蕭瑟淒涼。其次第三韻到第十八韻，共三十二句，集中描寫孔融才華洋溢、博學多聞、不畏權勢、直諫敢言，以致遭來殺身之禍，詩人在感傷孔融不幸之身世遭遇之餘，亦寄託自傷之情。最後四句收歸孔融墓荒蕪之現境，為其「戀明庭」而不歸沂水致憾抒慨：只要壯志得酬，哪怕付出生命的代價也在所不惜。這種志向，就把他同那些只求富貴榮身之輩區別開來。溫庭筠認為從政不是為了個人的榮華富貴，而是為了一展抱負，成就一番事業，所以從這個角度來看，孔融可以無憾了。由此可知，溫庭筠剛正不阿，敢仗義執言的政治立場。李德裕由於黨爭被貶崖州，出李門下者何其多，一朝失勢，無人相慰言，只有溫庭筠寫了〈題李相公敕賜錦屏風〉為其鳴不平，在牛黨的令狐綯正炙手可熱時，溫庭筠把李德裕視為社稷之臣，感嘆政局的變化，世態的炎涼，表現出一個知識分子的正義感。晚年時，他不畏權相而榜邵謁等人的作品「以明無私」的精神，更顯現出詩人耿介不平之氣，和深重的社會責任感。

溫庭筠多年漫遊，途經新豐，作〈過新豐〉一詩，表達自己懷鄉

思歸的愁緒：

　　一劍乘時帝業成，沛中鄉里到咸京。

　　寰區已作皇居貴，風月猶含白社情。

　　泗水舊亭春草遍，千門遺瓦古苔生。

　　至今留得離家恨，雞犬相聞落照明。

首聯寫劉邦生於豐邑，以沛縣爲根基取得天下，在秦時沛縣所屬爲泗水郡，這一地帶，古稱淮泗地區，就是我們今天所稱的黃淮平原一帶。淮泗地區古來常是戰場，歷史上決定中國命運的大戰，多次在這裏進行，如著名的楚漢彭城之戰、垓下之戰。戰場出英雄，英雄出帝王，秦末叛亂蜂起，楚漢相爭持續，其中心地區，就是淮泗一帶，秦末漢初的風雲人物劉邦也出身於這裏。頷聯寫劉邦當上皇帝以後，爲了滿足父親劉太公思念故里的鄉情，在首都長安東部，另外修建了一個豐邑，完全如同舊豐邑的原貌，稱爲新豐，並將舊豐邑的居民一起遷徙到新豐，與劉太公重作鄰居。頸聯寫詩人眼前之景，時至唐末，兵禍不斷，原是漢王劉邦的故都，現已繁華不在，只見遍地遺瓦古苔，此與頷聯形成強烈的對比。末聯表面上言劉邦功成名就之後，無法重回故鄉，故有離家之恨，實際上是詩人自傷離家多年追求功名，卻一事無成的遭遇，兩者相較，溫庭筠離家之憾恨更爲深重。

　　綜觀溫庭筠九首詠懷型詠史詩，雖同樣注重比興寄託，但由於受中唐議論之風的影響，詩中借古人古事來抒寫自身的懷抱，有表現放懷行樂的慰藉；也有結合自身不遇之感慨的，以及表達詩人自身仕隱的處世哲學；抑或流露懷鄉思歸的愁緒，它們已脫離漢魏六朝溫柔敦厚的傳統，不再是純粹的抒情詩，轉而爲藝術特色的美學展現，流露出更濃郁的感情色彩與深長的抒情韻味。

第六章 溫庭筠詠史詩的藝術表現

　　溫庭筠因其個人的秉賦、時代的環境，與自身的努力，最後成爲唐末詠史的奇葩，散發獨特的藝術魅力。本章節將深究其四十六首詠史詩的藝術表現，依形式特色、修辭技巧、意象塑造等三大方面闡述，在形式特色上，歸納出其詠史詩具有師法取神、長於七言、善用典故、特重場景、議論新奇等特點，藉此肯定溫庭筠在詠史詩上所付出的心力與貢獻。在修辭技巧上，其詠史詩廣泛運用譬喻、映襯、類疊、對偶等修辭法，讓詩意的表達更淋漓盡致，顯見詩人的巧思與創意。盛唐的杜甫、中唐的李賀、晚唐的溫庭筠等，多以設色爲詩歌的修辭手段，以色彩構築其詩國。尤其是溫庭筠大量地在其詩篇貫注顏色字，將詩句語言與形象色彩結合表現，以色彩勾勒人、物，及大自然的花、草、鳥、獸，甚至藉色彩抒發情緒。〔註37〕此外，若仔細探究其詠史詩，可發現溫庭筠善用「夕陽」、「青苔」的殘美意象來渲染詩歌中感傷的氣氛，這是晚唐國勢衰頹的寫照，也是詩人抑鬱不得志的慨嘆。因此，若論及溫庭筠詠史詩藝術表現時，其意象之塑造也是不容小覷的。

〔註37〕許瑞玲：《溫庭筠詩之語言風格研究—從顏色字的使用及其詩句結構分析》（成功大學中文所碩士論文，1993 年），頁 166。

第一節　形式特色

　　溫庭筠在詠史詩的創作上，師法前輩、鎔鑄出新，體式多樣、不拘泥一法，且多以典故入詩，使其詩意深刻而豐富，並藉由場景的鋪陳，古今的對照，展現詩人寬廣的歷史視野，深刻的生命體驗，以及百轉千迴的真摯情感。而詠史詩本身也是對歷史進行構思的一種詩歌類別，就構思的層次而言，實已包含了引申發揮、重新詮釋、藉古論今及翻案立說等辯證模式。〔註38〕溫庭筠嘗試使用「翻案法」詠史，不因人廢功，見解精闢，更顯見其卓越的史識與詩才。

一、師法取神

　　溫庭筠才華洋溢、學問淵博，這歸功於他多方學習、求教且好學不倦，歷代詩歌無所不窺，藉由他鎔鑄的高才，遺形而取神，不專主於一家，因此，大量地吸收不少詩人名家的詩風和語言，且推陳出新，展現個人獨特的詩歌風貌。唐代著名的詩人如李白、杜甫、劉禹錫、李賀等人，以及元白新樂府的諷諭精神，皆是溫庭筠師法的對象。

（一）師法李白

麥隴青青三月時。……《雉子斑》奏急管絃。（李白〈雉朝飛〉）
〔註39〕

漠漠沙隄煙，隄西雉子斑。雉聲何角角，麥秀桑陰閒。（溫
庭筠〈故城曲〉）

萬乘出黃道，千旗揚彩虹。（李白〈上之回〉）〔註40〕
星背紫垣終掃地，日歸黃道卻當天。（溫庭筠〈奉天西佛寺〉）

〔註38〕賴玉樹：《晚唐五代詠史詩之美學意識》（中國文化大學中文所博士論文，2003年），頁94。
〔註39〕李白：〈雉朝飛〉，收於〔清〕聖祖御編《全唐詩》（台北：盤庚出版社，1979年），冊5，卷162，頁1686。
〔註40〕李白：〈上之回〉，收於〔清〕聖祖御編《全唐詩》（台北：盤庚出版社，1979年），冊5，卷163，頁1695。

起來向壁不停手，一行數字大如斗，恍恍如聞神鬼驚，**時時只見龍蛇走**。（李白〈草書歌行〉）〔註41〕

出籠鸞鶴歸遼海，**落筆龍蛇滿壞牆**。（溫庭筠〈秘書省有賀監知章草題詩筆力遒健風尚高遠拂塵尋玩因有此作〉）

卻下水晶簾，玲瓏望秋月。（李白〈玉階怨〉）〔註42〕

燭盤煙墜燼，**簾壓月通陰**。（溫庭筠〈洞戶二十二韻〉）

蠶叢及魚鳧，**開國何茫然**。（李白〈蜀道難〉）〔註43〕

蘇武魂銷漢使前，**古祠高樹兩茫然**。（溫庭筠〈蘇武廟〉）

銀箭金壺漏水多，起看秋月墜江波。（李白〈烏棲曲〉）〔註44〕

玉硯露盤紆，**金壺漏丁當**。（溫庭筠〈鴻臚寺有開元中錫宴堂樓臺池沼雅為勝絕荒涼遺址僅有存者偶成四十韻〉）

由上可知，溫庭筠對李白的師法除了表面的用詞之外，還從李詩中獲得特別的靈感與詩思。溫庭筠在〈秘書省有賀監知章草題詩筆力遒健風尚高遠拂塵尋玩因有此作〉一詩中曾言「任達憐才愛酒狂」、「李白死來無醉客」，時常酣飲的溫庭筠堪稱李白死後好酒成痴的傳承之人，難怪庭筠對李白的描寫特別投注在其受賀知章賞識與好酒成痴二方面。此外，溫庭筠的詠史詩作在不知不覺中亦融入李白清新俊逸的詩風，表現出特有的縱逸之氣和遒勁筆力。〔註45〕

〔註41〕李白：〈草書歌行〉，收於〔清〕聖祖御編《全唐詩》（台北：盤庚出版社，1979年），冊5，卷167，頁1729。

〔註42〕李白：〈玉階怨〉，收於〔清〕聖祖御編《全唐詩》（台北：盤庚出版社，1979年），冊5，卷164，頁1701。

〔註43〕李白：〈蜀道難〉，收於〔清〕聖祖御編《全唐詩》（台北：盤庚出版社，1979年），冊5，卷162，頁1680～1681。

〔註44〕李白：〈烏棲曲〉，收於〔清〕聖祖御編《全唐詩》（台北：盤庚出版社，1979年），冊5，卷162，頁1682。

〔註45〕劉學鍇曾評〈秘書省有賀監知章草題詩筆力遒健風尚高遠拂塵尋玩因有此作〉一詩：「詩亦於清新流暢中寓縱逸之氣與遒勁筆力，從中可見其所受於李白詩清新俊逸一面的影響。」收於劉學鍇《溫庭筠全集校注》（北京：中華書局，2007年7月），頁446。

（二）師法杜甫

焉得并州快剪刀，剪取吳松半江水？（杜甫〈戲題畫山水圖歌〉）
〔註46〕

遠水斜如剪，青莎綠似裁。（溫庭筠〈齊宮〉）

三顧頻頻天下計，兩朝開濟老臣心。（杜甫〈蜀相〉）〔註47〕

象床錦帳無言語，從此譙周是老臣。（溫庭筠〈過五丈原〉）

坡陀金蝦蟆，出見蓋有由。至尊顧之笑。王母不肯收。復歸
虛無底，化作長黃虯。（杜甫〈奉同郭給事湯東靈湫作〉）〔註48〕

深巖藏浴鳳，鮮飆媚潛虯。（溫庭筠〈過華清宮二十二韻〉）

明眸皓齒今何在，血污遊魂歸不得。（杜甫〈哀江頭〉）〔註49〕

豔笑雙飛斷，香魂一哭休。（溫庭筠〈過華清宮二十二韻〉）

十暑岷山葛，三霜楚戶砧。（杜甫〈風疾舟中伏枕書懷三十六韻
奉呈湖南親友〉）〔註50〕

粉白仙郎署，霜清玉女砧。（溫庭筠〈洞戶二十二韻〉）

天寒白鶴歸華表，日落青龍見水中。（杜甫〈陪李七司馬皂江
上觀造竹橋即日成往來之人免冬寒入水聊題短作簡李公〉二首之一）
〔註51〕

〔註46〕 杜甫：〈戲題畫山水圖歌〉，收於〔清〕聖祖御編《全唐詩》（台北：
盤庚出版社，1979年），冊7，卷219，頁2305。

〔註47〕 杜甫：〈蜀相〉，收於〔清〕聖祖御編《全唐詩》（台北：盤庚出版社，
1979年），冊7，卷226，頁2431。

〔註48〕 杜甫：〈奉同郭給事湯東靈湫作〉，收於〔清〕聖祖御編《全唐詩》（台
北：盤庚出版社，1979年），冊7，卷216，頁2262～2263。

〔註49〕 杜甫：〈哀江頭〉，收於〔清〕聖祖御編《全唐詩》（台北：盤庚出版
社，1979年），冊7，卷216，頁2268。

〔註50〕 杜甫：〈風疾舟中伏枕書懷三十六韻奉呈湖南親友〉，收於〔清〕聖
祖御編《全唐詩》（台北：盤庚出版社，1979年），冊7，卷233，頁
2574～2575。

〔註51〕 杜甫：〈陪李七司馬皂江上觀造竹橋即日成往來之人免冬寒入水聊題
短作簡李公〉二首，收於〔清〕聖祖御編《全唐詩》（台北：盤庚出
版社，1979年），冊7，卷226，頁2446。

橋彎雙表迥，池漲一篙深。（溫庭筠〈洞戶二十二韻〉）

東飛駕鵝後鶖鶬，安得送我置汝旁。（杜甫〈乾元中寓居同谷縣作歌〉七首之三）〔註52〕

畫鶂照魚鱉，鳴騶亂鵁鶄。（溫庭筠〈鴻臚寺有開元中錫宴堂樓臺池沼雅為勝絕荒涼遺址僅有存者偶成四十韻〉）

溫庭筠對於杜甫的學習，除了詩句的語言外，尚可以由兩人先後於洛陽老君廟的題詩中見出：

> 配極玄都閟，憑虛禁禦長。守祧嚴具禮，掌節鎮非常。
> 碧瓦初寒外，金莖一氣旁。山河扶繡戶，日月近雕梁。
> 仙李盤根大，猗蘭奕葉光。世家遺舊史，道德付今王。
> 畫手看前輩，吳生遠擅場。森羅移地軸，妙絕動宮牆。
> 五聖聯龍袞，千官列雁行。冕旒俱秀發，旌旆盡飛揚。
> 翠柏深留景，紅梨迥得霜。風箏吹玉柱，露井凍銀床。
> 身退卑周室，經傳拱漢皇。谷神如不死，養拙更何鄉。
> 杜甫〈冬日洛城北謁玄元皇帝廟〉〔註53〕

> 紫氣氤氳捧半巖，蓮峰仙掌共巉巖，
> 廟前晚色連寒水，天外斜陽帶遠帆。
> 百二關山扶玉座，五千文字閟瑤緘，
> 自憐金骨無人識，知有飛龜在石函。（溫庭筠〈老君廟〉）

寫老君廟的不凡之氣，杜甫用「一氣」，庭筠用「紫氣」。寫廟前的天地之景，杜甫先寫山河後寫日月，庭筠則先寫日月後寫山河，而且庭筠不直用日月二字，卻改以晚色、斜陽代之，頗具巧思。最後描寫廟旁的山河之勢，杜甫用「山河扶繡戶」，庭筠則說「百二關山扶玉座」，顯見庭筠對杜甫的師法不在於單純的詩句模擬或仿作，而是鎔鑄杜甫之詩思與神韻。

〔註52〕杜甫：〈乾元中寓居同谷縣作歌〉七首，收於〔清〕聖祖御編《全唐詩》（台北：盤庚出版社，1979年），冊7，卷218，頁2298。

〔註53〕杜甫：〈冬日洛城北謁玄元皇帝廟〉，收於〔清〕聖祖御編《全唐詩》（台北：盤庚出版社，1979年），冊7，卷224，頁2387。

（三）師法劉禹錫

劉禹錫晚年居洛陽多與裴度、白居易等人交遊唱和，而溫庭筠在大和、開成年間曾爲裴度門下客，推知庭筠在此時可能結識劉禹錫，且與之學詩一段時日，在〈秘書劉尚書挽歌詞〉二首中，溫庭筠對劉禹錫的才器、氣度、詩文創作成就均有高度評價，也對其受猜忌遭貶謫的命運深表同情，在詩歌創作方面，突出其學習民歌的作品深受民間喜愛、廣泛傳唱，堪稱慧眼獨具。由此可見，溫庭筠對劉禹錫的讚賞與景仰，無形之中劉禹錫詩歌的語言與風格亦深深影響溫庭筠的詠史詩作，所以溫庭筠師法劉禹錫的程度遠遠超過學習李白與杜甫。

1、詩句同出機杼者：

萬戶千門成野草，只緣一曲後庭花。（劉禹錫〈金陵五題·臺城〉）〔註54〕

芊綿平綠臺城基，暖色春容荒古陂。寧知玉樹後庭曲，留待野棠如雪枝。（溫庭筠〈雞鳴埭曲〉）

玉馬朝周從此辭，園陵寂寞對豐碑。（劉禹錫〈後梁宣明二帝碑堂下作〉）〔註55〕

五陵愁碧春萋萋，霸川玉馬空中嘶。（溫庭筠〈湖陰詞〉）

淮水東邊舊時月，夜深還過女牆來。（劉禹錫〈金陵五題·石頭城〉）〔註56〕

秦淮有水水無情，還向金陵漾春色。（溫庭筠〈春江花月夜詞〉）

王濬樓船下益州，金陵王氣黯然收。（劉禹錫〈西塞山懷古〉）〔註57〕

〔註54〕劉禹錫：〈金陵五題·臺城〉，收於〔清〕聖祖御編《全唐詩》（台北：盤庚出版社，1979年），冊11，卷365，頁4117。

〔註55〕劉禹錫：〈後梁宣明二帝碑堂下作〉，收於〔清〕聖祖御編《全唐詩》（台北：盤庚出版社，1979年），冊11，卷365，頁4121。

〔註56〕劉禹錫：〈金陵五題·石頭城〉，收於〔清〕聖祖御編《全唐詩》（台北：盤庚出版社，1979年），冊11，卷365，頁4117。

〔註57〕劉禹錫：〈西塞山懷古〉，收於〔清〕聖祖御編《全唐詩》（台北：盤庚出版社，1979年），冊11，卷359，頁4058。

王氣銷來水淼茫，豈能才與命相妨。（溫庭筠〈過吳景帝陵〉）

2、題詠題材相同者：

劉禹錫作〈翠微寺有感〉〔註58〕，溫庭筠作〈題翠微寺二十二韻〉。

劉禹錫作〈馬嵬行〉〔註59〕，溫庭筠作〈馬嵬驛〉。

劉禹錫作〈華清宮詞〉〔註60〕，溫庭筠作〈過華清宮二十二韻〉。

劉禹錫作〈謝寺雙檜〉〔註61〕，溫庭筠作〈法雲雙檜〉。

3、以俟采詩者：

連州城下，俯接村墟，偶登郡樓，適有所感，遂書其事為俚歌，以俟采詩者。（劉禹錫〈插田歌〉詩序）〔註62〕

武陵俗嗜芰菱，歲秋矣，有女郎盛遊於馬湖，薄言採之，歸以御客。（古有〈採菱曲〉，罕傳其詞，故賦之以俟采詩者。劉禹錫〈採菱行〉詩序）〔註63〕

劉禹錫有〈太和戊申歲，大有年，詔賜百僚出城觀秋稼，謹書盛事，以俟采詩者〉〔註64〕。

靜婉，羊侃妓也，其容絕世，侃自為〈采蓮〉二曲。今樂府所存，失其故意，因歌以俟采詩者。（溫庭筠〈張靜婉採蓮歌〉詩序）

〔註58〕劉禹錫：〈翠微寺有感〉，收於〔清〕聖祖御編《全唐詩》（台北：盤庚出版社，1979年），冊11，卷354，頁3972。

〔註59〕劉禹錫：〈馬嵬行〉，收於〔清〕聖祖御編《全唐詩》（台北：盤庚出版社，1979年），冊11，卷354，頁3963。

〔註60〕劉禹錫：〈華清宮詞〉，收於〔清〕聖祖御編《全唐詩》（台北：盤庚出版社，1979年），冊11，卷354，頁3965。

〔註61〕劉禹錫：〈謝寺雙檜〉，收於〔清〕聖祖御編《全唐詩》（台北：盤庚出版社，1979年），冊11，卷359，頁4051。

〔註62〕劉禹錫：〈插田歌〉，收於〔清〕聖祖御編《全唐詩》（台北：盤庚出版社，1979年），冊11，卷354，頁3962。

〔註63〕劉禹錫：〈採菱行〉，收於〔清〕聖祖御編《全唐詩》（台北：盤庚出版社，1979年），冊11，卷356，頁4007。

〔註64〕劉禹錫：〈太和戊申歲，大有年，詔賜百僚出城觀秋稼，謹書盛事，以俟采詩者〉，收於〔清〕聖祖御編《全唐詩》（台北：盤庚出版社，1979年），冊11，卷357，頁4017。

王敦舉兵至湖陰，明帝微行視其營伍，由是樂府有〈湖陰曲〉，而亡其辭，因作而附之。(溫庭筠〈湖陰詞〉詩序)

由上的整理歸納，可知溫庭筠學習劉禹錫之處頗多，就詩句同出機杼者而言，溫庭筠不在仿作詩句語言，而是汲取詩句的深意與精華鎔鑄出新。就題詠題材相同者而言，由於唐人喜好隨行題詩，因此在著名的遊覽勝地均可見名人詩作，而恰巧溫庭筠所行經之地與劉禹錫有許多相同之處，因此溫庭筠師法劉禹錫是有其現實因素的考量。就創作樂府民歌的動機在於以俟采詩而言，只是創作動機的相同，但實際的詩歌內容卻大異其趣，尤其溫庭筠對樂府體詠史詩的努力著力更深，評價最高。

（四）師法李賀

我有迷魂招不得，**雄雞一聲天下白**。(李賀〈致酒行〉) 〔註65〕

紅妝萬戶鏡中春，**碧樹一聲天下曉**。(溫庭筠〈雞鳴埭曲〉)

魏明帝青龍元年八月，詔宮官牽車西取漢孝武捧露盤仙人，欲立置前殿。宮官既拆盤，仙人臨載，乃潸然淚下。**唐諸王孫李長吉**，遂作金銅仙人辭漢歌。(李賀〈金銅仙人辭漢歌〉詩序) 〔註66〕

殿巢江燕砌生蒿，十二金人霜炯炯。(溫庭筠〈雞鳴埭曲〉)

玳瑁釘簾薄，琉璃疊扇烘。(李賀〈惱公〉) 〔註67〕

素手琉璃扇，玄髻玳瑁簪。(溫庭筠〈洞戶二十二韻〉)

李賀擅作詩歌，也精於音律，能夠自為辭曲，供人傳唱，他曾遊歷江南，期間創作了不少與江南風物人情有關的詩歌名篇。溫庭筠具有詩歌與音樂的才能，也曾客居江南一段時日，其樂府體詠史詩亦融入李賀江南樂府民歌特色的語言風格，例如兩人對南齊錢塘名妓蘇小小的描寫：

〔註65〕李賀：〈致酒行〉，收於〔清〕聖祖御編《全唐詩》(台北：盤庚出版社，1979年)，冊12，卷391，頁4408～4409。

〔註66〕李賀：〈金銅仙人辭漢歌〉，收於〔清〕聖祖御編《全唐詩》(台北：盤庚出版社，1979年)，冊12，卷391，頁4403。

〔註67〕李賀：〈惱公〉，收於〔清〕聖祖御編《全唐詩》(台北：盤庚出版社，1979年)，冊12，卷391，頁4410。

　　幽蘭露，如啼眼。無物結同心，煙花不堪剪。草如茵，松
　　如蓋。風爲裳，水爲珮。油壁車，夕相待。冷翠燭，勞光
　　彩。西陵下，風吹雨。（李賀〈蘇小小墓〉）〔註68〕

　　買蓮莫破券，買酒莫解金。酒裏春容抱離恨，水中蓮子懷
　　芳心。
　　吳宮女兒腰似束，家在錢塘小江曲。一自檀郎逐便風，門
　　前春水年年綠。（溫庭筠〈蘇小小歌〉）

寫蘇小小的形象，李賀是透過寫「鬼」來寫「人」，藉由景物幻化出
人物的形象，溫庭筠則直接描摹蘇小小眞實的人物形象。在人與情的
層次安排上，李賀先寫蘇小小的美麗容貌，後寫其堅貞而幽怨的情
懷，溫庭筠卻先寫蘇小小眞摯的愛情，再寫其腰似束的姿態。二詩的
共同點在結尾的部分，都刻畫出蘇小小等待伊人、孤寂幽冷的心境。
李賀詩中「無物結同心」，表面上寫蘇小小，實際上也暗指自己生不
逢時，奇才異能不被賞識的慨嘆，同樣的，溫庭筠藉蘇小小凝眸專
注、盼郎歸來的神情，也流露出自己汲汲用世的渴望，詩中所反映的
是人世的現實內容，所表現的是詩人的內心感情。

（五）師法元白新樂府

　　中唐時期元白新樂府十分盛行，將新樂府的創作推上了高峰，在
內容上，主張通俗淺近、老嫗能解，反對樂府豔詞、過多藻飾，主要
是要發揮諷諭作用，藉此達到「補察時政」爲目的。

　　溫庭筠繼承了元白新樂府諷諭的精神，不過在取材上卻有所不同
——元白新樂府主要是取材於現實，而溫庭筠主要是取材於歷史以針
砭時弊，所寫幾乎都是前朝的故事。例如〈雞鳴埭曲〉、〈雉場歌〉，
詩中透過描寫南朝滅亡後荒涼凄清的景色，來反襯當初統治者射雉打
獵時的驕奢浮靡的宮廷生活；又如〈漢皇迎春詞〉、〈走馬樓三更曲〉，
暗諷帝王寵幸后妃，私生活荒淫無度。〈邯鄲郭公詞〉、〈達摩支曲〉

〔註68〕李賀：〈蘇小小墓〉，收於〔清〕聖祖御編《全唐詩》（台北：盤庚出
　　　　版社，1979年），冊12，卷390，頁4396。

寫北齊後主高緯喜好傀儡、沉溺歌酒戲樂而招致敗亡之事。〈春江花月夜詞〉則將陳後主宮廷狂歡、隋煬帝龍舟南遊的荒政遊樂之事作爲吟詠內容。〈陳宮詞〉、〈齊宮〉，詩中側重在摹寫宮女妃嬪的柔媚嬌慵之態和幽怨之情，暗諷帝王遊樂淫逸之實。由上可知，這些詩意深存箴規，與元白諷諭現實的精神是一致的。

清人薛雪《一瓢詩話》曾言：「溫飛卿，晚唐之李青蓮也，故其樂府最精，義山所不及。」〔註 69〕台灣學者廖振富先生亦言：「溫庭筠的樂府體詠史詩，更能代表其獨特的風貌。」〔註 70〕溫庭筠詠史樂府詩，大部分是採用新題，根據相關材料自製的新題樂府，少數採用舊題，但題材內容大都鎔鑄變化前代樂府且自出機杼，有別於傳統舊題樂府，在風格上則多用豔詞、講究藻飾，詩歌語言優美，意境深邃，且多用典故，借古諷今，充分展示了詩人的音樂文學才華，在晚唐的詠史樂府詩當中獨樹一幟。

二、長於七言

溫庭筠四十六首詠史詩的體式分類如下：

體式	首數	詩　　　　題
七古	十二	〈雞鳴埭曲〉〈張靜婉採蓮歌〉〈太液池歌〉〈雉場歌〉〈雝臺歌〉〈湖陰湖〉〈漢皇迎春詞〉〈昆明治水戰詞〉〈謝公墅歌〉〈臺城曉朝曲〉〈走馬樓三更曲〉〈春江花月夜詞〉
七律	十一	〈開聖寺〉〈法雲雙檜〉〈馬嵬驛〉〈奉天西佛寺〉〈題望苑驛〉〈過陳琳墓〉〈老君廟〉〈過五丈原〉〈過新豐〉〈蘇武廟〉〈馬嵬佛寺〉
七絕	九	〈蔡中郎墳〉〈題端正樹〉〈渭上題（一）〉〈渭上題（二）〉〈渭上題（三）〉〈四皓〉〈過吳景帝陵〉〈龍尾驛婦人圖〉〈簡同志〉
五古	六	〈故城曲〉〈金虎臺〉〈邯鄲郭公詞〉〈齊宮〉〈題賀知章故居疊韻作〉〈鴻臚寺有開元中錫宴堂樓臺沼雅爲勝絕荒涼遺址僅有存者偶成四十韻〉

〔註 69〕〔清〕薛雪：《一瓢詩話》，收於王夫之等撰、丁福保編《清詩話》（台北：西南書局，1979 年 11 月），頁 657。

〔註 70〕廖振富：《唐代詠史詩之發展與特質》（台灣師範大學國研所碩士論文，1989 年），頁 223。

五排	四	〈題翠微寺二十二韻〉〈過孔北海墓二十韻〉〈過華清宮二十二韻〉〈洞戶二十二韻〉
雜言	二	〈達摩支曲〉〈蘇小小歌〉
五律	一	〈陳宮詞〉
七排	一	〈祕書省有賀監知章草題詩筆力遒健風尚高遠拂塵尋玩因有此作〉

　　由上表可知，溫庭筠詠史詩的體式有七古、七律、七絕、七排、五古、五律、五排以及雜言等七種，詩人勇於求新、求變，且不拘泥於一法，藉由體式的多樣化，融敘事、抒情、議論於詩歌中，創作出一首首意味雋永的詠史佳作。若探究其在詩歌體式的選擇，其中七古有十二首，其次是七律、七絕分別有十一首、九首，七排一首，其選用七言創作已佔其詠史詩的一半，可看出溫庭筠愛用七言來寫作詠史詩的傾向。這種情形歸因於七言在表達上，句意波折跌盪，較有變化，適合夾雜敘事、說理與抒情；五言則篇幅短小，便於塑造單一、純淨的視覺畫面，語意表達比較平緩，適合寫景、抒情，基於詠史詩借古諷今，需要鎔鑄前人的典故，並徵引史實作爲嘆詠的依據，且語多激憤之情，爲了避免堆砌史料、內容空洞之弊，因此，七言較五言更增添語意轉折交迭的空間，滿足傳情達意的需要，讓詠史詩敘事完整、論理深刻、情意動人，故七言較五言更受青睞，尤其溫庭筠的七古、七律的詠史詩歷來頗受好評，在詩壇上具舉足輕重的地位。

三、善用典故

　　觀溫庭筠所生活的時代，唐王朝已日薄西山、回天無力，但渴望復興仍然是朝野的思想主流，施展抱負、振興朝政，仍是多數文人士子的政治理想，然而政治的亂象與社會的弊端阻礙著他的仕進之路，使得他深感懷抱利器，卻託足無門，只能將滿腔的熱血與憤慨，藉由運用典故，來表達對當朝和社會現實的嘲諷與不滿，讓詩歌能夠在精簡的文句裡，表達更豐富而深刻的寓意。如〈達摩支曲〉：

　　　　紅淚文姬洛水春，白頭蘇武天山雪。

「紅淚」，舊題王嘉《拾遺記‧魏》：「文帝所愛美人，姓薛名靈芸，常山人也。

　　……咸熙元年，谷習出守常山郡，聞亭長有美女而家甚貧。時文帝選良家子女，以入六宮。習以千金寶賂聘之。既得，乃以獻文帝。靈芸聞別父母，獻欷累日，淚下霑衣。至升車就路之時，以玉唾壺承淚，壺則紅色。既發常山，及至京師，壺中淚凝如血矣。」〔註71〕後因稱婦女悲傷的眼淚為「紅淚」。「文姬」，據《後漢書‧蔡琰傳》：「陳留董祀妻者，同郡蔡邕之女也，名琰，字文姬。博學有才辯，又妙於音律。適河東衛仲道。夫亡無子，歸寧于家。興平中，天下喪亂，文姬為胡騎所獲，沒於南匈奴左賢王，在胡中十二年，生二子。曹操素與邕善，痛其無嗣，乃遣使者以金璧贖之，而重嫁於祀。」〔註72〕「蘇武」，西漢杜陵人。武帝時，使匈奴。單于降之，不從。徙北海牧羊十九年乃還。〔註73〕前句「紅淚文姬洛水春」化用薛靈芸、蔡琰二典，而後句「白頭蘇武天山雪」只用蘇武一典，溫庭筠藉由這三個典故敘寫人世間不可磨滅的去國懷鄉之情與家國之恨。

　　陳後主荒淫誤國，是歷史上有名的亡國之君，也是南朝的最後一位君主。如〈雞鳴埭曲〉：

　　　　繡龍畫雉塡宮井，野火風驅燒九鼎。
　　　　寧知玉樹後庭曲，留待野棠如雪枝。

「塡宮井」，據《南史‧陳後主本紀》載：「隋軍南北道並進，……憲勸端坐殿上，正色以待之。後主曰：『鋒刃之下，未可及當，吾自有計。』乃逃於井。二人苦諫不從，以身蔽井，後主與爭久之方得入。……既而軍人窺井而呼之，後主不應，欲下石，乃聞叫聲，以繩引之，驚

〔註71〕〔晉〕王嘉：《拾遺記‧魏》（台北：木鐸出版社，1982年2月初版），卷7，頁159。

〔註72〕〔南朝宋〕范曄撰：《後漢書‧蔡琰傳》（台北：鼎文書局，1979年2月），卷84，頁2800。

〔註73〕〔東漢〕班固撰：《漢書‧蘇武傳》（台北：鼎文書局，1979年2月），卷54，頁2459～2467。

其太重，及出，乃與張貴妃、孔貴人三人同乘而上。」〔註74〕又《南畿志》：「景陽井在臺城內，一名臙脂井，陳後主與張麗華、孔貴嬪投其中，後人名爲辱井。」〔註75〕

「玉樹後庭曲」，引自《陳書‧後主沈皇后傳附張貴妃》：「後主每引賓客對貴妃等遊宴，則使諸貴人及女學士與狎客共賦新詩，互相贈答，採其尤豔麗者以爲曲調，被以新聲，選宮女有容色者以千百數，令習而歌之，分部迭進，持以相樂。其曲有〈玉樹後庭花〉、〈臨春樂〉等，大指所歸，皆美張貴妃、孔貴嬪之容色也。」〔註76〕詩中二處引用陳後主狼狽避難與縱情享樂的典故，藉此說明南朝荒淫亡國的歷史教訓。

同是對陳後主作辛辣諷刺，溫庭筠另有〈春江花月夜詞〉一詩：

> 玉樹歌闌海雲黑，花庭忽作青蕪國。
>
> 後主荒宮有曉鶯，飛來只隔西江水。

此詩集中筆墨描寫隋煬帝遊幸江都的豪華奢侈、醉生夢死的靡爛生活。藉由首、末二句陳後主的荒淫誤國的典故，諷刺隋煬帝也步上了陳後主的後塵，爲帝王者不可不引以爲戒。

溫庭筠善用典故，在〈洞戶二十二韻〉一詩寓意深遠，若不熟悉史實的人可能會不知所云，關鍵在於作者巧妙運用典故：

> 粉白仙郎署，霜清玉女砧。
>
> 舊詞翻白紵，新賦換黃金。
>
> 唳鶴調蠻鼓，驚蟬應寶琴。
>
> 綠囊逢趙后，青瑣見王沈。

「粉白仙郎署」，引自《漢官儀》：「尙書郎奏事明光殿，省中皆胡粉塗壁，其邊以丹漆地，故曰丹墀。」〔註77〕唐時稱尙書省諸曹郎官曰

〔註74〕〔唐〕李延壽撰：《南史‧陳後主本紀》（台北：鼎文書局，1979 年 2 月），卷 10，頁 308～309。

〔註75〕明聞人詮等修：《江蘇省南畿志》（台北：成文出版社，1983 年），冊 1，卷 4，頁 185。

〔註76〕〔隋〕姚察、〔唐〕魏徵、姚思廉合撰：《陳書‧後主沈皇后傳附張貴妃》（台北：鼎文書局，1979 年 2 月），卷 7，頁 132。

〔註77〕〔漢〕應劭撰：《漢官儀》，收於《叢書集成初編》（北京：中華書局，

仙郎。「玉女砧」,《述異記》:「擣衣山,一名靈山,在瑯琊郡。山南絕險,巖有方石,昔有神女於此擣衣,其石明瑩,謂之玉女擣練砧。」〔註78〕「粉白仙郎署,霜清玉女砧」二句,描寫唐玄宗與楊貴妃住所之富麗堂皇。

「新賦換黃金」,據司馬相如〈長門賦并序〉載:「孝武皇帝陳皇后時得幸,頗妒。別在長門宮,愁悶悲思。聞蜀郡成都司馬相如工爲文,奉黃金百斤爲相如、文君取酒,因于解悲愁之辭,而相如爲文以悟主上,陳皇后復得親幸。」〔註79〕「舊詞翻白紵,新賦換黃金」二句,敘寫唐玄宗耽於樂舞酒色之中,楊妃與梅妃爭寵,並譖害梅妃之史事。〔註80〕

「唳鶴調蠻鼓」,據《會稽記》載:「雷門上有大鼓,圍二丈八尺,每一鼓,聲聞洛陽。孫恩之亂,鼓爲軍人斫破,有雙白鶴飛出,後遂不鳴。」〔註81〕又《隋書·地理志》:「自嶺以南二十餘郡,……並鑄銅爲大鼓,初成懸於庭中,置酒以招同類。來者有豪富女子,則以金銀爲大釵,執以叩鼓,竟乃留遺主人,名爲銅鼓釵。俗好相殺,多構

1985 年),卷上,頁 23。

〔註78〕〔梁〕任昉撰:《述異記》,收於〔清〕紀昀等總纂《景印文淵閣四庫全書》(台北:台灣商務印書館,1985 年),冊 1047,頁 619。

〔註79〕司馬相如〈長門賦并序〉,收於〔梁〕蕭統編、〔唐〕李善注:《文選》(台北:文津出版社,1987 年 7 月),卷 16,頁 712。

〔註80〕顧嗣立案:「徐注:《梅妃傳》:妃姓江氏,莆田人,性喜梅,上以其所好,戲名曰梅妃,曰:『此梅精也。』竟爲楊氏遷於上陽東官。妃以千金壽高力士,求詞人擬司馬相如爲《長門賦》,欲邀上意。力士方奉太眞,且畏其勢,報曰:『無人解賦。』妃乃自作《樓東賦》,太眞聞之,訴明皇曰:『江妃庸賤,以庾辭宜言怨望,願賜死。』」又案:「吳兆宜云:《楊貴妃傳》:天寶九載,貴妃復忤旨。送歸外第。時吉溫與中貴人善,溫入奏曰:『婦人智識不遠,有忤聖情。然貴妃亦久承恩顧,何惜官中一席之地,使其就戮,安忍取辱於外哉!』上即使力士召還。」〔唐〕溫庭筠撰;明曾益注;〔清〕顧予成補注;〔清〕顧嗣立重訂:《溫飛卿詩集箋注》,收於〔清〕紀昀等總纂《景印文淵閣四庫全書》(台北:台灣商務印書館,1985 年),冊 1082,頁 521。

〔註81〕〔清〕錢泳撰:《履園叢話·古蹟·雷門》(台北:大立出版社,1982 年初版),頁 485。

讎怨，欲相攻則鳴此鼓，到者如雲。」〔註 82〕「驚蟬應寶琴」，則引自《後漢書・蔡邕傳》：「初，邕在陳留也，其鄰人有以酒食召邕者，比往而酒以酣焉。客有彈琴於屏，邕至門試潛聽之，曰：『憘！以樂召我而有殺心，何也？』遂反。將命者告主人曰：『蔡君向來，至門而反。』邕素為邦鄉所宗，主人遽自追而問其故，邕具以告，莫不憮然。彈琴者曰：『我向鼓琴，見螳螂方向鳴蟬，蟬將去而未飛，螳螂為之一前一卻，吾心聳然，惟恐螳螂之失也。此豈為殺心而形於聲音者乎？』」〔註 83〕「唳鶴調蠻鼓，驚蟬應寶琴」記述唐玄宗以胡人安祿山戍守邊境，卻疏於防範其篡唐之野心，最後導致安史之亂的發生。

　　「綠囊逢趙后」，據《漢書・外戚傳》載：「（許美人）元延二年懷子，其十一月乳。……（趙后）懟，以手自擣，以頭擊壁戶柱，從床上自投地，啼泣不肯食。……後詔使嚴持綠囊書予許美人，……美人以葦篋一合盛所生兒，緘封，及綠囊報書予嚴。嚴持篋書，置飾室簾南去。……恭受詔，持篋方底予武，皆封以御史中丞印，曰：『告武：篋中有死兒，埋屏處，勿令人知。』武穿獄樓垣下為坎，埋其中。」〔註 84〕「青瑣見王沈」，引《漢書・元后傳》：「曲陽侯根宗重身尊，三世據權，五將秉政，天下輻湊自效。根行貪邪，臧累鉅萬，縱橫恣意，大治室第，第中起土山，立兩市，殿上赤墀，戶青瑣」〔註 85〕又《晉書・王沈傳》載：「王沈字處道，太原晉陽人也。祖柔，漢匈奴中郎將。父機，魏東郡太守。沈少孤，養於從叔司空昶，事昶如父。奉繼母寡嫂以孝義稱。好書，善屬文。……及帝受禪，以佐命之勳，

〔註 82〕　魏徵：《隋書・地理志下》（台北：鼎文書局，1979 年 2 月），卷 31，頁 888。

〔註 83〕　〔南朝宋〕范曄撰：《後漢書・蔡邕傳》（台北：鼎文書局，1979 年 2 月），卷 60 下，頁 2004～2005。

〔註 84〕　〔東漢〕班固撰：《漢書・外戚傳》（台北：鼎文書局，1979 年 2 月），卷 97，頁 3993～3994。

〔註 85〕　〔東漢〕班固撰：《漢書・元后傳》（台北：鼎文書局，1979 年 2 月），卷 98，頁 4028。

轉驃騎將軍、錄尚書事,加散騎常侍,統城外諸軍事。封博陵郡公,固讓不受,乃進爵為縣公,邑千八百戶。帝方欲委以萬機,泰始二年薨。帝素服舉哀,賜秘器朝服一具、衣一襲、錢三十萬、布百匹、葬田一頃,諡曰元。」〔註86〕「綠囊逢趙后,青瑣見王沈」二句,上句寫后妃之妒,與侍妾命的乖舛;下句寫王沈因得天時地利人和而平步青雲、位高權重。此聯藉用典故抒發世事禍福之無常,政治之險惡,暗諷楊妃悍妒,〔註87〕並譖害梅妃,同時亦隱射晚唐內寵之爭、宦官干政,致使莊恪太子暴薨之史事。

在風雨飄搖的晚唐,是多麼需要賢君名臣的出現。溫庭筠以才能自許,並渴望能經世致用,但卻終生沉淪下僚,晉明帝便成了詩人理想中經邦治國的代表人物。試看〈奉天西佛寺〉:

宗臣欲舞千鈞劍,追騎猶觀七寶鞭。

「七寶鞭」,以多種珍寶為飾的馬鞭。據《晉書・明帝本紀上》載:「(明帝)見逆旅賣食嫗,以七寶鞭與之,曰:『後有騎來,可以此示也。』〔註88〕」唐德宗建中四年,因藩鎮叛亂,德宗皇帝倉皇避難於奉天。溫庭筠巧妙運用晉明帝為王敦所追殺的歷史典故,意在批評涇原節度使姚令言及朱泚等叛亂,猛攻奉天,希冀取得天下之舉,實在狂妄至極。

〔註86〕〔唐〕房玄齡撰:《晉書・王沈傳》(台北:鼎文書局,1979 年 2 月),卷 39,頁 1143、1145。

〔註87〕顧嗣立案:「徐注:此刺貴妃之妒悍也。《梅妃傳》:後上憶妃,遣小黃門滅燭,密以戲馬召妃至翠華西閣。繼而上失寤,侍御驚報曰:『妃子已屆閣前,當奈何!』上披衣,抱妃藏夾幔間。太眞歸私第,上覓妃所在,已為小黃門送令步歸東宮。《太眞外傳》:妃子以妒悍忤旨,令高力士送還楊銛宅。力士探旨,奏請載還,送院中。自茲恩遇日深,後宮無得進幸矣。」〔唐〕溫庭筠撰;明曾益注;〔清〕顧予咸補注;〔清〕顧嗣立重訂:《溫飛卿詩集箋注》,收於〔清〕紀昀等總纂《景印文淵閣四庫全書》(台北:台灣商務印書館,1985 年),冊 1082,頁 521。

〔註88〕〔唐〕房玄齡撰:《晉書・明帝本紀上》(台北:鼎文書局,1979 年 2 月),卷 6,頁 161。

　　嚴子陵是東漢的一位眞隱士，與那些以隱求仕、走終南捷徑的人不同。後人多用嚴子陵典故歌詠隱士的德行或表達隱居的心願。試看〈渭上題〉三首之一：

　　　　呂公榮達子陵歸，萬古煙波繞釣磯。

南朝宋・范曄撰《後漢書・逸民傳》：「嚴光字子陵，一名遵，會稽餘姚人也。少有高名，與光武同遊學。及光武即位，乃變名姓，隱身不見。帝思其賢，乃令以物色訪之。後齊國上言：『有一男子，披羊裘釣澤中。』帝疑其光，乃備安車玄纁，遣使聘之。三反而後至。……除爲諫議大夫，不屈，乃耕於富春山，後人名其釣處爲嚴陵瀨焉。」〔註89〕當詩人倦於宦途的奔波，嚮往隱居的情緒便時時襲上心頭，嚴子陵的典故代表了詩人對隱居的嚮往。溫庭筠在詩中把姜太公的榮達與嚴子陵的歸隱相對照，兩種隱居顯然有別，詩人對姜太公的「隱」顯然是持批評的態度的。

四、特重場景

　　陸機〈文賦〉有言：「觀古今於須臾，撫四海於一瞬。」〔註90〕說明詩人在想像力馳騁之時，可以橫越古今的限制，穿梭於時空的情景之中。黃永武《中國詩學──設計篇》也說：「人與自然時空是那樣奇妙地融合無間，情感與哲理，不喜歡脫離時空景象，去作純粹的摹情說理，每每透過時空實象的交互映射予以形象化。因此可以說：時空設計，是中國詩裡最重要的一環。」〔註91〕詠史詩的創作比其他文學更具有強烈的時空感，藉由情、理、時、空的巧妙結合，產生時空交錯的意象，給予讀者特殊的感受，也使作者的情思益發眞切，意境

〔註89〕〔南朝宋〕范曄撰：《後漢書・逸民傳》（台北：鼎文書局，1979 年 2 月），卷 83，頁 2763～2764。

〔註90〕蕭統編、李善注：《文選》（台北：文津出版社，1987 年 7 月），卷 17，頁 763。

〔註91〕黃永武：《中國詩學──設計篇》（台北：巨流圖書公司，2005 年 8 月初版十三刷），頁 43。

更為高遠。溫庭筠在詠史詩的表現形式上，特別重視場景的布置，貼切運用融情入景的敘史方式，以及古今時空的對照手法，使讀者在腦中形成鮮明的意象，以增強詠史詩的藝術表現力。試看〈雞鳴埭曲〉：

> 南朝天子射雉時，銀河耿耿星參差，
> 銅壺漏斷夢初覺，寶馬塵高人未知。
> 魚躍蓮東蕩宮沼，濛濛御柳懸棲鳥，
> 紅妝萬戶鏡中春，碧樹一聲天下曉。
> 盤踞勢窮三百年，朱方殺氣成愁煙，
> 彗星拂地浪連海，戰鼓渡江塵漲天。
> 繡龍畫雉填宮井，野火風驅燒九鼎，
> 殿巢江燕砌生蒿，十二金人霜炯炯。
> 芊綿平綠臺城基，暖色春空荒古陂，
> 寧知玉樹後庭曲，留待野棠如雪枝。

全詩由南朝齊武帝遊獵盛況寫至陳亡國後宮殿的荒廢，儼然是一部南朝的興亡盛衰史。詩歌描寫朝代興亡盛衰的翻覆，以一種荒冷淒豔的色彩描繪南朝宮廷的窮奢極靡和君王的遊逸無度，諷刺並不直接，但整首詩的情調是傷感哀豔的，自然而言地流露出繁華成灰、歡娛成空之感。溫庭筠描寫南朝宮城遺址的荒廢，所取用的景物並非荒涼殘敗，而是以平常的景物——綿延的綠野、和暖的晴空、如雪的野棠，構成繁盛柔美的春色，藉由過去的繁華、衰亡和眼前平常、柔美的春景之對比中，寄託詩人對歷史盛衰、國家興廢的無限感慨。這種表現手法在〈春江花月夜詞〉中也相當明顯：

> 玉樹歌闌海雲黑，花庭忽作青蕪國。
> 秦淮有水水無情，還向金陵漾春色。
> 楊家二世安九重，不御華芝嫌六龍。
> 百幅錦帆風力滿，連天展盡金芙蓉。
> 珠翠丁星復明滅，龍頭劈浪哀笳發。
> 千里涵空澄水魂，萬枝破鼻飄香雪。
> 漏轉霞高滄海西，頗黎枕上聞天雞。
> 蠻弦代寫曲如語，一醉昏昏天下迷。

> 四方傾動煙塵起，猶在濃香夢魂裏。
>
> 後主荒宮有曉鶯，飛來只隔西江水。

全詩辭藻豔麗、氣勢磅礴，詩中以不變的春江花月夜的美景襯托陳、隋兩代的盛衰興亡，藉由不變的自然景物與變幻無常的人事作鮮明對比，詩末以眼前的平常景物作結，襯托出歷史興亡盛衰的感慨。以優美的自然物象喻寫歷史人事，讓概述史事與描摹自然通篇一體，這種敘史與寫景的合一，可謂是溫庭筠創作詠史詩的一個慣用手法，也是詠史詩融情入景最成功的典範。

溫庭筠在詠史詩引入自然的成分，在整首詩中常具有畫龍點睛作用，致使作品富有餘味，且提升作品的主題內涵。又如〈昆明治水戰詞〉：

> 汪汪積水光連空，重疊細紋晴漾紅。
>
> 赤帝龍孫鱗甲怒，臨流一盼生陰風。
>
> 鼉鼓三聲報天子，雕旌獸艦凌波起。
>
> 雷吼濤驚白石山，石鯨眼裂蟠蛟死。
>
> 溟池海浦俱喧豗，青幟白旌相次來。
>
> 箭羽槍纓三百萬，踏翻西海生塵埃。
>
> 茂陵仙去菱花老，唼喋遊魚近煙島。
>
> 渺莽殘陽釣艇歸，綠頭江鴨眠沙草。

漢武帝是盛世之君，也是歷史上有名的雄才大略的君主，他為了討伐昆明國而開鑿昆明湖教習水戰。詩中筆墨著力描述昆明池神獸出沒、濤驚雷吼的氣勢和漢水軍樓船林立、箭羽連天的聲威。末四句則回歸眼前的景物，描寫漢武帝去世後，昆明湖至唐代雖經整修尚有其利用價值，但昔日盛況不再。以殘陽下的昆明池野鴨眠岸、釣艇閑歸的煙水迷離圖景作結，通過反差極大的場景畫面的拼接組合產生巨大張力以突出古今盛衰變幻的強烈慨嘆。溫庭筠追懷往昔盛世，在榮華無常的體認中產生幻滅感與虛無感，正反映了晚唐詩人們對現實處境的一種憤懣、懷疑和迷茫。無所作為、無所期待與無所憑寄漸漸成為一種廣大知識分子的一種普遍處境，也因此詩歌中常藉由景物的鋪陳描摹與古今時空的對比方式，傳達出詩人在現實處境之中對自身和時代的傷悼。

五、議論新奇

　　議論新奇，立意高絕，是晚唐五代詩人詠史的一大特點，也是晚唐五代詠史詩所具有的藝術魅力。〔註92〕詩人回首歷史時，每每注意其與現實政治扣合之處，從中探尋解答現實困惑的一線光明，故其憂慮的目光自然更多投射到危如累卵的國勢。除了負面形象的歷史帝王以外，正面人物往往成為詠史詩的吟詠對象，而詩人所關懷的對象不是困頓不得志的文人才士，就是志業未成的英雄人物，如諸葛孔明，在詩人墨客的筆下永垂不朽。試看〈過五丈原〉：

　　　　鐵馬雲雕久絕塵，柳陰高壓漢營春。

　　　　天晴殺氣屯關右，夜半妖星照渭濱。

　　　　下國臥龍空寤主，中原逐鹿不因人。

　　　　象床錦帳無言語，從此譙周是老臣。

諸葛亮是一個偉大的軍事家、政治家，也是一位精通天文、地理、氣象的科學家，更是一名真正的儒者，具有澹泊明志、寧靜致遠的精神涵養。雖然他統一中國，光大漢室的最終理想未能實現，但是，他那種以身許國，明知不可為而為，努力不懈的氣慨，實在令後人敬佩不已、讚賞至今。相較於譙周，當魏軍攻蜀漢危急之時，朝臣上下或主奔吳，或主退守南中，莫衷一是，唯譙周力主降魏，對後主說，降魏後，「魏不裂土以封陛下者，周請詣京師，以古義爭之」。〔註93〕譙周是失敗主義者，他精通命理，早就明說，天命在魏，蜀漢到劉禪氣數已盡。溫庭筠以其卓越的史識，議論精警新奇，巧妙地將諸葛亮與譙周作一對比，表達了對昏庸的後主與卑劣的譙周之嚴厲的譴責。

　　溫庭筠以深刻的理性審視、理解歷史，這種對歷史的理性思考，往往非一般的泛泛之論，而多為創新出奇，翻作反面文章，一吐胸中塊壘。如〈四皓〉：

〔註92〕賴玉樹：《晚唐五代詠史詩之美學意識》（中國文化大學中文所博士論文，2003年），頁97。

〔註93〕〔晉〕陳壽撰、〔宋〕裴松之注：《三國志・蜀書・譙周傳》（台北：鼎文書局，1979年2月），卷42，頁1030。

商於用里便成功，一寸沉機萬古同。

但得戚姬甘定分，不應眞有紫芝翁。

晚唐時局不靖，宦官、藩鎮操控帝后廢立、生殺大權。立嗣之事，皇帝作不了主，朝臣也無能建言，因此，四皓定儲之事成爲時人議論的話題。詩中作者關注的不是個人的窮通，乃是社會問題、歷史規律，詩人將重大歷史事件的成敗因果進行逆向思維，藉此反思歷史規律外的偶然性，以及對整個歷史運轉所作的影響，一反傳統之定論，提出大膽的新見，發前人之所未曾發，想前人之所不敢想，的確是慧眼獨具，匠心獨運，發人深省。

　　詠史詩是以歷史爲歌詠題材的詩作，詩人必須具備史才與詩才，才能創作出見解精闢、雋永流長的詠史詩。試看〈過吳景帝陵〉：

王氣銷來水淼茫，豈能才與命相妨。

虛開直瀆三千里，青蓋何曾到洛陽。

溫庭筠不以成敗論英雄，詩中他同情英年早逝的吳景帝，發出「豈能才與命相妨」的議論，似是對晚唐傾頹國勢的擔憂，以及對自己懷才不遇的慨嘆，同時也對好高騖遠、不自量力的孫皓給予譴責。詩人以其敏銳的感受力和觀察力，以及深刻理性的態度，重新檢視歷史，給予客觀的評斷，適切地傳達出作者對歷史興亡成敗大事的反省思索，並寄託歷史殷鑑的教訓。

第二節　修辭技巧

　　由於前代詠史詩的滋養，以及特定的時代精神所鑄造，成就了晚唐詠史詩空前繁榮的局面。因此，可以更明確地說，溫庭筠詠史詩也是歷史和現實共同塑造的，既有深厚的傳統意味，又反射著特定的時代精神。詩人爲了深刻表達詠史詩中的意韻，善於運用多種的修辭技巧，藉此拓展詠史詩的時間和空間，把歷史和現實緊緊地聯繫起來，讓詩歌的意韻更加深厚含蓄，且耐人尋味。

　　若仔細熟讀溫庭筠的詠史詩，不難發現其詩中譬喻、映襯、類疊、

對偶等修辭技巧被廣泛地運用，使「史」、「詩」、「情」日趨完美統一，這對詠史詩意境的創造產生了積極的作用，促使詠史詩的底蘊更為深厚，從而也豐富了溫詩的藝術表現。

一、表意方法

（一）譬　喻

譬喻就是人們通常所說的打比方，也就是利用乙事物來說明與其本質不同而又有相似之處的甲事物的一種修辭方法。黃師慶萱《修辭學》指出：

> 譬喻是一種「借彼喻此」的修辭法，凡二件或二件以上的
> 事物中有類似之點，說話、作文時運用「那」有類似點的
> 事物來比方說明「這」件事物的，就叫「譬喻」。〔註94〕

由此可知，運用的譬喻使許多複雜、難以捉摸的現象或具體事物的形象，變得更鮮明、生動，達到化俗為雅、化平淡為生動、化繁複為簡易、化深奧為淺顯易懂的效果，使意境臻於高格。溫庭筠才華洋溢，富於想像與聯想，常藉由「譬喻」的運用，將情與景更貼切地描摹表達出來。

1、明　喻

宵知玉樹後庭曲，留待野棠如雪枝。（〈雞鳴埭曲〉）

鸂鶒交交塘水滿，綠芒如粟蓮莖短。（〈張靜婉採蓮歌〉）

郎心似月月未缺，十五十六清光圓。（〈張靜婉採蓮歌〉）

虎髯拔劍欲成夢，日壓賊營如血鮮。（〈湖陰詞〉）

羽書如電入青瑣，雪腕如槌催畫鞞。（〈湖陰詞〉）

吳宮女兒腰似束，家在錢唐小江曲。（〈蘇小小歌〉）

蠻弦代寫曲如語，一醉昏昏天下迷。（〈春江花月夜詞〉）

遠水斜如剪，青莎綠似裁。（〈齊宮〉）

〔註94〕黃慶萱：《修辭學》（台北：三民書局，2002 年 10 月增訂三版一刷），頁 321。

草木榮枯似人事，綠陰寂寞漢陵秋。(〈題端正樹〉)

火雲如沃雪，湯殿似含霜。(〈題翠微寺二十二韻〉)

撫事如神遇，臨風獨涕零。(〈過孔北海墓二十韻〉)

敗荷塌作泥，死竹森如槍。(〈鴻臚寺有開元中錫宴堂樓臺沼雅為勝絕荒涼遺址僅有存者偶成四十韻〉)

凡「本體」、「喻詞」、「喻體」三者具備的譬喻，叫作「明喻」。溫庭筠多以「如、似」為喻詞，並大量運用在狀物（描摹事物）上，達成視覺的美感效果，使人在恍然大悟中驚嘆、佩服詩人設喻之巧妙。

2、借　喻

搗麝成塵香不滅，拗蓮作寸絲難絕。紅淚文姬洛水春，白頭蘇武天山雪。(〈達摩支曲〉──借喻人世間不可磨滅的去國懷鄉之情與家國之恨。)

穆滿曾為物外遊，六龍經此暫淹留。(〈馬嵬驛〉──借喻安史之亂玄宗倉皇攜妃離宮避胡去蜀。)

弱柳千條杏一枝，半含春雨半垂絲。(〈題望苑驛〉──借喻唐玄宗對楊貴妃的寵幸與思念。)

分明十二樓前月，不向西陵照盛姬。(〈題望苑驛〉──周穆王在西征途中喪盛姬，借喻唐玄宗西逃入蜀途中喪楊妃。)

路傍佳樹碧雲愁，曾侍金輿幸驛樓。草木榮枯似人事，綠陰寂寞漢陵秋。(〈題端正樹〉──以端正樹的昔盛今衰借喻楊貴妃的昔榮今辱的不幸遭遇。)

不料邯鄲蝨，俄成即墨牛。(〈過華清宮二十二韻〉──「邯鄲蝨」、「即墨牛」借喻安祿山。)

文楸方罫花參差，心陣未成星滿池。四座無喧梧竹靜，金蟬玉柄俱持頤。

對局含嚬見千里，都城已得長蛇尾。(〈謝公墅歌〉──以棋局借喻戰局。)

石麟埋沒藏春草，銅雀荒涼對暮雲。(〈過陳琳墓〉──借喻晚唐棄賢毀才，任憑一代才士坎坷不遇。)

船頭折藕絲暗牽，藕根蓮子相留連。（〈張靜婉採蓮歌〉——借喻麒麟公子的始亂終棄，張靜婉的一往情深。）

出籠鸞鶴歸遼海，落筆龍蛇滿壞牆。（〈秘書省有賀監知章草題詩筆力遒健風尚高遠拂塵尋玩因有此作〉——借喻賀知章晚年辭官回鄉，且才華洋溢，擅長草書。）

凡將「本體」、「喻詞」省略，只剩下「喻體」的，叫作「借喻」。黎運漢、張維耿《現代漢語修辭學》曾言：「借喻精鍊含蓄，能啟發人們想像力。」〔註95〕借喻正因為喻體、喻詞的隱而不現，所以富有言外之意、引人深思的效果，以及用最精鍊的文字，蘊含飽和最豐富情意的特色。

（二）映　襯

溫庭筠詠史詩喜用對比的手法，給人鮮明的意象、深刻的感動與耐人尋思的韻味，藉此加強了詠史詩的藝術效果。黃師慶萱《修辭學》：

在語文中，把兩種不同的，特別是相反的觀念或事實，貫串或對列起來，兩相比較，互為襯托，從而使語氣增強，使意義明顯的修辭方法，叫作「映襯」。〔註96〕

在溫庭筠的詠史詩中，常常運用映襯的技巧，把對立或相似的事件聯繫起來，不加評判或略加指點而蘊涵盡現，因而達到警諫人心的效果。

映襯技巧的運用一般來說有兩種情況：一種是全詩映襯，如〈雞鳴埭曲〉、〈雉場歌〉、〈達摩支曲〉、〈春江花月夜詞〉、〈齊宮〉、〈陳宮詞〉、〈題翠微寺二十二韻〉、〈過華清宮二十二韻〉、〈洞戶二十二韻〉、〈鴻臚寺有開元中錫宴堂樓臺沼雅為勝絕荒涼遺址僅有存者偶成四十韻〉等，溫庭筠上溯往古，近繫時事，借古諷今，試圖用過往血淋淋的慘劇，喚醒當今統治者記取荒淫誤國的歷史教訓，在傷時哀世之餘，也閃耀著凜凜的理性之光，詩意含蓄而發人深思。

〔註95〕黎運漢、張維耿：《現代漢語修辭學》（台北：書林出版有限公司，1994年2月二刷），頁104。
〔註96〕黃慶萱：《修辭學》（台北：三民書局，2002年10月增訂三版一刷），頁409。

　　另一種則是部分詩句的映襯，同樣在其詠史詩中被廣泛地運用：

1、人事映襯

　　酒裏春容抱離恨，水中蓮子懷芳心。（〈蘇小小歌〉）

　　詞客有靈應識我，霸才無主始憐君。（〈過陳琳墓〉）

　　長廊夜靜聲疑雨，古殿秋深影勝雲。（〈法雲雙檜〉）

　　榮路脫身終自得，福庭回首莫相忘。（〈秘書省有賀監知章草題詩筆力遒健風尚高遠拂塵尋玩因有此作〉）

　　激揚思壯志，流落歎頹齡。惡木人皆息，貪泉我獨醒。輪轅無匠石，刀几有庖丁。（〈過孔北海墓二十韻〉）

　　兩重秦苑成千里，一炷胡香抵萬金。（〈馬嵬佛寺〉）

「離恨」與「芳心」是截然不同的心緒反應，深刻地表達出一位花樣年華的少女，對於愛情，既期待又害怕受傷害的矛盾心情。陳琳霸才「有」主和溫庭筠霸才「無」主的鮮明對比，流露出詩人懷才不遇的自傷與憤鬱。「長廊夜靜聲疑雨，古殿秋深影勝雲」此二句在描摹秋夜古柏四周的情境，詩人以偶有風吹拂柏樹作聲如雨，反襯出法雲寺夜間的靜謐，又將柏樹之投影與秋天夜色之濃重作強烈的對比，渲染出寂寞悲愴的氣氛，給人繁華已逝、滄海桑田之感慨。「榮路脫身」意指賀知章拋棄官職、怡然自得，「福庭回首」乃指其縱情於訪道出世，刻畫出賀知章眞是一位功成身退、不慕榮利的賢者。從「激揚、壯志」和「流落、頹齡」、「人皆息」和「我獨醒」、「有」和「無」的對比中，呈現孔融爲國奉獻、潔身自好、才華洋溢的德行。「兩重秦苑」怎如今成「千里」之遙闊，「一炷胡香」〔註97〕竟有「萬金」的價值，有誰料到唐玄宗重用胡人安祿山一時的失策，竟釀成安史之亂、國破身亡的悲劇。

〔註97〕〔晉〕張華撰：《博物志》：「漢武帝時，弱水西國有人乘毛車以渡弱水來獻香者。帝謂是常香，非中國所乏，不禮其使。……後長安中大疫，宮中皆疫病。帝不舉樂，西使乞見，請燒所貢香一枚，以辟疫氣。帝不得已聽之，宮中病者登日並差。」收於《叢書集成初編》（北京：中華書局，1985年），卷3，頁17～18。

2、時空映襯

四座無喧梧竹靜，金蟬玉柄俱持頤。對局含嚬見千里，都城已得長蛇尾。(〈謝公墅歌〉)

曾於青史見遺文，今日飄蓬過古墳。(〈過陳琳墓〉)

幾年涼月拘華省，一宿秋風憶故鄉。(〈秘書省有賀監知章草題詩筆力遒健風尚高遠拂塵尋玩因有此作〉)

迴日樓臺非甲帳，去時冠劍是丁年。(〈蘇武廟〉)

「四座無喧梧竹靜，金蟬玉柄俱持頤」寫室內謝安與賓客寧靜的棋局，「對局含嚬見千里，都城已得長蛇尾」鏡頭拉到戰場上，寫謝安所統籌的軍隊在奮勇激戰後大獲全勝，溫庭筠藉由時空場景的轉換與對比，烘托出謝安臨危不亂、慎謀能斷的機智與涵養。「曾」字點出詩人對陳琳文才與際遇的仰慕和欣羨，而「今日」又親自來到陳琳之墓，想必詩人心中惆悵、感慨之情更為深濃。賀知章「幾年涼月」多年仕宦生涯，卻抵不過「一宿秋風」一時的鄉愁，突顯出賀知章毅然歸隱的決心。「迴日」一句寫蘇武頭白歸漢時武帝已死，樓臺更換，而下句「去時」倒敘蘇武出使匈奴時正值壯年，在時空的互襯之下，塑造了一位「白髮丹心」的漢臣形象。

二、形式設計

（一）類　疊

古典詩歌拘泥於形式字數的限制，為了表達多重語意，多避免字、詞重複，但有時在擬聲、狀物或抒情時，為了加強語意的表達需要，仍會採用「類疊」。黃師慶萱《修辭學》：

> 同一個字、詞、語、句，或連接，或隔離，重複地使用著，以加強語氣，使講話行文具有節奏感的修辭法，叫作「類疊」。〔註98〕

〔註98〕黃慶萱：《修辭學》（台北：三民書局，2002 年 10 月增訂三版一刷），頁 532。

運用類疊法模擬物聲或物形，可以凸出、強調重點，加強敘述的條理
性和生動性，並增添節奏感與旋律美。「詩用疊字最難」〔註99〕，溫
庭筠好用疊字以達聲情具美的效果，疊字是將形、音、義完全相同的
兩個字連結在一起，使語言形式和聲音的節奏更臻整齊和諧，藉以刺
激感官，來加重形象的摹擬，讓作者繁複的情感與語氣得以確切而生
動的表達。

1、擬　聲

麒麟公子朝天客，珂馬瑠瑠度春陌。（〈張靜婉採蓮歌〉）

鸂鶒交交塘水滿，綠芒如粟蓮莖短。（〈張靜婉採蓮歌〉）

獵獵東風颭赤旗，畫神金甲蔥籠網。（〈漢皇迎春詞〉）

雉聲何角角，麥秀桑陰閒。（〈故城曲〉）

茂陵仙去菱花老，唼唼遊魚近煙島。（〈昆明治水戰詞〉）

枯池接斷岸，唧唧啼寒螿。（〈鴻臚寺有開元中錫宴堂樓臺池沼雅
為勝絕荒涼遺址僅有存者偶成四十韻〉）

2、狀　物

南朝天子射雉時，銀河耿耿星參差。（〈雞鳴埭曲〉）

魚躍蓮東蕩宮沼，濛濛御柳懸棲鳥。（〈雞鳴埭曲〉）

城邊楊柳向嬌晚，門前溝水波粼粼。（〈張靜婉採蓮歌〉）

五陵愁碧春萋萋，霸川玉馬空中嘶。（〈湖陰詞〉）

春草芊芊晴掃煙，宮城大錦紅殷鮮。（〈漢皇迎春詞〉）

漠漠沙堤煙，堤西雉子斑。（〈故城曲〉）

汪汪積水光連空，重疊細紋晴漾紅。（〈昆明治水戰詞〉）

博山鏡樹香豐茸，裊裊浮航金畫龍。（〈臺城曉朝曲〉）

一自檀郎逐便風，門前春水年年綠。（〈蘇小小歌〉）

所恨章華日，冉冉下層臺。（〈齊宮〉）

〔註99〕明顧炎武：《日知錄》（台北：明倫書局，1979 年），卷 22，頁 603。

路分溪石夾煙叢，十里**蕭蕭**古樹風。(〈開聖寺〉)

紫氣氤氳捧半巖，蓮峰仙掌共**巉巉**。(〈老君廟〉)

醉鄉高**窈窈**，棋陣靜愔愔。(〈洞戶二十二韻〉)

誰知曲江曲，**歲歲**棲鸞鳳。(〈鴻臚寺有開元中錫宴堂樓臺池沼雅為勝絕荒涼遺址僅有存者偶成四十韻〉)

3、抒 情

郎心似月**月**未缺，十五十六清光圓。(〈張靜婉採蓮歌〉)

君不見無愁高緯花**漫漫**，漳浦宴餘清露寒。(〈達摩支曲〉)

秦淮有水**水**無情，還向金陵漾春色。(〈春江花月夜詞〉)

蠻弦代寫曲如語，一醉**昏昏**天下迷。(〈春江花月夜詞〉)

雞鳴人**草草**，香輦出宮花。(〈陳宮詞〉)

煙水何曾息世機，暫時相向亦**依依**。(〈渭上題三首〉)

碌碌迷藏器，**規規**守挈瓶。(〈過孔北海墓二十韻〉)

擬聲疊詞「藉聲音的繁複增進語感的繁複，借聲音的和諧張大語調的和諧」〔註100〕，而「寫物抒情，有時只要多用一字相疊，便能使興會神情，一齊湧現」〔註101〕。溫庭筠詠史詩中大量使用類疊法，有時在一句中將疊字置於句首，以提振讀者的注意力；有時在兩句的句首皆用疊字，使詩句旋律回環起伏，蕩漾人心；或將疊字安插於詩句中，使詩句具有抑揚頓挫之功用；或是置於句末，增添節奏上情韻綿長、餘味不絕之效果。因此，疊字的恰當使用，使造語清新自然，不見斧鑿之跡，詩人的情感徘徊遞進，詩歌的主題也加深強化，詩意發揮得更淋漓盡致，從中展現溫庭筠詩作的特色與功力。

（二）對 偶

對偶又名對仗、駢儷、儷辭，民間俗稱對子、對聯。對偶與類疊

〔註100〕陳望道：《修辭學發凡》（台北：文史哲出版社，1989 年 1 月再版），頁 177。

〔註101〕黃永武：《字句鍛鍊法》（台北：洪範書局，1986 年），頁 177。

的不同，在於前者強調句與句之間的對應關係；後者則強調字句重複所造成的節奏感。唐代皎然《詩式》釋「對偶」之義：

> 夫對者如天尊地卑，君臣父子，蓋天地自然之數，若斧斤
> 跡存，不合自然，則非作者之意，又詩家對語二句相須，
> 如鳥展翅，若惟擅工，一句雖奇且麗，何異乎鴛鴦五色，
> 隻翼而飛者哉。〔註102〕

皎然明確指出對偶要力求自然、工整，不見斧斤之跡，也不可俗巧。

黃師慶萱《修辭學》中亦云：

> 把字數相等，語法相似，意義相關的兩個句組、單句或語
> 詞，一前一後，成雙成對地排列在一起，就叫「對偶」。……
> 對偶，在客觀上，源於自然界的對稱；在主觀上，源於心
> 理學上的「聯想作用」，和美學上「對稱」的原理。〔註103〕

對偶形式的整齊對稱，具有均衡美；語音的流暢和諧，則具有音樂美。詩歌的對偶，以律體（律詩、排律）最為講究，而律體在溫庭筠的詠史詩中只佔了三分之一左右，其餘的古體詩、絕句、雜言雖格律上不要求對偶，但若仔細探究之，則可發現溫庭筠使用對偶的技巧相當頻繁且富於變化。

1、句中對

> 船頭折藕絲暗牽，**藕根蓮子**相留連。（〈張靜婉採蓮歌〉）
>
> **綠場紅跡**未相接，箭發銅牙傷彩毛。**麥隴桑陰**小山晚，六
> 蚪歸去凝笳遠。（〈雉場歌〉）
>
> **赤帝龍孫**鱗甲怒，臨流一盼生陰風。鼉鼓三聲報天子，雕
> 旌獸艦凌波起。雷吼濤驚白石山，石鯨眼裂蟠蛟死。滇池
> 海浦俱喧豗，**青幟白旄**相次來。**箭羽槍纓**三百萬，踏翻西
> 海生塵埃。（〈昆明治水戰詞〉）

〔註102〕〔唐〕皎然《詩式》，收於《叢書集成初編》（北京：中華書局，1985
　　　　年），卷1，頁7。

〔註103〕黃慶萱：《修辭學》（台北：三民書局，2002年10月增訂三版一刷），
　　　　頁591。

四座無喧梧竹靜，**金蟬玉柄**俱持頤。(〈謝公墅歌〉)

春姿暖氣昏神沼，**李樹拳枝**紫芽小。(〈走馬樓三更曲〉)

馬過平橋通畫堂，**虎幡龍戟**風飄揚。(〈走馬樓三更曲〉)

2、單句對

銅壺漏斷夢初覺，寶馬塵高人未知。(〈雞鳴埭曲〉)

紅妝萬戶鏡中春，碧樹一聲天下曉。(〈雞鳴埭曲〉)

彗星拂地浪連海，戰鼓渡江塵漲天。(〈雞鳴埭曲〉)

芊綿平綠臺城基，暖色春容荒古陌。(〈雞鳴埭曲〉)

平碧淺春生綠塘，雲容雨態連青蒼。(〈太液池歌〉)

祖龍黃鬚珊瑚鞭，鐵驄金面青連錢。(〈湖陰詞〉)

蒼黃追騎塵外歸，森索妖星陣前死。(〈湖陰詞〉)

羽書如電入青瑣，雪腕如槌催畫鞞。(〈湖陰詞〉)

搗麝成塵香不滅，拗蓮作寸絲難絕。紅淚文姬洛水春，白頭蘇武天山雪。(〈達摩支曲〉)

買蓮莫破券，買酒莫解金。酒裏春容抱離恨，水中蓮子懷芳心。(〈蘇小小歌〉)

千里涵空澄水魂，萬枝破鼻飄香雪。(〈春江花月夜詞〉)

碧草連金虎，青苔蔽石麟。皓齒芳塵起，纖腰玉樹春。倚瑟紅鉛濕，分香翠黛嚬。(〈金虎臺〉)

言是邯鄲伎，不見鄴城人。青苔竟埋骨，紅粉自傷神。(〈邯鄲郭公詞〉)

粉香隨笑度，鬢態伴愁來。遠水斜如剪，青莎綠似裁。(〈齊宮〉)

老媼飽葷草，愚儒輸逋租。(〈題賀知章故居疊韻作〉)

晚唐詩歌藝術技巧整體提高，在各個方面都有所表現，從對偶便可見一斑。對偶這一藝術技巧在溫庭筠看來，似乎不用苦心經營，人稱「溫八叉」的他文思如行雲流水，對偶在其詩歌中可謂隨處可見，對得好

的俯拾即是，卻絕非有佳對而無佳篇。七律〈蘇武廟〉一詩中的「回日樓臺非甲帳，去時冠劍是丁年」歷來最爲人所稱道〔註104〕，從中反映出詩人運用對偶的的精緻與巧妙。溫庭筠擅長於對偶的使用，不是只有用於律體詩歌裡，在其古體詩歌中也有很多對得極其工整的句子值得玩味嘆賞的。

　　對偶的好處是：勻稱、平衡、圓滿，形式上語音錯綜變化、韻律感強；內容上則語言凝練、意境高遠。溫庭筠詠史詩特別喜愛對偶的句式，注重對偶之工美精到，是他注重形式美的突出表現，也是他的才情之體現。

第三節　意象塑造

　　溫庭筠在詩句中敷陳色澤上，其運用顏色字之多樣性與比例之高，使得詩句的視覺印象繽紛多彩，貼切地如實呈現其感知次序，不待披揀即隨手可得、寓目可見，充分表現了溫庭筠對濃豔意象所作的努力，以及其對色彩的運用與感受已到達傾心敏感的地步。

　　晚唐政治昏暗、社會動亂，多數的文人士子襟抱難展、仕途困頓，溫庭筠也曾有爲君輔弼、拯物濟世的壯志，然而幾番的落第與顛沛流離，使得詩人身上的昂揚豪情蕩然無存，取而代之的是，詩人對國運、身世強烈的衰落遲暮之感，而這樣的心情，表現在其詠史詩中，即是「殘」的美感意象。正如柳惠英《唐代懷古詩研究》文中所言：「『殘』字不僅蘊含對著晚唐人對『曾經』或『現實』的留戀和惋惜，同時透露著轉瞬即逝的危機感。必須指出的是，『殘』既是晚唐人的普遍美感，亦是懷古詩的典型美感。因此，晚唐『殘』的美感反映在創作中，

〔註104〕方回《瀛奎律髓‧陵廟類》：「甲帳、丁年甚工，亦近義山體。」收於〔清〕紀昀等總纂《景印文淵閣四庫全書》（台北：台灣商務印書館，1986年），冊1366，卷28，頁385。又孫琴安《唐七律詩精評》：「梅成棟：『全以議論行之，何嘗有意屬對？近人學之，便如優孟衣冠矣。』」（上海：上海社會科學院出版社，1989年），頁325。

尤以懷古詩最爲典型。」〔註105〕溫庭筠愛用「殘」的美感意象，結
合著個人的悲劇與時代的憂患，呈現出對歷史過往的眷戀懷想與對國
家出路的憂心悲傷。

一、濃豔意象

由於溫庭筠經常流連於歌樓舞榭之中，觸目所及的都是華麗富貴
的陳設和錦繡滿堂的深閨，他所接觸的人物多是嬌柔嫵媚的歌妓舞
女，因此，在不知不覺中，其詩中的背景意象也充滿了女性化的色彩。
溫庭筠喜好選取精巧的服飾器具，及花鳥煙樹等自然景物作爲基本意
象，再塗繪以濃豔的色彩，著力渲染華麗綺豔的氣氛和明媚輕軟的情
調。筆者從其詠史詩中發現，溫庭筠在意象的鋪排上十分鮮明，且多
用紅、金、白、綠、青、碧、紫、黃等鮮明的色彩，以下將依其顏色
字的描寫對象分四大類說明之。

（一）天文地理

南朝天子射雉時，銀河耿耿星參差。（〈雞鳴埭曲〉）

平碧淺春生綠塘，雲容雨態連青蒼。（〈太液池歌〉）

夜深銀漢通柏梁，二十八宿朝玉堂。（〈太液池歌〉）

汪汪積水光連空，重疊細紋晴漾紅。（〈昆明治水戰詞〉）

雷吼濤驚白石山，石鯨眼裂蟠蛟死。（〈昆明治水戰詞〉）

大江斂勢避辰極，兩關深嚴煙翠濃。（〈臺城曉朝曲〉）

一自檀郎逐便風，門前春水年年綠。（〈蘇小小歌〉）

玉樹歌闌海雲黑，花庭忽作青蕪國。（〈春江花月夜詞〉）

浙瀝湘風外，紅輪映曙霞。（〈陳宮詞〉）

返魂無驗青煙滅，埋血空生碧草愁。（〈馬嵬驛〉）

星背紫垣終掃地，日歸黃道卻當天。（〈奉天西佛寺〉）

〔註105〕柳惠英：《唐代懷古詩研究》（台灣大學中文所博士論文，2005 年），
頁 227。

紫氣氤氳捧半巖，蓮峰仙掌共巉巉。(〈老君廟〉)

月白霓裳殿，風乾羯鼓樓。(〈過華清宮二十二韻〉)

朱閣重霄近，蒼崖萬古愁。(〈過華清宮二十二韻〉)

洞戶連珠網，方疏隱碧潯。(〈〈洞戶二十二韻〉〉)

軋然閶闔開，赤日生扶桑。(〈鴻臚寺有開元中錫宴堂樓臺沼雅為
勝絕荒涼遺址僅有存者偶成四十韻〉)

颭灩蕩碧波，炫煌迷橫塘。(〈鴻臚寺有開元中錫宴堂樓臺沼雅為
勝絕荒涼遺址僅有存者偶成四十韻〉)

縱火三月赤，戰塵千里黃。(〈鴻臚寺有開元中錫宴堂樓臺沼雅為
勝絕荒涼遺址僅有存者偶成四十韻〉)

虛開直瀆三千里，青蓋何曾到洛陽。(〈過吳景帝陵〉)

(二) 人事情態

紅妝萬戶鏡中春，碧樹一聲天下曉。(〈雞鳴埭曲〉)

蘭膏墜髮紅玉春，燕釵拖頸拋盤雲。(〈張靜婉採蓮歌〉)

一夜西風送雨來，粉痕零落愁紅淺。(〈張靜婉採蓮歌〉)

祖龍黃鬚珊瑚鞭，鐵驄金面青連錢。(〈湖陰詞〉)

羽書如電入青瑣，雪腕如槌催畫鞞。(〈湖陰詞〉)

豹尾竿前趙飛燕，柳風吹盡眉間黃。(〈漢皇迎春詞〉)

紅淚文姬洛水春，白頭蘇武天山雪。(〈達摩支曲〉)

皓齒芳塵起，纖腰玉樹春。(〈金虎臺〉)

倚瑟紅鉛濕，分香翠黛嚬。(〈金虎臺〉)

青苔竟埋骨，紅粉自傷神。(〈邯鄲郭公詞〉)

自憐金骨無人識，知有飛龜在石函。(〈老君廟〉)

所嗟白首磻谿叟，一下漁舟更不歸。(〈渭上題三首〉)

但得戚姬甘定分，不應真有紫芝翁。(〈四皓〉) 〔註106〕

〔註106〕「紫芝翁」代指四皓。陳·釋智匠《古今樂錄》：「採芝操，商山四
　　　皓隱居，高祖聘之，四皓不甘，仰天嘆而作歌曰：『燁燁紫芝，可

素手琉璃扇，玄鬢玳瑁簪。（〈洞戶二十二韻〉）

玄珠十二旒，紅粉三千行。（〈鴻臚寺有開元中錫宴堂樓臺沼雅為
勝絕荒涼遺址僅有存者偶成四十韻〉）

猗歟華國臣，鬢髮俱蒼蒼。（〈鴻臚寺有開元中錫宴堂樓臺沼雅為
勝絕荒涼遺址僅有存者偶成四十韻〉）

（三）草木鳥獸

紅妝萬戶鏡中春，碧樹一聲天下曉。（〈雞鳴埭曲〉）

鸂鶒交交塘水滿，綠芒如粟蓮莖短。（〈張靜婉採蓮歌〉）

平碧淺春生綠塘，雲容雨態連青蒼。（〈太液池歌〉）

彩仗鏘鏘已合圍，繡翎白頸遙相妒。（〈雉場歌〉）

綠場紅跡未相接，箭發銅牙傷彩毛。（〈雉場歌〉）

城頭卻望幾含情，青畝春蕪連石苑。（〈雉場歌〉）

祖龍黃鬚珊瑚鞭，鐵驄金面青連錢。（〈湖陰詞〉）

五陵愁碧春萋萋，霸川玉馬空中嘶。（〈湖陰詞〉）

白虯天子金煌鋩，高臨帝座迴龍章。（〈湖陰詞〉）

碧草含情杏花喜，上林鶯囀遊絲起。（〈漢皇迎春詞〉）

遊絲蕩平綠，明滅時相續。（〈故城曲〉）

白馬金絡頭，東風故城曲。（〈故城曲〉）

渺莽殘陽釣艇歸，綠頭江鴨眠沙草。（〈昆明治水戰詞〉）

朱雀航南繞香陌，謝郎東墅連春碧。（〈謝公墅歌〉）

春姿暖氣昏神沼，李樹拳枝紫芽小。（〈走馬樓三更曲〉）

玉樹歌闌海雲黑，花庭忽作青蕪國。（〈春江花月夜詞〉）

百幅錦帆風力滿，連天展盡金芙蓉。（〈春江花月夜詞〉）

碧草連金虎，青苔蔽石麟。（〈金虎臺〉）

青苔竟埋骨，紅粉自傷神。（〈邯鄲郭公詞〉）

以療飢。』」收於嚴一萍選輯《叢書集成三編之十六・黃氏逸書考
第十七函》（台北：藝文印書館，1972 年），頁 34。

白馬雜金飾，言從雕輦迴。（〈齊宮〉）

遠水斜如剪，青莎綠似裁。（〈齊宮〉）

妓語細腰轉，馬嘶金面斜。（〈陳宮詞〉）

返魂無驗青煙滅，埋血空生碧草愁。（〈馬嵬驛〉）

遺廟青蓮在，頹垣碧草芳。（〈題翠微寺二十二韻〉）

墓平春草綠，碑折古苔青。（〈過孔北海墓二十韻〉）

白羽留談柄，清風襲德馨。（〈過孔北海墓二十韻〉）

朱莖殊菌蠢，丹桂欲蕭森。（〈洞戶二十二韻〉）

曼倩死來無絕藝，後人誰肯惜青禽。（〈馬嵬佛寺〉）

毰毸碧雞闘，蘢蔥翠雉場。（〈鴻臚寺有開元中錫宴堂樓臺沼雅為勝絕荒涼遺址僅有存者偶成四十韻〉）

（四）器物飾品

雕尾扇張金縷高，碎鈴素拂驪駒豪。（〈雉場歌〉）

黃金鋪首畫鈎陳，羽葆停幢拂交戟。（〈雍臺歌〉）

祖龍黃鬚珊瑚鞭，鐵驄金面青連錢。（〈湖陰詞〉）

羽書如電入青瑣，雪腕如槌催畫鞞。（〈湖陰詞〉）

白虯天子金煌鋩，高臨帝座迴龍章。（〈湖陰詞〉）

春草芊芊晴掃煙，宮城大錦紅殷鮮。（〈漢皇迎春詞〉）

獵獵東風颭赤旗，畫神金甲蔥籠網。（〈漢皇迎春詞〉）

白馬金絡頭，東風故城曲。（〈故城曲〉）

溟池海浦俱喧豗，青幟白旌相次來。（〈昆明治水戰詞〉）

四座無喧梧竹靜，金蟬玉柄俱持頤。（〈謝公墅歌〉）

朱網罷鬖丞相車，曉隨疊鼓朝天去。（〈臺城曉朝曲〉）

博山鏡樹香䗽茸，裊裊浮航金畫龍。（〈臺城曉朝曲〉）

買蓮莫破券，買酒莫解金。（〈蘇小小歌〉）

倚瑟紅鉛濕，分香翠黛嚬。（〈金虎臺〉）

金笳悲故曲，玉座積深塵。(〈邯鄲郭公詞〉)

白馬雜金飾，言從雕輦迴。(〈齊宮〉)

曾於青史見遺文，今日飄蓬過古墳。(〈過陳琳墓〉)

嵐濕金鋪外，溪鳴錦幄傍。(〈題翠微寺二十二韻〉)

鈍工磨白璧，凡石礪青萍。(〈過孔北海墓二十韻〉) 〔註107〕

繡轂千門妓，金鞍萬戶侯。(〈過華清宮二十二韻〉)

朱閣重霄近，蒼崖萬古愁。(〈過華清宮二十二韻〉)

粉白仙郎署，霜清玉女砧。(〈洞戶二十二韻〉)

素手琉璃扇，玄髮玳瑁簪。(〈洞戶二十二韻〉)

舊詞翻白紵，新賦換黃金。(〈洞戶二十二韻〉)

清蹕傳恢囿，黃旗幸上林。(〈洞戶二十二韻〉)

綠囊逢趙後，青鎖見王沈。(〈洞戶二十二韻〉)

寰區已作皇居貴，風月猶含白社情。(〈過新豐〉)

紫繖鳴羯鼓，玉管吹霓裳。(〈鴻臚寺有開元中錫宴堂樓臺沼雅為勝絕荒涼遺址僅有存者偶成四十韻〉)

玉砌露盤紆，金壺漏丁當。(〈鴻臚寺有開元中錫宴堂樓臺沼雅為勝絕荒涼遺址僅有存者偶成四十韻〉)

玄珠十二旒，紅粉三千行。(〈鴻臚寺有開元中錫宴堂樓臺沼雅為勝絕荒涼遺址僅有存者偶成四十韻〉)

仗官繡蔽膝，寶馬金鏤錫。(〈鴻臚寺有開元中錫宴堂樓臺沼雅為勝絕荒涼遺址僅有存者偶成四十韻〉)

豔帶畫銀絡，寶梳金鈿筐。(〈鴻臚寺有開元中錫宴堂樓臺沼雅為勝絕荒涼遺址僅有存者偶成四十韻〉)

今人周振甫曾言：「先寫色彩，再加說明，容易引起人的注意，較有

〔註107〕青萍乃古寶劍名。〔晉〕葛洪撰《抱朴子・外篇・博喻》：「青萍、豪曹，剡鋒之精純也。」(台北：台灣中華書局，1992 年 1 月)，卷38，頁 3。

吸引力。」〔註 108〕感官印象是認知世界的基礎，而色彩則是構成世界的種種要素中最美麗引人的一項，它也是詩人纖細敏銳之詩心所能捕捉、表現的最深微世界的秘密。由上的分析整理可知，設色濃豔是溫庭筠詠史詩中十分突出的一項，不論就顏色的多樣化、出現頻率之繁多，乃至溫庭筠本身爲突出濃豔意象而在表達上處心構設的主觀自覺上，都是極爲引人注目與備受後人讚賞的。

二、殘美意象

（一）夕　陽

　　唐朝後期，醉生夢死的統治者和動蕩不安的社會局勢，已在晚唐人的心中和筆下投下了黯淡的陰影，時代之暮給詩壇染上了濃郁的淒冷、沒落、絕望的感傷色彩，詩人們憑著深厚的生活功力和敏銳的政治嗅覺，不約而同地選擇了「夕陽」這一徐徐下沉的自然現象，來當作抒發思古之幽情的一種媒介，並暗示李唐王朝日落千丈的國勢，在他們的夕陽意象裏，夕陽象徵著衰敗的晚唐國勢，也象徵文人士子們仕途無望的精神頹傷，以及歲月易逝、人生苦短的感慨。因此，若仔細觀察溫庭筠的詠史詩，亦可以發現其對夕陽意象的深刻描繪。試看：

　　　　出寺馬嘶秋色裏，向陵鴉亂夕陽中。（〈開聖寺〉）

離開寺院的馬兒，在無邊的秋色中發出嘶鳴；飛向南朝陵墓的棲鴉，在昏黃的夕照中亂舞著，溫庭筠藉由秋天「昏黃的夕照」營造出南朝政權的沒落、興廢不常，以及帝王陵墓的蕭瑟荒涼，足見詩人鍊字造境之匠心。有時「夕陽」則代表對逝者的傷悲與追思，如：

　　　　疊鼓嚴靈仗，吹笙送夕陽。（〈題翠微寺二十二韻〉）

一般而言「夕陽常常使人想起天邊一抹火一樣燃燒著的晚霞，他帶給人的是溫暖與和煦」〔註 109〕，溫庭筠藉由「夕陽」表達對唐太宗逝

〔註108〕易蒲、李金苓著：《漢語修辭學史綱》（吉林：吉林教育出版社，1989年），頁 327。
〔註109〕陳植鍔：《詩歌意象論》（北京：中國社會科學出版社，1990 年），

世的哀慟與德業的悼念,因此「夕陽」是在空間上藉著日光的感受表現出情意的綿長與悠遠。而「斜陽」則帶有隱居的閒適與安詳,如:

> 廟前晚色連寒水,天外斜陽帶遠帆。(《老君廟》)

在日暮餘暉中,「斜陽」不僅美,而且「好」,好得令人舒暢,令人忘憂!藉由「斜陽」意象的閒適之情,寄寓著一份恬淡的心境,也流露出溫庭筠對歸隱生活的嚮往。至於「落照」則是以更強烈的空間之感,藉著日漸落的動態表現出渺遠和蕭瑟的情意,這樣日光的暖意消失了,呈現出詩人更悲哀與蒼涼的愁緒,如:

> 至今留得離家恨,雞犬相聞落照明。(《過新豐》)

溫庭筠將劉邦離鄉背井的無限悵惘之情,交給了天邊的落照,落照的光彩充滿了眼眸,一如詩人內心的悲傷充溢在肺腑,在此「落照」除了是烘托情感、陪襯風物之用外,也是詩人感情寄託之所在,漫漫長路在「落照」下顯得孤單淒涼,而詩人鬱鬱不得志的心更在「落照」中困躓難伸。

> 渺茫殘陽釣艇歸,綠頭江鴨眠沙草。(《昆明治水戰詞》)

唐末局勢混亂,看在忠貞耿直的詩人眼中,那份悲傷就顯得格外悽惻,「『殘陽』不但指傍晚的太陽,還加上了人的主觀感受與知覺,所以,太陽之殘有時也可以對應到人心之殘,生命之憾」〔註110〕,溫庭筠對於歷史及國家有著敏銳的感覺,詩中藉由「殘陽」暗示晚唐傾危的國勢,流露出對家國的憂慮,情感的表達自然更加消頹與沈痛。

> 李白死來無醉客,可憐神彩弔殘陽。(《秘書省有賀監知章草題
> 詩筆力遒健風尚高遠拂塵尋玩因有此作》)

「殘陽」常給人衰頹與殘敗的意象,是詩人對歷史興亡、人事更替的一種感嘆。詩中「殘陽」借喻賀知章之死,知人善任、提攜晚輩的賀知章已逝世,後人只能在賀知章草書題詩之神韻風采,去懷想他高貴的品格。

頁 193。

〔註110〕黃大松:《晚唐詩歌中黃昏意象研究》(政治大學中文所碩士論文,
1999 年),頁 93。

（二）青 苔

意象是詩歌審美活動的視角所在，溫庭筠在詩歌創作過程中對於自然物象的攝取和對殘美的品味，構成了他詩歌獨特的審美意象。青苔的綠是最平靜的顏色，對於疲憊不堪的人來說是一大安慰與享受，同時，綠色不同於暖黃色而具有消極的情調，以及安寧和靜止的特性，是溫庭筠追求平靜、安寧、純潔的心理取向，是其坎坷的人生道路與晚唐日漸危殆的政治形勢的折射。溫庭筠一生很少有安定寧和的生活，終生皆於顛沛流離之中而倍嘗飢寒貧窮之苦，因此將難於實現的心理願望於詩歌之中予以表現，並以其彌合人生之不足，而這種心理取向，也是晚唐士人消極心理的反映，這與盛唐詩人積極樂觀的心理顯然是有區別的。

《文選》李善注引《古今注》曰：「空室無人行則生苔蘚。」〔註111〕可知青苔叢生，乃是因為此處缺少人跡活動，故有見棄幽閉、荒廢殘破的意思。如：

　　碧草連金虎，青苔蔽石麟。（〈金虎臺〉）

因為青苔有「必居閒而就寂，似幽意之深傷」〔註112〕的特性，在詩中碧草、青苔積生，不僅是荒涼寂寥的意象，更顯示出其地幽閉之長久，殆非一時，藉由這鮮明的冷色調與清幽的意象相結合，詩人悲愁之情溢於言外，悲寒傷痛的氛圍更為強烈。又如：

　　青苔竟埋骨，紅粉自傷神。（〈邯鄲郭公詞〉）

高緯逸豫亡身，徒留後人傷悲。作者以哀景抒情，借古喻今，諷刺晚唐君主有的耽於歌舞酒色；有的喜好打獵遊樂；也有的沈迷食藥服丹；甚至殘暴驕奢……這種種亂象，怎不令有志之士憂心忡忡呢？國

〔註111〕〔梁〕蕭統編、〔唐〕李善注：《文選‧詩己‧雜詩下‧冬節後至丞相第詣世子車中》（台北：文津出版社，1987 年 7 月），卷 30，頁 1422。

〔註112〕江淹：〈青苔賦〉，收於〔清〕嚴可均校輯《全上古三代秦漢三國六朝文‧全梁文》（北京：中華書局，1999 年 6 月第一版第七刷），冊 3，卷 34，頁 3149。

家局勢的日暮途窮，使身懷用世之志的溫庭筠痛心疾首，同時亦表達出當時文人士子的共同心聲。

　　古苔有時也代表寒潔淒苦的意象，象徵人物嶔崎磊落、高潔不俗的人格特質，如：

　　　　墓平春草綠，碑折古苔青。（〈過孔北海墓二十韻〉）

詩人用「古苔」來渲染古墓的蕭瑟淒涼、人跡罕至、時代久遠，也隱含著對孔北海的讚美，其堅貞不屈的人格精神就如同青苔歷久而彌新，仍是一片翠綠盎然，正所謂「哲人日已遠，典型在夙昔」。

　　至於苔意象在溫庭筠詠史詩中還有另一層寓意，即是借青苔幽生來顯示時光荏苒，光陰流逝。如：

　　　　泗水舊亭春草遍，千門遺瓦古苔生。（〈過新豐〉）

詩人以苔入詩，往往能延展詩中的時間幅度，古苔幽生，正是時光荏苒之象，其所表現的時間意識是十分突出深刻的。詩人因苔所蘊含的時間性而撫今追昔，興起繁華非此日的慨嘆。

第七章　結　論

　　詠史詩體現了文人深沉的歷史責任感，是詩人抒情寓懷的一個途徑，也是我國詩歌創作的傳統題材之一。從現存的古代詩作來看，與後世「詠史詩」有較爲直接關係的，應屬《楚辭》中屈原的作品。《楚辭》中〈離騷〉、〈天問〉、〈九章〉內容涵蓋許多歷史傳統、歷史事件和歷史人物，且採用借古諷今、以史證詩的寫作手法，具有「以古比今」的現實意識，而這些都對後代詠史詩有著深遠的影響。

　　談到中國古代詩歌史上第一位以「詠史」命題的人首推東漢班固，其〈詠史〉一詩在詩歌發展史上具有雙重意義：一是從五言詩的演進觀點來看，此詩開啓了文人創作五言詩的先河；二是就詩體而言，此詩是以歷史人物爲「詠史」題材的開創者。就形式而言，班固式的「隱括本傳」詠史詩，到六朝已遞變爲左思、陶淵明式的「多攄胸臆」的詠史詩，可見詠史詩由「述史」轉向「抒懷」的發展軌跡，詠史詩在此展現出全新的面貌，並揭示了後代詠史詩的新方向。

　　唐代是我國詩歌空前繁榮的時代，各體詩歌、各種藝術風格的作品爭奇鬥豔，詠史之作也出現了許多立意高遠，寄慨遙深的精品，從詩歌創作史上來看，唐代堪稱「詠史詩」的繁榮期。初唐的詠史詩，就整體而言，從體式、手法到內涵均未擺脫漢魏六朝詠史詩的藩籬，但是，承接了「詠懷」與「述史」結合的道路，而以其「借古諷今」

傾向強化了詠史詩的諷喻特徵。盛唐的詠史詩受時代精神的感召，熱烈奔放，敢於直接表達內心的追求嚮往，即使接觸到社會的黑暗面，抒發沉淪下僚命運的不平，也只是流露出淡淡的英雄失落的迷惘，整體上體現了盛唐的宏偉氣魄和雄厚力量。中唐的詠史詩開拓了以議論詠史的新局面，造就了論史的風氣。在題材上，由單純的讀史感發而作，擴大到因古跡觸發而作；體式上，五古雖仍佔有一定數量，但以近體律絕寫詠史題材正逐漸盛行，初盛唐幾乎未見的七絕詠史也開始大量湧現，爲晚唐詠史詩發展的顛峰奠定了基礎。晚唐詠史詩以詠史的筆調裏滲透懷古的情緒爲特點輝耀於詩壇上，其詩作特色是不著眼於史實的始末與史料的挖掘，而注重審美的感受與表現，具有濃郁的抒情色彩和深長的韻味，而其中心主題只有一個：匡救社會，復興王室。其體現在政風上，反腐敗倡廉明；政治上，反苛政主仁政；軍事上，反割據促統一；人事上，反嫉才倡惜才，正代表了晚唐一代的時代精神。

溫庭筠所處的時代正是牛李黨爭、宦官專權、藩鎮割據激烈爭鬥的時期，因此他的精神面貌、生活方式，甚至詩歌內容，無不深受晚唐朝政腐敗、宦官弄權、藩鎮跋扈種種情況的影響，再加上社會環境的動盪不安，民生困頓無依，盜賊與日遽增，亂軍四處劫掠，讓宗教信仰成爲安定人心的精神食糧，而這樣的社會風氣，對於儒道精神的式微、士人心態的消沉與文學創作的蛻變亦產生了重大的影響。由於社會的無可救藥，致使文人的生活與情感的內涵產生深刻的變化，詩歌除了可以用來吟詠性情、抒發幽思，還能忠實地呈現詩人的生活、情感和思想，逐漸促成了晚唐文學詠史風氣的興盛。詠史詩的大量創作，不僅給詩人的心靈帶來亂世中的平靜，還可以使詩人敏感的內心世界，藉著吟詠「歷史」這特殊對象，抒發心中的鬱悶，避免因文字的不慎而賈禍。因此，晚唐的詠史詩，不論在質或量上，都具有承先啓後的指標意義。

史書以「具無操持」一詞，嚴厲地批評溫庭筠沒有讀書人應有的

節操與品德，然而若仔細研讀其〈過孔北海墓二十韻〉、〈蘇武廟〉之
詠史詩作，不難發現在舉世昏亂的政局下，他仍保有一股清流，即不
同流合污的忠貞耿直之志。他才華洋溢、不畏權勢，曾多次譏刺權貴
位居要津、不學無術，史書以「恃才詭激」來評斷之，似乎太過嚴苛，
以今人的角度來看，倒不如以滿腔「憂國諷時的情懷」形容他，更為
妥當。試看其詠史樂府詩常以較大的篇幅、豔麗雕琢的辭藻誇張鋪陳
繁華盛況，而結尾突轉入衰亡荒廢，在繁華與衰敗的對比中，突顯出
歷史興亡的感慨，不著議論而發人深省，充分表現出詩人憂國諷時的
情懷，如〈雞鳴埭曲〉、〈春江花月夜詞〉、〈雉場歌〉等都是非常典型
的例子。溫庭筠身懷用世之志、汲汲於仕途，因此常在詩中對裴度、
李德裕等中興名臣推崇備至，對於淝水一戰，東晉擊退苻堅的中心人
物謝安，他在〈謝公墅歌〉一詩中，稱頌之餘，也流露出對功名嚮往
之情；他雖然累年不第、被朝廷捨棄，卻仍然固守著儒家入世的人生
價值觀念，更不滿足於在酒筵歌舞中度過自己的一生，執著地追求自
己的政治理想，在〈過五丈原〉一詩中，就期許自己能像孔明一樣靜
待時機、一展抱負。對於古代失意的文人政客，溫庭筠也常在詠史詩
中寄予深厚的同情，一方面是抒發思古之幽情，一方面則是宣洩自己
內心之不平，在〈過陳琳墓〉、〈蔡中郎墳〉詩中，其懷才不遇的憤怒
與生不逢時的感嘆俯拾皆是。晚唐整個上層社會和文人階層瀰漫著奢
華享樂的風氣，致使溫庭筠在懷才不遇的現實無情地摧毀了其政治理
想之下，索性走上逆反的道路，混跡於青樓妓館之中，流連於歌姬舞
女之列，從〈張靜婉採蓮歌〉、〈蘇小小歌〉詩中，不難發現詩人藉由
馳騁自己的幻想，陶醉在美麗又溫柔的夢鄉中，暫時忘卻一切人事與
難解的愁緒，使自己獲得身心的愉悅和解脫。宴遊狎妓、及時享樂的
生活方式的選擇，在晚唐時期成為了文人生命意識的自我覺醒，然而
日子久了，對溫庭筠來說，則漸漸萌生對隱逸生活、高人隱士的認同
感和對大自然的歸依感，從〈渭上題〉三首、〈老君廟〉詩中，可看
出詩人靜時思動，動時又思靜，澄明時想入世，煩亂時又想出世，欲

進取求仕而不可得，想退避江湖卻又不甘，於是終日徘徊在仕進與歸
隱的夾縫間而去就兩難。

　　溫庭筠詠史詩在題材方面，可分為三類：歷史人物、歷史事件及
歷史古跡，綜觀其所吟詠之題材涵蓋層面甚廣，足見其史才與史識之
深厚與淵博。就歷史人物而言，取材的類型多樣化：在帝王后妃方面，
以亡國、失德之君主，諷刺現實生活中政治的腐敗；以治績嚴明的君
主，希求晚唐能有力挽狂瀾者的出現。在將相賢臣形象的刻畫之中，
可看出詩人汲汲用世的抱負；在隱逸之士的鋪述之中，表達出自己仕
進歸隱的處世哲學；在文人士子方面，流露其懷才不遇的慨嘆；在絕
色名妓方面，呈現其放壞行樂的慰藉。就歷史事件而言，詠兩漢興亡、
六朝荒淫與安史之亂，表示詩人博通古今、縱橫往來，能利用史事來
對現實作出批判之外，也由於自身的文化特質之故，自然有所感觸而
筆之於詩，且盡情發揮。至於歷史古跡，庭筠多年漫遊，足跡遍佈大
江南北，閱歷十分豐富，因此，詩人於懷古之中，寄託自己憂時傷世
的情懷。

　　至於溫庭筠詠史詩依內容意涵，則分為：「諷諭型」、「議論型」、
「懷古型」、「詠懷型」等四大類型。諷諭型的詠史詩，所諷刺之對象，
有帝王后妃如：漢成帝（〈漢皇迎春詞〉）、北齊後主（〈達摩支曲〉、〈邯
鄲郭公詞〉）、南朝齊武帝（〈雞鳴埭曲〉、〈雉場歌〉、〈齊宮〉）、陳後
主（〈陳宮詞〉），還有隋煬帝（〈春江花月夜詞〉），以及本朝之玄宗與
貴妃（〈走馬樓三更曲〉、〈題望苑驛〉）、唐德宗（〈奉天西佛寺〉）。其
中也對影響大唐安危至鉅的歷史事件──安史之亂（〈馬嵬驛〉、〈過
華清宮二十二韻〉、〈洞戶二十二韻〉、〈馬嵬佛寺〉），有所批判。溫庭
筠在剖析安史之亂的原因，並沒有僅僅停留在寵幸女色、沉溺歌舞的
揭露上，他還指出唐玄宗的遠賢拒諫、信讒寵佞也是致亂的重要原
因。詩人藉由這些諷諭之作，希冀以歷史教訓震醒猶在醉生夢死的晚
唐君臣與時人，讓晚唐為政者知曉盛衰之理、亡國之痛而加以警惕，
並記取前車之鑑，思安圖治，勿蹈覆轍。議論型的詠史詩，首首各具

特色，無論在手法或內容上，多出奇而意勝，乃因溫庭筠一生四處漫
遊、閱歷豐富，再加上其洋溢的天資才華和卓越的歷史學識，更加上
其特別留心歷史得失的用世心志，使得此類議論型詠史詩，不僅對於
史事觀察入微，且能有獨創的見解與新意，自成一格，從中亦能看出
溫庭筠經世濟民的志向（〈過五丈原〉）與憂國憂時的情懷（〈四皓〉、
〈過吳景帝陵〉、〈龍尾驛婦人圖〉、〈簡同志〉）。懷古型的詠史詩，都
從歷史古跡起興，追懷有關之歷史人事，且其藝術特色便是利用自然
景物強調人與時間之對立關係，詩風感性較濃，較偏向低沉、頹傷，
而主題、內容有對帝王賢臣的豐功偉業表達感念的（〈太液池歌〉、〈雍
臺歌〉、〈湖陰詞〉、〈昆明治水戰詞〉、〈謝公墅歌〉、〈題翠微寺二十二
韻〉、〈蘇武廟〉）；有對人事代謝的嬗變，富貴榮華難長保之悲嘆（〈故
城曲〉、〈臺城曉朝曲〉、〈法雲雙檜〉、〈題端正樹〉）；亦有對奉陵寢宮
人寄予深切的同情與惋惜（〈金虎臺〉），以及對文人賢士流露仰慕之
情〈老君廟〉、（〈秘書省有賀監知章草題詩筆力遒健風尚高遠拂塵尋
玩因有此作〉）；抑或是對歷史古跡昔盛今衰的滄桑無奈感（〈開聖
寺〉、〈題賀知章故居疊韻作〉、〈鴻臚寺有開元中錫宴堂樓臺池沼雅為
勝絕荒涼遺址僅有存者偶成四十韻〉），從中可見溫庭筠感情細膩、多
愁善感的一面。詠懷型的詠史詩，雖同樣注重比興寄託，但由於受中
唐議論之風的影響，詩中借古人古事來抒寫自身的懷抱，有表現放懷
行樂的慰藉（〈張靜婉採蓮歌〉、〈蘇小小歌〉）；也有結合自身不遇之
感慨的（〈過陳琳墓〉、〈蔡中郎墳〉、〈過孔北海墓二十韻〉），以及表
達詩人自身仕隱的處世哲學（〈渭上題〉三首）；抑或流露懷鄉思歸的
愁緒（〈過新豐〉）等等，它們已脫離漢魏六朝溫柔敦厚的傳統，不再
是純粹的抒情詩，轉而為藝術特色的美學展現，流露出更濃郁的感情
色彩與深長的抒情韻味。

　　有關溫庭筠詠史詩的藝術表現，共分形式特色、修辭技巧、美感
意象等三大方面來詮釋。

　　在形式特色方面，溫庭筠師法前輩（如：李白、杜甫、劉禹錫、

李賀等人）詩風和語言，遺形而取神，不專主於一家，展現個人獨特的詩歌風貌。而其體式長於七言，四十六首詠史詩中七言就佔了三十三首，那是因為七言較五言更增添語意轉折交迭的空間，滿足傳情達意的需要，讓詠史詩敘事完整、論理深刻、情意動人；且善用典故，運用委婉曲折的手法來嘲諷時政，既可以避免因文字的不慎而賈禍，又可以一吐心中的快壘，讓詩歌能夠在精簡的文句裡，表達更豐富而深刻的寓意；詩人也特別重視場景的布置和鋪陳，貼切運用融情入景的敘史方式，與古今時空的對照手法，使讀者在腦中形成鮮明的意象，以增強詠史詩的藝術表現力，故其樂府體詠史詩在詩壇上一直頗受美評；議論新奇、立意高絕亦是溫庭筠詠史詩所具有的藝術魅力之一，他以深刻的理性審視、理解歷史，這種對歷史的理性思考，往往發前人之所未曾發，想前人之所不敢想，的確是慧眼獨具，匠心獨運，深具歷史殷鑑的教訓，同時也展現詩人卓越的史才與史識。

在修辭技巧方面，分表意方法與形式設計兩點來闡述。在表意方法上：「譬喻」──詩人才華洋溢，富於想像與聯想，常藉由譬喻的運用，以最精鍊的文字，蘊含飽和最豐富情意與言外之意，引人深思的效果，將情與景更貼切地描摹表達出來。「映襯」──無論是人事或時空的映襯，溫庭筠喜用對比的手法，把對立或相似的事件聯繫起來，不加評判或略加指點，給人鮮明的意象、深刻的感動與耐人尋思的韻味，藉此加強了詠史詩的藝術表現，因而達到警諫人心的效果，或抒發自身不遇、滄海桑田之感慨。在形式設計上：「類疊」──溫庭筠詠史詩中大量使用類疊法，有時在一句中將疊字置於句首，以提振讀者的注意力；有時在兩句的句首皆用疊字，使詩句旋律回環起伏，蕩漾人心；或將疊字安插於詩句中，使詩句具有抑揚頓挫之功用；或是置於句末，增添節奏上情韻綿長、餘味不絕之效果。因此，疊字的恰當使用，使造語清新自然，不見斧鑿之跡，詩人的情感徘徊遞進，詩歌的主題也加深強化，詩意發揮得更淋漓盡致，從中展現溫庭筠詩作的特色與功力。「對偶」──詩歌的對偶，以律體（律詩、排律）

最爲講究，而律體在溫庭筠的詠史詩中只佔了三分之一左右，但在其古體詩、絕句、雜言等詠史詩中卻隨處可見，對得好的俯拾即是，絕非有佳對而無佳篇，從中可見詩人注重形式美的突出表現，也是他豐沛才情之體現。

在意象塑造方面，則分濃豔意象與殘美意象兩點來論述。在濃豔意象上，溫庭筠喜好選取精巧的服飾器具，及花鳥煙樹等自然景物作爲基本意象，再塗繪以濃豔鮮明的色彩（紅、金、白、綠、青、碧、紫、黃等），著力渲染華麗綺豔的氣氛和明媚輕軟的情調。因此，設色濃豔是溫庭筠詠史詩中十分突出的一項，不論就顏色的多樣化、出現頻率之繁多，乃至溫庭筠本身爲突出濃豔意象而在表達上處心構設的主觀自覺上，都是極爲引人注目且備受後人讚賞的。在殘美意象上，溫庭筠憑著深厚的生活功力和敏銳的政治嗅覺，選擇了「夕陽」這一徐徐下沉的自然現象，來當作抒發思古之幽情的一種媒介，有時夕陽象徵昔盛今衰、興廢無常之意（〈開聖寺〉）；有時代表對逝者的傷悲與追思（〈題翠微寺二十二韻〉、〈秘書省有賀監知章草題詩筆力遒健風尚高遠拂塵尋玩因有此作〉）；亦有寄寓隱居之閒適與安詳的心境（〈老君廟〉）；或象徵文人士子們仕途無望、急欲思歸的精神頹傷（〈過新豐〉）；抑或暗示衰敗的晚唐國勢（〈昆明治水戰詞〉）。而「青苔」意象具有消極的情調，以及安寧和靜止的特性，是溫庭筠追求平靜、安寧、純潔的心理取向，是其坎坷的人生道路與晚唐日漸危殆的政治形勢的折射。詩人藉由「青苔」，表達見棄幽閉、荒廢殘破之意（〈金虎臺〉、〈邯鄲郭公詞〉）；有時也代表寒潔淒苦的意象，象徵人物嶔崎磊落、高潔不俗的人格特質（〈過孔北海墓二十韻〉）；亦有借青苔幽生來顯示時光荏苒，光陰流逝（〈過新豐〉）。

溫庭筠是晚唐一位十分重要的詩人，同時也是詞家的開山之祖，在中國文學史上具有相當之地位。身爲晚唐詩人的一分子，他的詠史詩歌反映了時代的現實，具有深厚的思想內容，充滿耿介磊落、沉鬱不平之氣，同時因爲其個性氣質的獨特性和傾向性，他的詠史詩歌藝

術在晚唐詩壇上是很突出的。因此，對於其詠史詩的藝術表現，不僅要擺放在時代的大背景之下去考察，更要注意其個人的身世背景與人格氣質，這些因素正是爲其詠史詩歌做出了註腳，有助於讀者更全面性、客觀地瞭解與認識其詠史詩，並挖掘其詩歌的藝術價值和特點。

參考書目

壹、書籍專著（依作者姓氏筆畫爲序）

一、研究溫庭筠相關著作

（一）以詩集爲主

1. 王國良：《溫飛卿詩集校注》，台北：黎明文化公司，1999 年 4 月。
2. 孫燕文主編：《溫庭筠詩詞欣賞》，台南：文國書局，2004 年 2 月。
3. 張淑瓊主編：《溫庭筠》，台北：地球出版社，1988 年 4 月。
4. 曾益著、王國安點校：《溫飛卿詩集箋注》，上海：上海古籍出版社，1980 年 7 月。
5. 曾益注、顧予咸補注、顧嗣立重訂：《溫飛卿詩集箋注》，收於清‧紀昀等總纂《景印文淵閣四庫全書》，台北：台灣商務印書館，1985 年。
6. 劉斯翰著：《溫庭筠詩詞選》，台北：遠流出版社，1988 年版。
7. 劉學鍇：《溫飛卿全集校注》，北京：中華書局，2007 年 7 月。

（二）以傳記爲主

1. 上海師大圖書館：《溫庭筠傳記資料》，上海：上海師大圖書館，1994 年。
2. 朱傳譽：《溫庭筠傳記資料》，台北：天一書局，1982 年。
3. 夏瞿禪撰：《溫飛卿繫年》，台北：世界書局再版，1970 年。
4. 黃坤堯著：《溫庭筠》，台北：國家出版社，1984 年 2 月。

5. 萬文武：《溫庭筠辨析》，西安：陝西人民出版社，1992 年。

二、古籍類

(一) 經　史

1. 王溥撰、楊家駱主編：《唐會要》，台北：世界書局，1989 年 4 月 5 版。
2. 左丘明撰、竹添光鴻會箋：《左傳會箋》，台北：天工書局，1993 年 5 月。
3. 司馬遷著、瀧川龜太郎注：《史記會注考證》，台北：萬卷樓圖書有限公司，1993 年。
4. 佚名撰：《三輔黃圖》，收於清・紀昀等總纂《景印文淵閣四庫全書》，台北：台灣商務印書館 1984 年。
5. 李延壽撰：《南史》，台北：鼎文書局，1979 年 2 月。
6. 李延壽：《南齊書》，台北：鼎文書局，1979 年 2 月。
7. 周璽著：《彰化縣志》，台北：中華書局，1962 年 11 月。
8. 房玄齡撰：《晉書》，台北：鼎文書局，1979 年 2 月。
9. 沈約撰、楊家駱主編：《宋書》，台北：鼎文書局，1990 年 7 月六版。
10. 姚察、魏徵、姚思廉合撰：《陳書》，台北：鼎文書局，1979 年 2 月。
11. 姚思廉撰：《梁書》，台北：鼎文書局，1979 年 2 月。
12. 馬端臨撰：《文獻通考》，台北：新興書局，1965 年 10 月 1 版。
13. 袁樞：《通鑑紀事本末》，台北：三民書局，1972 年。
14. 班固撰：《漢書》，台北：鼎文書局，1979 年 2 月。
15. 范祖禹：《唐鑑》，台北：台灣商務印書館，1977 年。
16. 范曄撰：《後漢書》，台北：鼎文書局，1979 年 2 月。
17. 聞人詮等修：《江蘇省南畿志》，台北：成文出版社，1983 年。
18. 裴庭裕：《東觀奏記》，北京：中華書局，1994 年 9 月初版。
19. 劉昫等撰：《舊唐書》，台北：鼎文書局 1979 年 2 月。
20. 歐陽脩、宋祁撰：《新唐書》，台北：鼎文書局，1979 年 2 月。
21. 陳壽撰、裴松之注：《三國志》，台北：鼎文書局，1979 年 2 月。
22. 魏徵：《隋書》，台北：鼎文書局，1979 年 2 月。
23. 應劭撰：《漢官儀》，收於《叢書集成初編》，北京：中華書局，1985 年。

（二）子

1. 王鳴盛：《蛾術編》，收於王鳴盛撰《讀書筆記十七種》，台北：鼎文書局，1979 年。

2. 王嘉：《拾遺記》，台北：木鐸出版社，1982 年 2 月初版。

3. 王定保：《唐摭言》，收於清・紀昀等總纂《景印文淵閣四庫全書》，台北：台灣商務印書館，1985 年。

4. 台灣中華書局輯：《冊府元龜》，台北：台灣中華書局，1981 年。

5. 任昉撰：《述異記》，收於清・紀昀等總纂《景印文淵閣四庫全書》，台北：台灣商務印書館，1985 年。

6. 佚名撰：《玉泉子》，收於清・紀昀等總纂《景印文淵閣四庫全書》，台北：台灣商務印書館，1985 年。

7. 李肇撰：《唐國史補》，收於清・紀昀等總纂《景印文淵閣四庫全書》，台北：臺灣商務印書館，1985 年。

8. 何焯：《義門讀書記》，收於清・紀昀等總纂《景印文淵閣四庫全書》，台北：台灣商務印書館 1985 年。

9. 林寶：《元和姓纂》，收於《辭書集成》，北京：團結出版社，1993 年。

10. 晁公武：《郡齋讀書志》，台北：台灣商務印書館，1968 年。

11. 殷芸：《小說》，收於《筆記小說大觀》，台北：新興書局，1978 年。

12. 洪邁：《容齋三筆》，收於《容齋隨筆》，台北：台灣商務印書館，1979 年 6 月 1 版。

13. 孫棨撰：《北里誌》，收於《叢書集成初編》，北京：中華書局，1985 年。

14. 孫光憲：《北夢瑣言》，收於《四庫筆記小說叢書》，上海：上海古籍出版社，1991 年 12 月 1 版。

15. 尉遲樞：《南楚新聞》，收於《唐代叢書》，台北：新興書局，1971 年。

16. 范攄撰：《雲溪友議》，收於《筆記小說大觀》，台北：新興書局，1978 年。

17. 張華撰：《博物志》，收於《叢書集成初編》，北京：中華書局，1985 年。

18. 張澍編輯：《三輔故事》，收於《叢書集成初編》，北京：中華書局，1985 年。

19. 黃侃：《文心雕龍札記》，香港：新亞書院中國文學系，1962 年 12 月初版。

20. 趙翼撰：《廿二史箚記》，台北：華世書局，1977 年。

21. 趙璘：《因話錄》，收於清‧紀昀等總纂《景印文淵閣四庫全書》，台北：台灣商務印書館，1985 年。

22. 劉崇遠：《金華子雜編》，收於清‧紀昀等總纂《景印文淵閣四庫全書》，台北：台灣商務印書館，1985 年。

23. 樂史著：《楊太眞外傳》，台北：鼎文書局，1979 年 2 月。

24. 黎靖德編、王懋竑撰、鄭端輯：《百衲朱子語類》，台北：漢京文化事業有限公司，1980 年初版。

25. 葛洪撰：《抱朴子》，台北：台灣中華書局，1992 年 1 月。

26. 錢易著：《南部新書》，收於《叢書集成初編》，北京：中華書局，1985 年。

27. 顏之推撰、趙敬夫註：《重校顏氏家訓》，台北：廣文書局，1977 年 12 月初版。

28. 鄧名世：《古今姓氏書辯證》，收於清‧紀昀等總纂《景印文淵閣四庫全書》，台北：台灣商務印書館，1985 年。

29. 顧炎武：《日知錄》，台北：明倫書局，1979 年。

（三）集

1. 丁福保：《歷代詩話續編》，北京：中華書局，1983 年。

2. 丁福保：《全漢三國晉南北朝詩》，台北：藝文出版社，1968 年。

3. 王叔岷撰：《陶淵明詩箋證稿》，台北：藝文出版社，1975 年 1 月初版。

4. 王夫之撰：《讀通鑑論》，台北：漢京文化事業有限公司，1984 年 7 月。

5. 元好問：《元遺山詩集》，台北：清流出版社，1976 年。

6. 尤袤：《全唐詩話》，收於《叢書集成初編》，北京：中華書局，1985 年。

7. 方回：《瀛奎律髓》，收於清‧紀昀等總纂《景印文淵閣四庫全書》，台北：台灣商務印書館，1986 年。

8. 朱庭珍：《筱園詩話》，收於郭紹虞《清詩話續編》，台北：木鐸出版社，1983 年。

9. 吳喬：《圍爐詩話》，台北：廣文書局，1973 年。

10. 李羣玉：《李羣玉詩集》，收於清‧紀昀等總纂《景印文淵閣四庫全書》，台北：台灣商務印書館，1985 年。

11. 沈德潛：《唐詩別裁》，台北：台灣商務印書館，1978 年 1 月。

12. 金聖嘆選批、天南逸叟校訂：《唐詩一千首》，台北：五洲出版社，1962 年 12 月。

13. 孟棨：《本事詩》，收於清・紀昀等總纂《景印文淵閣四庫全書》，台北：台灣商務印書館，1985 年。

14. 胡應麟：《詩藪》，台北：廣文書局，1973 年 9 月。

15. 計有功：《唐詩紀事》，台北：木鐸出版社，1982 年。

16. 高棅編選：《唐詩品彙》，台北：學海出版社，1983 年 7 月。

17. 洪棄生：《寄鶴齋詩話》，南投：臺灣省文獻委員會，1993 年 5 月。

18. 袁枚：《隨園詩話》，台北：廣文出版社，1997 年。

19. 章學誠：《章氏遺書》，台北：漢聲出版社，1973 年。

20. 張玉穀：《古詩賞析》，收於《漢文大系》，台北：新文豐出版公司，1978 年 10 月。

21. 皎然：《詩式》，收於《叢書集成初編》，北京：中華書局，1985 年。

22. 黃滔撰：《黃御史集》，收於清・紀昀等總纂《景印文淵閣四庫全書》，台北：台灣商務印書館，1985 年。

23. 聖祖御編：《全唐詩》，台北：盤庚出版社，1979 年。

24. 楊慎：《升菴集》，收於清・紀昀等總纂《景印文淵閣四庫全書》，台北：台灣商務印書館，1985 年。

25. 郭紹虞：《清詩話續編》，台北：木鐸出版社，1983 年。

26. 郭茂倩撰：《樂府詩集》，台北：里仁書局，1984 年。

27. 董誥等編：《全唐文及拾遺》，台北：大化書局，1987 年。

28. 逯欽立輯校：《先秦漢魏晉南北朝詩》，台北：學海出版社，1991 年 2 月。

29. 遍照金剛：《文鏡祕府論》，台北：學海出版社，1973 年。

30. 陳沆：《詩比興箋》，台北：藝文印書館，1970 年。

31. 陳祚明：《采菽堂古詩選》，收於《續修四庫全書・集部・總集類》上海：上海古籍出版社，2002 年。

32. 錢泳撰：《履園叢話》，台北：大立出版社，1982 年初版。

33. 蕭統編、李善注：《文選》，台北：文津出版社，1987 年 7 月。

34. 薛雪：《一瓢詩話》，收於王夫之等撰、丁福保編《清詩話》，台北：西南書局 1979 年 11 月。

35. 嚴可均校輯：《全上古三代秦漢三國六朝文》，北京：中華書局，1999

年6月第一版第七刷。

三、今人著作

（一）詩　學

1. 方瑜：《中晚唐三家詩析論》，台北：牧童出版社，1975年。

2. 王曙：《唐詩故事集》，北京：南海出版公司，1992年3月。

3. 王叔岷撰：《鍾嶸詩品箋證稿》，台北：中研院中國文哲研究所，1992年3月。

4. 仇小屏：《古典詩詞時空設計美學》，台北：文津出版社，2002年。

5. 古遠清：《詩歌分類學》，高雄：復文書局，1991年。

6. 古遠清、孫光萱合著：《詩歌修辭學》，台北：五南出版社，1997年。

7. 史繼中等主編：《歷代抒情詩分類鑒賞集成》，北京：北京十月文藝出版社，1994年2月。

8. 朱自清：《詩言志辨》，台北：漢京文化事業有限公司，1983年1月初版。

9. 李浩著：《唐詩的美學詮釋》，台北：文津出版社，2000年5月。

10. 岳希仁編著：《唐詩絕句精華》，廣西：廣西師範大學出版社，1996年9月。

11. 岳希仁編著：《古代詠史詩精選點評》，廣西：廣西師範大學出版社，1996年10月。

12. 季明華：《南宋詠史詩研究》，台北：文津出版社，1997年。

13. 尚作恩、李孝堂、吳紹禮、郭清津編著：《晚唐詩譯釋》，哈爾濱：黑龍江人民出版社，1997年1月。

14. 沈祖棻：《唐人七絕淺釋》，石家莊：河北教育出版社，2000年。

15. 胡純俞選評：《唐詩千首》，台北：中華書局，1984年。

16. 施蟄存：《唐詩百話》，台北：文史哲出版社，1994年3月初版。

17. 孫琴安：《唐七律詩精評》，上海：上海社會科學院出版社，1989年。

18. 張春榮：《詩學析論》，台北：東大圖書公司，1987年。

19. 張夢機等選注：《唐宋詩髓》，台北：明文出版社，1990年10月。

20. 張明非著：《唐詩咀華》，上海：上海古籍出版社，1996年。

21. 張秉戌主編：《歷代詩分類鑑賞辭典》，北京：中國旅游出版社，1997年7月。

22. 張淑瓊主編、高明總編審、王熙元等編審：《唐詩新賞》，台北：錦

繡出版社，1992 年。

23. 許鋼：《詠史詩與中國泛歷史主義》，台北：水牛出版社，1997 年。

24. 黃振民評註：《歷代詩評註》，台北：大中國圖書公司，1994 年 1 月。

25. 黃益庸：《歷代詠史詩》，北京：大眾文藝出版社，2000 年。

26. 黃寶華、文師華：《中國詩學史》，廈門：鷺江出版社，2002 年。

27. 黃永武：《中國詩學——思想篇》，台北：巨流圖書公司，2005 年 8 月初版十三刷。

28. 黃永武：《中國詩學——設計篇》，台北：巨流圖書公司，2005 年 8 月初版十三刷。

29. 黃永武：《中國詩學——鑑賞篇》，台北：巨流圖書公司，2005 年 8 月初版十三刷。

30. 黃永武：《中國詩學——考據篇》，台北：巨流圖書公司，2005 年 8 月初版十三刷。

31. 淡江大學中文系主編：《晚唐的社會與文化・晚唐濃麗深婉詩風的形成》，台北：台灣學生書局 1990 年 9 月。

32. 喬惟德、尚永亮：《唐代詩學》，長沙：湖南人民出版社，2000，年。

33. 曾進豐：《晚唐詩的鋒芒與光彩——以社會詩及風人體爲例》，台南：漢風出版社 2003 年。

34. 楊家駱主編：《新校陳子昂集》，台北：世界書局，1980 年 11 月再版。

35. 靖宇編著：《唐詩多功能多用途辭典》，台北：漢宇國際文化有限公司，2005 年。

36. 降大任：《詠史詩注析》，山西：山西人民出版社，1985 年。

37. 劉若愚著、杜國清譯：《中國詩學》，台北：幼獅文化事業有限公司，1977 年 6 月初版。

38. 葛兆光、戴燕：《晚唐風韻——杜牧與李商隱》，台北：漢欣文化，1991 年。

39. 郭榮光主編：《歷代名詩大觀》，山東：山東文藝出版社，1992 年 2 月。

40. 陳植鍔：《詩歌意象論》，北京：中國社會科學出版社，1990 年。

41. 陳伯海主編：《唐詩彙評》，浙江：浙江教育出版社，1995 年 5 月。

42. 簡明勇：《律詩研究》，台北：文史哲出版社，1990 年 9 月 5 版。

43. 儲大泓：《歷代詠史詩選註》，西安：陝西人民出版社，1990 年。

44. 繆鉞：《詩詞散論》，台北：台灣開明書店，1982 年。

45. 蕭楓編：《唐詩宋詞全集》，西安：西安出版社，2002年二版。

46. 鄭騫校訂：《江南江北——唐詩》，台北：時報文化事業有限公司，1992年3月二版一刷。

47. 蘇雪林：《唐詩概論》，台北：台灣商務印書館，1988年五版。

48. 龔鵬程：《詩史本色與妙悟》，台北：台灣學生書局，1993年。

（二）史　學

1. 王炎平：《牛李黨爭》，西安：西北大學出版社，1996年。

2. 李宗侗、夏德儀等校註：《資治通鑑今註》，台北：台灣商務印書館，1975年。

3. 周紹良主編：《唐代墓誌彙編》，上海：上海古籍出版社，1992年。

4. 傅璇琮主編：《唐才子傳校箋》，北京：中華書局，1990年5月。

5. 陳寅恪：《唐代政治史述論稿》，上海：上海古籍出版社，1982年。

6. 韓國磐：《隋唐五代史綱》，北京：人民出版社，1979年2版。

7. 繆鉞：《杜牧傳》，天津：百花文藝出版社，1999年初版。

8. 譚優學著：《唐詩人行年考續編》，成都：巴蜀書社，1987年。

（三）文　學

1. 王利器校箋：《文心雕龍校證》，台北：明文書局，1982年4月。

2. 王立：《中國古代文學十大主題》，台北：文史哲出版社，1994年。

3. 王忠林、邱燮友、左松超、黃錦鋐、皮述民、傅錫壬、金榮華、應裕康合著：《增訂中國文學史初稿》，台北：福記文化圖書有限公司，1995年。

4. 王夢鷗：《中國文學理論與實踐》，台北：時報文化事業有限公司，1995年。

5. 仇小屏：《篇章結構類型論》，台北：萬卷樓圖書有限公司，2000年。

6. 李澤厚：《美的歷程》，台北：谷鳳出版社，1987年。

7. 呂正惠、蔡英俊編：《中國文學批評》，台北：台灣學生書局，1997，年。

8. 易蒲、李金苓著：《漢語修辭學史綱》，吉林：吉林教育出版社，1989年。

9. 袁行霈：《中國文學史綱要》，台北：曉園初版社，1991年。

10. 馬茂元主編、楊金鼎注釋：《楚辭注釋》，台北：文津出版社，1993年9月。

11. 黃永武：《字句鍛鍊法》，台北：洪範書局，1986 年。

12. 黃慶萱：《修辭學》，台北：三民書局，1992 年。

13. 楊鴻銘：《中國文學之理論》，台北：文史哲出版社，1986 年。

14. 葉衡注：《禮記選注》，台北：台灣商務印書館，1968 年。

15. 葉慶炳：《中國文學史》，台北：台灣學生書局，1987 年。

16. 劉若愚：《中國文學理論》，台北：聯經出版事業有限公司，1990 年。

17. 劉大杰：《中國文學發展史》，台北：華正書局，1983 年。

18. 劉義慶編、李自修譯注：《世說新語》，台北：地球出版社，1994 年 9 月。

19. 黎運漢、張維耿：《現代漢語修辭學》，台北：書林出版有限公司，1994 年 2 月二刷。

20. 陳望道：《修辭學發凡》，台北：文史哲出版社，1989 年 1 月再版。

21. 遠志明：《神州懺悔錄》，台北：台視文化事業有限公司，2000 年 8 月。

22. 蕭繼宗校注：《花間集》，台北：台灣學生書局，1996 年 8 月。

23. 龔鵬程：《文學與美學》，台北：業強出版社，1986，年。

24. 龔鵬程：《文學散步》，台北：漢光出版社，1988 年 4 月 4 版。

貳、期刊論文（依出版年代先後為序）

一、研究溫庭筠部分

（一）台灣學者

1. 白水：〈溫庭筠的詩和人〉，《文壇》，1971 年 10 月第 319 期。

2. 盛成：〈溫庭筠〉，《新夏月刊》，1973 年 3 月第 33 卷。

3. 盛成：〈溫庭筠〉，《新夏月刊》，1973 年 6 月第 34 卷。

4. 方瑜：〈溫庭筠歌詩的意象與表現〉，《幼獅月刊》，1974 年 10 月第，40 卷第 4 期。

5. 李日剛：〈論晚唐典綺派溫庭筠詩之特殊風格〉，《文藝復興》，1974 年 11 月第 57 期。

6. 劉中龢：〈唐末文壇巨柱溫庭筠〉，《文藝月刊》，1975 年 1 月第 67 卷。

7. 林柏燕：〈溫庭筠的悲劇〉，《中華文藝》，1976 年 1 月第 10 卷第 5 期。

8. 杜若：〈浪漫詩人溫飛卿〉，《臺肥月刊》，1976 年 7 月第 17 卷第 7 期。

9. 杜若：〈溫庭筠詩和詞〉，《自由談》，1981 年 6 月第 32 卷第 6 期。

10. 羅宗濤：〈溫庭筠詩詞比較研究〉，《古典文學》，1985 年 8 月第 7 卷上。

11. 阮廷瑜：〈李白詩對溫庭筠五律的影響〉，《大陸雜誌》，1992 年 8 月第 85 卷第 2 期。

12. 王淑梅：〈七十年溫庭筠研究概述〉，《文教資料》，1996 年第 3 期。

13. 張以仁：〈從若干事證檢驗溫庭筠的生年之說〉，《中央研究院歷史語言研究所集刊》，2003 年 9 月第 74 卷第 3 期。

（二）大陸學者

1. 施蟄存：〈讀溫飛卿詞札記〉，《中華文史論叢》，1978 年第 8 輯。

2. 陳尚君：〈溫庭筠早年事跡考辨〉，《中華文史論叢》，1981 年第 2 期。

3. 林邦鈞：〈論溫庭筠和他的詩〉，《文學遺產》，1981 年第 4 期。

4. 王達津：〈溫庭筠生平之若干問題〉，《南開學報》，1982 年第 2 期。

5. 黃震雲：〈溫庭筠籍貫及生卒年〉，《徐州師院學報》，1982 年第 3 期。

6. 黃震雲：〈溫庭筠詩歌的藝術特色〉，《徐州師院學報》，1984 年第 1 期。

7. 牟懷川：〈溫庭筠生年新證〉，《上海師範學院學報》，1984 年第 1 期。

8. 王希斌：〈繪陰柔之色，寫陽剛之美：論溫庭筠樂府詩歌的藝術特色〉，《學習與探索》，1989 年第 4 期。

9. 劉范弟：〈溫庭筠貶謫時地辨〉，《中國古代、近代文學研究》，1990 年第 1 期。

10. 梁克隆：〈孤高的歌吟——簡談溫庭筠的詠懷詩〉，《中華女子學院學報》，1998 年第 4 期。

11. 金昌慶：〈溫庭筠詠史詩的諷諭精神及其藝術表現形式〉，《殷都學刊》，1999 年第 4 期。

12. 宁薇：〈密隱與疏顯——溫庭筠、李商隱詠史詩意象比較〉，《湖北教育學院學報》1999 年第 6 期。

13. 王笑梅：〈溫庭筠詩情感基調初探〉，《解放軍外國語學院學報》，2000 年第 1 期。

14. 梁克隆：〈簡談溫庭筠的詠史詩〉，《中華女子學院山東分院學報》，2002 年第 3 期。

15. 王笑梅：〈試論溫庭筠詩歌的藝術風格〉，《周口師範學院學報》，2004年第3期。

16. 成松柳：〈溫庭筠詩歌藝術風格初探〉，《湖南社會科學》，2004年第6期。

17. 徐興菊：〈論溫庭筠的以文爲貨〉，《山西師大學報（社會科學版）》，2004年第31卷第2期。

18. 昌慶志：〈溫庭筠與商業〉，《山西師大學報（社會科學版）》，2005年7月第32卷第4期。

19. 宋立英：〈通過用典看溫庭筠其人其詩〉，《哈爾濱工業大學學報（社會科學版）》，2005年9月第7卷第5期。

二、詠史類

（一）台灣學者

1. 張安琪：〈左思與陶淵明詠史詩之比較〉，《傳習》，1999年4月第4期。

2. 侯迺慧：〈唐代懷古詩研究〉，《中國古典文學研究》，2000年6月第3期。

3. 盧清青：〈淺談李商隱的詠史詩〉，《華夏學報》，2000年12月第6期。

4. 林麗娟：〈振衣千仞岡，濯足萬里流──左思「詠史詩八首」探微〉《黃埔學報》2002年3月第3期。

5. 陳秀雋：〈杜牧七絕詠史詩研究〉，《中二中學報》，2004年8月第4期。

6. 邱燮友：〈詠史詩與美學──賴玉樹「晚唐五代詠史詩與美學意識」序〉，《中國語文》2004年12月第6期。

7. 柳惠英：〈論懷古詩的形成──從南朝到初唐〉，《中國文學研究》，2005年6月第3期。

8. 涂佩鈴：〈詠史詩與遊仙詩的時空意蘊──以左思、郭璞詩爲例〉，《中國語文》，2006年4月第2期。

（二）大陸學者

1. 王紅：〈試論晚唐詠史，詩的悲劇審美特徵〉，《西安陝西師大學報（哲學社會科學版）》，1989年第3期。

2. 陳文華：〈論中晚唐詠史詩的三大體式〉，《文學遺產》，1989年第5期。

3. 王定璋：〈論中晚唐詠史詩的憂患意識與落寞心態〉，《江海學刊》，1990 年第 6 期。

4. 劉學鍇：〈李商隱詠史詩的主要特徵〉，《文學遺產》，1993 年 1 月第 1 期。

5. 羅忠族：〈漢魏晉三代詠史詩述略〉，《邵陽學院學報（社會科學版）》，1994 年第 1 期。

6. 王友勝：〈李白的詠史詩及其審美價值〉，《井岡山師範學院學報》，1994 年第 3 期。

7. 江豔華：〈魏晉南北朝詠史詩論略〉，《雲南師範大學學報（哲學社會科學版）》，1994 年第 4 期。

8. 蔣方：〈論左思詠史詩的變體兼論古代詠史詩的文化內涵〉，《湖北大學學報（哲學社會科學版）》，1994 年第 4 期。

9. 成松柳：〈大江東去：沉浸在歷史中的思索——對晚唐詠史詩的一種描述〉，《求索》，1994 年第 5 期。

10. 黃筠：〈中國詠史詩的發展與評價〉，《中國文化研究》，1994 年第 6 期。

11. 張自新、王守璋：〈個體生命的憂思與社會價值的探尋——評劉禹錫的詠史詩〉，《張家口師專學報》，1995 年第 4 期。

12. 朱秋德：〈試論劉禹錫詠史詩的成就〉，《兵團教育學院學報》，1996 年第 3 期。

13. 雷恩海：〈詠史詩淵源的探討暨詠史內涵之界定〉，《貴州社會科學》，1996 年第 4 期。

14. 戴學青：〈李商隱詠史詩簡論〉，《高等函授學報（哲學社會科學版）》，1996 年第 4 期。

15. 李士龍：〈試論古代詠史詩〉，《學習與探索》，1996 年第 6 期。

16. 孫立：〈論詠史詩的寄託〉，《中山大學學報（社會科學版）》，1997 年第 1 期。

17. 蔣長棟：〈晚唐社會與晚唐詠史詩的主題〉，《中國韻文學刊》，1998 年第 1 期。

18. 任海天：〈傷悼與反思：晚唐詠史詩的焦點指向〉，《北方論叢》，1998 年第 3 期。

19. 雷恩海、羊列榮：〈唐代詠史詩中的修辭運用及其意義表達〉，《修辭學習》，1999 年第 5 期。

20. 陳松青：〈唐代詠史詩論三題〉，《松遼學刊（社會科學版）》，1999 年第 5 期。

21. 任元彬：〈唐末五代的詠史詩〉，《中國人民大學學報》，2000 年第 1 期。

22. 陳恩維：〈論漢魏時期詠史詩的發展歷程〉，《欽州師範高等專科學校學報》，2000 年第 4 期。

23. 田耕宇：〈詩心‧哲理‧史論──論晚唐詠史詩的現實關懷及藝術表現〉，《西南民族學院學報（哲學社會科學版）》，2000 年第 12 期。

24. 金昌慶：〈論詠史詩在漢魏六朝的出現與發展〉，《廣西大學學報（哲學社會科學版）》，2001 年第 2 期。

25. 高健新、張映夢：〈詠史詩：閱盡興亡千古事〉，《零陵師範高等專科學校學報》，2001 年第 2 期。

26. 劉曙初：〈論漢魏六朝詠史詩的演變〉，《貴州社會科學》，2002 年 9 月第 5 期。

27. 韋春喜：〈試論南朝詠史詩〉，《四川師範學院學報（哲學社會科學版）》，2003 年 1 月第 1 期。

28. 劉杰：〈從「正體」詠史到「變體」詠史──兼論詠史詩產生原因〉，《涪陵師範學院學報》，2003 年第 4 期。

29. 劉惠文、劉瀏：〈詠史詩論略〉，《青海社會科學》，2003 年第 5 期。

30. 韋春喜：〈漢魏六朝詠史詩探論〉，《中國韻文學刊》，2004 年第 2 期。

31. 馮傲雪：〈論唐代詠史詩的憂患意識〉，《北京科技大學學報（社會科學版）》，2004 年第 2 期。

32. 馮傲雪：〈論唐代詠史詩的興盛及其文化動因〉，《電子科技大學學報（社科版）》，2004 年第 3 期。

33. 張學民：〈興壯志難酬之嘆，抒家國黍離之悲──古代詠史詩文化內涵淺談〉，《語文知識》，2004 年第 4 期。

34. 劉瀏：〈論晚唐詠史詩的煉事與煉意〉，《集美大學學報（哲學社會科學版）》，2004 年第 4 期。

35. 冷紀平：〈詠史詩界說二題〉，《青島大學師範學院學報》，2005 年 3 月第 22 卷第 1 期。

三、其 他

1. 廖蔚卿：〈論中國古典文學中的兩大主題──從〈登樓賦〉與〈蕪城賦〉探討「遠望當歸」與「登臨懷古」〉，台北：《幼獅學誌》，1983 年 5 月，第 17 卷第 3 期。

2. 姜明：〈論左思及其詩歌成就〉，《楚雄師範學院學報》，1998 年第 2 期。

3. 李紅春、陳炎：〈儒釋道對晚唐詩歌的影響〉，《北方論叢》，2003 年第 2 期。

4. 沈有珠：〈晚唐詩人的夕陽情結〉，《西北師大學報（社會科學版）》，2003 年 3 月第 40 卷第 2 期。

參、學位論文（依出版年代先後爲序）

一、研究溫庭筠部分

（一）台灣學者

1. 楊玖：《溫庭筠詩研究》，東海大學中文所碩士論文，1973 年。

2. 張翠寶：《溫庭筠詩集研注》，台灣師範大學國文所碩士論文，1975 年。

3. 李恩禧：《溫庭筠詩詞中感覺之表現》，政治大學中文所碩士論文，1992 年。

4. 許瑞玲：《溫庭筠詩之語言風格研究——從顏色字的使用及其詩句結構分析》，成功大學中文所碩士論文，1993 年。

5. 李淑芬：《溫庭筠及其詩歌研究》，台灣大學中文所碩士論文，2000 年。

（二）大陸學者

1. 談曉茜：《風雨季世，惆悵彩筆——溫庭筠詩歌論析》，西北師範大學中文所碩士論文，2001 年。

2. 張煜：《溫庭筠歌詩研究》，首都師範大學中文所碩士論文，2002 年。

3. 李然：《溫庭筠的詩詞比較》，東北師範大學中文所碩士論文，2003 年。

4. 宋立英：《溫庭筠詩歌用典研究》，黑龍江大學中文所碩士論文，2003 年。

5. 朱明鶴：《論溫庭筠詩詞的同向性》，華東師範大學中文所碩士論文，2004 年。

6. 徐秀燕：《溫庭筠女性題材詩歌研究》，山東師範大學中文所碩士論文，2005 年。

7. 唐愛霞：《論溫庭筠的人生悲劇與詩歌美學風貌》，廣西師範大學中文所碩士論文，2005 年。

8. 劉霽：《溫庭筠詩歌藝術研究》，南京師範大學中文所碩士論文，2006 年。

二、詠史類

（一）台灣學者

1. 韓惠京：《李商隱詠史詩探微》，中國文化大學中文所碩士論文，1987年。

2. 廖振富：《唐代詠史詩之發展與特質》，台灣師範大學國研所碩士論文，1989年。

3. 黃雅歆：《魏晉詠史詩研究》，台灣大學中文所碩士論文，1990年。

4. 李明華：《南宋詠史詩研究》，成功大學歷史語言所碩士論文，1993年。

5. 潘志宏：《晚唐三家詠史詩研究》，清華大學文研所碩士論文，1993年。

6. 陳吉山：《北宋詠史詩探論》，成功大學歷史語言所碩士論文，1993年。

7. 徐亞萍：《唐代詠史詩與中國傳統士文化關係之研究》，高雄師範大學國文研究所博士論文，1998年。

8. 李宜涯：《晚唐詠史詩研究》，中國文化大學中文所博士論文，2000年。

9. 黃俊傑：《明清之際詠史詩研究》，彰化師範大學國研所碩士論文，2002年。

10. 賴玉樹：《晚唐五代詠史詩之美學意識》，中國文化大學中文所博士論文，2003年。

11. 周宜梅：《杜牧詠史詩研究》，台灣師範大學在職進修國文所碩士論文，2004年。

12. 江珮慧：《王荊公詠史詩研究》，彰化師範大學在職進修國文所碩士論文，2004年。

13. 柳惠英：《唐代懷古詩研究》，台灣大學中文所博士論文，2005年。

14. 劉桂芳：《羅隱詠史詩時空審美研究》，屏東師範學院語教所碩士論文，2005年。

15. 張家豪：《李商隱詠史詩解讀研究》，東海大學中文系碩士論文，2006年。

（二）大陸學者

1. 張豔：《晚唐詠史詩》，河北大學中文所碩士論文，2001年。

2. 無名氏：《唐代詠史詩研究》，華中師範大學歷史文獻所博士論文，

2001 年。

3. 李霞：《評唐代詠史詩人的歷史觀》，陝西師範大學中文所碩士論文，2002 年。

4. 韋春喜：《漢魏六朝詠史詩試論》，山東師範大學中文所碩士論文，2002 年。

5. 王娟：《李商隱詠史詩研究》，陝西師範大學中文所碩士論文，2003 年。

6. 毛德勝：《論中晚唐詠史詩》，華中師範大學中文所碩士論文，2003 年。

7. 葉楚炎：《唐代詠史詩研究》，南京師範大學中文所碩士論文，2004 年。

8. 劉傑：《漢魏六朝詠史詩研究》，西南師範大學中文所碩士論文，2004 年。

9. 李翰：《漢魏盛唐詠史詩研究》，復旦大學中文所博士論文，2005 年。

10. 冷紀平：《論唐代詠史詩藝術新變》，青島大學中文所碩士論文，2005 年。

11. 韋春喜：《宋前詠史詩史》，山東大學中文所博士論文，2005 年。

12. 王麗芳：《劉禹錫詠史詩的生成及影響》，東北師範大學中文所碩士論文，2006 年。

13. 張子清：《羅隱詠史詩研究》，湘潭大學古文所碩士論文，2006 年。

14. 張宇：《論中晚唐詠史詩》，內蒙古大學中文所碩士論文，2006 年。

三、其　他

1. 馬楊萬運：《中晚唐詩研究》，台灣大學中文所博士論文，1974 年。

2. 朴柱邦：《唐代唯美詩之研究－以晚唐爲探討對象》，政治大學中文所博士論文，1986 年。

3. 歐麗娟：《杜甫詩之意象研究》台灣大學中文所碩士論文，1991 年。

4. 黃大松：《晚唐詩歌中黃昏意象研究》，政治大學中文所碩士論文，1999 年。

5. 簡恩民：《晚唐詩中書寫「女性及男女情愛」主題之研究》，政治大學中文所博士論文，2006 年。

附錄一：溫庭筠四十六首詠史詩

1、〈雞鳴埭曲〉卷 1

　　南朝天子射雉時，銀河耿耿星參差。
　　銅壺漏斷夢初覺，寶馬塵高人未知。
　　魚躍蓮東蕩宮沼，濛濛禦柳懸棲鳥。
　　紅妝萬戶鏡中春，碧樹一聲天下曉。
　　盤踞勢窮三百年，朱方殺氣成愁煙。
　　彗星拂地浪連海，戰鼓渡江塵漲天。
　　繡龍畫雉填宮井，野火風驅燒九鼎。
　　殿巢江燕砌生蒿，十二金人霜炯炯。
　　芊綿平綠臺城基，暖色春容荒古陂。
　　宵知玉樹後庭曲，留待野棠如雪枝。

2、〈張靜婉採蓮歌〉卷 1

　　蘭膏墜髮紅玉春，燕釵拖頸拋盤雲。
　　城邊楊柳向嬌晚，門前溝水波粼粼。
　　麒麟公子朝天客，珂馬瑲瑲度春陌。
　　掌中無力舞衣輕，剪斷鮫綃破春碧。
　　抱月飄煙一尺腰，麝臍龍髓憐嬌嬈，
　　秋羅拂水碎光動，露重花多香不銷。
　　鸊鷉交交塘水滿，綠芒如粟蓮莖短。

一夜西風送雨來，粉痕零落愁紅淺。
船頭折藕絲暗牽，藕根蓮子相留連。
郎心似月月未缺，十五十六清光圓。

3、〈太液池歌〉卷 1

腥鮮龍氣連清防，花風漾漾吹細光。
疊瀾不定照天井，倒影蕩搖晴翠長。
平碧淺春生綠塘，雲容雨態連青蒼。
夜深銀漢通柏梁，二十八宿朝玉堂。

4、〈雉場歌〉卷 1

茭葉萋萋接煙曙，雞鳴埭上梨花露。
彩仗鏘鏘已合圍，繡翎白頸遙相妒。
雕尾扇張金縷高，碎鈴素拂驪駒豪。
綠場紅跡未相接，箭發銅牙傷彩毛。
麥隴桑陰小山晚，六虯歸去凝笳遠。
城頭卻望幾含情，青畝春蕪連石苑。

5、〈雍臺歌〉卷 1

太子池南樓百尺，入窗新樹疏簾隔。
黃金鋪首畫鉤陳，羽葆停幢拂交戟。
盤紆闌楯臨高臺，帳殿臨流鸞扇開。
早雁驚鳴細波起，映花鹵簿龍飛迴。

6、〈湖陰詞〉卷 1

祖龍黃鬚珊瑚鞭，鐵驄金面青連錢。
虎髯拔劍欲成夢，日壓賊營如血鮮。
海旗風急驚眠起，甲重光搖照湖水。
蒼黃追騎塵外歸，森索妖星陣前死。
五陵愁碧春萋萋，霸川玉馬空中嘶。
羽書如電入青瑣，雪腕如槌催畫鞞。
白虯天子金煌鋩，高臨帝座迴龍章。
吳波不動楚山晚，花壓闌干春晝長。

7、〈漢皇迎春詞〉卷 1

春草芊芊晴掃煙，宮城大錦紅殷鮮。
海日初融照仙掌，淮王小隊纓鈴響。
獵獵東風燄赤旗，畫神金甲蔥籠網。
鉅公步輦迎句芒，複道掃塵燕蜉長。
豹尾竿前趙飛燕，柳風吹盡眉間黃。
碧草含情杏花喜，上林鶯轉遊絲起。
寶馬搖環萬騎歸，恩光暗入簾攏裏。

8、〈故城曲〉卷 2

漠漠沙堤煙，堤西雉子斑。
雉聲何角角，麥秀桑陰閒。
遊絲蕩平綠，明滅時相續。
白馬金絡頭，東風故城曲。
故城殷貴嬪，曾占未來春。
自從香骨化，飛作馬蹄塵。

9、〈昆明治水戰詞〉卷 2

汪汪積水光連空，重疊細紋晴漾紅。
赤帝龍孫鱗甲怒，臨流一盼生陰風。
鼉鼓三聲報天子，雕旌獸艦凌波起。
雷吼濤驚白石山，石鯨眼裂蟠蛟死。
溟池海浦俱喧豗。青幟白旌相次來。
箭羽槍纓三百萬，踏翻西海生塵埃。
茂陵仙去菱花老，喋喋遊魚近煙島。
渺莽殘陽釣艇歸，綠頭江鴨眠沙草。

10、〈謝公墅歌〉卷 2

朱雀航南繞香陌，謝郎東墅連春碧。
鳩眠高柳日方融，綺榭飄颻紫庭客。
文楸方罫花參差，心陣未成星滿池。
四座無喧梧竹靜，金蟬玉柄俱持頤。
對局含顰見千里，都城已得長蛇尾。

江南王氣繫疏襟，未許符堅過淮水。

11、〈臺城曉朝曲〉卷 2

司馬門前火千炬，闌干星斗天將曙。
朱網龕鑾丞相車，曉隨疊鼓朝天去。
博山鏡樹香豐茸，裊裊浮航金畫龍。
大江斂勢避辰極，兩闕深嚴煙翠濃。

12、〈走馬樓三更曲〉卷 2

春姿暖氣昏神沼，李樹拳枝紫芽小。
玉皇夜入未央宮，長火千條照棲鳥。
馬過平橋通畫堂，虎幡龍戟風飄揚。
簾間清唱報寒點，丙舍無人遺爐香。

13、〈達摩支曲〉卷 2

搗麝成塵香不滅，拗蓮作寸絲難絕。紅淚文姬洛水春，白
頭蘇武天山雪。
君不見無愁高緯花漫漫，漳浦宴餘清露寒。一旦臣僚共囚
虜，欲吹羌管先沈瀾。舊臣頭鬢霜華早，可惜雄心醉中老。
萬古春歸夢不歸，鄴城風雨連天草。

14、〈蘇小小歌〉卷 2

買蓮莫破券，買酒莫解金。酒裏春容抱離恨，水中蓮子懷
芳心。
吳宮女兒腰似束，家在錢塘小江曲。一自檀郎逐便風，門
前春水年年綠。

15、〈春江花月夜詞〉卷 2

玉樹歌闌海雲黑，花庭忽作青蕪國。
秦淮有水水無情，還向金陵漾春色。
楊家二世安九重，不禦華芝嫌六龍。
百幅錦帆風力滿，連天展盡金芙蓉。
珠翠丁星復明滅，龍頭劈浪哀笳發。
千里涵空澄水魂，萬枝破鼻飄香雪。

漏轉霞高滄海西，頗黎枕上聞天雞。
蠻弦代寫曲如語，一醉昏昏天下迷。
四方傾動煙塵起，猶在濃香夢魂裏。
後主荒宮有曉鶯，飛來只隔西江水。

16、〈金虎臺〉卷 3

碧草連金虎，青苔蔽石麟。皓齒芳塵起，纖腰玉樹春。
倚瑟紅鉛濕，分香翠黛顰。誰言奉陵寢，相顧復沾巾。

17、〈邯鄲郭公詞〉卷 3

金笳悲故曲，玉座積深塵。言是邯鄲伎，不見鄴城人。
青苔竟埋骨，紅粉自傷神。唯有漳河柳，還向舊營春。

18、〈齊宮〉卷 3

白馬雜金飾，言從雕輦迴。粉香隨笑度，鬢態伴愁來。
遠水斜如剪，青莎綠似裁。所恨章華日，冉冉下層臺。

19、〈陳宮詞〉卷 3

雞鳴人草草，香輦出宮花。妓語細腰轉，馬嘶金面斜。
早鶯隨彩仗，驚雉避凝笳。淅瀝湘風外，紅輪映曙霞。

20、〈開聖寺〉卷 4

路分溪石夾煙叢，十里蕭蕭古樹風。
出寺馬嘶秋色裏，向陵鴉亂夕陽中。
竹間泉落山廚靜，塔下僧歸影殿空。
猶有南朝舊碑在，恥將興廢問休公。

21、〈法雲雙檜〉卷 4

晉朝名輩此離羣，想對濃陰去住分。
題處尚尋王內史，畫時應是顧將軍。
長廊夜靜聲疑雨，古殿秋深影勝雲。
一下南臺到人世，曉泉清籟更難聞。

22、〈馬嵬驛〉卷 4

穆滿曾為物外遊，六龍經此暫淹留。

返魂無驗青煙滅，埋血空生碧草愁。
香輦卻歸長樂殿，曉鐘還下景陽樓。
甘泉不復重相見，誰道文成是故侯。

23、〈奉天西佛寺〉卷4

憶昔狂童犯順年，玉蚪閒暇出甘泉。
宗臣欲舞千鈞劍，追騎猶觀七寶鞭。
星背紫垣終掃地，日歸黃道卻當天。
至今南頓諸耆舊，猶指榛蕪作弄田。

24、〈題望苑驛〉卷4

弱柳千條杏一枝，半含春雨半垂絲。
景陽寒井人難到，長樂晨鐘鳥自知。
花影至今通博望，樹名從此號相思。
分明十二樓前月，不向西陵照盛姬。

25、〈過陳琳墓〉卷4

曾於青史見遺文，今日飄蓬過古墳。
詞客有靈應識我，霸才無主始憐君。
石麟埋沒藏春草，銅雀荒涼對暮雲。
莫怪臨風倍惆悵，欲將書劍學從軍。

26、〈老君廟〉卷4

紫氣氤氳捧半巖，蓮峰仙掌共巉巉。
廟前晚色連寒水，天外斜陽帶遠帆。
百二關山扶玉座，五千文字閟瑤緘。
自憐金骨無人識，知有飛龜在石函。

27、〈過五丈原〉卷4

鐵馬雲雕久絕塵，柳陰高壓漢營春。
天晴殺氣屯關右，夜半妖星照渭濱。
下國臥龍空寱主，中原逐鹿不因人。
象床錦帳無言語，從此譙周是老臣。

28、〈秘書省有賀監知章草題詩筆力遒健風尚高遠拂塵尋玩因
　　有此作〉卷4

　　　越溪漁客賀知章，任達憐才愛酒狂。
　　　鸂鶒葦花隨釣艇，蛤蜊菰菜夢橫塘。
　　　幾年涼月拘華省，一宿秋風憶故鄉。
　　　榮路脫身終自得，福庭回首莫相忘。
　　　出籠鷺鶴歸遼海，落筆龍蛇滿壞牆。
　　　李白死來無醉客，可憐神彩吊殘陽。

29、〈蔡中郎墳〉卷5

　　　古墳零落野花春，聞說中郎有後身。
　　　今日愛才非昔日，莫拋心力作詞人。

30、〈題端正樹〉卷5

　　　路傍佳樹碧雲愁，曾侍金輿幸驛樓。
　　　草木榮枯似人事，綠陰寂寞漢陵秋。

31、〈渭上題〉三首之一　卷5

　　　呂公榮達子陵歸，萬古煙波遠釣磯。
　　　橋上一通名利跡，至今江鳥背人飛。

32、〈渭上題〉三首之二　卷5

　　　目極雲霄思浩然，風帆一片水連天。
　　　輕橈便是東歸路，不肯忘機作釣船。

33、〈渭上題〉三首之三　卷5

　　　煙水何曾息世機，暫時相向亦依依。
　　　所嗟白首磻谿叟，一下漁舟更不歸。

34、〈四皓〉卷5

　　　商於用裏便成功，一寸沉機萬古同。
　　　但得戚姬甘定分，不應眞有紫芝翁。

35、〈題翠微寺二十二韻〉卷 6

邠土初成邑，虞賓竟讓王。乾符初得位，天弩夜收鋩。
偃息齊三代，優游念四方。萬靈扶正寢，千嶂抱重崗。
幽石歸階陛，喬柯入棟梁。火雲如沃雪，湯殿似含霜。
澗籟添仙曲，巖花借禦香。野麋陪獸舞，林鳥逐鸞行。
鏡寫三秦色，窗搖八水光。問雲徵楚女，疑粉試何郎。
蘭芷承雕輦，杉蘿入畫堂。受朝松露曉，頒朔桂煙涼。
嵐濕金鋪外，溪鳴錦幄傍。倚絲憂漢祖，持璧告秦皇。
短景催風馭，長星屬羽觴。儲君猶問豎，元老已登床。
鶴蓋趨平樂，雞人下建章。龍髯悲滿眼，螭首淚沾裳。
疊鼓嚴靈仗，吹笙送夕陽。斷泉辭劍佩，昏日伴旂常。
遺廟青蓮在，頹垣碧草芳。無因奏韶濩，流涕對幽篁。

36、〈過孔北海墓二十韻〉卷 6

撫事如神遇，臨風獨涕零。墓平春草綠，碑折古苔青。
珪玉埋英氣，山河孕炳靈。發言驚辨囿，摛翰動文星。
蘊策期千世，持權欲反經。激揚思壯志，流落歎頹齡。
惡木人皆息，貪泉我獨醒。輪轅無匠石，刀几有庖丁。
碌碌迷藏器，規規守觢瓶。憤容凌鼎鑊，公議動朝廷。
故國將辭寵，危邦竟緩刑。鈍工磨白璧，凡石礪青萍。
揭日昭東夏，摶風滯北溟。後塵遵軌轍，前席詠儀型。
木秀當憂悴，弦傷不底寧。矜誇遭斥鷃，光彩困飛螢。
白羽留談柄，清風襲德馨。鸞凰嬰雪刃，狼虎犯雲屏。
蘭蕙荒遺址，榛蕪蔽舊坰。鑾轅近沂水，何事戀明庭。

37、〈過華清宮二十二韻〉卷 6

憶昔開元日，承平事勝遊。貴妃專寵幸，天子富春秋。
月白霓裳殿，風乾羯鼓樓。鬥雞花蔽膝，騎馬玉搔頭。
繡轂千門妓，金鞍萬戶侯。薄雲欹雀扇，輕雪犯貂裘。
過客聞韶濩，居人識冕旒。氣和春不覺，煙暖霽難收。
澀浪和瓊甃，晴陽上彩斿。卷衣輕鬢懶，窺鏡澹蛾羞。
屏掩芙蓉帳，簾褰玳瑁鉤。重瞳分渭曲，纖手指神州。

御案迷萱草，天袍妬石榴。深巖藏浴鳳，鮮隰媚潛虯。
不料邯鄲蝨，俄成即墨牛。劍鋒揮太暤，旗焰拂蚩尤。
內嬖陪行在，孤臣預坐籌。瑤簪遺翡翠，霜仗駐驊騮。
豔笑雙飛斷，香魂一哭休。早梅悲蜀道，高樹隔昭丘。
朱閣重霄近，蒼崖萬古愁。至今湯殿水，嗚咽縣前流。

38、〈洞戶二十二韻〉卷 6

洞戶連珠網，方疏隱碧潯。燭盤煙墜燼，簾壓月通陰。
粉白仙郎署，霜清玉女砧。醉鄉高窈窈，棋陣靜愔愔。
素手琉璃扇，玄髮玟瑁簪。昔邪看寄跡，梔子詠同心。
樹列千秋勝，樓懸七夕針。舊詞翻白紵，新賦換黃金。
唳鶴調蠻鼓，驚蟬應寶琴。舞疑繁易度，歌轉斷難尋。
露委花相妬，風欹柳不禁。橋彎雙表迥，池漲一篙深。
清蹕傳恢圍，黃旗幸上林。神鷹參翰苑，天馬破蹄涔。
武庫方題品，文園有好音。朱莖殊菌蠢，丹桂欲蕭森。
繡帳迴瑤席，華燈對錦衾。畫圖驚走獸，書帖得來禽。
河曙秦樓映，山晴魏闕臨。綠囊逢趙後，青鎖見王沈。
任達嫌孤憤，疏慵倦九箴。若爲南遁客，猶作臥龍吟。

39、〈過新豐〉卷 8

一劍乘時帝業成，沛中鄉里到咸京。
寰區已作皇居貴，風月猶含白社情。
泗水舊亭春草遍，千門遺瓦古苔生。
至今留得離家恨，雞犬相聞落照明。

40、〈蘇武廟〉卷 8

蘇武魂銷漢使前，古祠高樹兩茫然。
雲邊雁斷胡天月，隴上羊歸塞草煙。
迴日樓臺非甲帳，去時冠劍是丁年。
茂陵不見封侯印，空向秋波哭逝川。

41、〈題賀知章故居疊韻作〉卷 8

廢砌隳嶭荔，枯湖無菰蒲。老媼飽薰草，愚儒輸逋租。

42、〈馬嵬佛寺〉卷 9

荒雞夜唱戰塵深，五鼓雕輿過上林。
才信傾城是真語，直教塗地始甘心。
兩重秦苑成千里，一炷胡香抵萬金。
曼倩死來無絕藝，後人誰肯惜青禽。

43、〈鴻臚寺有開元中錫宴堂樓臺池沼雅為勝絕荒涼遺址僅有存者偶成四十韻〉卷 9

明皇昔御極，神聖垂耿光。沈機發雷電，逸躅陵堯湯。
西覃積石山，北至窮髮鄉。四凶有獬豸，一臂無螳螂。
嬋娟得神豔，鬱烈聞國香。紫縧鳴羯鼓，玉管吹霓裳。
祿山未封侯，林甫才為郎。昭融廓日月，妥帖安紀綱。
群生到壽域，百辟趨明堂。四海正夷宴，一塵不飛揚。
天子自猶豫，侍臣宜樂康。軋然閶闔開，赤日生扶桑。
玉砌露盤紆，金壺漏丁當。劍佩相擊觸，左右隨趨蹌。
玄珠十二旒，紅粉三千行。顧盼生羽翼，叱嗟迴雪霜。
神霞凌雲閣，春水驪山陽。盤鬪九子糉，甌擎五雲漿。
雙瓊京兆博，七鼓邯鄲娼。毱毰碧雞鬪，籠葱翠雉場。
仗官繡蔽膝，寶馬金鏤鍚。椒塗隔鸚鵡，柘彈驚鴛鴦。
狗獒華國臣，鬢髮俱蒼蒼。錫宴得幽致，車從真煒煌。
畫鷁照魚鱉，鳴騶亂鸞鶴。颮灩蕩碧波，炫煌迷橫塘。
縈盈舞迴雪，宛轉歌遶梁。豔帶畫銀絡，寶梳金鈿筐。
沈冥類漢相，醉倒疑楚狂。一旦紫微東，胡星森耀芒。
憑陵逐鯨鯢，唐突驅犬羊。縱火三月赤，戰塵千里黃。
殽函與府寺，從此俱荒涼。茲地乃蔓草，故基摧壞牆。
枯池接斷岸，唧唧啼寒螿。敗荷塌作泥，死竹森如槍。
遊人問老吏，相對聊感傷。豈必見麋鹿，然後堪迴腸。
幸今遇太平，令節稱羽觴。誰知曲江曲，歲歲棲鸞凰。

44、〈過吳景帝陵〉卷 9

王氣銷來水淼茫，豈能才與命相妨。
虛開直瀆三千里，青蓋何曾到洛陽。

45、〈龍尾驛婦人圖〉卷 9

　　慢笑開元有倖臣，直教天子到蒙塵。
　　今來看畫猶如此，何況親逢絕世人。

46、〈簡同志〉卷 9

　　開濟由來變盛衰，五車纔得號鎡基。
　　留侯功業何容易，一卷兵書作帝師。

附錄二：溫庭筠詠史詩之體式、韻部與平仄格律

詩　題	《溫庭筠全集校注》卷數/頁次	體　式	韻　部	平仄格律
雞鳴埭曲	卷 1/1	七古二十句（樂府・新樂府辭・樂府倚曲）	前四句支，五至八句篠，九至十二句先，十三至十六句迴，十七至二十句支。	前四句用七絕平起，重新以一四一三組合。五至八句用七絕仄起，重新以一四三三組合。九至十二句用七絕仄起，次序不變。十三至十六句用七絕平起，重新以一三一三組合。十七至二十句用七絕平起，次序不變。（每四句之一、二、四句均押韻）
張靜婉採蓮歌	1/41～42	七古二十句（樂府・清商曲辭・江南弄）	前四句眞，五至八句陌，九至十二句蕭，十三至十六句旱，十七至二十句先。	九至十二句用七絕仄起，次序不變。（每四句之一、二、四句均押韻）
太液池歌	1/62	七古八句（樂府・新樂府辭・樂府倚曲）	陽	（前四句之一、二、四句押韻，五至八句全押韻）
雉場歌	1/65	七古十二句（樂府・新樂府辭・樂府倚曲）	前四句遇，五至八句豪，九至十二句阮。	（每四句之一、二、四句均押韻）

雍臺歌	1/68	七古八句（樂府・橫吹曲辭・梁鼓角橫吹曲）	前四句陌，五至八句灰。	五至八句用七絕平起，次序不變。（每四句之一、二、四句均押韻）
湖陰湖	1/82	七古十六句（樂府・雜曲歌辭）	前四句元，五至八句紙，九至十二句齊，十三至十六句陽。	（每四句之一、二、四句均押韻）
漢皇迎春詞	1/93	七古十四句（樂府・新樂府辭・樂府倚曲）	前二句先，三至六句養，七至十句陽，十一至十四句紙。	（前二句全押韻，其餘每四句中之一、二、四句均押韻）
故城曲	2/105	五古十二句（樂府・新樂府辭・樂府倚曲）	前四句刪，五至八句沃，九至十二句眞。	前四句用五絕仄起，次序不變。（每四句之一、二、四句均押韻）
昆明治水戰詞	2/107	七古十六句（樂府・新樂府辭・樂府倚曲）	前四句東，五至八句紙，九至十二句灰，十三至十六句皓。	前四句用七絕平起，次序不變。九至十二句用七絕平起，次序不變。（每四句之一、二、四句押韻）
謝公墅歌	2/111	七古十二句（樂府・新樂府辭・樂府倚曲）	前四句陌，五至八句支，九至十二句紙。	五至八句用七絕平起，次序不變。（每四句之一、二、四句均押韻）
臺城曉朝曲	2/120	七古八句（樂府・新樂府辭・樂府倚曲）	前四句御，五至八句多。	（每四句之一、二、四句均押韻）
走馬樓三更曲	2/123	七古八句（樂府・新樂府辭・樂府倚曲）	前四句篠，五至八句陽。	（每四句之一、二、四句均押韻）
達摩支曲	2/126	三七雜言十三句（樂府・近代曲辭）	前四句屑，五至九句寒，十至十三句皓。	（前四句之一、二、四句押韻，五至九句之二、三五句押韻，十至十三句之一、二、四句押韻）
蘇小小歌	2/170	五七雜言八句（樂府・雜歌謠辭・歌辭）	前四句侵，五至八句沃。	（前四句之二、四句押韻，五至八句之一、二、四句押韻）

春江花月夜詞	2/172	七古二十句（樂府・清商曲辭・吳聲歌曲）	前四句職，五至八句多，九至十二句屑，十三至十六句齊，十七至二十句紙。	（每四句之一、二、四句均押韻）
金虎臺	3/227	五古八句	眞	平仄格律與五言律詩相近（每四句之二、四句均押韻）
邯鄲郭公詞	3/237	五古八句（樂府・新樂府辭）	眞	（每四句之二、四句均押韻）
齊宮	3/242	五古八句	灰	平仄格律與五言律詩相近（每四句之二、四句均押韻）
陳宮詞	3/247	五律平起	麻	
開聖寺	4/279	七律平起	東	首句押韻，第七句舊碑二字互相拗救
法雲雙檜	4/6719	七律平起	文	首句押韻，第七句到人二字互相拗救
馬嵬驛	4/349	七律仄起	尤	首句押韻
奉天西佛寺	4/357	七律仄起	先	首句押韻
題望苑驛	4/360	七律仄起	支	首句押韻
過陳琳墓	4/387	七律平起	文	首句押韻，第七句倍惆二字互相拗救
老君廟	4/431	七律仄起	咸	首句押韻
過五丈原	4/433	七律仄起	眞	首句押韻
秘書省有賀監知章草題詩筆力遒健風尚高遠拂塵尋玩因有此作	4/443	七言排律六韻	陽	首句押韻
蔡中郎墳	5/464	七絕平起	眞	首句押韻
題端正樹	5/480	七絕仄起	尤	首句押韻，第三句似人二字互相拗救
渭上題（一）	5/481	七絕平起	微	首句押韻
渭上題（二）	5/481	七絕仄起	先	首句押韻
渭上題（三）	5/481	七絕仄起	微	首句押韻

四皓	5/496	七絕平起	東	首句押韻
題翠微寺二十二韻	5/567	五言排律二十二韻	陽	
過孔北海墓二十韻	5/576～577	五言排律二十韻	青	
過華清宮二十二韻	5/585	五言排律二十二韻	尤	
洞戶二十二韻	5/598～599	五言排律二十二韻	侵	
過新豐	8/713	七律仄起	庚	首句押韻
蘇武廟	8/724	七律仄起	先	首句押韻
題賀知章故居疊韻作	8/755	五古四句	虞	第一、三句全仄第二、四句全平
馬嵬佛寺	9/785	七律平起	侵	首句押韻，第三句是真二字互相拗救
鴻臚寺有開元中錫宴堂樓臺沼雅爲勝絕荒涼遺址僅有存者偶成四十韻	9/809～810	五言古詩八十句	陽	與五言排律相近
過吳景帝陵	9/842	七絕仄起	陽	首句押韻
龍尾驛婦人圖	9/844	七絕仄起	真	首句押韻
簡同志	9/846	七絕仄起	支	首句押韻